THE INSTITUTE

인스티튜트

2

STEPHEN KING

인스티튜트

스티븐 킹 장편소설 | 이은선 옮김

2

THE INSTITUTE

황금가지

목차

지옥이 기다리고 있어

1

4297호 열차가 스터브리지를 향해 뉴햄프셔 주 포츠머스 조차장을 출발했을 때 식스비 부인은 조만간 시설에 입소할 두 아이의 파일과 BDNF 수치를 점검하고 있었다. 한 명은 남자, 다른 한 명은 여자였다. 루비 레드 팀이 그날 저녁에 둘을 데리고 올 예정이었다. 남자아이는 수세인트마리 출신으로 열 살이었고 BDNF 수치가 80이었다. 시카고 출신으로 열네 살인 여자아이는 86이었다. 파일에 따르면 여자아이는 자폐아였다. 덕분에 여기 직원과 다른 입소자들이 힘들게 생겼다. BDNF가 80 이하였다면 그냥 넘어갔을지 몰랐다. 하지만 86은 대단한 수치였다.

BDNF는 뇌유래 신경영양인자의 약자였다. 식스비 부인은 화학적인 기반에 대해 아는 게 거의 없었고 그건 헨드릭스 박사의 전문 분야였지만 기본 틀은 알았다. 기초대사율을 뜻하는 BMR처럼

BDNF도 척도였다. 체내, 그중에서도 특히 뇌에서 뉴런의 성장률과 생존율을 수치로 표시한 것이었다.

인구의 0.5퍼센트도 안 되는, BDNF가 아주 높은 소수의 사람들은 전 세계를 통틀어 가장 축복 받은 행운아였다. 헨드릭스의 말로는 조물주가 인간을 창조했을 때 의도하신 바가 그들이라고 했다. 그들은 기억력 저하나 우울감이나 신경병증성 통증을 거의 겪지 않았다. 거식증과 폭식증을 유발하는 극단적인 영양실조나 비만으로 고생하는 경우도 거의 없었다. 사회성이 뛰어났고(조만간 입소할 여자아이는 드물게 이례적인 경우였다.) 문제를 일으키기보다 해결하는 데 능하며(닉 윌훌름은 또다시 드물게 이례적인 경우였다.) 강박증과 같은 신경증에 잘 걸리지 않았고 언어 구사력이 뛰어났다. 두통은 어쩌다 한 번 있는 일이었고 편두통은 거의 모르고 지냈다. 식습관과 상관없이 콜레스테롤 수치가 낮았다. 수면 사이클이 좋지 않은 경우가 많았지만 수면보조제를 먹기보다 낮잠으로 해결했다.

BDNF는 안정적이었지만 가끔 돌이킬 수 없는 수준으로 손상될 수도 있었다. 가장 흔한 원인이 헨드릭스가 만성 외상성 뇌병증, 줄여서 CTE라고 부르는 것이었다. 식스비 부인이 알기로는 결국 머리를 부딪쳐서 생기는 뇌진탕 비슷했다. BDNF는 평균 1밀리리터당 60이었다. 10년이나 그 이상 되는 기간을 시합에 출전한 미식축구 선수는 대개 30 중반이었고 가끔 20대를 기록하기도 했다. BDNF는 일반적인 노화와 더불어 천천히 수치가 줄었고 알츠하이머 환자는 그 속도가 훨씬 빨랐다. 결과를 도출하는 것이 유일한 임무인 식스비 부인에게 이 모든 사실은 아무 상관이 없었고, 그녀가 이 시설에서 재직하는 동안 결과는 계속 훌륭했다.

그녀와 이 시설과 1955년부터 자금을 대며 비밀리에 이곳을 운영 중인 사람들에게 중요한 사실이 있다면 BDNF 수치가 높은 아이들에게는 일종의 패키지처럼 초능력이 주어진다는 것이었다. TK 아니면 TP, (드물긴 하지만) 양쪽 모두가 있는 경우도 있었다. 대개는 잠재되어 있기 때문에 어떨 때는 아이들조차 자기에게 그런 능력이 있는 줄 몰랐다. 아는 아이들은(대개 에이버리 딕슨처럼 사회생활에 별 문제가 없는 TP였다.) 가끔 유용하게 활용했지만 그 외에는 무시하고 지냈다.

거의 모든 신생아가 BDNF 검사를 받았다. 식스비 부인이 지금 파일을 읽고 있는 두 아이 같은 경우에는 점찍어 놓고 추적 관찰하다가 여기로 데려와 미미한 수준이었던 초능력을 개선하고 향상했다. 헨드릭스 박스의 주장에 따르면 그들의 재능은 확장할 수 있어서 TK에 TP가 추가되거나 아니면 그 반대가 될 수 있지만 그렇다 한들 이 시설이 추구하는 목표나 그 존재 이유와는 전혀 아무 상관이 없었다. 그가 모르모트인 분홍색을 상대로 가끔 거둔 성과는 절대 기록으로 남을 일이 없었다. 동키 콩은 아무 의학 저널에라도 그의 실험이 소개되었다가는 노벨상은커녕 경비가 가장 삼엄한 교도소 신세를 면치 못한다는 것을 알지만 그래도 아쉬워했다.

형식적으로 문을 두드리는 소리에 이어 로절린드가 사과를 하는 표정으로 고개를 들이밀었다.

"방해해서 죄송하지만 프레드 클라크가 뵙고 싶다고 해서요. 그게……."

"응? 프레드 클라크가 누구지?"

식스비 부인은 독서용 안경을 벗고 콧잔등 양쪽을 문질렀다.

"잡역부예요."

"뭣 때문에 그러는지 듣고 나중에 알려 줘요. 쥐가 또 전선을 갉아먹는 것 때문이라면 급할 것 없잖아. 나 지금 바빠요."

"중요한 일이라고 하고 아주 당황한 표정이에요."

식스비 부인은 한숨을 쉬고 서류 폴더를 닫아서 서랍에 넣었다.

"알았어요, 들여보내요. 하지만 별일 아니기만 해 봐."

별일이었다. 그것도 심각한 일이었다. 아주.

2

클라크는 식스비 부인이 아는 얼굴이었다. 지금까지 그가 복도를 쓸거나 걸레로 닦는 것을 수도 없이 보았다. 하지만 이런 모습은 처음이었다. 얼굴은 산송장처럼 새하얬고, 희끗희끗한 머리칼은 문지르거나 잡아 뜯기라도 한 듯 엉망진창이었고, 입을 힘없이 실룩였다.

"왜 그래, 클라크? 꼭 귀신이라도 본 사람 같네."

"가서 보셔야 해요, 식스비 부인. 직접 확인하셔야 해요."

"뭘?"

그는 고개를 저으며 같은 말을 반복했다.

"가서 보셔야 해요."

그녀는 그와 함께 행정동과 거주동 서관 복도를 잇는 통로를 걸었다. 도대체 무슨 일이냐고 두 번 더 물었지만 클라크는 고개를 저으며 직접 봐야 된다고만 했다. 방해를 받아서 짜증이 났던 식스비 부인은 슬슬 불안해지기 시작했다. 어떤 아이한테 문제가 생겼나? 크로스라는 아이처럼 검사를 받다가 잘못됐나? 그럴 리 없었다. 그런 문제라면 잡역부가 아니라 관리인이나 기술자나 의사가 발견했을 가능성이 컸다.

아무도 없다시피 한 서관 복도 중간쯤에서 칠칠치 못하게 셔츠 단을 허리춤 밖으로 꺼내놓은 남자아이가 남산만 한 배를 내밀고 닫힌 문의 손잡이에 걸린 종이를 유심히 들여다보고 있었다. 그는 걸어오는 식스비 부인을 보자마자 놀란 표정을 지었다. 식스비 부인이 보기에는 알맞은 반응이었다.

"위플이지?"

"네."

"지금 뭐라고 했니?"

스티비는 아랫입술을 잘근잘근 씹으며 기억을 더듬었다.

"네, 원장님."

"그렇게 대답해야지. 이제 가라. 검사를 받지 않는 동안에는 다른 할 일을 찾아봐."

"그럴게요. 아니, 알겠습니다, 원장님."

스티비는 걸음을 옮기다 말고 어깨 너머를 흘끗 한번 돌아보았다. 식스비 부인은 그걸 보지 못했다. 문손잡이에 달린 종이를 쳐다보고 있었기 때문이었다. 클라크가 셔츠 주머니에 꽂고 다니는 펜으로 적었는지 **출입 금지**라고 되어 있었다.

"열쇠가 있었다면 잠갔을 겁니다."

프레드가 말했다.

잡역부들은 A층의 여러 비품 보관함과 자판기 열쇠를 들고 다니며 재고를 다시 채우지만, 그들에게 실험실이나 입소자의 방 열쇠는 지급되지 않았다. 어차피 말썽꾼이 말도 안 되는 난동을 부려 벌로 하루 종일 가두어 놓지 않는 이상 입소자의 방은 잠글 일이 없었다. 잡역부들에게는 엘리베이터 카드키도 없었다. 지하로 갈 일이 있으면 관리인이나 기술자를 찾아서 함께 엘리베이터를 타고 내려가야 했다.

클라크가 말했다.

"아까 그 뚱보 꼬마가 이 안에 들어갔었다면 엄청 충격을 받았을 거예요."

식스비 부인은 아무 대꾸 없이 문을 열고 빈방을 쳐다보았다. 벽에 그림이나 포스터도 없고 휑뎅그렁한 매트리스 말고는 아무것도 없었다. 한때는 BDNF 높은 아이들이 물밀 듯이 밀려 왔지만 그 숫자가 지난 10여 년에 걸쳐 서서히 드문드문 줄어가는 동안 생겨난 거주동의 여느 방과 다를 게 없었다. 유난히 민감한 시력이나 청력처럼 고도의 BDNF도 인간의 게놈에서 창조된다는 것이 헨드릭스 박사의 주장이었다. 그에 따르면 귀를 움직일 줄 아는 것도 마찬가지였다. 웃자고 한 얘기인지 아닌지는 확실치가 않았다. 동키 콩이 하는 말은 뭐든 그랬다.

그녀는 프레드를 돌아보았다.

"화장실에 있습니다. 만일의 경우에 대비해서 제가 문을 닫아 놨어요."

식스비 부인은 문을 열었고 몇 초 동안 그 자리에서 꼼짝하지 못했다. 시설 원장으로 지내는 동안 입소자의 자살 한 번, 자살 시도 두 번 등 산전수전을 다 겪었지만 직원의 자살은 처음이었다.

그 청소부는(갈색 유니폼을 보면 청소부였다.) 샤워기 헤드에 목을 매달았다. 방금 전에 내쫓은 위플이라는 아이처럼 몸무게가 조금만 더 나갔더라도 헤드가 부러졌겠지만 워낙 말랐다. 시커멓게 퉁퉁 부은 망자의 얼굴이 식스비 부인을 노려보았다. 그들에게 마지막으로 야유를 보내기라도 하는 듯 입술 사이로 혀를 내밀고 있었다. 타일 벽에 비뚤배뚤하게 유서를 적어 놓았다.

프레드가 작업복 바지 뒷주머니에서 손수건을 꺼내 입을 닦으며 나지막이 말했다.

"모린이에요. 모린 앨버슨요. 모린은……."

식스비 부인은 충격으로 얼어붙었던 상태에서 벗어나 어깨 너머를 돌아보았다. 방문이 열려 있었다.

"저 문 닫아."

"모린은……."

"저 문 닫아!"

잡역부는 그녀가 시킨 대로 했다. 식스비 부인은 정장 오른쪽 주머니를 더듬었지만 아무것도 없었다. 젠장. 그녀는 생각했다. 젠장, 젠장, 젠장. 무전기를 깜빡하다니 경솔한 처사였지만 이런 광경이 기다리고 있을 줄 누가 상상이나 했을까?

"원장실로 가. 가서 로절린드한테 내 무전기 달라고 한 다음 받아서 돌아 와."

"부인……."

"시끄러워."

그녀는 그를 돌아보았다. 실금처럼 굳게 다문 입술과 좁은 얼굴에서 불룩 튀어나온 두 눈을 보고 프레드는 뒷걸음질을 쳤다. 꼭 실성한 사람 같았다.

"가, 얼른. 그리고 아무한테도 얘기하지 말고."

"알겠습니다, 당연하죠."

그는 나가서 등 뒤로 문을 닫았다. 식스비 부인은 휑뎅그렁한 매트리스 위에 앉아서 샤워기 헤드에 매달린 여자를 쳐다보았다. 그리고 이제 보니 변기 앞에 나뒹구는 립스틱으로 여자가 써 놓은 유서가 있었다.

지옥이 기다리고 있어. 내가 먼저 가서 너희들을 맞아 줄게.

3

스택하우스는 시설 옆 마을에 있었고 잠이 덜 깬 목소리로 그녀의 전화를 받았다. 간밤에 아마도 갈색 양복을 입고 아웃로 컨트리에서 신나게 즐긴 모양이지만 그녀는 묻지 않았다. 그냥 지금 당장 서관으로 달려오라고만 했다. 어느 방인지 알 수 있을 거라고, 잡역부가 문 앞에 서 있을 거라고 했다.

헨드릭스와 에번스는 C층에서 검사를 실시하고 있었다. 식스비 부인은 그들에게 하던 검사를 접고 아이들을 방으로 돌려보내라고 했다. 두 의사 모두 서관으로 와 주어야겠다고 했다. 평소에도 항상 사람 신경을 긁는 헨드릭스는 이유를 궁금해했다. 식스비 부인은 입 다물고 오기나 하라고 전했다.

스택하우스가 먼저 도착했다. 두 의사가 곧바로 뒤따라 왔다. 스택하우스는 상황을 파악하고 나서 에번스에게 말했다.

"짐, 저 여자를 잡고 들어줘요. 밧줄에 틈이 생기게."

에번스가 죽은 여자의 허리를 두 팔로 감싸 안고(순간 둘이 춤을 추는 것처럼 보였다.) 위로 들었다. 스택하우스는 그녀의 턱을 조이던 매듭을 풀기 시작했다.

에번스가 말했다.

"얼른 해요. 속옷에다가 뭘 잔뜩 싸 놨단 말이에요."

"그보다 더 지독한 냄새도 맡아 봤으면서 뭘 그래요. 거의 다 풀었어요…… 잠깐만요…… 됐다."

스택하우스는 말했다.

그는 죽은 여자의 머리 위로 올가미를 넘기고(그녀의 한쪽 팔이 그의 뒷덜미 위로 턱 하니 얹히자 들릴락 말락 하게 욕을 했다.) 그녀를 매트리스로 옮겼다. 올가미가 목에 시커먼 자주색의 낙인을 남겨 놓았다. 그들 넷은 아무 말 없이 그녀를 바라보았다. 트레버 스택하우스는 190센티미터로 키가 컸지만 헨드릭스가 그보다 적어도 10센티미터 더 컸다. 그 둘 사이에 서 있는 식스비 부인이 난쟁이 요정처럼 보였다.

스택하우스는 눈썹을 추켜세우고 식스비 부인을 바라보았다. 그녀는 말없이 그를 마주보았다.

침대 옆 테이블에 갈색 약병이 있었다. 헨드릭스 박사가 약병을 집어서 흔들었다.

"옥시네요. 40밀리그램짜리. 최고용량은 아니지만 그래도 고용량이에요. 90정을 처방받았는데 세 알밖에 안 남았어요. 우리가 부검을 실시할 일은 없겠지만 (두말하면 잔소리지. 스택하우스는 생각했다.) ……만약 실시한다면 그녀가 목에 밧줄을 걸기 직전에 이거 한 통을 거의 다 비운 걸로 밝혀지겠네요."

"그러니까 어차피 치사량이었던 거죠. 이 여자는 체중이 45킬로그램을 넘을 리 없으니까요. 그녀가 뭐라고 얘기했을지 몰라도 좌골 신경통이 일차적인 문제는 아니었던 게 분명해요. 어차피 일을 계속할 수 있는 날도 얼마 안 남았고 하니 그냥……."

에번스의 말에 헨드릭스가 말문을 맺었다.

"생을 끝내기로 마음 먹은 거죠."

벽에 적힌 메시지를 보고 있던 스택하우스가 중얼거렸다.

"지옥이 기다리고 있어. 우리가 여기서 하는 일을 감안하면 일리 있는 추측이라고 볼 수도 있겠네요."

상스러운 표현을 잘 쓰지 않는 식스비 부인이 이렇게 말했다.

"무슨 개소리야."

스택하우스는 어깨를 으쓱했다. 그의 민머리가 터틀 왁스 자동차 광택제라도 바른 듯 전등 불빛을 받고 반짝거렸다.

"제 말은 외부인들, 사정을 모르는 사람들이 보기에는요. 상관없긴 하지만. 이건 단순한 사건이에요. 죽을병에 걸린 여자가 이제 그만 플러그를 뽑기로 한 거죠. 자신의 죄를 선포하고. 그리고 우리의 죄도."

그는 벽을 가리켰다.

논리적으로 수긍이 됐지만 식스비 부인은 어째 찜찜했다. 앨버슨이 세상에 마지막으로 남긴 전언은 죄의 고백일지 몰라도 또 한편으로는 왠지 모르게 의기양양한 분위기를 풍겼다.

"모린은 얼마 전에 일주일 휴가를 다녀왔어요. 버몬트에 있는 집으로. 아마 거기서 약을 구했을 거예요."

잡역부 프레드가 나섰다. 식스비 부인은 그가 아직까지 방에 있는 줄도 몰랐다. 아무라도 왜 그를 내보내지 않았을까? *그녀가* 왜 그를 내보내지 않았을까?

스택하우스가 말했다.

"고맙네. 홈즈도 울고 갈 만한 추리로군. 그런데 이제 바닥을 닦아야 하지 않나?"

"그리고 카메라 케이스도 좀 청소하고. 지난주에 얘기한 걸로 아는데. 두 번 얘기하지 않을 거야."

식스비 부인이 딱딱거렸다.

"알겠습니다, 원장님."

"이 일에 대해서는 입도 벙긋하면 안 돼, 클라크."

"알겠습니다, 원장님. 그럼요."

잡역부가 사라지자 스택하우스가 물었다.

"화장할까요?"

"응. 입소자들이 점심 먹는 동안 관리인 두어 명을 불러서 엘리베이터에 실어야겠어. 앞으로……. (식스비 부인은 손목시계를 확인했다.) ……한 시간도 안 남았네."

스택하우스가 물었다.

"무슨 문제가 있습니까? 입소자들이 이 일에 대해 알지 못하도록 입단속을 하는 거 말고 다른 문제요. 원장님 표정을 보니 그런 것 같아서요."

식스비 부인은 화장실 타일에 적힌 문구에서 혀를 내밀고 있는 죽은 여자의 시커먼 얼굴로 시선을 옮겼다. 그 마지막 야유에서 다시 두 의사에게로 시선을 옮겼다.

"두 분 나가 주세요. 스택하우스 씨하고 단둘이서만 할 얘기가 있어요."

헨드릭스와 에번스는 서로 흘끗 쳐다보고는 나갔다.

4

"이 여자는 원장님의 끄나풀이었죠. 그게 문제인가요?"

"*우리* 끄나풀이었지, 트레버. 하지만 맞아, 그게 문제야. 어쩌면."

1년 전에(아니다, 아직 땅바닥에 쌓인 눈이 녹지 않았으니 16개월 전이었다.) 모린 앨버슨이 식스비 부인에게 면담을 신청해 가외 수입을 챙길 만한 방법이 없을지 물은 적이 있었다. 거의 1년 전부터 염두에 둔 사업이 있었지만 어떤 식으로 시행하면 좋을지 구체적인 방법을 찾지 못했던 식스비 부인은 아이들에게 정보를 알아내 알려 주는 일에 대해 어떻게 생각하느냐고 물었다. 앨버슨은 좋다고 했고, 심지어 마이크가 제대로 아니면 아예 작동하지 않는 사각지대가 곳곳에 있다고 하면 어떻겠느냐는 저급한 간계까지 제시했다.

스택하우스는 어깨를 으쓱했다.

"이 여자가 알아낸 정보가 뒷말 수준을 넘어서는 경우는 거의 없었잖습니까. 어떤 남자아이가 어떤 여자아이와 밤을 같이 보내고 있는지, 식당 테이블에 **토니 바보**라고 쓴 아이는 누군지, 뭐 그런 거요."

그는 말을 하다 말고 잠깐 멈추었다.

"고자질이 죄책감을 부채질했을 수도 있겠습니다만."

식스비 부인은 말했다.

"그녀는 유부녀였어. 그런데 확인해 보면 알겠지만 요즘 들어 결혼반지를 끼고 다니지 않았거든. 그녀가 버몬트에서 어떤 식으로 살았는지 우리가 아는 게 얼마나 될까?"

"당장은 기억나지 않지만 파일에 있을 테니 찾아보겠습니다."

식스비 부인은 곰곰이 생각하다가 모린 앨버슨에 대해 아는 게 얼마나 없는지 깨달았다. 결혼반지를 본 적 있었기 때문에 유부녀라는 건 알았다. 이 시설의 다른 여러 직원들처럼 퇴역군인이었다는 것도 알았다. 버몬트가 집이라는 것도 알았다. 하지만 그 밖의 다른 부분에 대해서는 아는 것이 거의 없었다. 아이들 염탐을 맡겨 놓고 어떻게 그럴 수 있었을까? 앨버슨이 죽었으니 이제는 상관없는 일이 됐을지 모르지만, 식스비 부인은 좀 전에 잡역부가 별 거 아닌 일로 소란을 부리는 게 분명하다며 무전기를 두고 왔던 일이 생각났다. 먼지를 뒤집어쓴 카메라, 느려터진 컴퓨터, 몇 명 안 되는 비효율적인 담당 직원들, 툭하면 상한 음식을 내놓는 식당, 쥐가 갉아먹은 전선, 특히 입소자들이 잠을 자는 오후 11시부터 오전 7시까지의 무성의하기 짝이 없는 감시 보고서도 생각났다.

방만했던 그간의 관행이 생각났다.

"줄리아? 방금 전에 제가 한 얘기……."

"들었어. 귀 안 먹었어. 지금 누가 모니터실을 맡고 있지?"

스택하우스는 손목시계를 확인했다.

"공석일 겁니다. 정오잖습니까. 아이들이 자기 방에 있거나 평소 하는 짓거리를 할 시간이니까요."

그건 네 지레짐작이지. 그녀는 생각했다. 지레짐작이야말로 방만의 어머니 아니겠어? 이 시설은 역사가 60년이 넘지만, 60년이 훨씬 넘지만, 그동안 정체가 누설된 적은 한 번도 없었다. 일상적인 보고를 할 때 말고는 제로폰이라고 불리는 특별한 용도의 전화기를 쓸 이유가 없었다.(적어도 그녀의 임기 동안에는 그랬다.) 한마디로 말해 내부적으로 처리할 수 없는 일이 벌어진 적이 없었다.

물론 데니슨 리버 벤드에 이런저런 소문이 떠돌기는 했다. 가장 흔한 소문이 숲속에 있는 시설물은 핵미사일 기지라는 것이었다. 아니면 세균전이나 화학전과 연관이 있는 건물이라고 했다. 정부에서 주도하는 실험실이라는, 진실에 좀 더 가까운 주장이 대두되기도 했다. 이런 소문은 괜찮았다. 자연 발생적인 허위 정보가 바로 소문이었다.

모든 *게* 괜찮아. 그녀는 속으로 중얼거렸다. 모든 게 제대로야. 병에 걸린 청소부의 자살은 그저 도로의 혹과 같은 것이었고 그마저도 사소한 혹이었다. 하지만 그 안에 좀 더 의미심장한…… 음, *문제*라고 할 것까지는 없었다. 그건 기우였다. 하지만 걱정되는 부분이 있는 건 맞았다. 그리고 그중 일부는 그녀의 책임이었다. 지금이 식스비 부인의 부임 초기였다면 카메라는 먼지를 뒤집어쓸 일이 없었고 그녀는 무전기 없이 원장실을 나섰을 리 없었다. 돈을 주고 입소자들 염탐을 맡긴 여자에 대해 좀 더 많은 정보를 알고 있었을 것이다.

그녀는 엔트로피에 대해 생각했다. 모든 게 아무 문제 없으면 관성으로 움직이려는 성향.

지레짐작하려는 성향.

"식스비 부인? 줄리아? 지시사항이 더 있으신가요?"

그녀는 현재로 돌아왔다.

"응. 모린에 대해 모든 정보를 수집해서 알려 줘. 그리고 모니터실에 아무도 없으면 지금 당장 아무라도 한 명 보내고. 제리를 보내면 되겠네."

제리 시먼즈는 두 명 남은 컴퓨터 기술자 중 한 명이었고 오래된 장비를 고칠 때 동원할 수 있는 최선의 카드였다.

스택하우스가 말했다.

"제리는 휴가예요. 나소(쿠바 북쪽 바하마 연방의 수도 — 옮긴이)에서 고기를 잡고 있어요."

"그럼 앤디."

스택하우스는 고개를 저었다.

"펠로위스라면 지금 마을에 있어요. 식당에서 나오는 걸 제가 봤습니다."

"아니, 왜 자리를 비운 거야? 그럼 지크. 그리스에서 온 지크. 전에 모니터실에서 근무한 적 있지?"

"아마도요."

스택하우스가 말했다.

또 시작이었다. 애매한 대답. 추측. *지레짐작*.

먼지를 뒤집어쓴 카메라. 지저분한 굽도리널. B층에서 생각 없이 지껄이는 잡담. 아무도 지키지 않는 모니터실.

식스비 부인은 나뭇잎 색이 바뀌고 낙엽이 되어 떨어지기 전에 대대적인 변화를 도모하기로 즉석에서 결정을 내렸다. 앨버슨이라는 여자의 자살이 다른 건 몰라도 경종 역할을 했다. 그녀는 제로폰으로 통화하는 것을 좋아하지 않았지만, 수화기 저편의 남자가 희미하게 혀 짧은 소리를 내며(항상 *식스비*가 아니라 *씩스비*라고 했다.) 인사를 건넬 때마다 살짝 한기가 들었지만 어쩔 수 없었다. 서면 보고로 될 일이 아니었다. 그들은 전국 각지에 정보원이 있었다. 자가용 비행기가 항시 대기 중이었다. 직원들은 보수를 많이 받았고 다양한 직책마다 온갖 부수적인 혜택이 수반됐다. 그럼에도 이 시설은 문을 닫을 위기에 처한 쇼핑몰의 염가 할인 매장을 점점 닮아갔다. 말도 안 되는 일이었다. 바꿔야 했다. 바뀌어야 했다.

그녀는 말했다.

"지크한테 위치 추적기 체크하라고 해. 아이들의 소재를 모두 파악할 수 있게. 특히 루크 엘리스하고 에이버리 딕슨. 모린이 그 둘하고 얘기를 많이 했잖아."

"그녀가 그 애들과 어떤 대화를 나눴는지 아시잖습니까. 별 내용 없다는 걸요."

"그래도 확인해."

"알겠습니다. 확인할 테니까 진정하세요. 그리고 시야를 넓혀 보세요. 저 여자는 끝이 얼마 남지 않았다는 걸 알고 핸들을 홱 틀어버린 중병 환자예요."

그는 시커메진 얼굴로 분별없이 혀를 내밀고 있는 시신을 가리켰다.

"입소자들 체크해, 트레버. 다들 제자리에 있으면(환하게 웃는 얼굴이면 더 좋고.) 진정할게."

하지만 그녀는 그럴 생각이 없었다. 이미 느슨해진 곳이 너무 많았다.

5

식스비 부인은 다시 원장실로 돌아가, 스택하우스나 D층에서 위치 추적기 확인에 들어간 지크 이오니디스가 아니면 아무도 들여보내지 말라고 로절린드에게 말했다. 그러고는 책상에 앉아 컴퓨터 화면보호기를 들여다보았다. 시에스타 키(미국 플로리다 주 새러소타의 바닷가—옮긴이)의 하얀 모래사장이었다. 퇴직하면 거기서 살

거라고 떠들고 다니지만 그녀 자신을 속이는 것조차 포기한 상태였다. 식스비 부인은 여기 이 숲속에서 죽을 각오를 하고 있었다. 마을에 있는 조그만 집 아니면 바로 이 책상 앞이 될 가능성이 컸다. 그녀가 좋아하는 작가들 중에서 토머스 하디와 러디어드 키플링도 책상 앞에서 죽었다. 그녀도 그러지 말란 법이 없지 않은가? 이 시설은 그녀의 인생이 되었고 그녀는 거기에 불만이 없었다.

대부분의 직원들도 마찬가지였다. 예전에 그들은 군인 아니면 블랙워터나 토마호크 글로벌처럼 까다로운 기업의 보안요원 아니면 경찰이었다. 루비 레드 팀의 데니 윌리엄스와 미셸 로버트슨은 FBI였다. 선발 배치됐을 당시에는 시설이 그들의 인생이 아니었을지 몰라도 이제는 그렇게 됐다. 보수 때문에 그런 건 아니었다. 부수적인 혜택이나 퇴직 프로그램 때문도 아니었다. 수면처럼 익숙해진 일종의 생활 패턴 때문이었다. 시설은 소규모 군사기지와 같았다. 인근 마을에는 심지어 다양한 물품을 저렴하게 구입할 수 있고 일반 휘발유는 갤런당 90센트, 고급 휘발유는 1달러 5센트에 주유할 수 있는 PX까지 있었다.(1갤런은 3.78리터이므로, 1리터에 30센트도 안 되는 저렴한 금액으로 주유가 가능한 셈이다—옮긴이) 식스비 부인은 독일의 람슈타인 공군기지에서 복무한 적이 있었는데, 데니슨 리버벤드를 보면(물론 훨씬 작기는 했지만) 스트레스를 풀고 싶을 때 친구들과 함께 가끔 갔던 카이저슬라우테른이 생각났다. 람슈타인에는 없는 게 없어서 심지어 트윈플렉스 극장과 자니 로켓 햄버거 매장까지 있었지만 가끔 그냥 벗어나고 싶을 때가 있었다. 여기도 마찬가지였다.

하지만 다들 항상 되돌아오기 마련이지. 그녀는 가끔 놀러 가는 거라면 모를까, 눌러앉을 일은 없는 모래사장을 바라보며 생각했다. 다들 항상 되돌아오기 마련이고 이 시설이 어떤 면에서 아무리 느슨해졌다 한들 그걸 떠벌이고 다니지는 않아. 그 부분에 있어서는 절대 느슨해지지 않지. 우리가 여기서 어떤 일을 하고 있고 우리 손에 얼마나 많은 아이들이 파괴되었는지 밝혀지면 단체로 재판을 받고 처형을 당할 테니까. 티머시 맥베이(1995년에 오클라호마시티 연방정부청사 앞에서 폭탄 테러로 168명을 살해한 테러범 — 옮긴이)처럼 주사를 맞고 죽을 테니까.

그것이 동전의 어두운 면이었다. 동전의 밝은 면은 간단했다. 짜증날 때가 많지만 누가 봐도 유능한 헨드릭스 '동키 콩' 박사와 뒤 건물의 헤클과 제클 박사에서부터 가장 지위가 낮은 잡역부에 이르기까지 전 직원이 알다시피 무려 전 세계의 운명이 선임들의 손을 거쳐 이제 그들의 손에 달려 있었다. 인류의 생존뿐 아니라 이 별의 생존이 그들의 손에 달려 있었다. 그걸 위해서라면 그들은 그 어떤 것도 할 수 있었고 그 어떤 것도 마다하지 않을 것이었다. 이 시설의 역할을 100퍼센트 이해하는 사람은 누구도 그것을 극악무도하다고 보지 않았다.

이곳 생활은 좋았다. 특히 중동에서 모래를 먹은 적 있고 다리가 날아가거나 내장을 밖으로 대롱대롱 드러낸 채 개떡 같은 마을에 누워 있는 전우를 본 적 있는 사람들 입장에서는 충분히 좋았다. 가끔 휴가도 받을 수 있었다. 가족이 있으면(시설의 직원들은 대부분 가족이 없긴 했다.) 집에 가서 그들과 시간을 보낼 수도 있었다. 물론 어떤 일을 하는지 가족들에게 얘기할 수는 없었고 어느 정도 시간이 지나면 아내, 남편, 아이들은 이곳 직원들에게 1순위는 자기들이 아니라 일이라는 사실을 깨달았다. 일이 그들을 집어삼켰다. 시설, 마을, 컨트리 뮤직을 라이브로 들을 수 있는 한 곳을 포함해 술집이 세 군데 있는 데니슨 리버 벤드라는 소도시가 차례대로 그들의 인생이 되었다. 그리고 그런 깨달음이 자리를 잡으면 앨버슨이 그랬듯 대개 결혼반지를 빼게 됐다.

식스비 부인은 책상 맨 아래 서랍을 열고, 발굴팀이 들고 다니는 것과 비슷하게 생긴 전화기를 꺼냈다. 카세트테이프가 점점 CD에 밀려나고 전자용품점에 휴대용 전화기가 슬슬 등장하기 시작했던 시절에서 건너온 듯 큼지막하고 뭉툭한 전화기였다. 색상 때문에 그린폰이라고 불릴 때도 있었지만 화면도 숫자도 없이 하얀색의 조그만 동그라미만 세 개 있었기 때문에 제로폰이라고 불릴 때가 더 많았다.

전화를 해야겠어. 그녀는 생각했다. 미리 생각 잘했다며 박수갈채를 보내고 내 결단을 칭찬할지 몰라. 내가 아무것도 아닌 일에 오버한다며 후임을 고민할 때가 됐다는 결론을 내릴 수도 있고. 어느 쪽이 됐건 전화를 해야 해. 상황 보고 차원에서. 좀 더 일찌감치 전화를 했어야 하는데.

"하지만 오늘은 아니야."

그녀는 중얼거렸다. 앨버슨 문제를 해결해야 하는(그리고 그녀를 처리해야 하는) 오늘은 아니었다. 내일이나 심지어 이번 주도 아니었다. 그녀가 계획하는 일은 사소한 일이 아니었다. 전화를 했을 때 최대한 횡설수설하지 않게 글로 정리해야겠다. 제로폰으로 연락할 작정이라면 수화기 저편의 남자가 "안녕하신가요, 씩스비 부인. 뭘 도와드릴까요?"라고 할 때 정확하게 대답할 준비가 되어 있어야 했다.

차일피일 미루려는 게 아니야. 그녀는 속으로 중얼거렸다. 그건 아니지. 그리고 누굴 난처한 지경으로 몰아넣기는 싫지만…….

인터컴이 나지막이 울렸다.

"지크 전화예요, 식스비 부인. 3번요."

식스비 부인은 수화기를 집었다.

"어떻게 됐지, 이오니디스?"

그가 대답했다.

"출석률 완벽합니다. 스물여덟 개의 추적기가 뒤 건물에서 깜빡이고 있어요. 앞 건물에서는 휴게실에 두 명, 놀이터에 여섯 명, 각 방에 다섯 명이 있고요."

"아주 좋아. 고마워."

"별말씀을요, 원장님."

식스비 부인은 기분이 조금 좋아진 것을 느끼며 자리에서 일어났지만 왜 그러는지 정확한 이유를 알 수가 없었다. 당연히 모든 입소자의 소재가 파악될 수밖에. 그중 몇 명이 디즈니 월드에라도 갔을 거라고 생각한 걸까?

이제 다음 잡무를 처리할 차례였다.

6

모든 입소자들이 점심을 먹는 동안 잡역부 프레드는 식당 주방에서 빌린 카트를 끌고 모린 앨버슨이 생을 마감한 방문 앞으로 갔다. 프레드와 스택하우스는 초록색 캔버스로 그녀를 감싸고 총총히 복도를 지났다. 저 멀리서 짐승들이 사료 먹는 소리가 들렸지만 이쪽에는 인적이 없었다. 엘리베이터 별관 앞바닥에 누가 두고 간 곰 인형이 단추로 만든 멀건 눈으로 천장을 올려다보고 있을 따름이었다. 프레드는 짜증을 섞어서 인형을 발로 찼다.

스택하우스가 나무라는 눈빛으로 그를 쳐다보았다.

"아니, 왜 그래. 어떤 아이가 들고 다니는 애착 인형일 텐데."

"관심 없어요. 저 녀석들이 흘리고 다니는 쓰레기를 우리가 항상 치워야 한다고요."

프레드는 그렇게 말한 뒤 엘리베이터 문이 열리자 카트를 안으로 실으려고 했다. 스택하우스가 거칠게 그를 뒤로 밀쳤다.

"자네 할 일은 여기까지야. 저 곰 인형 주워서 휴게실이나 식당에 가져다 놔. 주인이 나오는 길에 볼 수 있게. 그리고 저 빌어먹을 전구들 먼지나 닦기 시작하고."

스택하우스는 머리 위에 달린 카메라를 가리킨 다음 카트를 안으로 밀고 들어가 리더기에 카드를 갖다 댔다.

프레드 클라크는 문이 닫힐 때까지 기다렸다가 손가락으로 욕을 했다. 하지만 명령은 명령이니 카메라를 닦긴 닦아야 할 것이다. 결국에는.

7

식스비 부인이 F층에서 스택하우스를 기다리고 있었다. 이 아래는 추워서 정장 재킷 위에 스웨터를 입었다. 그녀가 그를 향해 고개를 끄덕였다. 스택하우스도 마주 고개를 끄덕이고 카트를 앞 건물과 뒤 건물을 연결하는 터널로 밀고 갔다. 콘크리트 바닥과 타일을 바른 둥그스름한 벽과 천장에 달린 형광등을 통해 실용주의가 무엇인지를 보여 주는 공간이었다. 형광등 몇 개가 깜빡거리며 공포영화 같은 분위기를 조성했고 나머지 몇 개는 죽었다. 한쪽 벽에 누군가가 뉴잉글랜드 패트리어츠(미식축구팀 — 옮긴이) 범퍼 스티커를 붙여놨다.

이곳에서도 방만의 흔적이 보이네. 식스비 부인은 생각했다. 표류의 흔적이.

뒤 건물의 복도 끝에 달린 문에는 **관계자 외 출입 금지** 팻말이 달려 있었다. 식스비 부인은 자기 카드로 문을 열었다. 다른 엘리베이터 로비가 나왔다. 짧은 오르막을 올라가자 뒤 건물로 넘어올 때 지난 터널보다 아주 살짝 덜 실용주의적인 휴게실이 나왔다. 헤클(본명은 에버렛 헬러스 박사였다.)이 기다리고 있었다. 그는 함박웃음을 머금고 입가를 계속 만지작거렸다. 그걸 보고 식스비 부인은 강박적으로 코를 잡아당겼던 딕슨이라는 아이를 떠올렸다. 다만 딕슨은 어린애였다면 헬러스는 50대였다. 저준위방사선에 오염된 환경이 인간에게 악영향을 미치는 것처럼 뒤 건물에서 근무하는 것도 악영향을 미쳤다.

"*어서 오세요*, 식스비 부인! *어서 오세요*, 스택하우스 보안실장님! 이렇게 반가울 수가 있을까요! 좀 더 자주 만나야겠어요! 두 분이 여기까지 오시게 된 정황은 안타깝지만요! 한창인 나이에, 어쩌고저쩌고."

헤클은 허리를 숙여서 모린 앨버슨을 감싼 캔버스 천을 토닥였다. 그러고는 자기만 보거나 느낄 수 있는 입 병을 달래듯 입가를 만지작거렸다.

"얼른 끝내야 해요."

스택하우스가 말했다. 식스비 부인이 짐작하기로는 여기서 얼른 나가고 싶다는 뜻이었다. 그녀도 십분 공감했다. 여기가 실질적인 작업이 이루어지는 곳이었고 헤클과 제클(본명은 조운 제임스였다.) 박사는 그 작업의 귀재였지만 그래도 여기에 있으면 불편했다. 벌써부터 이 공간의 기운을 느낄 수 있었다. 마치 저압 전류가 흐르는 전기장 안에 들어온 느낌이었다.

"네, 당연하죠. 일이 끝이 없잖습니까. 바퀴 안에 또 바퀴가 있고, 큰 벼룩의 몸에는 그 피를 빨아먹는 작은 벼룩이 있고. 내가 왜 모르겠어요. 이쪽으로 오시죠."

그들은 흉측한 의자와 그 못지않게 흉측한 소파와 구닥다리 평면 모니터가 있는 휴게실에서 바닥에 파란색의 두툼한 카펫이 깔린 복도로 건너갔다. 뒤 건물에서는 아이들이 가끔 쓰러져 소중한 머리를 바닥에 부딪칠 때가 있기 때문에 카펫이 깔려 있었다. 카트 바퀴가 털 위에 자국을 남겼다. 여기는 앞 건물 주거동의 복도와 비슷했지만 문이 모두 닫혀 있었고 문마다 잠금장치가 달려 있었다.

그중 한 곳에서 문을 두드리며 "나 좀 내보내 줘요!"와 "아니면 빌어먹을 아스피린이라도 주든가!"라고 외치는 소리가 희미하게 들렸다.

"아이리스 스탠호프예요. 오늘은 몸이 별로 안 좋은 모양이네요. 반면에 최근 들어온 아이들 몇 명은 아주 잘 버텨 주고 있어요. 오늘 저녁에 영화 관람이 있거든요. 내일은 불꽃놀이가 있고."

헤클이 말한 뒤 피식 웃으며 입가를 건드리자 식스비 부인은 어처구니없게도 셜리 템플을 떠올렸다.

그녀는 제자리에 잘 있는지 확인하느라 머리칼을 쓸어넘겼다. 당연히 제자리에 잘 있었다. 드러난 살갗이 전체적으로 나지막이 웅웅거리고 눈동자가 눈구멍 안에서 떨리는 이 느낌은 전기 때문에 그런 것이 아니었다.

그들은 푹신한 의자가 열두어 개 갖추어진 상영실을 지났다. 앞줄에 칼리샤 벤슨, 닉 윌홀름 그리고 조지 아일스가 앉아 있었다. 다들 빨간색과 파란색 러닝셔츠를 입었다. 벤슨이라는 아이는 담배 사탕을 빨아먹고 있었다. 윌홀름은 진짜 담배를 피우는 중이라 회색 연기가 머리 주변을 휘감았다. 아일스는 관자놀이를 가볍게 문지르고 있었다. 그들이 캔버스 천으로 싼 꾸러미를 밀고 지나가자 벤슨과 아일스는 고개를 돌렸다. 윌홀름은 계속 아무것도 없는 은막을 응시했다. 저 말썽꾸러기도 성질 많이 죽었군그래. 식스비 부인은 그 생각에 만족스러웠다.

상영실을 지나면 복도 저편에 식당이 있었다. 앞 건물의 식당보다 훨씬 작았다. 이쪽에 있는 인원수가 항상 더 많았지만 다들 뒤 건물에 머무는 기간이 길어질수록 잘 먹지 않았다. 식스비 부인은 영문학 전공자라면 그걸 아이러니라고 표현할지 모르겠다는 생각을 했다. 식당에는 현재 세 명이 있었다. 한 명은 오트밀처럼 보이는 것을 후루룩거리며 먹었고 다른 한 명(열두 살쯤 된 여자아이였다.)은 오트밀이 가득 담긴 그릇을 앞에 두고 그냥 앉아 있기만 했다. 하지만 그들 세 사람이 카트를 밀며 지나가는 것을 보더니 표정이 밝아졌다.

"안녕하세요! 그거 뭐예요? 죽은 사람이에요? 그렇죠, 맞죠? 이름이 모리스예요? 여자 이름치고는 웃기다. 그게 아니라 모린인가? 한번 봐도 돼요? 눈 뜨고 있어요?"

"재는 다나예요. 못 들은 척하세요. 오늘 저녁에 영화를 보겠지만 조만간 옮겨질 것 같아요. 아마도 이번 주말쯤에. 좀 더 파릇파릇한 초원과 어쩌고저쩌고. 아시죠?"

헤클이 말했다.

식스비 부인도 알았다. 이곳에는 앞 건물과 뒤 건물과…… 뒤 건물의 뒤편이 있었다. 거기가 종점이었다. 그녀는 다시 머리칼을 만졌다. 여전히 제자리에 있었다. 당연한 얘기였다. 그녀는 아주 어렸을 때 탄 세발자전거와 그걸 타고 집 앞 진입로를 왔다 갔다 하다가 바지에 뜨끈한 오줌을 지렸던 것을 생각했다. 끊어진 신발 끈을 생각했다. 맨 처음으로 몰고 다닌 차를 생각했다. 차종이…….

"바리움이었죠!"

다나라는 아이가 악을 썼다. 의자를 뒤로 넘어뜨려가며 벌떡 일어났다. 다른 두 아이는 멍하니 그녀를 쳐다보았는데, 그중 한 아이는 턱으로 오트밀을 뚝뚝 흘렸다.

"플리머스 바리움이었다는 거 알아요!(플리머스는 크라이슬러의 브랜드고 원래 모델명은 밸리언트인데 신경안정제인 바리움과 착각한 것이다—옮긴이) 아, *집에* 가고 싶어라! 아, 누가 내 *머리* 좀 멈춰 줘!"

빨간색 작업복을 입은 관리인 두 명이 등장했다. 식스비 부인으로서는 어디에서 출현했는지 알 수 없었고 관심도 없었다. 그들이 아이의 팔을 잡았다.

헤클이 말했다.

"그래, 방으로 데려 가. 하지만 약은 먹이면 안 돼. 오늘 저녁에 동원되어야 하니까."

칼리샤와 같이 앞 건물에 있었을 때 둘이서 여자들만의 비밀을 공유했던 다나 깁슨은 악을 쓰며 버둥거리기 시작했다. 관리인들이 그녀의 운동화 앞코로 카펫을 쓸어가며 그녀를 데려갔다. 식스비 부인의 머릿속에서 드문드문 떠오르던 생각들이 희미해지다가 사라졌다. 하지만 살갗과 때운 이를 간질이는 웅웅거림은 계속 이어졌다. 복도에서 형광등이 웅웅거리듯 여기에서는 그 느낌이 끊일 줄 몰랐다.

"괜찮으세요?"

스택하우스가 식스비 부인에게 물었다.

"응."

나 좀 여기서 내보내 줘.

"저도 느껴져요. 위안이 되실지 모르겠지만."

위안이 되지 않았다.

"트레버, 화장터로 보내는 시신을 꼭 이 아이들이 생활하는 공간을 거쳐서 옮겨야 하는 이유가 뭘까?"

"콩마을에는 콩이 많겠지."

스택하우스는 대답했다.

"응? 뭐라고?"

식스비 부인은 물었다.

스택하우스는 잡념을 떨치려는 듯 고개를 저었다.

"죄송해요. 그 말이 제 머릿속으로……."

"맞아요, 맞아. 오늘따라 뭐랄까…… *길을 잃은 뇌파*가 공기 중에 많이 떠다니네요."

헬러스가 말했다.

"저도 그게 뭐였는지 알아요. 그래도 내뱉는 수밖에 없었어요. 꼭……."

스택하우스는 말했다.

"뭘 먹다 사레 들인 기분이었겠죠. 식스비 부인의 질문에 답을 드리자면…… 아무도 *모른다*입니다."

헬러스 박사가 덤덤하게 말한 뒤에 킥킥거리며 다시 입가를 건드렸다.

나 좀 여기서 내보내 줘. 그녀는 다시 생각했다.

"제임스 선생님은 어디 있나요, 헬러스 선생님?"

"자기 방에요. 오늘 몸이 좀 안 좋은가 봐요. 그래도 안부 전해 달래요. 부인은 팔팔하고 튼튼하고 어쩌고저쩌고 했으면 좋겠다고."

그는 웃으며 또 셜리 템플 흉내를 냈다. *나 귀엽지 않아요?*

8

상영실에서 칼리샤는 니키가 들고 있던 담배를 가져가 필터 없는 꽁초를 마지막으로 한 모금 빨고 바닥으로 떨어뜨려서 발로 밟았다. 그런 다음 그의 어깨를 한쪽 팔로 감싸안았다.

"심해?"

"이보다 더 심한 적도 있었는데 뭐."

"영화 보면 괜찮아질 거야."

"그러게. 하지만 항상 내일이 기다리잖아. 아빠가 술이 덜 깨면 왜 그렇게 험악해졌는지 이제 알겠어. 너는 어때, 샤?"

"그럭저럭 괜찮아."

진짜였다. 왼쪽 눈 위가 나지막이 욱신거리는 정도였다. 오늘 저녁이면 가라앉을 것이다. 하지만 내일이면 다시 시작될 테고 그때는 나지막하지 않을 것이다. 내일이면 니키의 아빠가 겪었던 (그리고 그녀의 부모님도 가끔 겪었던) 숙취는 장난처럼 느껴질 만큼 엄청나게 아플 것이다. 그녀의 머릿속에 갇힌 못된 꼬마 요정이 빠져나오려고 두개골을 두드리는 듯 일정하게 지끈거릴 것이다. 하지만 그녀도 알다시피 그 정도는 약과였다. 니키가 더 심했고 아이리스는 그보다 더 심했고 두통이 가라앉기까지 다들 점점 더 많은 시간이 걸렸다.

조지는 운이 좋은 편이었다. 강력한 TK를 보유하고 있음에도 지금까지 통증을 거의 느끼지 않았다. 관자놀이와 뒤통수가 쑤시는 정도라고 했다. 하지만 점점 심해질 것이었다. 마침내 모든 게 끝날 때까지 항상 그랬다. 그리고 모든 게 끝나면? A동이 기다리고 있었다. 그 웅웅거리는 소리. 윙윙거리는 소리. 뒤 건물의 뒤편. 칼리샤는 거기로 옮겨지는 날을 기다리지 않았고 인간으로서 삭제된다는 생각을 하면 여전히 소름끼쳤지만 그것도 얼마 있으면 달라질 것이었다. 아이리스는 벌써 달라졌다. 거의 하루 종일 「워킹 데드」에 나오는 좀비처럼 지냈다. 뭐든 슈타지 라이트나 악 소리 나는 두통보다는 낫다는 헬렌 심스의 말이 A동에 대한 칼리샤의 생각이기도 했다.

조지가 허리를 숙이고 비교적 고통에서 자유로운 눈을 반짝이며 닉을 넘어서 그녀를 쳐다보았다. 그가 속삭였다.

"개가 탈출했잖아. 그것만 생각해. 그러면서 버텨."

칼리샤가 말했다.

"그럴 거야. 그렇지, 닉?"

"노력해 봐야지. 루키 엘리스처럼 호스에 젬병인 애한테 기갑 부대를 몰고 와 주길 바라는 건 얼토당토않지만."

닉은 말하고 용케 미소를 지었다.

"루크가 호스는 형편없을지 몰라도 체스는 잘하잖아. 그걸 빼먹지 말라고."

조지가 말했다.

빨간 옷을 입은 관리인 한 명이 열어 놓은 상영실 문 앞에 등장했다. 앞 건물의 관리인들은 이름표를 달고 다녔지만 여기에서는 아무도 이름표를 달지 않았다. 여기에서는 관리인들이 대체 가능한 품목이었다. 기술자도 없었고 뒤 건물의 의사 두 명과 가끔 보이는 헨드릭스 박사가 전부였다. 헤클, 제클 그리고 동키 콩. 그 끔찍한 삼인조.

“자유 시간 끝났다. 점심 안 먹을 거면 방으로 돌아가.”

예전의 니키였다면 이 근육 빵빵한 저질에게 꺼지라고 했을지 몰랐다. 지금의 니키는 넘어지지 않게 등받이를 붙잡으며 휘청휘청 자리에서 일어나고 그만이었다. 이런 그의 모습을 보고 있으려니 칼리샤는 가슴이 찢어졌다. 어떻게 보면 니키에게서 예전 모습을 빼앗은 것이 그를 죽인 것보다 더 나빴다. *여러 면에서* 그랬다.

그녀는 말했다.

“자, 자. 같이 가자. 같이 갈 거지, 조지?”

조지가 말했다.

“흠. 오늘 오후에는 「저지 보이스」 마티네 공연 보려고 했는데 네가 그러자면.”

우리가 간다, 엉망진창 삼총사가. 칼리샤는 생각했다.

밖으로 나서자 웅웅거리는 소리가 훨씬 더 세게 들렸다. 그렇다, 칼리샤는 루크가 빠져나갔다는 것을 에이버리에게 들어서 알았고 그래서 다행이었다. 정신 못 차리는 병신들은 그가 사라졌다는 사실조차 몰랐고 그래서 더 다행이었다. 하지만 두통 때문에 희망의 빛이 바랬다. 좀 가라앉더라도 다시 시작될 순간을 기다리게 된다는 점에서 남다른 지옥이었다. 게다가 A동에서 나는 웅웅거리는 소리를 들으면 희망을 품는다는 것이 얼토당토않게 느껴졌고, 그래서 끔찍했다. 칼리샤는 평생 이보다 외롭고 이보다 불안했던 적이 없었다.

하지만 버틸 수 있을 때까지 버텨야 해. 그녀는 생각했다. 그 불빛과 그 빌어먹을 영화로 우리한테 무슨 짓을 저지르는지 모르겠지만 그래도 버텨야 해. 정신이 흐려지지 않게 버텨야 해.

그들은 관리인의 감시 아래 어린아이가 아니라 환자처럼 천천히 복도를 걸었다. 아니면 열악한 호스피스에서 생의 마지막 몇 주를 보내는 노인일 수도 있었다.

9

식스비 부인과 스택하우스는 에버렛 헬러스 박사를 따라서 A동이라고 적힌 닫힌 방문 앞을 줄줄이 지났다. 카트는 스택하우스가 밀고 있었다. 거기에서는 고함소리나 비명소리가 들리지 않았지만 전기장 안으로 들어온 듯한 느낌은 더 강해졌다. 보이지 않는 쥐가 그녀의 맨살을 밟고 달려가는 느낌이었다. 스택하우스도 그걸 느꼈다. 임시로 만든 모린 앨버슨의 상여를 미는 손 말고 다른 쪽 손으로 반질반질한 정수리를 문질렀다.

"저한테는 항상 거미줄 같은 느낌이에요."

그가 말했다. 그러고는 헤클에게 물었다.

"선생님은 못 느끼시나요?"

"나는 익숙해졌어요. 그런 걸 동화(同化)라고 하죠."

그는 말하고 입가를 건드리더니 걸음을 멈추었다.

"아니다, 동화는 아니다. *적응*이라면 모를까. 아니면 순응. 둘 다

맞겠어요."

식스비 부인은 엉뚱하달 수 있는 호기심을 느꼈다.

"헬러스 선생님, 생일이 언제예요? 기억해요?"

"9월 9일요. 그리고 무슨 생각하시는지 알아요. 나 멀쩡해요, 이래봬도."

그는 빨간색으로 A동이라고 적힌 방들을 어깨 너머로 돌아보았다가 다시 식스비 부인을 쳐다보았다.

그녀는 말했다.

"9월 9일이라. 그럼…… 뭐죠? 천칭자리인가요?"

"물병자리요."

헤클은 말하며 *내가 그렇게 만만치는 않답니다, 마나님*이라고 얘기하는 듯이 장난스러운 표정을 지어 보였다.

"달이 일곱 번째 궁에 있고 수성이 화성과 나란해지면(미국의 알앤비 그룹 피브스 다이멘션이 1969년에 발표한 노래 가사다—옮긴이). 어쩌고저쩌고. 고개 숙이세요, 스택하우스 씨. 낮은 다리가 있어요."

스택하우스가 앞에서 카트 속도가 너무 빨라지지 않게 제동을 걸고 식스비 부인이 뒤에서 조절해 가며 그들은 짧고 어두침침한 복도를 지나고 계단을 내려가 닫혀 있는 또 다른 문 앞에 다다랐다. 헤클이 카드 키로 문을 열었고 그들은 기분 나쁘게 따뜻한 둥근 방으로 들어갔다. 가구는 없고 액자에 담긴 표어가 한쪽 벽에 걸려 있었다. **이들은 영웅이었음을 기억하라.** 액자 유리가 너무 더러워서 윈덱스 유리 세정제로 닦아야 하게 생겼다. 방 저편의 거칠거칠한 시멘트 벽 중간쯤에 공업용 냉동 창고에 어울림직한 철제 해치가 있었다. 이 왼쪽에 조그만 디스플레이 화면이 있는데 현재는 꺼져 있었다. 오른쪽에는 빨간색과 초록색, 이렇게 한 쌍으로 된 버튼이 있었다.

이 안으로 들어서자 식스비 부인의 머릿속을 어지럽게 수놓았던 단편적인 생각과 추억의 편린들이 사라졌고 관자놀이에서 맴돌던 일시적인 두통도 살짝 괜찮아졌다. 다행이었지만 얼른 나가고 싶었다. 그녀는 뒤 건물에 온 적이 거의 없었다. 와야 할 일이 없었다. 전쟁이 잘 치러지고 있는 한 장군이 최전방을 방문할 일은 없지 않은가. 그리고 기분이 좀 좋아지기는 했어도 아무 가구도 없는 이 동그란 방에 있는 것 자체가 끔찍하기 짝이 없었다.

헬러스도 상태가 괜찮아진 것 같았다. 이제는 헤클이 아니라 군의관으로 25년 복무하고 동성훈장을 받은 사람이었다. 허리를 폈고 더는 손끝으로 입가를 만지작거리지 않았다. 눈빛도 맑아졌고 질문도 간결해졌다.

"여자가 액세서리를 하고 있나요?"

식스비 부인은 언제부턴가 사라진 앨버슨의 결혼반지를 떠올리며 대답했다.

"아뇨."

"옷은 입고 있겠죠?"

식스비 부인은 그 질문에 왠지 모르게 모욕감을 느꼈다.

"그럼요."

"호주머니 체크하셨나요?"

그녀는 스택하우스를 쳐다보았다. 그는 고개를 저었다.

"체크하시겠어요? 지금이 마지막 기회인데."

식스비 부인은 고민하다가 관두기로 했다. 이 여자는 화장실 벽에 유언을 남겼고 핸드백은 사물함에 있을 것이었다. 통례에 따라 핸드백은 체크해야겠지만 챕스틱, 텀스 제산제, 뭉쳐진 휴대용 티슈 찾자고 청소부의 시신을 감싼 캔버스 천을 풀어서 불손하게 내민 혀를 드러낼 생각은 없었다.

"나는 됐어요. 자네는 어때, 트레버?"

스택하우스는 다시 고개를 저었다. 1년 내내 살을 까무잡잡하게 태우고 다니는데, 오늘은 창백해 보였다. 뒤 건물을 관통한 것이 그에게도 여파를 미친 것이었다. 좀 더 자주 와야 하는 거 아닌가 몰라. 그녀는 생각했다. 어떤 식인지 기억할 수 있게. 그러다가 핼러스 박사가 자기는 물병자리라고 했던 것과 스택하우스가 콩마을에는 콩이 많다고 했던 것을 떠올렸다. 그녀는 어떤 식인지 기억하려는 것이 아주 좋지 못한 발상이라는 결론을 내렸다. 그나저나 9월 9일생이면 사실은 천칭자리인가? 어째 아닌 것 같았다. 처녀자리 아닌가?(실제로 9월 9일생이면 처녀자리다 — 옮긴이)

"시작해요."

그녀가 말했다.

"좋습니다요."

핼러스 박사는 말하고 헤클이라는 별명에 걸맞게 입이 귀에 걸리도록 미소를 지었다.('heckle'에 '야유하다'는 뜻이 있다 — 옮긴이) 그는 스테인리스스틸 손잡이를 잡고 문을 열었다. 그 너머에는 암흑과 구운 고기 냄새와 아래쪽 어둠을 향해 아래로 비스듬히 놓인 검댕 묻은 컨베이어벨트가 있었다.

저 표어를 좀 닦아야겠어. 식스비 부인은 생각했다. 그리고 막혀서 고장 나기 전에 저 벨트도 씻어야겠고. 이것도 전부 방만의 흔적이었다.

헤클은 여전히 게임쇼 진행자처럼 웃는 얼굴로 물었다.

"내가 시신 들어서 옮기는 거 거들지 않아도 되겠죠? 오늘 기운이 좀 없어서요. 아침에 위티스 시리얼을 먹지 않았더니."

스택하우스가 캔버스로 둘둘 만 시신을 들어서 벨트 위에 올려놓았다. 천의 아래쪽이 벌어지며 한쪽 신발이 드러났다. 식스비 부인은 흠집투성이 밀창의 반대편으로 고개를 돌리고 싶었지만 꾹 참았다.

핼러스가 물었다.

"마지막으로 하실 말씀은요? 안녕 그리고 잘 가? 제니 우리는 너를 거의 몰랐어?"

식스비 부인이 말했다.

"실없는 소리 하지 말아요."

핼러스 박사가 문을 닫고 초록색 버튼을 눌렀다. 식스비 부인은 덜커덩거리고 끽끽대며 지저분한 컨베이어 벨트가 움직이는 소리를 들었다. 그 소리가 멈추자 핼러스가 빨간색 버튼을 눌렀다. 디스플레이 화면이 깨어났고 숫자가 금세 200에서 400에서 800에서 1600을 거쳐 마침내 3200에 다다랐다.

핼러스가 말했다.

"일반적인 화장로보다 훨씬 온도가 높아요. 그리고 훨씬 빠르죠.

그래도 시간이 좀 걸리긴 하지만. 끝날 때까지 여기 있어도 돼요. 구석구석 구경시켜 드릴게요."

그 함박웃음은 여전했다.

식스비 부인은 말했다.

"오늘은 됐어요. 할일이 너무 많아서요."

"나도 그렇지 않을까 생각했어요. 그럼 나중에 하죠, 뭐. 부인을 볼 일이 거의 없어서 그렇지, 우리는 항상 영업 중이에요."

10

모린 앨버슨의 생애 마지막 미끄럼틀 타기가 시작됐을 때 스티비 위플은 앞 건물의 식당에서 마카로니와 치즈를 먹고 있었다. 에이버리 딕슨이 주근깨로 뒤덮인 그의 두툼한 팔을 잡았다.

"나랑 같이 놀이터로 나가자."

"나 점심 먹고 있잖아, 에이버리."

에이버리는 언성을 낮추었다.

"그래서 뭐. 중요한 일이야."

스티비는 마지막으로 크게 한 입 떠서 먹고 손등으로 입을 닦고 에이버리를 따라나섰다. 놀이터에는 프리다 브라운밖에 없었다. 그녀는 농구 골대를 에워싼 아스팔트 위에 앉아서 분필로 만화 주인공을 그리고 있었다. 착한 주인공들이었다. 전부 웃고 있었다. 그들이 지나가도 그녀는 고개를 들지 않았다.

철책 앞에 다다랐을 때 에이버리가 흙과 자갈 사이에 생긴 도랑을 가리켰다. 스티비는 눈을 동그랗게 뜨고 그걸 쳐다보았다.

"누가 저런 거야? 마멋인가 하는 머시기?"

그는 (아마도 광견병에 걸렸을) 마멋이 트램펄린이나 피크닉 테이블 아래에 숨어 있기라도 한 듯 주변을 두리번거렸다.

"마멋이 그런 거 아니야."

에이버리는 말했다.

"너는 저길 통과할 수 있겠다, 에이브스. 더망칠 수 있겠다."

나는 그럴 생각하지 못한 줄 알아? 에이버리는 생각했다. 하지만 그랬다가는 숲속에서 길을 잃을 거야. 길을 잃지 않는다 한들 이제는 배도 없고.

"됐어. 저 구멍 메우는 거나 도와줘."

"왜?"

"그냥. 그리고 *더망*이라고 하지 마, 무식하게 들리잖아. *도망*, 스티비. *도망*."

에이버리의 친구가 바로 그렇게 도망쳤다. 하느님 부디 그를 사랑하사 축복하소서. 지금쯤 어디 있을까? 알 길이 없었다. 접촉이 끊겼다.

스티비는 말했다.

"*도망*. 알았어."

"훌륭해. 이제 나 좀 도와줘."

두 아이는 무릎 꿇고 앉아서 손으로 흙을 떠 먼지구름을 일으켜 가며 철책 아래 구멍을 메우기 시작했다. 날이 더워서 금세 땀이 났다. 스티비는 얼굴이 시뻘게졌다.

"너희들 뭐하니?"

그들은 고개를 돌렸다. 평소와 다르게 웃음기라고는 전혀 없는 글래디스였다.

에이버리가 말했다.

"아무것도 아니에요."

스티브도 맞장구쳤다.

"아무것도 아니에요. 그냥 흙장난하고 있어요. 지저분한 흙장난 말예요."

"어디 보자. 비켜."

둘 다 꼼짝하지 않자 그녀는 에이버리의 옆구리를 발로 찼다. 그는 몸을 웅크리며 소리를 질렀다.

"*아야! 아야, 아프잖아요!*"

스티브는 "뭐예요, 무슨 기분 나쁜 일……."이라고 얘기했다가 어깨를 차였다.

글래디스는 아직 덜 채워진 구멍을 보았다가 계속 열심히 그림을 그리고 있는 프리다를 향해 물었다.

"네가 이랬니?"

프리다는 쳐다보지도 않고 고개를 저었다.

글래디스는 하얀색 바지 주머니에서 무전기를 꺼내 눌렀다.

"스택하우스 실장님? 글래디스예요, 실장님."

잠시 정적이 흐르다가 소리가 들렸다.

"스택하우스다. 무슨 일인가?"

"지금 당장 놀이터로 나와 주셔야겠어요. 보셔야 할 게 있어요. 아무것도 아닐지 모르지만 예감이 안 좋아요."

11

글래디스는 보안실장에게 알린 뒤에 위노나를 호출해 두 아이를 방으로 데려가라고 했다. 두 아이는 추후 통보가 있을 때까지 방에 있어야 했다.

스티비는 뚱한 목소리로 말했다.

"저는 그 구멍에 대해서 아무것도 몰라요. 마멋이 판 줄로만 알았다고요."

위노나는 그에게 입 다물라고 하고 아이들을 안으로 데려갔다.

스택하우스가 식스비 부인과 함께 왔다. 그녀는 허리를 숙이고 그는 쪼그리고 앉아서 처음에는 철책 아래에 파인 구멍을, 그다음에는 철책 자체를 살폈다.

식스비 부인이 말했다.

"저 아래로는 아무도 통과하지 못하겠어. 뭐, 딕슨이라면 그 윌콕스 쌍둥이하고 별 차이도 없으니까 가능할지 몰라도 그 애 말고는 없어."

스택하우스는 두 아이가 채워 놓은 돌멩이와 흙을 치워 구멍을 도랑 수준으로 만들었다.

"정말 그럴까요?"

식스비 부인은 자신이 입술을 씹고 있었다는 걸 깨닫고 멈췄다. 말도 안 되는 발상이잖아. 그녀는 생각했다. 우리한테는 카메라도 있고 마이크도 있고 관리인, 잡역부, 청소부도 있고 보안요원도 있는데. 게다가 상대는 찍 소리도 못 낼 만큼 겁에 질린 아이들이야.

물론 윌홀름은 찍 소리를 내고도 남았고 지난 세월 동안 그 비슷한 아이가 몇 명 있기는 했다. 그래도…….

"줄리아."

아주 나지막한 목소리였다.

"왜?"

"제 옆으로 앉아 보세요."

그녀는 앉으려다가 그들을 빤히 쳐다보고 있는 브라운이라는 여자아이를 보고는 쏘아붙였다.

"안으로 들어가. 당장."

프리다는 웃고 있는 만화 주인공들을 두고 손에 묻은 분필을 털며 허둥지둥 안으로 들어갔다. 그 아이가 휴게실로 들어섰을 때 식스비 부인은 아이들 몇 명이 옹기종기 모여서 밖을 빤히 내다보고 있는 것을 발견했다. 정작 필요할 때 관리인들은 어디로 숨었나? 휴게실에서 발굴팀과 수다를 떨고 있나? 지저분한 농담을…….

"줄리아!"

그녀는 한쪽 무릎을 꿇었고 뾰족한 자갈 조각이 무릎을 찌르자 움찔했다.

"철책에 피가 묻어 있어요. 보이세요?"

보고 싶지 않았지만 보였다. 그렇다, 피였다. 말라서 적갈색이 됐지만 분명 피였다.

"이제 저길 보세요."

그는 다이아몬드 모양의 철책 구멍 사이로 한 손가락을 넣어서 뿌리가 일부 뽑힌 떨기나무를 가리켰다. 거기에도 피가 묻어 있었다. 그 얼룩을 보자, *바깥*에 묻은 그 얼룩을 보자 식스비 부인의 심장이 철렁 내려앉았고, 그녀는 순간 아주 오래전에 세발자전거를 타다가 그랬듯이 바지에 오줌을 싸는 게 아닌가 싶어서 화들짝 놀랐다. 제로폰이 떠올랐고 이 시설 원장으로서 그녀의 인생이(이 시설은 그녀의 일터가 아니라 인생이었다.) 그 안으로 사라지는 것이 보였다. 그녀가 전화해 이 나라를 통틀어 가장 은밀하고 보안이 철저해야 할 시설에서(이 나라를 통틀어 가장 필수적인 시설이기도 했다.) 아이 하나가 *철책 아래*로 탈출했다고 보고하면 혀 짧은 소리를 내는 수화기 저편의 남자가 뭐라고 할까?

두말하면 잔소리지만 그녀는 끝장이라고 할 것이다. 완전히 끝장이라고.

"입소자들은 전부 이 안에 있어."

그녀는 쉰 목소리로 속삭이며 손톱이 그의 살갗을 파고들 정도로 세게 스택하우스의 손목을 잡았다. 그는 그런 줄도 모르는 눈치였다. 최면에 걸린 사람처럼 뿌리가 일부 뽑힌 떨기나무를 계속 쳐다보고 있었다. 이건 그녀만큼 그에게도 안 좋은 상황이었다. 더 나쁘지는 않았지만, 더 나쁠 수는 *없었지만*, 그녀 못지않게 안 좋은 상황이었다.

"트레버, *아이들은 전부 이 안에 있어*. 내가 확인했다고."

"다시 확인하는 게 좋겠는데요. 그렇죠?"

이번에는 무전기를 들고 왔기에(소 잃고 외양간을 고치는 그림이 그녀의 머릿속을 스치고 지나갔다.) 그녀는 번호를 눌렀다.

"지크. 식스비 부인이다."

대기 중인 게 좋을 거야, 이오니디스. 그러는 게 좋을 거야.

그는 대기 중이었다.

"지크입니다, 식스비 부인. 앨버슨에 대해서 알아보는 중입니다. 제리는 휴가 갔고 앤디는 여기 없어서 스택하우스 실장님이 저한테 시키셔서요. 옆집에 사는 사람……."

"그건 지금 신경 쓸 것 없어. 위치 추적기 다시 한 번 확인해 줘."

"알겠습니다."

그의 말투가 갑작스럽게 조심스러워졌다. 내 긴장한 목소리를 알아차린 거지. 그녀는 생각했다.

"잠시만요, 오늘 아침에는 모든 게 느려서요…… 이삼 초만 더 기다려 주시면……."

그녀는 이러다 비명을 지를 것 같았다. 스택하우스는 우라질 마법의 호빗이 등장해 모든 걸 설명해 주길 기다리기라도 하는지 계속 철책 저편을 바라보고 있었다.

지크가 말했다.

"됐어요. 마흔한 명, 여전히 출석률 100퍼센트예요."

안도감이 시원한 바람처럼 그녀의 얼굴을 시원하게 어루만졌다.

"좋아, 다행이야. 아주……."

스택하우스가 그녀에게서 무전기를 가져갔다.

"다들 현재 어디 있지?"

"어…… 스물여덟 명은 계속 뒤 건물에 있고, 현재 동관 휴게실에 네 명…… 식당에 세 명…… 방에 두 명…… 복도에 세 명……."

그 세 명이 딕슨, 위플 그리고 그림을 그리던 여자아이겠지. 식스비 부인은 생각했다.

"그리고 놀이터에 한 명요. 이렇게 마흔한 명이에요. 말씀드렸다시피."

지크가 말문을 맺었다.

"잠깐만, 지크."

스택하우스는 식스비 부인을 쳐다보았다.

"놀이터에 있다는 아이가 보이세요?"

그녀는 대답하지 않았다. 대답할 필요가 없었다.

스택하우스는 무전기를 다시 들었다.

"지크?"

"네, 실장님. 말씀하세요."

"놀이터에 있다는 아이의 정확한 위치를 알려 주겠나?"

"어…… 줌으로 확대할게요…… 버튼이 있을 텐데……."

"그럴 것 없어."

식스비 부인은 말했다. 이른 오후 햇살을 맞고 반짝이는 물건을 포착한 참이었다. 농구 코트로 올라가 파울라인에서 허리를 숙이고 그걸 집었다. 보안실장 옆으로 돌아가 손을 내밀었다. 추적기가 아직 박혀 있는 귓불이 손바닥 위에 놓여 있었다.

12

앞 건물의 입소자들에게 방으로 들어가 대기하라는 지시사항이 전달됐다. 복도에서 돌아다니다 들키면 엄벌을 받을 거라고 했다. 시설의 보안요원은 스택하우스를 포함해서 네 명뿐이었다. 그중 두 명은 마을에 있다가 골프 카트가 다니는 길을 따라 재빨리 복귀했다. 모린이 거길 따라가면 된다고 했지만 루크가 30미터도 안 되는 간격으로 놓친 길이 그 길이었다. 세 번째 팀원은 데니슨 리버 벤드에 있었다. 스택하우스는 그녀가 복귀할 때까지 기다릴 생각이 없었다. 하지만 다음 임무를 앞두고 현장에서 대기 중이던 루비 레드 팀의 데니 윌리엄스와 로빈 렉스가 기꺼이 차출에 응했다. 조 브링스와 채드 그린리, 두 덩치도 합류했다.

수색대가 급조되고 브리핑이 이루어졌을 때 데니가 말했다.

"그 미네소타 아이로군요. 우리가 지난달에 데려온 아이."

스택하우스는 맞장구쳤다.

"맞아. 그 미네소타 아이야."

로빈이 물었다.

"그리고 귀에 박힌 위치 추적기를 잡아 뜯었다고요?"

"잘린 면이 그보다 깨끗해. 칼을 쓴 것 같아."

"어쨌거나 배짱이 있네요."

데니가 말했다.

"잡으면 밟아 주겠어요. 월흘름처럼 덤비지는 않았지만 엿 먹으라는 눈빛이었단 말이죠."

조가 말했다.

"숲속을 헤매고 있을 거예요. 길을 잃고 우왕좌왕하다 우리가 보이면 끌어안을지 몰라요."

채드는 이렇게 말해놓고 잠깐 멈칫거리다 덧붙였다.

"우리가 찾으면요. 거기 나무가 좀 많아야 말이죠."

"귀에서 피가 났고 철책 아래를 통과하느라 등도 전부 긁혔을 거야. 손도 마찬가지일 테고. 최대한 핏자국을 따라가자고."

스택하우스가 말했다.

"개가 있었으면 좋을 뻔했네요. 블러드하운드나 말 잘 듣는 블루틱이나."

데니 윌리엄스가 말했다.

"애초에 개가 도망치지 않았으면 더 좋았겠지. 철책 아래로 기어 나갔다고? 나 원 참."

로빈이 말했다. 그녀는 폭소를 터뜨리려다 스택하우스의 긴장한 표정과 성난 눈빛을 보고 생각을 바꿨다.

마을에 있던 레이프 풀먼과 존 월시, 두 보안요원이 바로 그때 도착했다.

스택하우스가 말했다.

"아이를 죽이지는 않을 거야, 알겠지? 하지만 발견하면 똥을 지릴 정도로 전기로 지져 버려야지."

"찾으면요."

관리인 채드가 했던 말을 반복했다.

"찾을 거야."

스택하우스는 말했다. 찾지 못하면 내가 끝장나거든. 여기 전체가 끝장날 수 있거든.

"나는 내 방에 가 있을게."

식스비 부인이 말했다.

스택하우스는 그녀의 팔꿈치를 붙잡았다.

"가서 뭐하시게요?"

"생각."

"좋아요. 가서 실컷 생각하세요. 하지만 전화는 안 됩니다. 약속하시는 거죠?"

식스비 부인은 경멸하는 눈빛으로 그를 바라보았지만 입술을 씹는 것으로 보았을 때 겁에 질렸을 수도 있었다. 그렇다면 그들 둘이 피장파장이었다.

"당연하지."

그녀는 원장실이라는 에어컨이 나오는 조용한 축복의 공간으로 돌아갔지만 생각하는 게 잘 되지 않았다. 시선이 자꾸 잠겨 있는 책상 서랍으로 향했다. 그 안에 든 것이 전화기가 아니라 수류탄이라도 되는 듯이 그랬다.

13

오후 3시.

숲속으로 루크 엘리스를 사냥하러 나선 사람들은 소식이 없었다. 연락은 많이 왔지만 소식은 없었다. 시설의 직원들은 모두 도망친 아이가 있다는 통보를 받았다. 전원 비상사태였다. 일부는 수색대에 합류했다. 나머지는 마을의 빈 숙소를 샅샅이 뒤지며 아이가 없는지, 아이가 다녀간 흔적만이라도 없는지 찾았다. 모든 개인 차량의 소재를 파악했다. 직원들이 가끔 이동할 때 쓰는 골프 카트는 전부 제자리에 있었다. 데니슨 리버 벤드의 정보원(이 마을의 몇 안 되는 경찰 병력 가운데 두 명도 여기에 포함됐다.)들에게도 경보를 발령하고 엘리스의 인상착의를 설명했지만 목격자가 없었다.

앨버슨 쪽에서는 소식이 있었다.

이오니디스가 IT 기술자인 제리 시먼스나 앤디 펠로위스와는 차원이 다르게 진취적이고 교활한 면모를 발휘했다. 그는 구글 어스와 전화번호 추적 앱을 차례대로 활용해 앨버슨의 집이 있는 버몬트의 조그만 마을에서 그녀의 옆집에 사는 주민에게 연락했다. 그가 국세청 직원을 사칭하자 옆집 주민은 일말의 의구심도 없이 믿었다. 그녀는 과묵하기로 유명한 북부 사람답지 않게 모린이 얼마 전에 집에 왔을 때 자신에게 몇 가지 서류의 연서를 부탁한 적이 있다고 술술 얘기했다. 여자 변호사도 동석했다. 여러 추심업체에 보내는 서류였다. 변호사는 그 서류를 C & D라고 지칭했고 그녀는 정지명령인가 보다고 맞게 해석했다.

옆집 여자가 지크에게 말했다.

"남편 신용카드에 얽힌 서류였어요. 모린은 설명하지 않았지만 설명할 필요가 뭐가 있었겠어요. 내가 어린애도 아니고. 그 빈대가 진 빚을 처리하려는 거였어요. 국세청에서 그걸로 모린을 고소할 수 있다면 얼른 착수하는 게 좋을 거예요. 금방이라도 죽게 생겼더라고요."

식스비 부인이 보기에 버몬트에서 앨버슨의 옆집에 살았던 여자는 제대로 알아맞혔다. 문제는 앨버슨이 왜 그런 식으로 문제를 처리했느냐는 것이었다. 그건 불필요한 헛수고였고 시설의 직원들은 금전적인 문제가 생기면(도박이 가장 흔했다.) 거의 무이자로 대출을 받을 수 있다는 것을 알았다. 새로운 직원이 채용되면 오리엔테이션 때마다 부대 혜택의 일환으로 소개가 됐다. 그건 사실 부대 혜택이 아니라 시설 측에서 마련한 보험이었다. 빚을 진 사람들은 돈을 받고 비밀을 넘길까 하는 유혹에 굴복할 수 있었다.

자존심과, 도망친 남편에게 이용당한 치욕 때문이었다고 설명하면 간단하겠지만 식스비 부인의 성에 차지는 않았다. 그 여자는 임종을 앞두고 있었고 그걸 안 지 어느 정도 됐을 것이다. 그래서 손을 씻기로 했는데, 그 손을 더럽힌 조직에서 돈을 받는 것은 바람직한 출발점이 아니었다. 여기까지는 수긍이 됐다. 혹은 거의 수긍이 됐다. 앨버슨이 지옥을 운운한 것과 맞아떨어졌다.

그년이 탈출을 도운 거야. 식스비 부인은 생각했다. 당연히 그랬겠지, 그런 식으로 속죄하겠다고. 그런데 물어볼 방법이 없게 그년이 조치를 취했네? 당연한 선택이었겠지, 우리 수법을 아니까. 그럼 어떻게 해야 할까? 너무 영리해서 탈인 그 녀석이 해가 떨어지기 전에 돌아오지 않으면 어떤 조치를 취해야 할까?

그녀는 답을 알았고 트레버도 알 거라고 확신했다. 잠가놓은 서랍에서 제로폰을 꺼내 하얀색 버튼을 세 개 다 눌러야 할 것이다.

그러면 혀 짧은 소리를 내는 남자가 받을 것이다. 그녀가 시설 역사상 처음으로 입소자가 탈출했다고 보고하면, 한밤중에 철책 아래를 파서 나갔다고 하면 그 사람은 뭐라고 할까? 이런, 유감쓰럽네요? 안타까운 싸태가 발쌩했네요? 걱정 말아요?

어림 반 푼어치도 없는 소리.

생각을 하자. 그녀는 속으로 중얼거렸다. 생각을, 생각을, *생각*을. 그 골칫덩어리 청소부가 누구한테 얘기했을까? 엘리스는 또 누구한테…….

"쌍. *쌍!*"

철책 아래에 생긴 구멍을 발견한 순간부터 그녀의 눈앞에 있었다. 그녀는 눈을 동그랗게 뜨고 의자에 똑바로 앉았고, 숲속 45미터 지점부터 핏자국이 보이지 않는다고 스택하우스에게 보고를 받은 이후 처음으로 제로폰을 잊었다.

컴퓨터 전원을 켜고 원하는 파일을 찾았다. 클릭하자 영상이 재생되기 시작했다. 앨버슨, 엘리스 그리고 딕슨이 간식 자판기 옆에서 있었다. *여기에서는 얘기해도 돼. 마이크가 있긴 하지만 고장 난 지 한참 됐거든.*

루크 엘리스가 대화를 주도했다. 그 쌍둥이와 크로스라는 아이가 걱정된다고 했다. 앨버슨이 그를 달랬다. 딕슨은 옆에 서서 팔을 긁고 코를 잡아당기며 거의 아무 말도 하지 않았다.

스택하우스가 말했었다. *아우, 이 녀석아. 코를 팔 거면 얼른 파라.* 하지만 새로운 관점에서 이 영상을 보니 사실은 무슨 일이 벌어지고 있었는지 알 수 있었다.

그녀는 노트북을 닫고 인터컴을 눌렀다.

"로절린드, 딕슨이라는 아이를 만나고 싶어요. 토니하고 위노나한테 그 아이를 데리고 오라고 해요. 지금 당장."

14

에이버리 딕슨은 배트맨 티셔츠와 딱지로 덮인 무릎이 고스란히 드러나는 지저분한 반바지 차림으로 식스비 부인의 책상 앞에 서서 겁에 질린 눈빛으로 그녀를 쳐다보았다.

식스비 부인은 희미한 미소를 지어 보였다.

"네가 연루됐다 걸 진작 알아차렸어야 하는데, 딕슨 군. 내가 방심하고 있었네."

"네, 원장님."

에이버리는 속삭였다.

"너도 그렇게 생각하니? 내가 방심했다고?"

"아니에요, 원장님!"

에이버리는 혀를 내밀어 입술을 적셨다. 하지만 오늘은 코를 잡아당기지는 않았다.

식스비 부인은 손깍지를 끼고 몸을 앞으로 숙였다.

"설령 그랬을지 몰라도 방심은 이제 끝이야. 앞으로 분위기가 달라질 거거든. 하지만 그보다 먼저 중요한 게 뭔가 하면…… 반드시 *해야 하*는 일이 뭔가 하면…… 루크를 집으로 데려다주는 거야."

"네, 원장님."

그녀는 고개를 끄덕였다.

"우리 서로 생각이 같구나, 다행이다. 출발이 좋아. 그러니까 루크가 어디로 갔니?"

"저도 몰라요, 원장님."

"알 거라고 보는데. 너랑 스티븐 위플이 그 아이가 빠져나간 구멍을 메우고 있었잖니. 바보 같은 짓이었어. 그냥 내버려 뒀어야지."

"저희는 마멋이 파 놓은 줄 알았어요, 원장님."

"말도 안 되는 소리. 너는 누가 그걸 파놓았는지 똑똑히 알아. 네 친구 루크지. 자."

그녀는 손바닥을 펼쳐 책상 위에 올려 놓고 그를 보며 미소를 지었다.

"루크는 똑똑한 아이고 똑똑한 아이들은 무작정 숲속으로 돌진하지 않아. 철책 아래로 빠져나가는 건 그 아이의 아이디어였을지 몰라도 그 너머에 어떤 게 있는지는 앨버슨에게 들었겠지. 네가 코를 잡아당길 때마다 앨버슨이 방향을 하나씩 알려 줬겠지. 네 특출한 머리에 대고, 응? 네가 나중에 그걸 엘리스에게 알려 줬을 테고. 딱 잡아떼도 소용없어, 딕슨 군. 너희들이 대화를 나누는 영상을 봤거든. 유치한 할망구의 실없는 말장난처럼 들릴지 모르겠다만 네 얼굴에 달린 코처럼 빤하더구나. 진작 알아차렸어야 하는 건데."

그리고 트레버도. 그녀는 생각했다. 그도 보았으니 무슨 일이 벌어지고 있는지 알아차렸어야 하는 거였다. 이 사태가 끝나고 철저하게 최종 보고가 이루어질 때 우리 얼마나 눈뜬장님처럼 보일까.

"이제 그 아이가 어디로 갔는지 얘기해."

"정말 몰라요."

"지금 너는 눈동자를 굴리고 있어, 딕슨 군. 거짓말을 할 때 나타나는 반응이지. 나를 똑바로 봐. 안 그러면 토니가 네 팔을 잡고 등 뒤로 돌려서 비틀 테고 그럼 아플 거야."

그녀는 토니를 향해 고개를 끄덕였다. 그가 에이버리의 가느다란 손목을 잡았다.

에이버리는 그녀를 똑바로 쳐다보았다. 전부 얘기하라고 을러대는 못된 선생님처럼 얼굴에 살이 없고 무섭게 생겨서 견디기 힘들었지만 그래도 똑바로 쳐다보았다. 눈물이 솟아 뺨을 타고 흘러내렸다. 그는 예전부터 울보였다. 두 명의 누나는 그를 엄살꾸러기 울보라고 불렀고 학교에서는 쉬는 시간마다 동네북이었다. 여기 놀이터가 더 나았다. 어머니와 아버지가 *미치*도록 보고 싶었지만 그래도 친구들이 있었다. 해리가 그를 떠민 적 있긴 했지만 나중에는 친구가 되었다. 적어도 죽기 전까지는 그랬다. 바보 같은 검사를 받다가 저들 손에 죽기 전까지는. 샤와 헬렌은 없지만 새로 온 프리다가 잘해 주었고 호스에서도 져 주었다. 딱 한 번뿐이었지만 그래도. 그리고 루크. 루크가 최고였다. 에이버리가 지금까지 만난 친구들 중에서 제일 좋았다.

"앨버슨이 루크한테 어디로 가라고 했니, 딕슨 군? 어쩔 계획이었어?"

"몰라요."

식스비 부인이 토니에게 고개를 끄덕이자 그가 에이버리의 팔을 뒤로 비틀고 손목을 거의 견갑골까지 들어올렸다. 어마어마하게 아팠다. 에이버리는 비명을 질렀다.

"어디로 갔어? 어쩔 계획이었어?"

"*몰라요!*"

"놔 줘, 토니."

토니가 손을 놓자 에이버리는 흐느끼며 그 자리에 무릎을 꿇고 주저앉았다.

"정말 아팠어요, 다시는 괴롭히지 말아 주세요, 제발요."

그는 *이건 너무하잖아*요라고 덧붙일까 하다가 관두기로 했다. 너무하거나 말거나 이들이 신경 쓸 리 없었다.

"나도 그러고 싶지 않아."

식스비 부인이 말했다. 그 말에 담긴 진심은 손톱만큼이었다. 오랜 시간 이 원장실을 지키는 동안 아이들의 고통에 무뎌졌다고 보면 더 맞았다. 그리고 화장터에 달린 표어가 사실일지 몰라도(울며 겨자 먹기로 동원됐긴 했어도 영웅은 영웅이었다.) 개중 몇 명은 사람의 인내심을 시험했다. 가끔 인내심의 한계를 넘어설 때까지 그랬다.

"어디로 갔는지 몰라요, 진짜예요."

"사람들이 진짜라면서 하는 말은 진짜가 아니지. 내가 경험이 많아서 알아. 그러니까 어서 말해. 그 아이가 어디로 갔고 어쩔 계획이었는지."

"몰라요!"

"토니, 저 아이 셔츠 올려. 위노나, 테이저건 준비해. 강도는 중간으로."

"안 돼요! 테이저건은 싫어요! 제발요, 테이저건은 싫어요!"

에이버리는 소리를 지르며 벗어나려고 했다.

토니가 그의 허리를 잡고 셔츠를 올렸다. 위노나가 에이버리의 배꼽 바로 위에 전기봉을 대고 버튼을 눌렀다. 에이버리는 비명을 질렀다. 다리가 움찔거렸고 오줌이 카펫을 적셨다.

"그 아이가 어디로 갔지, 딕슨 군?"

얼굴은 얼룩덜룩하니 콧물범벅이고 눈 아래에 다크서클이 생겼고 바지에 오줌을 쌌는데도 이 꼬맹이는 버티고 있었다. 식스비 부인은 믿을 수가 없었다.

"어디로 갔고 어쩔 계획이었지?"

"*몰라요!*"

"위노나? 다시 한 번. 중간 강도로."

"원장님, 정말……."

"이번에는 강도를 조금 높여 줘. 명치 바로 아래에 대고."

에이버리는 팔이 땀으로 번들거려서 토니의 손아귀에서 빠져나오려다 하마터면 끔찍한 상황을 더 끔찍하게 만들 뻔했지만(차고에 갇힌 새처럼 물건들을 쳐서 넘어뜨리고 벽에 부딪쳐 가며 원장실을 날아다닐 뻔했다.) 위노나가 발을 걸고 넘어뜨린 다음 그의 팔을 잡고 일으켜 세웠다. 이렇게 해서 토니가 테이저건을 쓰게 됐다. 에이버리는 비명을 지르고 축 늘어졌다.

식스비 부인이 물었다.

"기절했나? 기절했으면 에번스 박사 불러서 주사 놓아 달라고 해. 얼른 답을 들어야 하니까."

토니가 에이버리의 뺨(처음 왔을 때는 통통했었는데 지금은 많이 야위었다.)을 잡고 비틀었다. 에이버리가 눈을 번쩍 떴다.

"기절하지 않았습니다."

식스비 부인이 말했다.

"딕슨 군, 이건 어리석고 불필요한 고통이야. 내가 묻는 말에 대답하면 멈출 수 있어. 그 아이가 어디로 갔지? 어쩔 계획이었고?"

에이버리는 속삭였다.

"몰라요. 정말로, 정말로, 정말로 몰라……."

"위노나? 에이버리 군의 바지를 벗기고 테이저건을 고환에 갖다 대. 최고 강도로."

위노나는 건방진 입소자의 뺨을 아무렇지도 않게 때리는 편이었지만 이번 명령은 부담스러웠다. 그래도 그의 바지 허리밴드를 향해 손을 내밀었다. 바로 이때 에이버리가 무너졌다.

"알았어요! 알았어요! 얘기할게요! 그만하세요!"

"잘 생각했다."

"모린이 숲을 지나라고 했어요. 골프 카트 다니는 길을 찾으면 좋은데 찾지 못하더라도 계속 일직선으로 가라고 했어요. 그러면 불빛이 보일 거라고, 특히 밝은 노란색 불빛이 보일 거라고 했어요. 집들이 나오면 스카프가 보일 때까지 철책을 따라가라고 했어요. 스카프가 덤불 아니면 나무에 매달려 있을 거라고, 둘 중 뭐였는지는 기억이 안 나요. 그 뒤편으로 길이 있는데…… 오솔길이랬나…… 그것도 기억이 안 나요. 하지만 그 길을 따라가면 강이 나올 거라고 했어요. 강에 보트가 있을 거고요."

그는 말을 멈추었다. 식스비 부인은 그를 보고 고개를 끄덕이며 인자하게 미소를 지었지만 안에서는 심장이 세 배로 빠르게 뛰고 있었다. 이건 좋은 소식인 동시에 나쁜 소식이었다. 스택하우스의 수색대가 숲속에서의 방황을 멈출 수 있게 됐지만 보트라니? 엘리스가 강까지 갔을까? 게다가 그게 몇 시간 전이었다.

"그 다음에는, 딕슨 군? 앨버슨이 어디에서 내리라고 하던가? 벤드였겠지? 데니슨 리버 벤드?"

에이버리는 고개를 젓고 겁에 질려서 거짓말을 하지 못하게 된 눈을 동그랗게 뜨고 그녀를 똑바로 쳐다보았다.

"아뇨, 거기는 너무 가까우니까 프레스크 아일까지 계속 가라고 했어요."

"아주 잘했어, 딕슨 군. 이제 방으로 가도 좋아. 하지만 거짓말을 했다고 밝혀지면……."

"저는 골치 아파지겠죠."

에이버리는 떨리는 손으로 뺨에 묻은 눈물을 닦으며 말했다.

그 말에 식스비 부인은 웃음을 터뜨렸다.

"내 생각을 읽었구나."

15

오후 5시.

엘리스가 빠져나간 지 최소 18시간, 어쩌면 그보다 더 됐다. 놀이터 카메라가 녹화가 되지 않아서 정확히 알 방법은 없었다. 식스비 부인과 스택하우스는 원장실에서 추이를 살피며 정보원들의 보고를 들었다. 전국 각지에 정보원이 있었다. 그들이 하는 일은 대개 기초 작업이었다. BDNF 수치가 높은 아이들을 예의 주시하며 그들의 친구, 가족, 이웃, 학교에 얽힌 정보를 수집했다. 그리고 두말하면 잔소리지만 그들이 사는 집에 얽힌 정보를 수집했다. 집에 대한 모든 것, 그중에서도 특히 경보 시스템에 대해. 때가 되면 그 모든 배경지식이 발굴팀에 의해 유용하게 쓰였다. 그런가 하면 그들은 시설의 레이더에 아직 포착되지 않은 특별한 아이가 없는지 살폈다. 그런 아이들이 가끔 등장할 때가 있었다. 미국 병원에서 태어난 신생아들은 일반적으로 BDNF와 더불어 발뒤꿈치 채혈로 페닐케톤뇨증 검사를 받고 아프가 점수를 측정하지만, 모든 아이가 병원에서 태어나는 것은 아니었고 점점 목소리가 커져 가는 예방 접종 거부자를 비롯해 검사를 거부하는 부모가 많았다.

이 정보원들은 그들이 누구를 위해, 어떤 이유에서 정보를 수집하는지 전혀 몰랐고 대다수가 미국 정부의 빅 브러더 사업에 쓰이는가 보다고 (잘못) 짐작했다. 대다수는 그저 매달 500달러씩 가외 수입을 챙기며 보고를 해야 할 때가 되면 보고를 하고 의문을 제기하지 않았다. 물론 어쩌다 한 번씩 의문을 제기하는 사람이 생겼지만 그런 사람은 호기심으로 고양이만 죽는 게 아니라 매달 받던 배당금도 없어질 수 있다는 사실을 깨달았다.

시설 주변은 정보원의 밀도가 가장 높아서 거의 50명에 달했지만 그들은 재능 있는 아이들을 추적하는 데 별로 관심이 없었다. 그들의 주요 임무는 엉뚱한 질문을 하는 사람들의 얘기를 귀담아 듣는 것이었다. 그런 사람들이 지뢰이자 조기 경보였다.

스택하우스는 딕슨이 착각했거나 거짓말을 했을 경우에 대비해 ("거짓말이었다면 내가 알아차렸을 거야." 식스비 부인은 그렇게 주장했다.) 데니슨 리버 벤드의 대여섯 명에게도 경보를 발령했지만 주로 프레스크 아일의 정보원들에게 경보를 발령했다. 그중 한 명에게는 경찰서에 연락해 CNN에서 보도된 아이를 본 것 같다고 신고하는 임무를 맡겼다. 부모가 살해당한 사건의 참고인으로 수배 중이라고 뉴스에 보도된 아이라고. 100퍼센트 장담할 수는 없지만 그 아이 같아 보였고, 험악한 분위기로 횡설수설하며 돈을 달라고 했다고. 식스비 부인과 스택하우스, 두 사람 모두 알다시피 경찰을 통해 빠져나간 아이를 찾는 것은 이상적인 해결책이 되지 못했지만 경찰 정도는 그들이 해결할 수 있었다. 게다가 엘리스가 그들에게 무슨 얘기를 한들 정신적으로 문제가 있는 아이의 헛소리로 간주될 것이었다.

시설이나 마을에서는 휴대전화가 터지지 않았기에(마을 반경 3킬로미터 안에서는 그랬다.) 수색대는 무전기를 썼다. 그리고 유선전화가 있었다. 이제 식스비 부인의 책상에 놓인 유선전화가 울렸다. 스택하우스가 받았다.

"네? 누구시죠?"

지크 대신 통신실을 맡은 펠리셔 리처드슨 박사였다. 그녀가 자청한 일이었다. 그녀의 목도 위태롭다는 것을 충분히 알기 때문이었다.

"정보원 한 명을 통화 대기시켜 놓았어요. 진 레베스크라는 남자인데 엘리스가 타고 간 보트를 찾았대요. 연결해 드릴까요?"

"당장요!"

식스비 부인은 스택하우스 앞에 서서 두 손을 들고 입 모양으로 뭐래? 하고 물었다.

스택하우스는 모르는 척했다. 딸깍 하는 소리에 이어 레베스크가 연결됐다. 세인트 존 밸리 사투리가 무척 심했다. 스택하우스는 그를 본 적 없었지만 챙에 낚시용 미끼를 잔뜩 꽂아 놓은 모자를 쓴 까무잡잡한 늙은이가 그려졌다.

"내가 그 보트를 찾았어요."

"그렇다고 들었어요. 어디서요?"

"프레스크 아일에서 상류 쪽으로 8킬로미터쯤 되는 강둑에 걸려 있더라고요. 물이 많이 들었지만 한 개뿐인 노가 벤치에 기대고 세워져 있었어요. 그 자리에 그대로 뒀어요. 아무한테도 얘기하지 않았고. 노에 피가 묻어 있었어요. 저기, 여기서 조금 올라가믄 물살이 쪼까 빠르걸랑요. 만약 찾으시는 아이가 보트를 못 다루는 아이믄, 그 정도 물살이믄……."

스택하우스가 말을 받았다.

"물에 빠질 수도 있다는 말씀이죠? 거기 그대로 계세요. 제가 사람을 두엇 보낼게요. 그리고 감사합니다."

"돈 받고 허는 일인디요, 머. 그 아이를 찾으시는 이유는 비밀이겠지요?"

레베스크는 말했다.

스택하우스는 전화를 끊는 것으로 그 바보 같은 질문의 답변을 대신하고 식스비 부인에게 통화 내용을 전달했다.

"운이 좋으면 물에 빠져 죽은 그 쥐새끼의 시신을 오늘 저녁이나 내일 발견할 수 있겠지만 그 정도로 운이 따라줄지 장담할 수 없으니까요. 레이프와 존을(지금 있는 보안요원이 이 둘뿐인데 이 사태가 해결되면 그 부분도 손을 봐야겠습니다.) 당장 프레스크 아일 시내로 파견해야겠어요. 엘리스가 도보로 이동 중이라면 맨 먼저 거기로 갈 테니까요. 히치하이크를 시도하려고 하면 주 경찰이나 프레스크 아일 경찰이 태워서 붙잡아놓을 겁니다. 이러니저러니 해도 자기 부모를 살해하고 메인까지 도망친 미친 녀석이니까요."

"정말 그럴 수 있을 거라고 생각하나?"

그녀는 솔직히 궁금했다.

"아뇨."

16

입소자들에게 방 밖으로 나와서 저녁을 먹어도 좋다는 허락이 떨어졌다. 표면상으로는 대체로 잠잠했다. 관리인과 기술자들이 상어처럼 주변을 맴돌며 감시했다. 다들 신경이 날카로워서 아무라도 불손하게 나오면 한 대 치거나 전기봉을 갖다 댈 태세였다. 하지만 그 고요한 이면에서 몰래 흐르는 불안 섞인 들뜸이 어찌나 강렬한지 프리다 브라운은 살짝 취기를 느낄 정도였다. 탈출한 아이가 있었다니. 아이들은 모두 기뻐했지만 아무도 그런 티를 내지 않았다. *그녀도* 기뻤을까? 프리다는 잘 모르겠다는 생각이 들었다. 기쁜 마음도 있었지만…….

에이버리가 그녀의 옆에 앉아서 토마토 소스에 삶은 콩 속에 핫도그 두 개를 묻었다가 끄집어내고 있었다. 그걸 매장하고 발굴하는 중이었다. 프리다는 루크 엘리스만큼 똑똑하지는 않았지만 제법 머리가 좋았고 *매장*과 *발굴*이 무슨 뜻인지 알았다. 하지만 루크가 그의 말을 믿어 줄 사람에게 여기서 어떤 일이 벌어지고 있는지 폭로했을 때 어떤 사태가 벌어질지, 그건 알 수 없었다. 특히 그들*이* 어떻게 될지는. 풀려나게 될까? 부모님이 있는 집으로 돌려 보내질까? 이 아이들은 그렇게 믿고 싶어 했지만(표면 아래로 들뜬 분위기가 흐르는 이유가 그 때문이었다.) 프리다로서는 의심스러웠다. 그녀는 열네 살밖에 안 됐지만 벌써부터 단련된 냉소주의자였다. 그녀가 그린 만화 주인공들은 웃음 띤 얼굴이었지만 그녀는 거의 웃지 않았다. 뿐만 아니라 그녀는 다른 아이들은 모르는 사실을 하나 알고 있었다. 에이버리가 원장실로 불려갔고 거기서 이실직고했을 게 분명하다는 것이었다.

따라서 루크는 무사히 도망치지 못할 가능성이 컸다.

"너 그 개밥 먹을 거야 아니면 그냥 가지고 노는 거야?"

에이버리는 접시를 옆으로 밀치고 자리에서 일어났다. 원장실에 다녀온 뒤로 귀신을 본 듯한 표정을 짓고 있었다.

프리다가 말했다.

"디저트 메뉴에 아이스크림을 곁들인 애플파이하고 초콜릿 푸딩이 있네. 여긴 집하고 달라서, 적어도 우리 집하고는 달라서 밥 건너뛰고 디저트만 먹어도 돼."

"배 안 고파."

에이버리는 말하고 식당 밖으로 나갔다.

하지만 두 시간 뒤에 아이들이 방으로 내쫓겼을 때 (오늘 저녁에는 휴게실과 매점에 접근 금지령이 내려졌고 놀이터로 나가는 문이 잠겼다.) 그가 잠옷 차림으로 터벅터벅 프리다의 방을 찾아와 배가 고프다며 토큰 남은 거 있느냐고 물었다.

프리다는 물었다.

"지금 장난해? 내가 여기 온 지 며칠이나 됐다고."

사실은 세 개 있었지만 그걸 에이버리에게 줄 생각은 없었다. 그를 좋아하긴 해도 그 정도는 아니었다.

"아. 알았어."

"가서 자. 자는 동안에는 배가 안 고플 거 아냐. 자고 일어나면 아침 먹을 시간일 테고."

"같이 자도 돼, 프리다? 루크도 없고 하니까?"

"네 방에 있어야지. 너 때문에 우리 둘 다 골치 아파질 수 있어."

"혼자 자기 싫어. 관리인들이 나 아프게 했어. 전기 충격 먹였어. 다시 찾아와서 나를 또 아프게 하면 어떡해? 비밀을 알아내면……."

"비밀이라니?"

"아무것도 아니야."

그녀는 고민했다. 사실 여러 가지를 고민했다. 미주리 주 스프링

필드에서 온 고민 전문가 프리다 브라운.

"음…… 알았어. 침대로 올라가. 나는 좀 있다가 잘 거야. TV에서 야생동물 관련 프로그램을 방송한다길래 보려고 하거든. 너, 어떤 야생동물들은 자기 새끼를 잡아먹는다는 거 알아?"

에이버리의 얼굴이 핼쑥해졌다.

"진짜? 끔찍하도록 슬프잖아."

그녀는 그의 어깨를 토닥였다.

"대부분은 그렇지 않대."

"아. 아, 다행이다."

"응. 이제 침대 안으로 들어가서 아무 말도 하지 마. 나는 TV 볼 때 옆에서 누가 말 거는 거 질색이거든."

에이버리는 침대 안으로 들어갔다. 프리다는 야생동물 프로그램을 보았다. 앨리게이터 악어가 사자와 싸웠다. 아니면 크로커다일 악어일 수도 있었다. 아무튼 재미있었다. 그리고 에이버리도 재미있었다. 왜냐하면 에이버리에게는 비밀이 있었다. 그녀가 에이버리처럼 TP가 강력했다면 어떤 비밀인지 알아차렸을 것이다. 하지만 그게 아니다 보니 비밀이 있다는 것만 알았다.

그가 잠이 든 게 분명해지자(얌전하게 코를 골았다.) 그녀는 불을 끄고 그의 옆으로 들어가 그를 흔들었다.

"에이버리."

그는 끙끙거리며 그녀에게서 몸을 돌리려고 했다. 그녀는 잡고 놓지 않았다.

"에이버리, 루크가 어디로 갔어?"

"프레킬."

그는 중얼거렸다.

그녀는 *프레킬*이 뭔지 도무지 알 수 없었지만 상관없었다. 어차피 거짓말이었다.

"왜 이래, 어디로 갔어? 아무한테도 얘기하지 않을게."

"빨간 계단 위로."

에이버리는 말했다. 그는 아직도 비몽사몽이었다. 이게 꿈이라고 생각하고 있을 가능성이 컸다.

"무슨 빨간 계단?"

그녀는 그의 귀에 대고 속삭였다.

에이버리는 아무 대답도 하지 않았고 이번에 그가 반대편으로 몸을 돌리려고 하자 프리다는 놓아 주었다. 원하는 것을 얻었기 때문이었다. 에이버리(그리고 컨디션 좋은 날의 칼리샤)와 다르게 그녀는 생각을 정확히 읽지는 못했다. 사색에 근거한 직감을 느꼈고 상대가 유난히 열려 있으면 (이를테면 비몽사몽인 꼬마아이처럼) 잠깐 동안 눈부신 영상을 볼 수 있었다.

그녀는 똑바로 누워서 천장을 올려다보며 생각에 잠겼다.

17

10시였다. 시설은 고요했다.

야간 담당 관리인 중 한 명인 소피 터너는 놀이터의 피크닉 테이블에 앉아서 비타민워터 병뚜껑에 재를 털어 가며 규정을 어기고 담배를 피웠다. 에번스 박사가 한 손을 그녀의 허벅지에 얹고 옆에 앉아 있었다. 그가 허리를 숙여 그녀의 목덜미에 입을 맞추었다.

그녀가 말했다.

"하지 마, 지미. 오늘밤은 안 돼, 온 동네가 긴급 비상사태잖아. 누가 보고 있는지도 모르는데."

"온 동네가 긴급 비상사태인데 시설 직원으로서 담배를 피우는 건 괜찮고? 말썽꾼이 되려거든 더 철저하게 말썽꾼이 되어야지."

그는 그렇게 말하며 손을 좀 더 높이 올렸다. 그녀가 그대로 둘지 말지 고민하다가 주위를 두리번거리는데 여자아이 하나가(신입이었다.) 휴게실 문 앞에 서 있었다. 손바닥을 유리창에 얹고 그들을 쳐다보고 있었다.

"이런 *망할!*"

소피는 외쳤다. 그녀는 에번스의 손을 치우고 담배를 밟아서 껐다. 성큼성큼 문 앞으로 걸어가 잠금장치를 풀고 문을 확 열어서 엿보고 있던 아이의 목을 잡았다.

"여기서 뭐하는 거야? 오늘 밤에는 돌아다니지 말랬는데 못 알아들었니? 휴게실하고 매점은 출입 금지야! 엉덩이 세게 한 대 맞고 싶지 않으면 방으로……."

프리다는 말했다.

"식스비 원장님한테 할 얘기가 있어요. 지금 당장요."

"지금 제정신이니? 마지막 경고다, 방으로……."

그때 에번스 박사가 사과도 없이 소피를 밀치고 나왔다. 오늘 밤에는 더 이상 국물도 없는 줄 알라고 소피는 속으로 으르렁거렸다.

"프리다? 너, 프리다 맞지?"

"네."

"왜 그러는지 나한테 얘기해 주지 않을래?"

"원장님한테만 할 거예요. 그분이 대빵이잖아요."

"그건 맞지만 대빵은 오늘 바쁜 하루를 보냈거든. 나한테 얘기하면 그분께 전할 만큼 중요한 사안인지 판단할게."

"아, 왜 이래요. 이 시건방진 게 사기 치려는 건데 모르겠어요?"

소피가 말했다.

"루크가 어디 갔는지 알아요. 선생님한테는 말고 원장님한테 얘기할 거예요."

프리다가 말했다.

"거짓말이에요."

소피가 말했지만 프리다는 그녀 쪽을 쳐다보지도 않았다. 시선을 계속 에번스 박사에게 고정했다.

"아니에요."

에번스의 내적 갈등은 금세 끝났다. 좀 있으면 루크 엘리스가 사라진 지 꼬박 24시간이 될 테고 그가 어디에서 누구한테(주여, 경찰이나 기자는 아니게 하소서.) 무슨 얘기를 할지 아무도 모를 일이었다. 믿기지 않긴 하지만 이 아이의 주장이 맞는지 판단하는 것은 에번스가 할 일이 아니었다. 식스비 부인이 할 일이었다. 노도 없이 똥창에 빠지게 될 수도 있는 실수를 저지르지 않는 것이 그가 할 일이었다.

"그 말이 사실이어야 할 거야, 프리다. 아니면 어마어마하게 아파하게 될 거야. 너도 알지?"

그녀는 그를 쳐다보기만 했다.

18

10시 20분.

회전 경운기와 잔디 깎는 트랙터와 상자에 담긴 선외기 뒤편에서 잠이 든 루크를 실은 사우스웨이 익스프레스 화차는 이제 펜실베이니아를 향해 뉴욕 주를 출발했고, 앞으로 세 시간 동안 달릴 길을 따라 점점 속도를 높였다. 속력이 시속 127킬로미터에 달했으니 철길을 건너려다 중간에 시동이 꺼졌거나 그 위에서 잠이 든 사람에게는 화가 있을지어다.

식스비 부인의 원장실에서는 프리다 브라운이 책상 앞에 서 있었다. 집에서 입던 것보다 질이 좋은 분홍색 바지 잠옷을 입고 있었다. 머리는 낮과 같이 하나로 묶었고 두 손은 등 뒤에서 깍지를 끼고 있었다.

스택하우스는 원장실 옆에 딸린 조그만 사실의 소파 위에서 토막잠을 자고 있었다. 식스비 부인은 그를 깨울 필요성을 느끼지 못했다. 아직은 그랬다. 그녀는 아이를 살폈지만 주목할 만한 부분을 전혀 발견하지 못했다. 아이는 브라운이라는 성에 걸맞게 갈색이었다. 눈도 갈색이었고 머리는 갈색 생쥐 색이었고 피부는 여름에 마시는 카페오레 색으로 햇볕에 탔다. 파일 상의 BDNF 수치도 그 비슷하게 평범했다. 적어도 이 시설의 기준상으로는 쓸모 있긴 해도 놀라운 수준은 아니었다. 그럼에도 그 갈색 눈에는 뭔가가 있었다, *뭔가*가. 좋은 패를 잔뜩 쥔 브리지나 휘스트 플레이어의 눈빛이라고 할까.

식스비 부인이 말했다.

"에번스 선생이 그러는데 여기에서 없어진 아이가 어디 있는지 안다며? 어쩌다 알게 됐는지 들을 수 있을까?"

"에이버리요. 에이버리가 제 방으로 찾아왔거든요. 지금 거기서 자고 있어요."

프리다의 대답에 식스비 부인은 미소를 지었다.

"안타깝게도 네가 한 발 늦은 것 같구나. 딕슨 군이 이미 아는 걸 우리한테 전부 얘기했거든."

"걔가 거짓말을 했어요."

그녀는 계속 등 뒤로 손깍지를 끼고 침착한 표정을 유지하고 있었지만 식스비 부인은 수많은 아이들을 상대해 보았기에 이 아이가 겁에 질렸다는 것을 알 수 있었다. 그녀도 위험부담을 이해했다. 그럼에도 그 갈색 눈에 담긴 확신하는 눈빛은 여전했다. 놀라웠다.

스택하우스가 셔츠를 허리춤에 넣으며 원장실로 들어왔다.

"이 아이는 누굽니까?"

"프리다 브라운. 위증을 시도하는 아이야. 그게 무슨 뜻인지 우리 꼬맹이는 모를 거라고 보지만."

프리다가 말했다.

"알아요. 거짓말한다는 뜻인데, 거짓말 아니에요."

"에이버리 딕슨도 거짓말을 하지 않았어. 내가 스택하우스 씨한테도 얘기했지만 이 자리에서 너한테도 얘기하마. 나는 어린애가 거짓말을 하면 알아."

"아, 걔가 아마 거의 모든 부분에 대해서 사실대로 얘기했을 거예요. 그래서 원장님이 그 아이 말을 믿으셨겠죠. 하지만 프레킬에 대해서는 사실대로 얘기하지 않았어요."

그녀는 미간을 찌푸렸다.

"프레킬이라니 그게 무슨……."

"프레스크 아일? 지금 거기 얘기하는 거니?"

스택하우스는 그녀에게 다가가 한쪽 팔을 붙잡았다.

"*에이버리*는 그렇게 얘기했겠죠. 하지만 거짓말이었어요."

"네가 그걸 어떻게……."

식스비 부인이 말문을 열었지만 스택하우스가 손을 들어 그녀를 저지했다.

"프레스크 아일에 대해 거짓말을 했다면 진실은 뭐지?"

그녀는 그를 보며 영악한 미소를 지었다.

"알려드리면 뭘 주실 건가요?"

식스비 부인이 말했다.

"전기 충격을 받을 일은 없을 거야. 죽기 직전까지."

"전기봉으로 찌르면 제가 무슨 말을 하긴 하겠지만 솔직한 대답이 아닐 수도 있죠. 에이버리도 전기봉으로 찔렸을 때 솔직하게 대답하지 않았던 것처럼."

식스비 부인은 손으로 책상을 내리쳤다.

"내 앞에서 그런 수법 동원할 생각은 절대 하지 마! 할 애기가 있으면……."

스택하우스가 다시 손을 들었다. 프리다 앞에 무릎을 꿇고 앉았다. 키가 워낙 크다 보니 눈높이가 완전히 맞지는 않았지만 그래도 얼추 비슷했다.

"원하는 게 뭐니, 프리다? 집에 가는 거? 솔직히 그건 불가능한 일이야."

프리다는 하마터면 웃음을 터뜨릴 뻔했다. 집에 가고 싶으냐고? 약쟁이 엄마와 끊임없이 바뀌는 엄마의 약쟁이 남자친구들 곁으로? 가장 최근의 남자친구는 "그녀의 발달이 얼마나 빠른지" 확인하고 싶다며 젖가슴을 보여 달라고 했었다.

"그건 싫어요."

"좋아, 그럼 뭐?"

"여기 계속 있고 싶어요."

"다소 특이한 요구 사항이로구나."

"하지만 주사도 맞기 싫고 검사도 더는 받기 싫고 뒤 건물로 넘어가고 싶지도 않아요. 절대. 여기 남아서 나중에 어른이 되면 글래디스나 위노나 같은 관리인이 되고 싶어요. 아니면 토니나 에번 같은 기술자. 아니면 요리를 배워서 더그 주방장 같은 요리사가 돼도 좋고요."

스택하우스는 프리다의 어깨 너머로 시선을 돌려 식스비 부인도 그처럼 이 말을 듣고 놀랐는지 안색을 살폈다. 식스비 부인도 놀란 눈치였다.

스택하우스가 말했다.

"음…… 영구 거주할 방편을 마련할 수도 있을지 모르겠다. 네가 훌륭한 정보를 알고 있고 그걸로 그 아이를 잡을 수 있으면 방편을 마련해 볼게."

"그 아이를 잡는 게 조건의 일부가 될 수는 없어요. 그건 불공평하니까요. 그 아이를 잡는 건 *실장님*이 해야 하는 일이잖아요. 그냥 제가 '훌륭한 정보를 알고 있으면'이 되어야죠. 그리고 훌륭해요."

그는 다시 프리다의 어깨 너머로 식스비 부인을 쳐다보았다. 그녀는 고개를 살짝 끄덕이고 있었다. 그가 말했다.

"알았다. 그렇게 하자. 이제 얘기해 봐."

그녀가 그를 보며 능글맞게 웃자 그는 얼굴을 한 대 치고 싶어졌다. 잠깐 동안이었지만 진지하게 고민했다.

"그리고 토큰 50개 주세요."

"그건 안 돼."

"그럼 40개요."

"20개. 그리고 네 정보가 훌륭한 경우에 한해서."

식스비 부인이 그녀의 뒤에서 말했다.

프리다는 고민했다.

"좋아요. 그런데 두 분이 약속을 지킬 거라고 무슨 수로 알 수 있나요?"

"우릴 믿는 수밖에."

식스비 부인은 말했다.

프리다는 한숨을 쉬었다.

"그래야겠죠."

스택하우스가 말했다.

"흥정은 이제 그만하자. 할 얘기가 있으면 얼른 해."

"그 아이는 프레킬 전에 육지로 나왔어요. 어떤 빨간색 계단이 있는 곳에서."

그녀는 망설이다가 나머지 부분을 실토했다. 이게 중요한 부분이었다.

"그 계단 꼭대기에 기차역이 있어요. 그 아이는 거기로 갔어요. 기차역으로요."

19

프리다에게 토큰을 쥐어 주고 (원장실에서 무슨 일이 있었는지 아무한테라도 발설하면 모든 약속이 무효가 된다는 협박과 함께) 자기 방으로 돌려보낸 뒤에 스택하우스는 컴퓨터실로 연락했다. 마을에 있던 앤디 펠로위스가 호출돼 펠리셔 리처드슨과 교대한 참이었다. 스택하우스는 펠로위스에게 원하는 바를 얘기하고 아무도 몰래 알아낼 수 있겠느냐고 물었다. 펠로위스는 알아낼 수 있지만 몇 분 걸린다고 했다.

"최대한 빨리 끝내."

스택하우스가 말했다. 그는 전화를 끊고 벽돌 같은 휴대전화로 현재 대기 중인 두 보안요원 레이프 풀먼과 존 월시에게 연락했다.

"그러지 말고 우리한테 매수된 경찰을 조차장으로 보내야 하는 거 아닐까? 그게 더 빠르지 않겠어?"

그가 통화를 마치자 식스비 부인이 말했다. 데니슨 리버 벤드 경찰관 두 명이 시설의 정보원이었으니 경찰 병력의 20퍼센트가 정보원인 셈이었다.

"빠를지 몰라도 더 안전하지는 않죠. 절대적으로 필요한 경우가 아닌 이상 이 대환장쇼를 아는 사람들의 숫자를 더는 늘리고 싶지 않습니다."

"하지만 그 아이가 열차에 탔다면 *어디*로 갔을지 도무지 알 방법이 없잖아!"

"심지어 그 아이가 거기로 갔는지도 불확실하죠. 아까 그 아이가 헛소리를 지껄였을 수도 있으니까요."

"헛소리는 아니었다고 봐."

"딕슨 때도 그렇게 생각하셨잖습니까."

맞는 말이었고 그래서 멋쩍었지만 그래도 그녀는 신경 쓰지 않았다. 너무 심각한 상황이라 그런 데 신경 쓸 겨를이 없었다.

"무슨 말을 하고 싶은지 알겠어, 트레버. 하지만 그 아이가 그렇게 작은 마을에 있었다면 몇 시간 전에 본 사람이 있지 않았겠어?"

"모를 일이죠. 걔가 워낙 영리한 아이니까요. 어딘가에 숨었을지도요."

"하지만 열차에 탔을 가능성이 가장 크다는 걸 자네도 알잖아."

전화벨이 다시 울렸다. 두 사람 다 전화를 받으러 갔다. 스택하우스가 빨랐다.

"응, 앤디. 그래? 잘했어, 얘기해 줘."

그는 수첩을 집어서 그 위에 잽싸게 받아 적었다. 식스비 부인은 그의 어깨 너머로 읽었다.

4297 오전 10시.

16 오후 2시 30분.

77 오후 5시.

그는 4297 오전 10시에 동그라미를 치고 행선지를 묻고 포트, 포츠, 스터라고 받아 적었다.

"열차가 스터브리지에 도착한 시각이 몇 시였지?"

그는 오후 4~5시라고 수첩에 적었다. 식스비 부인은 실망한 눈빛으로 그걸 쳐다보았다. 그녀는 트레버가 어떤 생각을 하고 있는지 이해했다. 그 아이가 만약 열차에 탔다면 최대한 멀리 가고 싶어 했을 것이다. 그곳이 스터브리지였을 텐데 열차가 늦게 도착했다 한들 그때로부터 최소 다섯 시간이 지났다.

스택하우스가 말했다.

"고마워, 앤디. 스터브리지가 매사추세츠 서부에 있는 거 맞지?"

그는 고개를 끄덕이며 상대방의 대답을 들었다.

"그래, 고속도로 상에 있긴 하지만 상당히 작은 기착지지. 아마 거기서 입환이 이루어질 거야. 그 열차가, 아니면 그 열차의 일부 차량만이라도 거기서 어디로 갔는지 알아낼 수 있을까? 기관차를 바꾸거나 해서 말이지."

그는 상대방의 얘기를 들었다.

"아니, 그냥 직감이야. 그 아이가 만약 그 열차를 탔다면 스터브리지 정도 거리로는 안심하지 않았을 것 같아서. 계속 멀리 가고 싶어 했을 것 같거든. 나라면 그랬을 거야. 알아보고 최대한 빨리 알려 줘."

그가 전화를 끊고 말했다.

"앤디는 기차역 홈페이지에서 정보를 알아냈대요. 아무 어려움 없이. 놀랍지 않아요? 요즘은 인터넷에 없는 게 없다니까요?"

"우리에 대한 정보는 없지."

그녀의 말에 그가 맞받아쳤다.

"아직까지는요."

"이제 어떻게 하지?"

"레이프와 존을 기다려야죠."

그들은 기다렸다. 자정이 됐다가 지났다. 12시 30분을 막 지났을 때 그녀의 책상 전화벨이 울렸다. 이번에는 식스비 부인이 먼저 도착해 자기 이름을 짖듯이 밝힌 다음 고개를 끄덕이며 상대방의 얘기를 들었다.

"그래. 무슨 말인지 알아들었어. 이제 기차역으로 가서…… 조차장인지…… 뭔지 하는 데로 가서…… 근무 중인 사람이 있는지 확인하고…… 아. 그래. 고마워."

그녀는 전화를 끊고 스택하우스를 돌아보았다.

"자네 보안요원이야."

그녀가 빈정거리는 투로 이 말을 한 이유는 오늘 밤 스택하우스의 보안요원이 딱 두 명뿐인데, 둘 다 몸 상태가 그리 좋다고 할 수 없는 50대이기 때문이었다.

"그 브라운이라는 아이 말이 맞았어. 계단을 찾았고 발자국도 찾았고 심지어 계단 중간쯤에서 피가 묻은 손가락 자국도 두어 개 찾았대. 레이프의 짐작으로는 엘리스가 거기서 잠깐 멈춰서 쉬었거나 운동화 끈을 다시 묶은 것 같다는군. 지금 손전등을 쓰고 있는데 존 말로는 날이 밝으면 흔적을 좀 더 찾을 수 있을 거래."

그녀는 하던 얘기를 잠깐 멈추었다.

"그리고 기차역도 체크했대. 아무도 없대, 심지어 야간 당직도."

원장실은 22도의 쾌적한 온도로 에어컨이 맞추어져 있었지만 스택하우스는 이마에서 흘린 땀으로 범벅이 되었다. 그는 제로폰이 기다리고 있는 그녀의 책상 맨 아래 서랍을 가리켰다.

"나쁜 소식이지만 그래도 저걸 쓰지 않고 막을 수 있을지 몰라요. 물론 그 아이가 스터브리지의 경찰서를 찾아갔다면 상황이 훨씬 안 좋아지겠지만요. 다섯 시간의 여유가 있었으니 그 또한 가능한 얘기에요."

"그 아이가 거기에서 내렸다 한들 경찰서를 찾아가지는 않았을지 몰라."

"왜요? 자기가 부모 살해 용의자인 줄도 모르는걸요. 그들이 죽은 것도 모르는데 무슨 수로 그걸 알 수 있겠어요?"

"모른다 해도 의심은 할 거야. 엄청 머리가 좋은 아이야, 트레버. 그걸 잊지 마. 내가 그 아이라면 매사추세츠 주 스터브리지에서…… (그녀는 수첩을 확인했다.) ……오후 4시나 5시에 열차에서 내렸다면 도서관에 가서 인터넷에 접속했을 거야. 자기 집에서 어떤 사건이 벌어졌는지 알아보려고."

이번에는 두 사람 다 잠긴 서랍을 쳐다보았다.

스택하우스가 말했다.

"좋아요, 수사 범위를 좀 더 넓혀야겠어요. 그러기는 싫지만 선택의 여지가 없네요. 스터브리지 인근에 누가 있는지 찾아봐야겠어요. 그 아이가 거기서 보였는지 알아보게."

식스비 부인은 그 작업에 착수하기 위해 책상 앞에 앉았지만 전화기를 향해 손을 뻗는 도중에 벨이 울렸다. 그녀는 잠깐 상대방의 얘기를 듣고 스택하우스에게 수화기를 넘겼다.

앤디 펠로위스였다. 그는 바쁘게 움직이고 있었다. 스터브리지에는 야간 당직이 있는 듯했고, 펠로위스가 다운이스트 화물 재고 관리실장을 사칭하며 없어진 활 바닷가재를 찾고 있다고 하자 야간 근무 중이던 역장이 기꺼이 도움을 자청하고 나섰다. 스터브리지에서 하역된 활 바닷가재는 없었다. 그리고 4297호는 대부분 거기서 운항이 계속되지만 기관차가 훨씬 강력한 것으로 대체됐다. 9956호로 변경돼 리치먼드, 윌밍턴, 듀프레이, 브런즈윅, 탬퍼, 결국에는 마이애미까지 운항됐다.

스택하우스는 이 모든 정보를 받아 적고 잘 모르는 두 마을에 대해 물었다.

펠로위스가 대답했다.

"듀프레이는 사우스캐롤라이나예요. 그냥 간이역이지만(두메산골

깡촌이라서요.) 서쪽에서 오는 열차와 한데 만나는 곳이에요. 창고가 많이 있거든요. 그 마을의 존재 이유가 그 창고일지 몰라요. 브런즈윅은 조지아 주예요. 훨씬 넓죠. 거기서 싣는 농산물과 해산물이 상당할 거예요."

스택하우스는 전화를 끊고 식스비 부인을 쳐다보았다.

"추론하자면……."

"추론이라. 그 단어로 말할 것 같으면……."

"그만하시죠."

식스비 부인에게 그런 식으로 퉁명스럽게(무례한 건 둘째 치고) 얘기할 수 없는 사람은 그밖에 없었지만 그녀를 이름으로 부를 수 있는 사람도 그밖에 없긴 했다. 스택하우스는 불빛에 민머리를 반짝이며 왔다갔다 걷기 시작했다. 가끔 거기다 왁스를 바르는 건 아닐까 싶을 때도 있었다.

"이 시설에 뭐가 있을까요? 제가 말씀드릴게요. 앞 건물에는 40명 정도의 직원이, 뒤 건물에는 다시 25명 정도의 직원이 있습니다. 헤클과 제클은 제외하고요. 최소한의 인원으로 시설을 돌리고 있으니까요. 그래야 맞는 거지만 오늘 밤에는 그게 도움이 안 되네요. 저 서랍 안에 든 전화기를 쓰면 온갖 강력한 수단을 총동원할 수 있지만 그랬다가는 우리 인생이 안 좋은 쪽으로 바뀔 테죠."

"저 전화기를 써야 할 때가 되면 우리 앞에 인생이라는 게 남아 있지 않을지도 몰라."

스택하우스는 식스비 부인의 말을 못 들은 척했다.

"우리는 전국적으로 정보원을 거느리고 있어요. 하급 경찰, 의료계 종사자, 호텔 직원, 소도시 주간지 기자, 인터넷 사이트를 검색할 수 있는 시간이 남아도는 퇴직자들로 이루어진 든든한 정보망을 구축하고 있죠. 우리 마음대로 동원할 수 있는 발굴팀이 두 팀이고 그들을 싣고 말 그대로 어디든 잽싸게 날아갈 수 있는 챌린저 항공기도 있고요. 그리고 우리한테는 두뇌도 있어요, 줄리아, 두뇌. 그 아이는 체스 선수고 관리인들이 그 아이와 윌홈름이 체스를 두는 걸 수도 없이 봤다지만 이건 현실 세계에서 벌어지는 체스고 그 아이가 지금까지 한 번도 해 본 적 없는 게임이에요. 그러니까 추론을 해 보자고요."

"알았어."

"한 정보원에게 스터브리지 경찰을 찔러 보게 할 거예요. 프레스크 아일 때와 같은 시나리오로. 엘리스일지 모르는 아이를 본 것 같다고요. 포틀랜드나 포츠머스 경찰도 확인하는 게 좋겠어요. 그 아이가 그렇게 금세 열차에서 내렸을 가능성은 전혀 없다고 생각하지만. 스터브리지일 가능성이 그보다는 높지만 우리 정보원은 거기서도 꽝을 뽑을 거예요."

"자네 희망사항은 아니고?"

"아, 그게 맞길 똥줄 타게 빌고 있긴 하죠. 하지만 그 아이가 생각을 해 가며 도망치고 있다면 논리적으로 그게 맞아요."

"4297호가 9956호가 되는 동안 계속 그 열차에 타고 있었다. 그렇게 짐작하는 거로군."

"네. 9956호는 오전 2시경에 리치먼드에서 정차하죠. 그 열차를 감시하도록 사람을, 가능한 한 여러 명 보내야겠어요. 오전 5시에서 6시 사이에 정차하는 윌밍턴도 마찬가지고요. 하지만 그거 아세요? 제가 생각하기에 그 아이는 그 두 곳에서 하차하지 않을 것 같아요."

"종점까지 타고 갈 거라고 생각하는군."

그녀는 생각했다. 트레버, 계속 추론에 추론을 거듭하고 있는데 그럴수록 맞을 가능성이 점점 희박해진다고.

하지만 아이가 사라진 마당에 달리 무슨 방법이 있을까? 제로폰을 써야 하는 상황이 되면 상대방은 이런 사태에 대비가 되어 있어야 하는 것 아니냐고 반문할 것이다. 말은 쉽지만 열두 살짜리가 귓불을 잘라서 위치 추적기를 없앨 정도로 절박할 수 있을 거라고 어느 *누가* 상상이나 했을까? 그 아이를 도와주고 방조하는 청소부가 있을 거라고. 상대방이 시설 직원들이 게으르고 방만해진 거 아니냐고 하면…… 뭐라고 대답할 수 있을까?

"……없을 겁니다."

그녀는 퍼뜩 정신을 차리고 뭐라고 했느냐고 물었다.

"종점까지 타고 갈 필요는 없을 거라고요. 그만큼 영리한 아이라면 우리가 열차라는 걸 알아차린 순간 사람을 배치할 거라는 걸 알 테니까요. 대도시에서 하차할 것 같지도 않아요. 특히 리치먼드에서는요. 한밤중에 모르는 도시잖습니까. 윌밍턴도 가능성이 있지만(그보다 작고 9956호가 거기 도착할 무렵에는 날이 밝을 테니까요.) 저는 간이역 쪽으로 마음이 기우네요. 사우스캐롤라이나 주 듀프레이 아니면 조지아 주 브런즈윅요. 물론 그 아이가 그 열차에 타고 있다면 말이죠."

"그 아이는 열차가 스터브리지를 출발하면 어디로 가는지도 모를 수 있어. 그렇다면 종점까지 타고 갈 수도 있지."

"송장이 달린 화물과 함께 있으면 목적지를 알 테죠."

식스비 부인은 이만큼 겁이 나 본 적도 오랜만이라는 사실을 깨달았다. 어쩌면 이만큼 겁이 나 본 적이 평생 없었을 수도 있었다. 그들은 추론을 하고 있는 걸까 아니면 그냥 때려 맞히고 있는 걸까? 만약 그냥 때려 맞히고 있는 거라면 연속으로 정답일 가능성이 얼마나 될까? 하지만 기댈 언덕이 달리 없었기 때문에 그녀는 고개를 끄덕였다.

"작은 정거장에서 하차한다면 발굴팀을 보내서 다시 잡아올 수 있겠네. 아, 트레버, 그렇게만 되면 딱 좋을 텐데."

"두 팀을 보내야죠. 오팔과 루비 레드. 애초에 그 아이를 데려온 팀이 루비예요. 그러면 근사한 결자해지가 되지 않겠어요?"

식스비 부인은 한숨을 쉬었다.

"그 아이가 그 열차에 타고 있다고 장담할 수 있으면 얼마나 좋을까."

스택하우스는 미소를 지어 보였다.

"장담할 수는 없지만 상당히 확실하다고 보고 그거면 충분할 겁니다. 전화 돌리세요. 몇 명 깨우세요. 일단 리치먼드부터. 전국에 심어 놓은 이 사람들 앞으로 나가는 돈이 1년에 얼마죠? 100만? 돈 받는 값 하게 해야죠."

30분 뒤에 식스비 부인은 수화기를 내려놓았다.

"그 아이가 스터브리지에 있다면 지하 하수구나 폐가나 그런 데 숨어 있는 게 분명해. 경찰 손에 그 아이가 넘어갔으면 무전기에 소식이 떴을 테니까. 리치먼드하고 윌밍턴에서는 열차가 도착하면 예의 주시하며 기다리는 사람이 있을 거야. 그럴 듯한 핑계를 준비해 놓고서."

"들었어요. 잘했어요, 줄리아."

그녀는 피곤한 손을 들어 인사했다.

"목격자는 상당한 보너스를 받을 테고 그 아이를 잡아서 우리가 데리러 갈 때까지 안전한 곳에 붙잡아 놓고 있는 사람은 횡재에 가까운 보너스를 받을 수 있을 거야. 리치먼드에서는 가망이 없어. 두 명 다 그냥 평범한 시민이거든. 하지만 윌밍턴을 맡은 사람 중 한 명은 경찰이야. 거기이길 기도하자고."

"듀프레이하고 브런즈윅요?"

"브런즈윅에서는 두 명이 감시하고 있을 거야. 근처 감리교회 목사 부부. 듀프레이는 한 명뿐이지만 거기 주민이야. 그 마을에 하나밖에 없는 모텔 사장."

20

루크는 다시 수조에 들어가 있었다. 지크가 그를 누르고 있었고 슈타지 라이트가 눈앞에서 소용돌이쳤다. 머릿속에서는 열 배 더 끔찍하게 소용돌이쳤다. 그는 그 불빛을 보며 익사할 것이다.

처음에 그는 팔다리를 마구 내저으며 잠에서 깼을 때 들린 비명

소리가 자기한테서 나는 소리인 줄 알고 물속에서 어떻게 그렇게 엄청난 소음을 낼 수 있는지 신기해했다. 그러다 그가 있는 곳이 화차라는 사실을 기억해냈다. 화차를 끌고 달리던 열차가 빠르게 속도를 늦추고 있었다. 그 비명소리는 강철 바퀴가 강철 레일에 부딪히는 소리였다.

알록달록한 점들은 잠깐 머물다 사라졌다. 화차 안은 시커멨다. 그는 기지개를 펴려다 꼼짝없이 갇혔다는 사실을 깨달았다. 선외기가 든 상자 네댓 개가 떨어진 것이었다. 그는 나쁜 꿈을 꾸는 와중에 몸부림을 치다가 자기가 떨어뜨린 거라고 믿고 싶었지만, 그 빌어먹을 불빛이 보이는 와중에 염력으로 그랬을지 모른다는 생각이 들었다. 옛날에는 염력으로 할 수 있는 게 식당 테이블에 놓인 피자 팬을 밀거나 책장을 펄럭이는 정도였지만 지금은 상황이 달라졌다. *그가* 달라졌다. 어느 정도로 달라졌는지는 알 수 없었고 알고 싶지도 않았다.

열차가 좀 더 속도를 늦추고 덜커덩거리며 선로 전환지점을 지났다. 루크는 현재 상당히 괴로운 상황이라는 것을 알았다. 그의 몸이 아직은 적색경보까지 가지 않았지만 황색경보는 됐다. 배가 고픈 것도 심각했지만 갈증에 비하면 아무것도 아니었다. 포키호가 묶여 있던 강둑으로 내려가 차가운 물을 얼굴에 끼얹고 물을 떠서 마셨던 때가 생각났다. 그 강물을 지금 마실 수 있다면 뭐든 내줄 수 있었다. 혀로 입술을 핥아 보았지만 별로 도움이 되지 않았다. 혀도 바짝 말랐다.

열차가 멈추어 서자 루크는 감으로 상자를 다시 쌓았다. 무거웠지만 어찌어찌 해낼 수 있었다. 스터브리지에서 사우스웨이 익스프레스 화차 문이 완전히 닫혔기 때문에 여기가 어딘지 알 수가 없었다. 그는 상자와 소형 가전제품 뒤편의 은신처로 돌아가 비참한 심정을 달래며 기다렸다.

허기와 갈증과 터질 듯한 방광과 욱신거리는 귀에도 불구하고 다시 깜빡 졸았을 때 화차 문이 덜커덩하고 열리면서 달빛이 홍수처럼 쏟아져 들어왔다. 눈을 떴을 때 칠흑 같은 어둠 속이었던 루크에게는 홍수처럼 느껴졌다. 트럭 한 대가 문을 향해 후진으로 다가왔고 어떤 남자 하나가 고함을 질렀다.

"오케이…… 좀 더…… 천천히…… 좀 더…… *됐어!*"

트럭의 시동이 꺼졌다. 트럭 화물칸 문이 열리는 소리에 이어 남자 하나가 화차 안으로 폴짝 들어왔다. 커피 냄새를 맡은 순간 루크의 배에서 그 남자에게도 들릴 만큼 요란한 소리가 났다. 하지만 잔디 깎는 트랙터와 제초기 사이로 내다보니 작업복을 입은 남자는 이어폰을 끼고 있었다.

다른 남자가 합류해 정사각형의 손전등을 내려 놓았는데, 고맙게도 루크가 있는 쪽이 아니라 문 쪽을 비추도록 방향을 잡았다. 그들은 철제 램프를 설치하고 트럭에서 화차로 상자를 옮기기 시작했다. 상자마다 **퀼러, 이쪽을 위로, 취급 주의**라고 찍혀 있었다. 그러니까 여기가 어딘지 몰라도 종점은 아니었다.

남자들은 상자를 열 개 아니면 열두 개쯤 싣고 종이 봉지에 담긴 도넛을 먹었다. 루크는 밖으로 뛰쳐나가 한 입만, 딱 한 입만 달라고 애원하고 싶었지만 기를 써 가며 참았다. 수조에서 그를 못 나오게 눌렀던 지크와, 윌콕스 쌍둥이와, 칼리샤와 니키와 그의 손에 달린 몇 명일지 모르는 수많은 다른 아이들을 생각하며 참았다. 그래도 참지 못했을 수도 있었는데, 한 남자가 하는 말을 듣고 그 자리에서 얼어붙었다.

"어이, 돌아다니는 어린애 못 봤지?"

"뭐?"

다른 남자가 도넛을 한 입 가득 물고서 되물었다.

"어린애, 어린애. 기관사한테 보온병 갖다 줄 때 말이야."

"어린애가 여기 왜 나와 있겠어? 새벽 2시 30분인데."

"아니, 도넛 가지러 갔더니 어떤 남자가 묻더라고. 자기 매형이 매사추세츠에서 전화를 해서 깨우더니 기차역에 가서 확인 좀 해 달라 그랬대. 그 집 애가 가출했다고. 그런데 예전부터 화물열차를 타고 캘리포니아로 가겠다고 했다네."

"캘리포니아면 반대편이잖아."

"*나*도 알지. *자네*도 알고. 하지만 어린애가 그걸 알까?"

"학교에서 공부 열심히 하는 애라면 리치먼드는 로스앤젤레스에서 절라 멀다는 것 정도는 알겠지."

"맞아, 하지만 여러 노선이 합류하는 곳이기도 하니까. 그 남자 말로는 아이가 이 열차를 타고 여기까지 와서 서쪽으로 가는 열차로 갈아탈 수도 있지 않겠느냐고 하더라고."

"글쎄, 나는 어린애 못 봤는데."

"그 남자 말로는 매형이 찾으면 보답을 하겠다고 그랬다던데."

"빌리, 100만 달러를 준대도 일단 어린애가 있어야 보거나 말거나 하지."

배에서 다시 소리가 나면 나는 끝장이다. 루크는 생각했다. 국물도 없어. 죽은 목숨이야.

밖에서 누군가가 외쳤다.

"빌리! 드웨인! 20분 남았어, 얼른 끝내!"

빌리와 드웨인은 쾰러 상자를 몇 대 더 화차로 옮긴 다음 램프를 말아서 다시 트럭에 싣고 떠났다. 루크는 그 틈에 이 도시(어느 도시인지는 알 수 없었다.)의 스카이라인을 흘끗 확인할 수 있었다. 잠시 후에 오버롤을 입고 역무원 모자를 쓴 남자가 와서 사우스웨이의 문을 닫았지만…… 이번에는 완전히 닫히지 않았다. 레일에 끈적끈적한 부분이 있는 게 아닐까 싶었다. 다시 5분이 지났을 때 열차가 덜커덩거리며 움직이기 시작했다. 처음에는 전환지점과 교차로를 천천히 지나다 점점 속도를 높였다.

어떤 사람의 매형을 사칭한 사람이 있었다.

예전부터 화물열차를 타고 캘리포니아로 가겠다고 했다네.

저들이 그가 없어진 걸 알아차렸고, 데니슨 리버 벤드 하류에서 포키호를 발견했을지 몰라도 속아 넘어가지 않았다. 모린에게 자백을 받아낸 것이 분명했다. 아니면 에이버리에게. 저들이 에이버스터를 고문해 정보를 알아냈을지 모른다니 너무 끔찍한 생각이라 애써 떨쳐 버렸다. 저들이 그가 여기서 내리는지 확인할 보초병을 배치해 놓았다면 다음 정거장에서도 마찬가지일 테고 그때쯤이면 날이 밝을지 몰랐다. 시끄러운 일이 벌어지지 않게 보초병이 그냥 예의 주시하며 보고를 하는 데 그칠 수도 있지만 그를 잡으려고 할 수도 있었다. 두말하면 잔소리지만 주변에 사람이 몇 명이나 있는지에 따라 달라질 것이다. 그리고 저들이 얼마나 절박한지에 따라. 그것도 중요했다.

열차를 타는 바람에 내 꾀에 내가 넘어갔을지도 모르겠어. 루크는 생각했다. 하지만 달리 무슨 방법이 있었겠어? 저들이 이 정도로 *빨리* 알아낼 줄이야.

그 전에 한 가지 불편을 해소할 방법은 있었다. 그는 넘어지지 않도록 잔디 깎는 기계 의자를 붙잡은 채 존 디어 회전 경운기의 연료 뚜껑을 열고 지퍼를 내려 빈 연료 탱크에 몇 리터는 됨 직하게 오줌을 쌌다. 하면 안 되는 행동이었고 이 경운기를 받게 된 사람에게는 아주 못된 장난이었지만 지금은 극한 상황이었다. 연료 뚜껑을 다시 덮고 꽉 조였다. 그런 다음 잔디 깎는 트랙터 의자에 앉아 쫄쫄 굶은 배 위에 손을 얹고 눈을 감았다.

귀를 생각해. 그는 속으로 중얼거렸다. 등에 긁힌 상처를 생각하고. 그때 얼마나 아팠는지 생각하면 배고프고 목마른 건 잊어버릴 수 있을 거야.

처음이라면 모를까 점점 효과가 없어졌다. 앞으로 몇 시간 있으면 각자 방에서 나와 아침을 먹으러 식당으로 향할 아이들의 모습이 슬금슬금 떠올랐다. 오렌지 주스가 가득 담긴 피처와 빨간색 하와이안 펀치가 가득 담긴 버블러를 떨쳐버릴 수가 없었다. 지금 여기가 거기라면 얼마나 좋을까. 오렌지 주스와 하와이안 펀치를 각각 한 잔씩 마신 다음 뷔페 테이블에서 스크램블드에그와 베이컨을 떠서 접시에 수북이 담을 텐데.

여기가 거기이길 바라면 안 되지. 그건 어처구니없는 생각이야.

그럼에도 불구하고 마음속 한구석에서는 그랬으면 좋겠다는 바람이 있었다.

떠오르는 이미지를 없애기 위해 눈을 떴다. 오렌지 주스가 담긴 피처는 끈질기게 남아서 사라질 줄 몰랐는데…… 잠시 후 새로 추가된 상자와 소형 가전제품 사이 빈 공간에서 뭔가가 보였다. 처음에 그는 살짝 열린 화차 문 틈새로 비친 달빛의 장난이거나 환영인 줄 알았지만 눈을 두 번 깜빡여도 그 자리에 남아 있었다. 그는 트랙터에서 내려 그쪽으로 기어갔다. 오른쪽에서는 달빛에 씻긴 벌판이 화차 문 너머로 휙휙 지나갔다. 데니슨 리버 벤드를 떠났을 때는 모든 광경에 감탄하고 넋을 잃었지만 지금은 바깥세상을 감상할 겨를이 없었다. 지금 그의 눈에는 화차 바닥에 있는 것밖에 안 보였다. 도넛 부스러기였다.

게다가 한 조각은 그냥 부스러기보다 컸다.

그는 큰 것부터 먼저 집어먹었다. 좀 더 작은 부스러기는 엄지손가락에 침을 묻혀서 집어먹었다. 가장 작은 부스러기는 바닥 틈새로 들어가 버릴까 싶어서 허리를 숙여 혀를 내밀고 핥아먹었다.

21

이제 식스비 부인이 내실의 소파에서 잠깐 눈을 붙일 차례였다. 스택하우스는 유선전화와 그의 벽돌폰 소리에 잠을 설치지 않게 문을 닫았다. 2시 50분에 펠로위스가 컴퓨터실에서 연락했다.

"9956호가 리치먼드를 출발했습니다. 아이는 보이지 않았고요."

스택하우스는 한숨을 쉬고 턱을 쓰다듬었다. 까칠하게 자란 수염이 느껴졌다.

"알았어."

"그냥 그 열차를 대피선에 세워서 수색했으면 좋았을 텐데 아쉽네요. 그랬더라면 그 아이가 그 열차에 탔는지 안 탔는지 한 방에 알아낼 수 있었을 텐데."

"전 세계 사람들이 다같이 동그랗게 서서 「평화에도 기회를」(존 레논이 만든 반전 노래 — 옮긴이)을 부르지 않는 것도 아쉬운 일이지. 열차가 윌밍턴에 도착하는 시각은 몇 시지?"

"6시면 도착할 겁니다. 시간을 좀 벌면 그보다 앞당겨질 테고요."

"거기에는 몇 명이 배치되어 있나?"

"현재 두 명이고 또 한 명이 골즈버로에서 가는 중이에요."

"설마하니 그 사람들이 호들갑을 떨지는 않겠지? 호들갑을 떨면 의심을 사기 마련이라."

"잘할 겁니다. 시나리오가 훌륭하잖아요. 가출한 아이, 걱정하는 부모."

"잘해 주길 바랄 수밖에. 나중에 결과 알려 줘."

헨드릭스 박사가 노크도 없이 원장실로 들어왔다. 눈 아래에 다크서클이 생겼고 옷은 쭈글쭈글했고 머리칼은 철회색 수세미처럼 위로 섰다.

"아무 소식 없어요?"

"아직은요."

"식스비 부인은요?"

스택하우스는 부인의 의자에 기대고 앉아 기지개를 켰다.

"부인은 재충전하는 중이에요. 딕슨이라는 아이는 수조 검사받지 않았죠?"

동키 콩은 그 질문 자체를 불쾌하게 여기는 기색을 희미하게 내비쳤다.

"당연하죠. 그 아이는 분홍색이 아니잖아요. 분홍색과는 거리가 멀어도 한참 멀지. 그 정도로 BDNF가 높은 아이를 망가뜨릴 수 있을 만한 검사를 시도하는 건 정신 나간 짓이에요. 그 아이의 능력을 확대하려는 시도도 마찬가지고. 그게 가능성이 낮긴 해도 불가능한 얘기는 아니지만 식스비가 내 모가지를 잘랐을 거요."

스택하우스가 말했다.

"그럴 일 없으니까 오늘 수조에 넣어요. 그 코딱지만 한 씹새를 이렇게 죽는구나 싶을 때까지 담갔다가 또 담가요."

"지금 제정신이에요? 그 아이는 귀한 자산이에요! 지난 몇 년을 통틀어 가장 수치가 높은 TP 양성이라고요!"

"그 녀석이 물 위를 걸을 수 있건 방귀를 뀌면 똥구멍에서 전기가 뿜어져 나오건 상관없어요. 엘리스가 탈출할 수 있게 도왔거든요. 그 그리스 출신이 복귀하면 바로 맡겨요. 애들 수조에 담그는 거 좋아하니까. 지크한테 개를 죽이지는 말라고 해요, 그 아이의 가치는 나도 아니까. 하지만 아무것도 기억하지 못할 때까지 잊지 못할 기억을 심어 주고 싶어요. 그런 다음 뒤 건물로 넘겨요."

"하지만 식스비 부인이……."

"식스비 부인도 전적으로 동의합니다."

두 남자는 고개를 돌렸다. 그녀가 원장실과 사실을 연결하는 문 앞에 서 있었다. 스택하우스가 맨 처음 든 생각은 귀신을 본 사람처럼 보인다는 것이었는데 그건 아니었다. 그녀 자체가 귀신처럼 보였다.

"스택하우스가 얘기한 대로 해요, 댄. 그러다 그 아이의 BDNF가 망가진대도 상관없어요. 벌을 받아야 하니까."

22

열차가 다시 덜커덩거리며 움직이기 시작했고 루크는 할머니가 즐겨 불렀던 다른 노래를 떠올렸다. 미드나잇 스페셜 어쩌고 하는 노래였나? 기억이 나지 않았다. 도넛 부스러기는 그의 허기를 자극하고 갈증을 부추기는 역할밖에 하지 않았다. 입 안은 사막이고 혀는 그 안에 담긴 모래 언덕이었다. 그는 꾸벅꾸벅 졸았지만 잠을 자지는 못했다. 얼마인지 모를 시간이 흐른 끝에 이윽고 새벽을 알리는 빛이 화차 안으로 스며들기 시작했다.

루크는 조금 열린 문 앞까지 흔들거리는 바닥을 기어가 밖을 내다보았다. 대부분 제멋대로 자란 나무, 소나무로 이루어진 이차림, 조그만 마을, 벌판, 그런 다음 다시 나무가 보였다. 열차는 철교를 쌩하니 건넜고 그는 그리워하는 눈빛으로 강물을 내려다보았다.

이번에 떠오른 것은 노래가 아니라 콜리지의 시였다. 물, 물, 사방이 물이라. 루크는 생각했다. 화차 바닥은 모두 쪼그라들었고. 물, 물, 사방이 물인데 마실 물은 한 방울도 없구나.(「늙은 수부의 노래」 중 한 구절이다—옮긴이)

어차피 오염됐을 거야. 그는 속으로 중얼거렸지만 오염됐더라도 그 물을 마셨을 것이다. 배가 불룩해질 때까지. 토악질이 나면 기분이 좋을 것이다. 그러면 더 마실 수 있을 테니까.

시뻘겋게 이글거리는 해가 뜨기 직전에 공기 중에서 소금 냄새가 나기 시작했다. 농장 대신 이제는 건물들이 지나가는데, 대부분 창고 아니면 창문에 널빤지를 덧댄 예전 벽돌 공장이었다. 점점 밝아오는 하늘을 배경으로 크레인 여러 대가 서 있었다. 멀지 않은 곳에서 비행기들이 이륙하고 있었다. 잠깐 동안 열차는 4차로 도로와 나란히 달렸다. 루크는 그날의 업무 말고는 아무 걱정 없는 사람들이 차를 타고 가는 것을 보았다. 이제 개펄, 죽은 생선 아니면 양쪽 모두의 냄새가 났다.

구더기가 득시글거리지 않는 이상 죽은 생선이라도 먹을 수 있는데. 그는 생각했다. 어쩌면 구더기가 득시글거리더라도. 「내셔널 지오그래픽」에 따르면 구더기는 훌륭한 천연 단백질 공급원이라고 했다.

열차가 속도를 늦추기 시작했고 루크는 은신처로 돌아갔다. 그가 탄 차량이 좀 더 덜컹거리고 쿵쾅대며 전환지점과 교차로를 지났다. 그러다 마침내 멈춰 섰다.

이른 시각인데도 이곳은 붐볐다. 트럭 소리가 들렸다. 웃으며 얘기를 나누는 사람들 소리가 들렸다. 대형 휴대용 카세트 라디오 아니면 트럭 라디오에서 카녜이의 노래가 흘러나오는데, 심장이 뛰는 소리를 닮은 베이스 연주가 처음에는 점점 커지다가 희미해졌다. 다른 선로에서 코를 찌르는 경유 냄새를 남기며 기관차가 지나갔다. 루크가 탄 열차에서 차량을 떼어내거나 연결하느라 몇 번 엄청나게 흔들거렸다. 남자들이 스페인어로 소리를 질렀고 루크는 욕을 몇 마디 알아들을 수 있었다. *푸타 미에르다, 이호 데 푸타, 추파포야.*(전부 스페인어로 욕설이다—옮긴이)

좀 더 시간이 지났다. 한 시간쯤 되는 걸로 느껴졌지만 15분에 불과했을 수도 있었다. 마침내 트럭 하나가 다시 사우스웨이 익스프레스 화차에 후진으로 짐칸을 댔다. 오버롤을 입은 남자 하나가 문을 끝까지 열었다. 루크는 회전 경운기와 잔디 깎는 트랙터 사이로 빤히 내다보았다. 그 남자가 화차 위로 점프해서 올라왔고 트럭과 화차 사이에 다시 철제 램프가 설치됐다. 이번에는 작업조가 네 명인데 둘은 흑인, 둘은 백인이었고 다들 덩치가 크고 문신투성이었다. 웃으며 심한 남부 사투리로 나누는 그들의 대화가 루크의 귀에는 고향 미니애폴리스의 BUZ'N 102 채널에서 들었던 컨트리 가수들의 목소리와 비슷하게 느껴졌다.

한 백인이 간밤에 흑인 동료의 아내와 춤을 추러 갔다고 말했다. 흑인은 그를 한 대 치는 척했고 백인은 비틀비틀 뒷걸음질 치는 척하다가 루크가 얼마 전에 다시 쌓아 놓은 선외기 상자 더미에 주저앉았다.

다른 백인이 말했다.

"자, 자. 얼른 끝내고 아침 먹자고."

나도 아침 먹고 싶다. 루크는 생각했다. 정말 먹고 싶다.

그들이 퀼러 상자를 트럭에 싣기 시작하자 루크는 지난 번 정거장에서 촬영한 필름을 거꾸로 돌리는 것 같다는 생각이 들었다. 그러자 에이버리가 뒤 건물의 아이들이 본다고 했던 영화가 생각났고 그러자 점들이 다시 보이기 시작했다. 큼지막하고 생생한 점들이었다. 화차 문이 자동문이라도 되는 듯 레일 위에서 움찔거렸다.

"뭐야! 밖에 누구야? 흠. 아무도 없네."

두 번째 흑인이 외치며 두리번거렸다.

백인을 치는 척했던 흑인이 말했다.

"도깨비인가 보지. 자, 자, 얼른 끝내자. 역장이 그러는데 이 녀석 늦었대."

아직 종점이 아니로군. 루크는 생각했다. 내가 여기서 굶어 죽을 일은 없겠어. 그 전에 목말라 죽을 테니까. 인간은 3일 동안 물을 마시지 못하면 의식을 잃고 사망한다고 읽은 적이 있었지만 현재 그의 상태로는 그렇지 않을 듯했다.

4인조는 큼지막한 상자를 두 개만 남겨 놓고 나머지 전부를 트럭에 실었다. 루크는 이제 들키겠구나 생각하며 그들이 소형 가전제품을 옮기길 기다렸지만 그들은 램프를 다시 접어서 트럭에 넣고 트럭 뒷문을 닫았다.

"자네들 먼저 가. 나는 차장칸 뒷간에서 볼일 보고 갈게."

백인이 말했다. 흑인 동료의 아내와 춤을 추러 갔다고 농담한 남자였다.

"왜 이래, 매티. 좀 참아봐."

"안 돼. 너무 급해서 들렀다 가야겠어."

백인이 말했다.

트럭은 시동을 걸고 멀어졌다. 잠깐 정적이 흐른 뒤 매티라는 백인이 민소매 밖으로 이두근을 불끈거리며 다시 화차 위로 올라탔다. 옛날 옛적에 루크의 절친이었던 롤프 데스틴이 보았더라면 *완전 장전된* 총이라고 했을 것이다.

"됐다, 꼴통. 그 상자에 앉았을 때 너 봤어. 이제 나와도 돼."

23

잠깐 동안 루크는 그 자리에 가만히 있었다. 절대 꼼짝 않고 절대 아무 소리도 내지 않으면 남자가 잘못 봤다고 생각하고 갈지 몰랐다. 하지만 그건 어린애 같은 발상이었고 그는 이제 어린애가 아니었다. 거리가 멀어도 한참 멀었다. 그랬기 때문에 기어 나가서 일어나려고 했지만 다리가 뻣뻣했고 머리가 어지러웠다. 백인 남자가 잡아 주지 않았더라면 쓰러졌을 것이다.

"이런 망할. 누가 귀를 그렇게 뜯어 놓았어?"

루크는 대답하려고 했다. 하지만 꺽꺽대는 소리밖에 나오지 않았다. 그는 헛기침을 하고 다시 한 번 시도해 보았다.

"문제가 생겼거든요. 아저씨, 혹시 먹을 거 가지고 계세요? 아니면 마실 거라도. 저 지금 너무 배가 고프고 목이 말라서요."

매티라는 백인 남자는 절단된 루크의 귀에 시선을 고정한 채 주머니 안에서 라이프 세이버스 사탕 반 통을 꺼냈다. 루크는 그걸 받아서 포장지를 뜯고 네 개를 한 입에 넣었다. 침이 갈증에 시달리던 몸속으로 모조리 흡수됐다가 보이지 않는 분출기라도 생긴 듯 뿜어져 나왔고 당분이 폭탄처럼 머리를 강타했다. 점들이 잠깐 번쩍하고 등장해 백인 남자의 얼굴 위에서 펄럭거렸다. 매티는 뒤에서 누군가가 다가오는 것을 감지한 사람처럼 좌우를 두리번거리다 다시 루크 쪽으로 시선을 돌렸다.

"마지막으로 식사를 한 게 언제니?"

"모르겠어요. 정확히 기억이 나지 않아요."

"열차에 탄 지 얼마나 됐는데?"

"하루 정도요."

그 말이 맞겠지만 훨씬 길게 느껴졌다.

"북부에서 여기까지 왔겠지?"

"네."

메인으로 말할 것 같으면 북부에서도 맨 꼭대기죠. 루크는 생각했다.

매티는 루크의 귀를 손가락으로 가리켰다.

"그거 누가 그랬어? 아빠? 새 아빠?"

루크는 놀란 표정으로 그를 빤히 쳐다보았다.

"누가…… 어째서 아빠일 거라고 생각하셨어요?"

하지만 현재 이런 상태임에도 불구하고 정답을 확연히 알 수 있었다.

"저를 찾는 사람이 있군요. 좀 전에 다른 역에서 열차가 섰을 때도 그랬어요. 몇 명이에요? 그 사람들이 뭐라 그래요? 제가 가출했대요?"

"맞아. 네 삼촌이 그랬어. 친구 두 명을 데려왔는데, 그중 하나가 라이츠빌 비치 경찰이야. 이유는 얘기하지 않았지만 맞아, 네가 저기 매사추세츠에서 도망쳤다고 하더라. 도망친 아이에 대해서라면 내가 잘 알지."

기다리는 사람들 중 한 명이 경찰이라니 루크는 소름끼치도록 겁이 났다.

"저는 매사추세츠가 아니라 메인에서 열차를 탔고 저희 아빠는 돌아가셨어요. 엄마도요. 그 사람들이 하는 얘기는 전부 거짓말이에요."

백인은 곰곰이 생각했다.

"그럼 도대체 누가 네 귀를 그렇게 했니, 꼴통? 위탁가정의 개자식이야?"

그게 전혀 틀린 말은 아니지. 루크는 생각했다. 그는 일종의 위탁가정에 있었고 그곳은 개자식들이 운영했다.

"설명하자면 복잡해요. 그냥…… 아저씨…… 그 사람들이 저를 찾으면 저를 끌고 갈 거예요. 경찰이 동행하지 않으면 그러지 못하는 거 아닌가 싶겠지만 그럴 거예요. 이런 일이 벌어진 곳으로 저를 다시 끌고 갈 거예요."

루크는 자기 귀를 가리켰다.

"제발 아무 말도 하지 말아 주세요. 제발 저를 그냥 열차 안에 두고 가 주세요."

매티는 머리를 긁적였다.

"글쎄다. 너는 어린애고 상태가 엉망이라."

"그 사람들한테 끌려가면 훨씬 엉망진창이 될 거예요."

믿어 주세요. 그는 온 힘을 다해 생각했다. *믿어 주세요, 믿어 주세요.*

매티는 했던 말을 반복했다.

"흠, 글쎄다. 그 세 사람이 어째 이상하긴 했어, 솔직히 얘기하자면. 심지어 경찰마저 안절부절못하는 눈치더라고. 그리고 내가 세 번 가출한 끝에 마침내 성공한 사람이거든. 맨 처음 가출했을 때가 너만 한 나이였지."

루크는 아무 말도 하지 않았다. 매티가 그나마 올바른 방향으로 움직이고 있었다.

"목적지가 어디니? 그건 알고 있고?"

"뭘 좀 얻어먹고 얻어 마시면서 *생각*을 좀 할 수 있는 곳요. 생각을 좀 해야 해요, 제 이야기를 아무도 믿지 않을 게 뻔하거든요. 특히 어린애가 그런 얘기를 하면요."

그때 누군가가 외쳤다.

"*매티! 얼른 나와! 사우스캐롤라이나까지 공짜로 그 열차를 타고 가려는 게 아니면!*"

"너 납치당했니?"

"네."

루크는 말하고 울음을 터뜨렸다.

"그리고 그 사람들은…… 제 삼촌이라는 남자하고 경찰은……."

"매티! 궁둥이 닦고 ***얼른*** *나와!"*

루크는 거두절미하고 말했다.

"진짜예요. 저를 돕고 싶으시면 그냥 보내 주세요."

"이런 젠장."

매티는 화차 옆으로 침을 뱉었다.

"그러면 안 될 것 같지만 그 귀를 보면…… 그 사람들, 진짜로 나쁜 사람들인 거 맞지?"

"최악이에요."

루크는 말했다. 사실 최악을 피해 달아나긴 했지만 그가 열차에 남을 수 있는지 여부가 이 남자에 의해 판가름이 나는 순간이었다.

"여기가 어딘지는 아니?"

루크는 고개를 저었다.

"여기는 윌밍턴이야. 이 열차는 조지아, 그 다음은 탬퍼에서 정차하고 마이애미가 종점이야. 사람들이 너를 찾고 있다면, 그런 걸 APB라고 하는지 앰버 경보라고 하는지 모르겠다만, 거기에서도 기다리고 있을 거야. 하지만 다음 정거장은 그냥 지도상의 파리똥 비슷하거든. 거기라면……."

"매티, 에이 씨, 어디 있는 거야? 장난 그만치고 나와. 타임기 찍고 퇴근해야 한다고."

이제는 훨씬 가까이서 소리가 들렸다.

매티는 다시금 미심쩍은 눈빛으로 루크를 쳐다보았다.

루크는 말했다.

"부탁드릴게요. 그 사람들은 저를 수조에 넣었어요. 그래서 하마터면 익사할 뻔했어요. 믿기 어려우시겠지만 진짜예요."

으드득거리며 자갈을 밟는 발소리가 점점 다가왔다. 매티는 뛰어내려 화차 문을 4분의 3 정도 닫았다. 루크는 소형 가전제품 뒤편의 보금자리로 다시 기어들어 갔다.

"똥 누러 간다고 하지 않았어? 거기서 뭐한 거야?"

루크는 매티가 이렇게 얘기하지 않을까 싶어 기다렸다. *저 상자 뒤에 어떤 애가 숨어 있는데 삼촌이랑 같이 가기 싫어서 메인으로 납치당했다는 둥, 거기서 수조에 처박혔다는 둥 황당한 소리를 늘어 놓더라고.*

매티가 말했다.

"볼일 보고 나와서 쿠보타 잔디 깎는 기계 좀 구경했어. 내 론보이가 맛이 가기 직전이라."

"얼른 가자고, 열차가 금방 출발할 거야. 그나저나 이 근처에서 돌아다니는 아이 못 봤지? 윌밍턴으로 놀러 가고 싶다고 북쪽에서 열차에 몰래 올라탄 아이가 있다는데."

정적이 흘렀다. 잠시 후에 매티가 말했다.

"못 봤는데."

루크는 앞으로 몸을 내밀고 앉아 있었다. 그 대답을 듣고서야 화차 벽에 다시 머리를 기대고 눈을 감았다.

10분 정도 지났을 때 9956호 열차가 세게 움찔거리자 온 차량이 몸서리를 쳤다.(이제는 차량이 딱 100대였다.) 조차장이 처음에는 천천히, 그러다 점점 빠르게 지나가기 시작했다. 신호탑의 그림자가 화차 바닥을 가로질렀고 잠시 후에 또 다른 그림자가 등장했다. 어떤 남자의 그림자였다. 기름 얼룩이 묻은 종이 봉지가 화차 안으로 날아와 바닥에 떨어졌다.

루크는 매티를 보지 못하고 목소리만 들었다.

"행운을 빈다, 꼴통."

그러고 나서 그림자는 사라졌다.

루크는 숨어 있던 곳에서 하도 빠르게 기어 나오는 바람에 귀를 다치지 않은 쪽 옆머리가 잔디 깎는 트랙터 상자에 부딪혀 찢어졌다. 하지만 그는 그런 줄도 몰랐다. 천국이 그 종이 봉지 안에 들어 있었다. 냄새로 느낄 수 있었다.

천국의 정체는 치즈와 소시지를 넣어서 구운 바삭한 빵, 호스티스 프루트 파이, 캐롤라이나 스위트하트 스프링 워터였다. 루크는 자제심을 총동원해야 500밀리리터짜리 생수를 단숨에 다 마시지 않고 참을 수 있었다. 4분의 1을 남기고 내려놓았다가 다시 집어서 뚜껑을 꽉 잠갔다. 열차가 갑자기 기우뚱하는 바람에 물이 쏟아지면 미쳐 버릴 거라는 생각이 들었다. 소시지 빵을 덥석덥석 다섯 입만에 해치우고 다시 물을 크게 한 모금 마셨다. 손바닥에 묻은 기름을 핥아먹은 다음 물과 호스티스 파이를 들고 다시 보금자리로 기어들어 갔다. 포키호를 타고 강물을 따라 내려오며 하늘을 올려다본 이래 처음으로 인생은 살 만한 것일지 모른다는 생각이 들었다. 그리고 신을 믿지는 않았지만, 신이 존재한다는 증거에 비해 존재하지 않는다는 증거가 아주 조금 더 견고하게 느껴졌지만 그래도 기도했다. 스스로를 위한 기도는 아니었다. 하늘에 계시다는 높은 분을 향해, 그를 꼴통이라고 부르며 그 갈색 봉지를 화차 안으로 던져 준 남자를 축복해 달라고 기도했다.

24

배를 채우고 났더니 다시 졸음이 쏟아졌지만 억지로 참았다.

이 열차는 조지아, 그 다음은 탬퍼에서 정차하고 마이애미가 종점이야. 사람들이 너를 찾고 있다면, 그런 걸 APB라고 하는지 앰버 경보라고 하는지 모르겠다만, 거기에서도 기다리고 있을 거야. 하지만 다음 정거장은 그냥 지도상의 파리똥 비슷하거든.

그 조그만 마을에도 그를 기다리는 사람들이 있겠지만 루크는 탬퍼나 마이애미까지 갈 생각이 없었다. 많은 사람들 속에 묻히는 데에도 나름의 장점이 있었지만 대도시에는 경찰이 너무 많았고 지금쯤이면 그들 모두에게 부모를 살해한 혐의가 있는 아이의 사진이 전달됐을지 몰랐다. 게다가 논리상으로도 더는 갈 수 없었다. 매티가 그를 저들 손에 넘기지 않은 것은 엄청난 행운이었다. 그런 행운을 또 한 번 기대하는 것은 어리석은 짓이었다.

루크는 좋은 패를 한 장 손에 쥐고 있을지 모른다는 생각이 들었다. 모린이 매트리스 아래에 넣어준 과도는 중간에 없어졌지만 플래시 드라이브는 남아 있었다. 거기에 뭐가 들었는지는 알 수 없었다. 기관에 넘긴 아이를 두고 횡설수설하는, 두서없는 고해성사가 담겨 있을지 몰랐다. 아니면 어떤 증거가 들어 있을지도 몰랐다. 문건이라든가.

마침내 열차가 다시 속도를 늦추기 시작했다. 루크는 문 앞으로 가서 넘어지지 않게 문을 붙잡고 밖으로 몸을 내밀었다. 울창한 나무와 2차로인 아스팔트 도로에 이어 집과 건물의 뒤편이 보였다. 열차가 신호등을 지났다. 노란색이었다. 매트가 파리똥이라고 표현한 곳에 거의 다 왔을지 몰랐다. 아니면 앞에서 다른 열차가 지나가는 동안 기다리느라 속도를 늦춘 것일 수도 있었다. 그의 입장에서는 후자라야 더 좋을 것이었다. 만약 걱정하는 삼촌이 다음 정거장에서 대기 중이라면 기차역에서 기다리고 있을 것이기 때문이었다. 반짝이는 금속 지붕이 달린 창고가 앞에서 보였다. 창고 너머는 2차로였고 그 너머는 다시 숲이었다.

너에게 주어진 사명은 이 열차에서 내려 저 숲속으로 최대한 빨리 숨는 거야. 그는 속으로 중얼거렸다. 그리고 콘크리트 블록에 얼굴을 갖다 박지 않게 발이 닫는 순간까지 계속 달리고 있어야 한다는 걸 기억해.

그는 집중하느라 입술에 힘을 줘 굳게 다물고 문을 붙잡은 채 몸을 앞뒤로 흔들기 시작했다. 매티가 얘기한 그 정거장이 맞았다. 이제 앞쪽으로 역사가 보였다. 빛바랜 초록색 지붕널에 **듀프레이 남행 · 서행**이라고 적혀 있었다.

지금 뛰어내려야 해. 루크는 생각했다. 삼촌 만나고 싶지 않으면.

"하나……."

앞으로 몸을 내밀었다.

"둘……."

뒤로 몸을 밀었다.

"셋!"

루크는 뛰어내렸다. 허공에서부터 달리기 시작했지만 선로 옆 콘크리트 바닥으로 착지했을 때 그의 몸은 열차가 달리는 속도로 움직이고 있었고 두 다리로 감당하기에는 조금 버거웠다. 상반신이 앞으로 쏠렸고 넘어지지 않으려고 두 팔을 뒤로 뻗고 있어서 결승선으로 다가가는 스피드 스케이트 선수처럼 보였다.

대자로 넘어지지 않고 속도를 맞출 수 있을지 모르겠다는 생각이 든 순간 누군가가 *"어이, 조심해!"*라고 외쳤다.

홱 고개를 들어보니 창고와 기차역 중간쯤에서 어떤 남자가 지게차를 몰고 있었다. 또 다른 남자가 역사 지붕이 드리운 그늘 안 흔들의자에서 읽고 있던 잡지를 손에 쥔 채로 몸을 일으키고 있었다. 이 남자가 외쳤다.

"저 신호등 조심해!"

루크는 빨간색으로 반짝이는 두 번째 신호등을 보았지만 속도를 늦추기에는 이미 늦었다. 본능적으로 고개를 돌리고 한쪽 팔을 들려고 했지만 미처 완전히 들어 올리지 못했을 때 달리던 속도 그대로 강철 기둥에 부딪쳤다. 얼굴 오른쪽 옆면이 기둥과 충돌했고 다친 쪽 귀가 가장 큰 타격을 입었다. 튕겨 나온 그는 콘크리트 블록을 때리고 선로와 반대편으로 굴렀다. 정신을 잃지는 않았지만 하늘이 뒤로 물러났다가 앞으로 다가왔다가 다시 뒤로 물러나서 정신이 오락가락했다. 뜨끈한 무언가가 뺨을 타고 폭포처럼 쏟아지는 것이 느껴졌고 귀가 다시 찢어졌다는 것을 알 수 있었다. 계속 괴롭힘을 당하는 가엾은 귀였다. 내면의 목소리가 일어나서 숲속으로 도망치라고 외쳤지만 들리는 대로 모두 실천에 옮길 수 있는 건 아니었다. 허둥지둥 일어나 보려고 했지만 그렇게 되질 않았다.

컨트롤러가 고장 났네. 그는 생각했다. 젠장. 망했다.

잠시 후에 지게차에 타고 있던 남자가 위에서 등장해 그를 내려다보았다. 쓰러져 있는 루크의 위치에서는 키가 180센티미터쯤 되게 느껴졌다. 끼고 있는 안경알이 햇빛을 받고 반짝여서 눈은 보이지 않았다.

"맙소사, 너 대체 무슨 생각으로 그런 거야?"

"도망치려고 그랬어요."

루크는 자신이 실제로 이렇게 얘기하고 있는지 알 수 없었지만 맞는 것 같았다.

"그 사람들한테 잡히면 안 돼요. 그 사람들한테 잡히지 않게 해주세요."

남자가 허리를 구부렸다.

"아무 말하지 마, 무슨 소린지 알아듣지도 못하겠으니까. 저 기둥에 엄청 세게 부딪쳐서 피를 콸콸 흘리고 있어. 다리 움직여 봐."

루크는 그가 시키는 대로 했다.

"이번에는 팔 움직여 봐."

루크는 두 팔을 들었다.

흔들의자에 앉아 있었던 남자가 지게차를 몰던 남자 옆으로 다가왔다. 루크는 새롭게 습득한 TP를 동원해 그들의 생각을 읽고, 그들이 어디까지 알고 있는지 알아내려고 했다. 하지만 소득이 전혀 없었다. 생각 읽기에 관한 한 현재는 썰물이었다. 기둥에 부딪히면서 TP가 머릿속에서 깨끗하게 지워진 모양이었다.

"이 아이 괜찮은가요, 팀?"

"그런 것 같아요. 그랬으면 하고요. 머리를 다쳤을 때는 옮기지 말라는 게 응급 처치의 기본 원칙이긴 하지만 시도해 보려고요."

"두 분 중 어느 분이 제 삼촌이에요? 혹시 두 분 다인가요?"

루크의 질문에 흔들의자에 앉아 있던 남자가 미간을 찌푸렸다.

"저 아이가 뭐라는지 알아듣겠어요?"

"아뇨. 아이를 잭슨 씨의 뒷방으로 옮겨야겠어요."

"내가 다리를 들게요."

루크는 이제 점점 정신이 돌아오기 시작했다. 그 점에 있어서는 귀가 도움이 됐다. 귀가 머릿속을 뚫고 들어오려는 듯이 느껴졌다. 그 안에 숨으려는 듯이 느껴졌다.

지게차를 몰던 남자가 말했다.

"아니에요, 내가 안고 갈게요. 무겁지 않아요. 로퍼 선생님한테 연락해서 왕진 부탁해 주세요."

"창고로 말이죠."

흔들의자에 앉아 있었던 남자는 말하고 누런 말뚝처럼 생긴 이를 보이며 웃었다.

"네, 뭐. 가서 연락해 주세요. 역사에 있는 전화기로."

"넵, 알겠습니다."

흔들의자에 앉아 있었던 남자는 지게차를 몰던 남자에게 어설프게 경례하고 떠났다. 지게차를 몰던 남자는 루크를 안아서 올렸다.

"내려놔 주세요. 걸을 수 있어요."

루크는 말했다.

"그래? 어디 한번 보자."

루크는 잠깐 휘청거리다 똑바로 섰다.

"이름이 뭐냐, 애야?"

루크는 이 남자가 삼촌인지 알 수 없는 마당에 이름을 밝혀도 될지 고민했다. 괜찮은 사람 같아 보였지만…… 시설의 지크도 아주 가끔 기분이 좋은 날에는 그래 보이지 않았던가.

"아저씨는 이름이 뭔데요?"

그는 맞받아쳤다.

"팀 제이미슨. 가자, 햇볕이라도 피할 수 있게."

25

오로지 시설의 정보원으로 다달이 챙기는 부수입 덕분에 다 쓰러져 가는 모텔을 근근이 운영 중인 노버트 홀리스터는 역사에 있는 전화로 로퍼 선생에게 연락했지만 그 전에 그의 휴대전화를 꺼내 새벽에 연락받은 번호로 전화했다. 그때는 자다 깨서 짜증이 났었지만 지금은 아주 흐뭇했다.

그가 말했다.

"그 아이요. 여기 있어요."

앤디 펠로위스가 말했다.

"잠깐만요. 전화 연결해 드릴게요."

잠깐 정적이 흐른 뒤 다른 사람의 목소리가 들렸다.

"홀리스터요? 사우스캐롤라이나 주 듀프레이에 거주하는?"

"네. 찾으시는 그 아이가 방금 전에 화물열차에서 뛰어내렸어요. 한쪽 귀가 아주 너덜너덜하더라고요. 아직 현상금이 걸려 있나요?"

"그럼요. 그 아이가 도망치지 못하게 붙잡아 놓으면 더 두둑하게 챙길 수 있을 겁니다."

노버트는 폭소를 터뜨렸다.

"아, 어디 가지 못할 거예요. 신호등에 세게 부딪쳐서 아주 바보가 됐거든요."

스택하우스는 말했다.

"그 아이를 놓치지 말아요. 매 시각마다 연락 부탁할게요. 알겠죠?"

"동향을 보고해 달란 말이죠?"

"네, 맞아요. 나머지는 우리가 처리할게요."

여기가 지옥이다

1

팀은 피투성이인 데다 계속 정신이 없어 보이지만 그래도 제 발로 걷는 아이를 데리고 크레이그 잭슨의 사무실을 지났다. 듀프레이 보관소 및 창고 사장은 더닝이라는 바로 옆 마을에서 살았지만 5년 전에 이혼한 이후로 넓고 에어컨이 달린 사무실 뒷방을 제2의 살림방으로 썼다. 오늘은 잭슨이 거기 없는 걸 보고 팀은 그러려니 했다. 원래 9956호가 그대로 지나가지 않고 정차하는 날에는 잘 보이지 않았다.

전자레인지, 핫플레이트, 조그만 싱크대가 있는 간이주방을 지나면 안락의자와 HD TV 세트로 이루어진 거실이 나왔다. 거길 지나면 《플레이보이》와 《펜트하우스》의 그 옛날 속지 사진이 위에서 내려다보는, 깔끔하게 정리된 간이침대가 있었다. 팀은 로퍼 선생이 올 때까지 아이를 거기에 눕히려고 했지만 아이가 고개를 저었다.

"의자요."

"괜찮겠니?"

"네."

아이는 의자에 앉았다. 쿠션이 피곤한 듯 짖는 소리를 냈다. 팀은 그의 앞에 한쪽 무릎을 꿇고 앉았다.

"이제 이름을 들을 수 있을까?"

아이는 의심하는 눈빛으로 그를 쳐다보았다. 피는 멎었지만 뺨이 핏덩이로 뒤덮였고 오른쪽 귀는 다 찢겨서 끔찍했다.

"저를 기다리고 계셨나요?"

"열차를 기다리고 있었지. 아침마다 여기서 일을 하거든. 9956호가 서는 날은 더 길게 근무하고. 이제, 이름이 뭐니?"

"옆에 있었던 다른 분은 누구예요?"

"이름 알려 주기 전까지 다른 질문은 사절이다."

아이는 고민하다가 입술을 축이고 말했다.

"닉이에요. 닉 윌홀름."

"알았다. 닉. 손가락이 몇 개로 보이니?"

팀은 손가락으로 V자를 만들었다.

"두 개요."

"지금은?"

"세 개요. 아까 다른 분요, 그분은 제 삼촌이라고 했어요?"

팀은 미간을 찌푸렸다.

"그 사람은 노버트 홀리스터야. 이 동네 모텔 주인이고. 조카가 있는지 없는지 나는 잘 몰라."

팀은 손가락을 한 개 들어 보였다.

"이거 따라서 눈 움직여 봐. 문제없는지 확인하게."

아이의 눈이 그의 손가락을 따라 좌우로, 그 다음에는 상하로 움직였다.

"아주 심하게 다치지는 않은 모양이다. 적어도 그러길 바랄 수는 있겠어. 누구한테서 도망치는 중이니, 닉?"

아이는 놀란 표정을 지으며 의자에서 빠져나오려고 했다.

"누구한테 그 얘기를 들으셨어요?"

팀은 그를 가만히 눌러서 다시 앉혔다.

"아무한테도 들은 거 없어. 나는 그냥 다 찢어진 지저분한 옷을 입고 다 찢어진 귀를 하고 열차에서 뛰어내리는 아이를 볼 때마다 가출한 아이인가 보다고 밑도 끝도 없이 넘겨짚거든. 이제……."

"요란한 소리가 들리던데 무슨 일이야? 내가…… 아이구야, 저 아이 어쩌다 저렇게 됐어?"

팀이 고개를 돌려보니 고아 애니 르두였다. 기차역 뒤편의 텐트에 있었던 모양이었다. 낮에 잠깐 거기서 눈을 붙일 때가 많았다. 그날 오전 10시에 역사 외부에 걸린 온도계에는 29.4도라고 찍혀 있었지만 애니는 팀이 보기에 완벽한 멕시코 복장을 갖추어 입었다. 세라피(멕시코 지방에서 남자가 어깨에 걸치는 기하학 무늬의 모포—옮긴이), 솜브레로(챙이 넓은 멕시코 모자—옮긴이), 조잡한 팔찌 그리고 움직일 때마다 솔기를 따라 튀어나오는 재활용 카우보이부츠.

팀이 말했다.

"이쪽은 닉 윌홀름. 어딘지 모를 곳에서 근사한 우리 마을로 놀러

온 아이에요. 9956호에서 뛰어내려 몸을 숙이고 춤을 추며 돌진하다가 신호등을 들이받았어요. 닉, 이쪽은 애니 르두."

"만나서 정말 반갑습니다."

루크는 말했다.

"고맙다, 애야. 나도 반갑다. 귀가 절반 뜯긴 것도 그 신호등 때문인가, 팀?"

"그건 아닌 것 같아요. 안 그래도 거기에 얽힌 사연을 들으려던 참이었어요."

"열차가 도착하길 기다리고 계신 분이 *할머니*였나요?"

아이가 애니에게 물었다. 거기에 집착하는 눈치였다. 머리를 심하게 부딪친 부작용일 수도 있지만 다른 이유가 있을 수도 있었다.

"나는 우리 주 예수 그리스도의 재림 말고는 기다리는 게 아무것도 없어."

애니는 말하고 나서 주위를 두리번거렸다.

"잭슨 씨가 벽에 음란한 사진들을 붙여놓았구먼. 놀랄 일은 아니지만."

애니는 놀랄을 놀럴이라고 발음했다.

바로 그때 하얀색 셔츠 위에 가슴받이 달린 작업복을 입고 넥타이를 맸고 피부색이 올리브색인 남자가 들어왔다. 역무원 모자를 쓰고 있었다.

"어서 와요, 헥터."

팀이 말했다.

"안녕하세요."

헥터가 말했다. 그는 크레이그 잭슨의 안락의자에 앉아 있는 피투성이 소년을 흘끗 쳐다보았지만 별 관심을 보이지 않고 다시 팀에게로 시선을 돌렸다.

"우리 기관차 조수가 그러는데 여기서 부려야 할 수화물이 발전기 두어 대, 잔디 깎는 트랙터 수십 대, 통조림 1톤, 청과물 1톤이래요. 지금 운행이 지연되고 있어서 수화물 옮기지 않을 거면 브런즈윅으로 트럭 한 부대 보내서 찾아가요."

팀은 일어섰다.

"애니, 의사 선생님이 오실 때까지 이 아이 옆에 있어 주실래요? 저는 잠깐 지게차를 운전해야겠어요."

"나한테 맡겨. 애가 난리 부리면 입에 뭘 물릴게."

"난리 부리지 않을게요."

아이는 말했다.

"다들 말은 그렇게 하지."

애니는 다소 밑도 끝도 없이 대꾸했다.

헥터가 말했다.

"얘야, 내 열차를 몰래 타고 왔니?"

"네. 죄송해요."

"뭐, 이제는 내렸으니 나한테 미안해할 건 없다. 경찰이 알아서 하겠지. 팀, 돌발 상황이 생긴 건 알겠지만 얼른 수화물 내려야 하니까 나가서 거들어 줘요. 인부들 다들 어디 있어요? 딱 한 명밖에 안 보이고 그마저도 역무실에서 통화를 하고 있던데."

"그 사람은 홀리스터라고 이 동네 모텔 사장인데 힘쓰는 일을 하는 걸 본 적이 없네요. 아침에 일어나자마자 화장실에 가서 배에 힘 줄 때라면 모를까."

"더러워."

고아 애니는 말했지만 계속 빤히 쳐다보고 있는 속지 사진을 가리켜 한 얘기일 수도 있었다.

"비먼 형제가 오기로 되어 있는데 무책임한 것들이 또 늦나 보네요. 기관사님 열차처럼."

헥터는 모자를 벗고 숱이 많은 검은색 머리를 손으로 쓸어넘겼다.

"이런 망할. 내가 이래서 완행이 싫다니까. 윌밍턴에서도 수화물을 부리느라 시간이 지체됐거든요. 빌어먹을 렉서스가 화물칸에 걸려서 꼼짝하지 않는 바람에. 아무튼 할 수 있는 데까지 해 봅시다."

팀은 헥터를 따라 문 앞까지 갔다가 돌아보았다.

"네 이름은 닉이 아니지?"

아이는 고민하다가 말했다.

"지금은 그냥 닉이라고 할게요."

팀은 애니에게 말했다.

"저 아이 꼼짝 못 하게 붙잡아 놓으세요. 움직이려고 하면 큰 소리로 저를 부르세요."

그러고는 너무 작고 심하게 학대당한 듯이 보이는 피투성이 아이에게 말했다.

"이 문제는 이따가 다시 얘기하자. 그러면 되겠니?"

아이는 생각해 보더니 피곤한 듯 고개를 끄덕였다.

"그럴 수밖에 없겠네요."

2

두 남자가 나가자 고아 애니는 개수대 아래 바구니에서 깨끗한 행주를 두 장 찾았다. 차가운 물을 적셔 한 장은 꽉 짜고 다른 한 장은 대충 짰다. 물기를 꽉 짠 행주를 그에게 건넸다.

"이걸 귀 위에 얹어."

루크는 그녀가 시키는 대로 했다. 귀가 쓰라렸다. 그녀는 다른 행주로, 그의 어머니처럼 조심스럽게 얼굴에 묻은 피를 닦았다. 애니는 그렇게 얼굴을 닦아주다 말고 똑같이 조심스럽게 왜 우느냐고 물었다.

"엄마가 보고 싶어서요."

"아이고, 엄마도 네가 보고 싶으실 거야."

"돌아가신 뒤에도 의식이 계속 유지되지 않는 이상 그럴 일 없어요. 저도 그렇다고 믿고 싶지만 경험한 사람들의 증거에 따르면 그렇지가 않대요."

애니는 개수대로 가서 행주에 묻은 피를 씻어냈다.

"죽은 뒤에 의식이 계속 유지되지 않는다고? 아니야, 당연히 아니지. 떠난 영혼은 속세에 아무 관심 없다고, 우리가 개미굴 속에서 개미들이 어떻게 지내는지 관심 없는 것처럼 그렇다고 얘기하는 사람들도 있지만 나는 그렇게 생각하지 않아. 나는 그들도 관심을 기울인다고 생각해. 어머님이 돌아가신 건 슬픈 일이로구나, 애야."

"사랑도 계속 유지될까요?"

한심한 발상이라는 걸 그도 알았지만 좋은 쪽으로 한심한 발상이었다.

"당연하지. 육신이 죽는다고 사랑도 죽진 않아, 꼬맹아. 그야말로 어처구니없는 착각이지. 어머님이 돌아가신 지 얼마나 됐니?"

"한 달 아니면 6주요. 시간 개념이 없어서 잘 모르겠어요. 부모님은 살해되고 저는 납치당했어요. 믿기 어려우시겠지만……."

애니는 계속 남은 핏자국을 닦았다.

"익히 알고 있던 사실이면 믿기 어려울 것도 없어. 그 사람들이 까만색 차를 타고 왔니?"

그녀는 솜브레로 챙 아래로 자신의 관자놀이를 톡톡 두드렸다.

루크는 말했다.

"모르겠어요. 하지만 그랬다 한들 놀라지 않겠어요."

"그들이 너를 상대로 실험을 벌였니?"

루크의 입이 떡 벌어졌다.

"그걸 어떻게 아셨어요?"

"조지 올먼. 자정부터 새벽 4시까지 WMDK에서 방송을 진행하지. 악령에 씐 사람들, UFO, 초능력을 주제로."

"초능력요? 진짜요?"

"응. 그리고 음모. 음모가 뭔지 아니, 꼬맹아?"

"아마도요."

"조지 올먼의 프로그램은 제목이 「아웃사이더스」야. 청취자 전화 연결도 하지만 대부분 그 혼자 얘기해. 외계인이나 정부나 외계인과 손을 잡은 정부를 운운하지는 않고 몸을 사리지. 잭이나 바비(존 F 케네디와 로버트 F 케네디를 말한다 — 옮긴이)처럼 실종되거나 총에 맞으면 안 되니까. 하지만 까만색 차와 실험을 줄기차게 강조해. 머리칼을 하얗게 세게 만드는 것들을. 샘의 아들(연쇄 살인범 데이비드 버코위츠의 별명이다—옮긴이)이 악령에 씌었다는 거 아니니? 몰랐어? 맞아, 악령에 씐 사람이었어. 그러다 안에 있던 악령이 나오면서 껍데기만 남았지. 고개 들어봐라, 꼬맹아. 피가 목 위로 온통 쏟아졌는데 닦아내기 전에 말라 버리면 벅벅 문질러야 해."

3

덩치가 어마어마한 10대이자 마을 남쪽의 트레일러하우스 주차장에 사는 비먼 형제는 팀의 기준으로 점심시간이 시작되고 한참 지났다고 볼 수 있는 12시 15분에서야 등장했다. 그 무렵에는 프로미스 소형기기 판매 및 수리 센터로 옮길 수하물은 거의 다 역사의 금이 간 콘크리트 바닥으로 부린 뒤였다. 만약 팀이 책임자였다면 비먼 형제를 그 자리에서 잘랐겠지만 이들 형제는 남부의 복잡한 방식으로 잭슨 씨와 친척지간이었기 때문에 그건 선택지에 없었다. 게다가 그들이 필요했다.

12시 30분에 델 비먼이 양옆에 칸막이를 댄 대형 트럭을 **캐롤라이나 농산물**이라고 적힌 화차의 문에 뒤로 대고 상추, 토마토, 오이, 서양 호박이 담긴 궤짝을 옮겨 싣기 시작했다. 헥터와 조수가 도운 이유는 신선한 채소에 관심이 있어서가 아니라 사우스캐롤라이나에서 한시라도 빨리 출발하고 싶었기 때문이었다. 노브 홀리스터는 역사 지붕 아래 그늘에 서서 열심히 구경만 했다. 팀은 지금까지 열차의 도착과 출발에 한 번도 관심을 보인 적 없었던 그가 계속 자리를 지키고 있다니 조금 이상하다는 생각이 들었지만 너무 바빠서 더는 신경 쓸 겨를이 없었다.

12시 50분에 낡은 포드 스테이션왜건이 기차역의 조그만 주차장으로 들어섰을 때 팀은 듀프레이 슈퍼로 배달할 농산물이 담긴 마지막 궤짝을 지게차로 들어서 트럭의 짐칸으로 옮기는 중이었다. 필 비먼이 제대로 배달해야 할 텐데 1.5킬로미터도 안 되는 거리지만 오늘 아침에는 필의 말투가 어눌했고 산불이 닥치기 전에 피하려는 조그만 짐승처럼 눈이 빨갰다. 셜록 홈즈가 아니더라도 약을 하다가 왔다는 걸 알 수 있었다. 양쪽 형제 모두 다.

로퍼 박사가 스테이션왜건에서 내렸다. 팀은 그를 향해 손을 흔들고 잭슨 씨가 사무실 겸 살림집으로 쓰고 있는 창고를 가리켰다. 로퍼는 마주 손을 흔들고 그쪽 방향으로 걸음을 옮겼다. 그는 구식이었고 거의 캐리커처에 가까웠다. 70에서 80킬로미터를 가야 가장 가까운 병원이 나오고, 오바마케어는 한심한 진보주의자의 불경스러운 발상으로 치부하며, 월마트 행을 나들이로 간주하는 수많은 깡촌에서 아직까지 명맥을 유지 중인 그런 부류의 의사였다. 그는 과체중이었고 60대가 넘었고 3세대 전부터 집안 대대로 물려받은 까만색 가방에 청진기와 더불어 성서를 넣고 다니는 독실한 침례교도였다.

"저 아이는 왜 저래요?"

기관사 조수가 반다나로 이마를 훔치며 물었다.

"나도 몰라. 하지만 알아낼 작정이야. 자, 이제 쌩하니 출발하세요. 나한테 렉서스 한 대 남겨줄 거 아니면. 한 대 주겠다면 기꺼이 하역하겠지만."

팀은 말했다.

"추파 미 포야(스페인어 욕설이다—옮긴이)."

헥터는 말했다. 그러고는 팀과 악수하고 듀프레이에서 브런즈윅까지 이동하는 시간을 단축할 수 있길 바라며 기관차로 걸어갔다.

4

스택하우스는 두 발굴팀과 함께 챌린저를 타고 출동하려고 했지만 식스비 부인에게 저지당했다. 그녀가 상사이기 때문에 가능한 얘기였다. 하지만 이때 스택하우스가 지은 실망한 표정은 모욕에 가까웠다.

"그 표정 거둬. 이 일이 잘못되면 누구 목이 날아갈 것 같아?"

"우리 둘 다요. 그리고 우리로 그치지도 않을 거예요."

"맞아, 하지만 누구 목이 가장 먼저, 가장 멀리 날아가겠어?"

"줄리아, 이건 야전이에요. 당신은 지금까지 현장으로 출동한 적이 한 번도 없잖아요."

"루비와 오팔 팀이 같이 가잖아. 네 명의 훌륭한 남자와 세 명의 터프한 여자가. 그리고 해병대 출신인 토니 피절과 에번스 박사, 위노나 브릭스도 같이 가고. 위노나는 육군 출신이고 부상자를 다룰 줄 알아. 작전이 시작되면 데니 윌리엄스가 진두지휘할 테지만 내가 옆에 있어야겠어. 현장감을 살린 보고서를 작성해야겠어."

그녀는 하던 얘기를 잠깐 멈추었다.

"보고서를 작성할 필요성이 생기면 말이지. 그런데 그걸 피할 방법이 없겠다는 생각이 드네."

그녀는 손목시계를 흘끗 확인했다. 12시 30분이었다.

"따지는 건 이제 그만. 작전을 개시해야 하니까. 여기는 자네한테 맡길게. 별 문제 없이 마무리 되면 내일 새벽 2시까지 돌아올 수 있을 거야."

그는 그녀와 함께 문을 나서 정문까지 흙길을 걸었다. 정문을 나서면 동쪽으로 5킬로미터에 걸쳐 2차로 아스팔트 도로가 이어졌다. 날은 더웠다. 그 괘씸한 아이가 어찌어찌 빠져나간 빽빽한 숲속에서 귀뚜라미들이 노래를 불렀다. 정문 앞에서 극성 엄마들이 몰고 다니는 포드 윈드스타 밴이 대기 중이었고, 운전석에 로빈 렉스가 앉아 있었다. 미셸 로버트슨이 그 옆에 앉아 있었다. 두 여자 모두 청바지에 까만색 티셔츠를 입었다.

식스비 부인이 말했다.

"여기에서부터 프레스크 아일까지 90분. 프레스크 아일에서 펜실베이니아 주 이리까지 다시 70분. 거기서 오팔 팀 탑승. 이리에서 사우스캐롤라이나 주 알콜루까지 약 2시간. 별 문제 없으면 오늘 저녁 7시쯤 듀프레이에 도착할 거야."

"계속 연락 주세요. 그리고 작전이 개시되면 당신이 아니라 윌리엄스가 지휘관이라는 걸 잊지 마시고요."

"알았어."

"줄리아, 아무리 생각해도 이건 오판이에요. 내가 가야죠."

그녀는 그를 마주보았다.

"그 소리 한 번만 더 해. 후려갈겨 줄 테니까."

그녀는 밴으로 걸어갔다. 데니 윌리엄스가 문을 열어 주었다. 식스비 부인은 올라타려다 말고 스택하우스를 돌아보았다.

"그리고 내가 돌아오기 전까지 에이버리 딕슨 충분히 물에 담갔다가 뒤 건물로 옮기는 거 잊지 마."

"동키 콩은 내키지 않아 하던데요."

그녀는 섬뜩한 미소를 지었다.

"그러거나 말거나 내가 신경 쓸 것 같아?"

5

팀은 출발하는 열차를 지켜보다가 역사 지붕 아래 그늘로 돌아갔다. 셔츠가 땀으로 흠뻑 젖었다. 그는 노버트 홀리스터가 아직 거기 서 있는 걸 보고 놀랐다. 평소처럼 페이즐리 무늬 조끼와 지저분한 카키 팬츠를 입고 있는데 오늘은 가슴뼈 바로 아래에 꼬임 벨트를 동여맸다. 팀은 바지를 그렇게 추어올려 입고도 무슨 수로 고환을 찌부러뜨리지 않을 수 있는지 궁금해졌다.(예전에도 몇 번 궁금해 하던 부분이었다.)

"웬일로 아직까지 여기 있어요, 노버트?"

홀리스터는 어깨를 으쓱하고, 식전에는 보고 싶지 않은 이를 드러내며 웃었다.

"그냥 시간 때우는 중이에요. 오후 시간에는 우리 목장이 별로 바쁘지도 않고 해서."

누가 들으면 오전이나 저녁에는 바쁜 줄 알겠네. 팀은 생각했다.

"이제 그만 가서 볼일 보지 그래요?"

노버트는 뒷주머니에서 레드 맨 파우치를 꺼내 담뱃잎을 입에 넣었다. 이 색깔이 왜 그런지 알 수 있는 대목이지. 팀은 생각했다.

노버트가 말했다.

"무슨 자격으로 나한테 이래라 저래라 하실까?"

"부탁하는 것처럼 들렸던 모양이네요. 아니었는데. 가시라고요."

"알았어요, 알았어요, 알아들었다고요. 좋은 하루 보내십셔, 야경꾼 나리."

노버트는 어슬렁어슬렁 사라졌다. 팀은 그의 뒷모습을 바라보며 미간을 찌푸렸다. 베브스 이터리 아니면 조니스에서 카운터 유리병에 담긴 삶은 땅콩이나 삶은 달걀을 사는 홀리스터를 가끔 본 적 있지만 그럴 때가 아닌 이상 그는 모텔 사무실 밖으로 나오는 경우가 거의 없었다. 거기에 틀어박혀서 객실과는 달리 잘 나오는 위성 TV로 스포츠 경기나 포르노를 보았다.

고아 애니가 잭슨 씨의 외부 사무실 책상에 앉아 기결/미결 바구니에 담긴 서류를 뒤적이며 팀을 기다리고 있었다.

팀은 부드럽게 말했다.

"그거 건드리면 안 돼요, 애니. 어지럽혀 놓으면 내가 골치 아파져요."

"어차피 볼 만한 것도 없네. 송장이랑 스케줄표랑 뭐 그런 거뿐이라. 저기 하디빌에 있는 토플리스 카페 쿠폰은 있더구만. 두 번만 더 찍으면 런치 뷔페를 공짜로 먹을 수 있겠더라고. 다만 여자들 알랑꼴리 보면서 점심을 먹으면…… 으으으."

팀은 지금까지 그런 관점에서 생각해 본 적이 없었는데, 상상이 되면서 몰랐던 때로 돌아가고 싶어졌다.

"선생님이 안에서 아이 살피고 계세요?"

"응. 내가 지혈은 했지만 귀가 원래대로 돌아갈 수 없을 테니 앞으로 머리를 쭉 기르고 다녀야 할 거야. 이제 내 얘기 좀 들어봐. 저 아이가 그러는데 부모님은 살해되고 자기는 납치당했대."

"음모의 일환으로요?"

그는 야경꾼으로 순찰을 돌 때 음모를 주제로 애니와 숱하게 대화를 나눈 적이 있었다.

"맞아. 사람들이 까만색 차를 타고 찾아왔을 거야, 믿어도 좋아. 그리고 저 아이가 여기 있는 걸 알아내면 잡으러 올 거야."

"참고할게요. 그리고 존 보안관님하고 의논도 하고요. 아이 씻기고 지켜봐 주셔서 감사하지만 이제 그만 가 보시는 게 좋겠어요."

그녀는 자리에서 일어나 세라피를 흔들어 털었다.

"그래, 존 보안관한테 얘기해. 다들 정신 바짝 차리고 있으라고. 그 사람들은 만반의 공격 태세를 갖추고 올 테니까. 메인 주에 예루살렘스 롯이라는 마을이 있는데, 까만색 차를 타고 오는 사람들에 대해서라면 거기 주민들한테 물어봐. 남은 주민을 찾을 수 있으면.

40년 아니면 그 전에 전부 사라졌거든. 조지 올먼이 그 마을에 대해 수시로 얘기한다고."

"알겠습니다."

그녀는 세라피를 휘날리며 문 앞까지 갔다가 고개를 돌렸다.

"내 말 안 믿는 모양인데 그럴 만도 하지. 왜 아니겠어? 나는 자네가 오기 한참 전부터 이 마을의 괴짜로 통했고 주님 곁으로 불려가지 않는 한 자네가 떠난 뒤에도 한참 동안 이 마을의 괴짜로 남을 테니까."

"애니, 제가 언제……."

"쉿."

그녀는 솜브레로 아래에서 매서운 눈빛으로 그를 노려보았다.

"괜찮아. 하지만 이제부터는 귀담아듣도록 해. 진짜야…… *저 아이가 나*한테 얘기했다니까. 저 아이가. 그러니까 두 표야, 알겠어? 그리고 내가 한 말 기억해. *그 사람들은 까만색 차를 타고 온다는 거*."

6

로퍼 박사는 썼던 검사 도구를 가방에 넣고 있었다. 아이는 잭슨 씨의 안락의자에 계속 앉아 있었다. 얼굴의 핏자국을 지우고 귀에는 붕대를 감았다. 신호등과 드잡이를 하는 바람에 얼굴 오른쪽 면에 점점 심하게 멍이 번지고 있었지만 눈빛은 또렷하고 초롱초롱했다. 의사가 조그만 냉장고에서 찾아서 준 병에 든 진저에일을 삽

시간에 해치우고 있었다.

"거기 그대로 앉아 있어라."

로퍼는 말했다. 그는 가방을 닫고, 외부 사무실로 나가는 문 바로 안쪽에 서 있는 팀에게로 다가갔다.

"저 아이 괜찮은가요?"

팀은 조그맣게 물었다.

"탈수 상태고 한동안 먹은 게 별로 없어서 배고파하지만 그것 말고는 괜찮아 보이네. 저 또래 아이들은 이보다 심한 부상도 금세 회복하지. 저 아이 말로는 열두 살이고, 이름은 닉 윌홀름이고, 메인 주 북부의 기착지에서 열차에 올라탔다더군. 거긴 어쩐 일로 갔느냐고 물으니까 얘기할 수 없대. 주소지를 물으니까 기억이 안 난다고 하고. 머리를 세게 부딪치면 일시적으로 방향감각을 상실하고 기억이 뒤섞일 수 있으니 말이 되는 것도 같겠지만, 내가 경험이 좀 있다 보니 기억상실과 함구를 구분할 줄 알거든, 어린아이의 경우에는 특히 더. 저 아이는 뭔가를 숨기고 있어. 어쩌면 아주 많이."

"알겠습니다."

"내 생각을 알려 줄까? 식당에 가서 밥을 한 끼 푸짐하게 사 주겠다고 하면 전말을 들을 수 있을 거야."

"고맙습니다, 선생님. 청구서 보내 주세요."

로퍼는 손사래를 쳤다.

"베브스보다 괜찮은 데서 *나한테* 푸짐하게 한 끼 사. 그걸로 퉁치자고. 그리고 사연을 들으면 나한테도 알려 주고."

의사의 동남부 사투리가 심하다 보니 *그걸로*가 그글로로 들렸다.

의사가 나가자 팀은 아이와 단둘이 있을 수 있도록 문을 닫고 주머니에서 휴대전화를 꺼냈다. 크리스마스 이후에 야경꾼 일을 넘겨받기로 되어 있는 빌 위클로에게 연락했다. 아이는 시원한 음료를 마저 마시며 그를 예의 주시했다.

"빌? 팀이에요. 네, 괜찮아요. 오늘 밤에 야경꾼 예행연습 해 보실 생각 있나 해서요. 원래는 지금 제가 자야 하는 시각인데 역에 일이 좀 생겨서요."

그는 상대방의 말을 들었다.

"잘됐네요. 신세 좀 질게요. 타임기는 경찰서에 둘게요. 태엽 감는 거 잊지 마세요. 고마워요."

그는 통화를 마치고 아이를 물끄러미 살폈다. 얼굴에 멍 꽃이 피었다가 일이 주 있으면 희미해질 것이다. 눈빛이 풀리는 데에는 그보다 오래 걸릴지 몰랐다.

"좀 괜찮니? 머리 아픈 것도 가라앉았고?"

"네, 선생님."

"선생님은 무슨, 그냥 팀이라고 불러. 이제 나는 너를 뭐라고 부를까? 본명이 뭐니?"

루크는 잠깐 망설이다가 알려 주었다.

7

앞 건물과 뒤 건물을 연결하는 어두침침한 터널은 추웠고 에이버리는 당장 몸이 벌벌 떨렸다. 지크와 카를로스가 정신을 잃은 그의 조그만 몸을 수조에서 끄집어냈을 때 입고 있었던 옷차림 그대로라 속옷까지 젖은 상태였다. 이가 딱딱 부딪히기 시작했다. 그래도 그는 한 가지 알게 된 사실을 꼭 붙잡았다. 그게 중요했다. 이제는 모든 게 중요했다.

글래디스가 말했다.

"이 부딪히는 소리 좀 그만 내라. 듣기 싫어 죽겠네."

그녀는 그가 앉은 휠체어를 밀고 있었고 웃음기라고는 찾아볼 수 없었다. 이 쥐방울 같은 새끼가 무슨 짓을 저질렀는지 모르는 사람이 없었기에 그녀는 시설의 다른 모든 직원들처럼 겁에 질렸고, 루크 엘리스가 돌아와 다 같이 안도의 한숨을 내쉴 때까지 그 상태에서 벗어날 길이 없었다.

에이버리는 말했다.

"어, 어, 어, 어쩔 수, 수, 수가 어, 없어요. 너무 추, 추, 추워요."

"그러거나 말거나 내가 관심이나 있을 것 같아? 네가 무슨 짓을 저질렀는지 아니? 도대체 *알기나* 하느냐고."

언성을 높인 글래디스의 목소리가 타일 벽을 맞고 메아리쳤다.

에이버리는 알았다. 사실 그의 머릿속에는 들어 있는 생각이 많았다. 글래디스의 생각도 있었고(공포가 머리 한가운데에서 쳇바퀴를 돌리는 쥐와 같았다.) 전적으로 그의 생각도 있었다.

관계자 외 출입 금지라고 적힌 문을 지나자 조금 따뜻해졌고, 제임스 박사(실험실용 가운은 단추가 잘못 채워졌고 머리는 산발이었고 바보 같은 미소를 짓고 있었다.)가 그들을 기다리고 있는 허름한 휴게실은 그보다 더 따뜻했다.

에이버리는 오한이 차차 풀리다 멈추었지만 알록달록한 슈타지 라이트가 다시 보였다. 마음만 먹으면 언제든 없앨 수 있었기 때문에 상관없었다. 그 수조에서 지크가 그를 거의 죽일 뻔했고 에이버리도 기절하기 전에 자기가 죽는 줄 알았지만 덕분에 어떤 변화가 생겼다. 그 안에 들어갔다 온 일부 아이들에게 그런 현상이 나타나는 모양이지만 이건 그 정도가 아니었다. TP와 TK를 동시에 갖추는 건 기본 중의 기본이었다. 글래디스는 루크 때문에 어떤 사태가 벌어질지 두려워했지만 에이버리는 마음만 먹으면 그녀가 그를 무서워하게 만들 수도 있을 것 같았다.

하지만 아직은 그럴 때가 아니었다.

"어서 와라, 꼬마 신사!"

제임스 박사가 외쳤다. 꼭 TV 광고에 나오는 정치인 같았고 머릿속에서 여러 생각들이 강풍을 만난 종잇조각처럼 이리저리 날렸다.

아주, 아주 심각한 문제가 있네. 에이버리는 생각했다. 방사능 피폭 환자 비슷한데 피폭된 곳이 뼈가 아니라 뇌야.

"안녕하세요."

에이버리는 말했다.

제클 박사는 고개를 뒤로 젖히고 *안녕하세요*가 그보다 더 재밌을 수 없는 우스갯소리라도 되는 듯이 깔깔대고 웃었다.

"이렇게 빨리 만날 줄은 몰랐지만 환영한다, 환영해! 네 친구들도 몇 명 여기 있어!"

알아요. 에이버리는 생각했다. 그리고 얼른 만나고 싶어요. 친구들도 나를 만나면 기뻐할 거예요.

"하지만 먼저 그 젖은 옷부터 갈아입어야겠다."

그녀는 나무라는 눈빛으로 글래디스를 쳐다보았지만 글래디스는 웅웅거리는 느낌 때문에 팔을 긁느라 정신이 없었다. 어디 열심히 긁어 보시지. 에이버리는 생각했다.

"헨리더러 너를 방까지 안내해 주라고 할게. 여기 관리하는 분들 좋아. 혼자 걸을 수 있겠니?"

"네."

제클 박사는 또다시 고개를 뒤로 젖히고 목청껏 웃었다. 에이버리는 휠체어에서 내려 판단하는 눈빛으로 글래디스를 한참 동안 쳐다보았다. 그녀는 팔을 긁다 멈추었고 이번에는 *그녀가* 몸을 오들오들 떨었다. 옷이 젖어서도 아니었고 추워서도 아니었다. 그 때문이었다. 그가 느껴지는데 그게 싫었던 것이다.

하지만 에이버리는 좋았다. 조금 근사했다.

8

잭슨 씨의 거실에는 의자가 하나밖에 없었기 때문에 팀은 외부 사무실에서 의자를 들고 왔다. 그걸 아이 앞에 두고 앉을까 고민했지만 그러면 경찰서 취조실과 구도가 너무 비슷했다. 그래서 레이지보이 안락의자 옆쪽으로 의자를 들고 가 아이 옆에 앉았다. 친구와 좋아하는 TV 프로그램을 같이 보는 구도였지만 잭슨 씨의 평면

TV는 꺼진 상태였다.

"자, 루크. 애니 말로는 네가 납치됐다고 하더라만 애니가 뭐랄까, 정신이 좀…… 오락가락하거든."

"그건 정신이 오락가락하는 상태에서 한 얘기 아니에요."

루크는 말했다.

"좋아, 그럼. 어디에서 납치를 당했니?"

"미니애폴리스요. 그 사람들이 저를 기절시켰어요. 그리고 부모님을 죽였고요."

루크는 한 손으로 눈을 훔쳤다.

"납치범들이 너를 미니애폴리스에서 메인으로 데려갔구나. 어떻게 말이지?"

"모르겠어요. 의식이 없었거든요. 아마 비행기에 태워서 갔을 거예요. 저는 진짜로 미니애폴리스 출신이에요. 제가 다니던 학교에 연락하기만 해도 확인하실 수 있어요. 브로더릭 영재학교예요."

"그러니까 너는 머리가 좋은 아이인가 보구나."

"아, 네."

루크는 자부심이라고는 전혀 느껴지지 않는 목소리로 말했다.

"저는 머리가 좋은 아이에요. 지금은 죽도록 배가 고픈 아이고요. 이틀 동안 소시지 빵하고 프루트 파이 말고는 아무것도 못 먹었거든요. 제가 생각하기에는 이틀인데 잘 모르겠어요. 시간 개념이 없어서. 매티라는 남자한테 받았어요."

"그게 다니?"

"그리고 도넛 부스러기요. 별로 크진 않았어요."

"맙소사, 너한테 뭐 좀 먹여야겠다."

"네."

루크는 말하고 덧붙였다.

"부탁드릴게요."

팀은 주머니에서 휴대전화를 꺼냈다.

"웬디? 나 팀이에요. 부탁 하나만 해도 될까요?"

9

뒤 건물에서 에이버리가 쓰게 될 방은 삭막했다. 침대는 기본적인 간이 침대였다. 벽에 니켈로디언 포스터가 붙어 있지도 않았고 서랍장 위에 가지고 놀 G. I. 조가 있지도 않았다. 그래도 에이버리는 상관없었다. 그는 겨우 열 살이었지만 이제 어른이 되어야 했고 어른은 장난감 병정을 가지고 놀지 않았다.

다만 나 혼자서는 할 수 없는 게 문제지. 그는 생각했다.

작년 크리스마스가 생각났다. 떠올리면 가슴이 아팠지만 그래도 떠올렸다. 원하던 레고 성을 선물로 받았지만 조각들을 눈앞에 펼쳐놓고 보니 그 뒤죽박죽을 작은 탑과 문과 오르락내리락하는 도개교를 갖춘 상자 위의 아름다운 성으로 발전시키려면 어떻게 해야 할지 알 수가 없었다. 그는 울음을 터뜨렸다. 그러자 아버지(지금은 돌아가셨다고 딱 잘라 말할 수 있었다.)가 그의 옆에 무릎을 꿇고 앉아서 말했다. *설명서 보면서 같이 해 보자. 한 개씩 차근차근.* 그리고 그들은 해냈다. G. I. 조들이 집에서 그 성을 지키고 있었다. 앞 건물에서 눈을 떴을 때 그들이 똑같이 옮겨 놓지 못한 한 가지가 그 성이었다.

이제 그는 보송보송한 옷을 입고 이 황량한 방의 간이 침대에 누워서, 완성됐을 때 그 성이 얼마나 근사했는지 떠올렸다. 그러면서 웅웅거림을 느꼈다. 여기 이 뒤 건물에서는 그 느낌이 가실 줄 몰랐다. 방에 있으면 시끄러웠고, 복도로 나가면 더 시끄러웠고, 식당을 지나고 관리인 휴게실을 넘어 뒤 건물의 뒤편으로 연결되는 잠긴 쌍여닫이 문 앞이 가장 시끄러웠다. 관리인들은 종종 그곳을 머저리 공원이라고 불렀다. 머저리가 된 아이들이 살고 있기 때문이었다.(그런 것도 사는 거라고 볼 수 있을지 모르겠지만.) 벌새들. 하지만 짐작건대 그들도 쓸모가 있을 것이다. 허쉬 초코바 포장지처럼. 하지만 거기 묻은 초코바를 깨끗하게 핥아먹으면 폐기처분되는 것이 포장지였다.

여기는 방문에 잠금장치가 달려 있었다. 에이버리는 정신을 집중해 잠금장치를 풀려고 해 보았다. 파란색 카펫이 깔린 복도 말고는 갈 데도 없었지만 재밌는 실험이었다. 잠금장치가 돌아가려고 하는 것이 느껴졌지만 성공하지는 못했다. 조지 아일스라면 할 수 있을지 궁금해졌다. 조지는 일단 강력한 TK 양성이었다. 누가 옆에서 조금 도와주기만 하면 할 수 있을지 몰랐다. 그의 아버지가 했던 말이 다시금 생각났다. *같이 해 보자. 한 개씩 차근차근.*

5시에 문이 열렸고 빨간 옷을 입은 관리인이 웃음기 없는 얼굴로 고개를 내밀었다. 여기 직원들은 이름표를 달지 않았지만 에이버리에게는 이름표가 필요 없었다. 이 사람은 동료들 사이에서 뱀 같은 제이크라고 불리는 제이콥이었다. 전직 해군이었다. 특수부대원이 되고 싶었는데 못 됐죠? 에이버리는 생각했다. 거기서 쫓겨났죠? 아마도 사람들 괴롭히는 걸 너무 좋아하는 바람에.

뱀 같은 제이크가 말했다.

"저녁 시간이다. 먹고 싶으면 따라와. 먹기 싫으면 영화 보는 시간까지 방문 다시 잠가놓을 거야."

"먹을게요."

"오케이. 영화 좋아하냐, 쥐방울?"

"네."

에이버리는 대답하고 생각했다. 하지만 이 영화는 싫을 거예요. 사람들을 죽이는 영화니까.

"여기서 보는 영화 재밌을 거야. 항상 만화영화로 시작되거든. 식당은 왼쪽으로 바로 저기야. 그리고 어기적거리지 좀 말아라."

제이크는 얼른 움직이라는 뜻에서 그의 엉덩이를 세게 때렸다.

식당(앞 건물의 주거동 복도처럼 짙은 초록색으로 칠해진 음산한 공간이었다.)에서는 열두 명쯤 되는 아이들이 앉아서 냄새 상으로는 딘티 무어 쇠고기 스튜인 것처럼 느껴지는 음식을 먹고 있었다. 여동생이 좋아했기 때문에 엄마가 일주일에 못해도 두 번은 차린 음식이었다. 아마 그 동생도 죽었겠지만. 대부분의 아이들이 좀비처럼 보였고 침을 많이 흘렸다. 한 여자아이는 저녁을 먹으면서 담배를 피웠다. 에이버리가 보는 앞에서 자기 그릇에 재를 털더니 멍한 눈빛으로 주위를 두리번거리고는 다시 거기 담긴 음식을 먹었다.

터널에서부터 존재를 느낄 수 있었던 칼리샤가 뒤쪽 테이블에 앉아 있었다. 달려가서 목을 끌어안고 싶었지만 참아야 했다. 그랬다가는 이목이 집중될 텐데 그건 에이버리가 원하는 바가 아니었다. 정반대였다. 헬렌 심스가 그릇 양옆으로 두 손을 힘없이 얹고 샤 옆에 앉아 있었다. 시선은 천장에 고정되어 있었다. 맨 처음 앞 건물에 왔을 때는 알록달록했던 머리칼이 이제는 칙칙하게 떡이 진 채 전보다 훨씬 *수척해진* 얼굴 주변에 늘어져 있었다. 칼리샤가 그녀에게 밥을 먹이려고 하고 있었다.

"한 입만, 헬렌, 한 입만. 부아앙, 숟가락 들어간다."

샤가 스튜 숟가락을 헬렌의 입 안에 넣었다. 갈색의 뭔지 모를 고깃덩어리가 헬렌의 아랫입술 밖으로 삐져나오려고 하자 샤가 숟가락으로 다시 밀어 넣었다. 이번에는 헬렌이 스튜를 삼켰고 샤는 미소를 지었다.

"*바로* 그거야, 잘했어."

샤. 에이버리는 생각했다. *안녕, 칼리샤.*

그녀는 화들짝 놀라서 주위를 두리번거리다가 그를 보고 함박웃음을 지었다.

에이버스터!

갈색 그레이비가 섞인 침이 헬렌의 턱을 타고 흘러내렸다. 다른 편에 앉아 있던 니키가 냅킨으로 닦아 주었다. 잠시 후에 그도 에이버리를 보고는 씩 웃으며 엄지손가락을 들어 보였다. 니키의 맞은편에 앉아 있던 조지가 고개를 돌렸다.

조지가 말했다.

“아니, 이게 누구야, 에이버스터잖아. 샤가 네가 올지 모른다더니. 행복한 우리 집에 온 걸 환영한다, 꼬마 영웅.”

“저녁 먹을 거면 그릇 들고 와라. 오늘은 영화 보는 날이라 일찍 정리해야 하거든.”

험상궂은 표정의 나이 많은 여자가 말했다. 에이버리도 알다시피 그녀의 이름은 코린이었고 빰 때리는 것을 좋아했다. 빰을 때리면 기분이 좋아지기 때문이었다.

에이버리는 그릇을 들고 와서 스튜를 조금 펐다. 과연 딘티 무어였다. 그는 스튜 위에 폭신한 흰 빵을 한 조각 얹어서 친구들이 있는 곳으로 들고 가 자리에 앉았다. 샤가 그를 보고 미소를 지었다. 오늘은 두통이 심한데도 미소를 짓는 그녀를 보고 그는 웃고 싶은 동시에 울고 싶어졌다.

“많이 먹어라, 친구. 설사 같이 보인다는 거 나도 알지만 빈속으로 영화 보러 가는 건 비추야.”

니키가 그렇게 말했지만 말과 행동이 따로 놀았다. 그의 그릇에는 아직 스튜가 수북했다. 눈은 충혈됐고 왼쪽 관자놀이를 문지르고 있었다.

루크 잡혔어? 샤가 메시지를 보냈다.

아니. 다들 바짝 쫄았어.

잘됐다. 잘됐어!

영화 보기 전에 아픈 주사 맞아?

오늘 저녁에는 안 맞을 거야. 한 번밖에 보지 않은 새 영화거든.

조지가 안다는 눈빛으로 그들을 쳐다보고 있었다. 메시지를 들은 것이었다. 옛날 옛적 앞 건물 시절에 조지 아일스는 단순한 TK였지만 지금은 다른 능력이 생겼다. 그들 모두가 그랬다. 뒤 건물로 오면 모든 능력이 증폭됐다. 하지만 수조 덕분에 에이버리는 그들과 차별화됐다. 그는 이런저런 것들을 알았다. 예컨대 앞 건물에서 실시되는 검사만 해도 그랬다. 대부분 헨드릭스 박사의 부수적인 프로젝트였지만 주사는 실용적인 차원에서 시행되는 관행이었다. 능력에 제동을 거는 주사도 있었지만 에이버리는 그런 주사를 맞지 않았다. 그는 수조로 직행해 죽음의 문턱까지 다녀왔거나 아니면 그 문을 통과했고 덕분에 이제는 마음만 먹으면 거의 아무 때나 슈타지 라이트를 소환할 수 있었다. 그는 영화를 볼 필요가 없었고 집단 최면에 동참할 필요도 없었다. 그 집단 최면을 만들어내는 것이 뒤 건물의 주요 역할이었다.

하지만 그는 이제 겨우 열 살이었다. 그게 문제였다.

그는 저녁을 먹기 시작하면서 더듬더듬 헬렌을 찾았다. 다행히 그녀가 아직 안에 남아 있었다. 그는 헬렌이 좋았다. 그녀는 그 못된 프리다와 달랐다. 프리다의 생각을 읽지 않아도 그녀가 그를 속여서 정보를 캐낸 다음 일러바쳤다는 것을 알 수 있었다. 그녀가 아니면 누구였겠는가.

헬렌?

안 돼. 말 걸지 마, 에이버리. 나 지금…….

뒷부분은 끊겼지만 에이버리는 알 것 같았다. 그녀는 지금 숨어야 했다. 그녀의 머릿속에는 고통으로 가득한 스펀지가 있어서 최대한 열심히 그걸 피해 다니는 중이었다. 고통을 피해 다니는 것은 어느 정도는 합리적인 반응이었다. 문제가 있다면 스펀지가 계속 부풀어 오른다는 것이었다. 숨을 데가 없을 때까지 점점 부풀어 올라 막판에는 그녀를 그녀의 머릿속 뒤편에 대고 파리처럼 짜부라뜨릴 것이다. 그러면 그녀는 끝장이었다. 적어도 헬렌으로서는 끝장이었다.

에이버리는 그녀의 머릿속으로 생각의 손을 뻗었다. 원래부터 강력한 TP였던 데다 TK가 새롭게 생겼기 때문에 방문에 달린 잠금장치를 돌리려고 하는 것보다 쉬웠다. 서툴렀기 때문에 조심스럽게 접근해야 했다. 그가 그녀를 고칠 수는 없지만 고통을 *덜어* 줄 수는 있을 것 같았다. 보호막을 살짝 쳐 줄 수는 있을 것 같았다. 그러면 그녀에게도, 그들에게도 잘된 일이 될 것이다. 조만간 모두의 힘을 합쳐야 하는 때가 올 것이기 때문이었다.

그는 헬렌의 머릿속 깊숙한 곳에서 두통을 유발하는 스펀지를 찾았다. 스펀지에게 그만 커지라고 했다. 저리 가라고 했다. 스펀지는 말을 듣지 않았다. 그는 스펀지를 밀었다. 알록달록한 빛들이 눈앞에 등장해 커피에 넣은 크림처럼 천천히 소용돌이치기 시작했다. 그는 더욱 힘을 주어서 밀었다. 스펀지는 낭창낭창하지만 견고했다.

칼리샤. 도와줘.

뭘? 뭐하는데?

그는 설명했다. 그녀가 머뭇거리며 들어왔다. 그들은 함께 밀었다. 두통 스펀지가 살짝 움직였다.

조지. 에이버리는 메시지를 보냈다. *니키. 도와줘.*

니키는 살짝 힘을 보탤 수 있었다. 조지는 처음에 어리둥절한 표정을 지었다가 합류했지만 잠시 후에 다시 발을 뺐다.

"안 되겠어. 어두컴컴해."

조지가 속삭였다.

어두컴컴한 건 신경 쓰지 마! 우리가 도울 수 있다고 봐!

샤가 하는 얘기였다.

조지가 다시 돌아왔다. 그는 내키지 않아 했고 별 도움도 되지 않았지만 그래도 함께 있었다.

그냥 스펀지일 뿐이야. 에이버리는 그들에게 말했다. 이제는 스튜 그릇이 보이지 않았다. 심장처럼 펄떡이며 소용돌이치는 슈타지 라이트로 대체됐다. *이것 때문에 다칠 일은 없어. 밀어! 다같이!*

그들은 열심히 밀었고 어떤 변화가 생겼다. 헬렌이 천장에서 시선을 떨구었다. 천장 대신 에이버리를 쳐다보았다.

그녀가 쉰 목소리로 말했다.

"이게 누구야. 두통이 조금 괜찮아졌어. 하느님 감사합니다."

그녀는 자기 손으로 스튜를 먹기 시작했다.

조지가 말했다.

"이럴 수가. 우리가 해냈어."

닉이 씩 웃으며 한 손을 들었다.

"하이파이브 하자, 에이버리."

에이버리는 하이파이브를 했지만 좋았던 기분은 점들과 함께 사라져 버렸다. 헬렌의 두통은 다시 찾아올 테고 영화를 볼 때마다 점점 심해질 것이다. 샤도 니키도 그럴 것이다. 그도 그럴 것이다. 결국에는 그들 모두 머저리 공원에서 흘러나오는 웅성거림의 대열에 합류하게 될 것이다.

하지만…… 집단 최면 시간에 그들 모두 힘을 합하면…… 방어막을 칠 수 있는 방법을 마련하면…….

샤.

그녀가 그를 쳐다보았다. 그의 얘기를 귀담아들었다. 니키와 조지도 능력이 허락하는 한도 안에서 열심히 들었다. 그들은 부분적으로나마 귀가 먹은 거나 다름없었다. 하지만 샤는 들었다. 스튜를 한 입 먹은 다음 숟가락을 내려놓고 고개를 저었다.

여기서 도망치지는 못해, 에이버리. 도망치려는 생각이라면 포기하도록 해.

나도 그건 안 된다는 거 알아. 하지만 뭐라도 해야지. 루크도 돕고 우리도 어떻게 해 볼 수 있게. 조각들은 보이는데 그걸 어떤 식으로 짜맞추면 될지 모르겠어.

“어떻게 하면 성을 만들 수 있을지 모르겠단 말이지?”

니키가 생각에 잠긴 투로 나지막이 중얼거렸다. 헬렌은 먹는 걸 중단하고 다시 천장을 연구하기 시작했다. 두통 스펀지가 벌써 다시 자라나 그녀의 머리를 갉아먹으며 점점 부풀어 오르고 있었다. 니키가 스튜를 다시 한 입 떠서 먹였다.

“담배! 영화 보기 전에 담배 피울 사람?”

한 관리인이 외치며 상자를 들었다. 여기에서는 담배가 공짜인 모양이었다. 심지어 권장사항인 모양이었다.

여기서 도망치지는 못해. 에이버리는 메시지를 보냈다. *그러니까*

내가 성을 만들 수 있게 도와줘. 벽도. 보호막도. 우리 성. 우리 벽. 우리 보호막을 만들 수 있게.

그는 샤에서부터 출발해 니키와 조지를 거쳐 다시 샤를 쳐다보며 이해해 달라고 애원했다. 그녀의 눈이 반짝였다.

알아들었구나. 에이버리는 생각했다. 하느님 감사합니다, 알아들었어.

그녀는 뭐라고 말을 하려다가 관리인(이름은 클린트였다.)이 고함을 지르며 지나가자 다시 입을 다물었다.

"담배! 영화 보기 전에 담배 피울 사람?"

그가 사라지자 그녀가 말했다.

"도망치지 못하면 여길 장악하는 거야."

10

팀을 대하던 웬디 걸릭슨 부관의 얼음장 같던 태도는 하디빌의 멕시코 음식점에서 첫 데이트를 한 이후에 상당히 따뜻해졌다. 이제 그들은 공인 커플이었고 그녀는 큼지막한 종이 봉지를 들고 잭슨 씨의 뒷방으로 들어왔을 때 먼저 그의 뺨에, 그다음에는 얼른 입술에 입을 맞췄다.

팀은 말했다.

"이쪽은 걸릭슨 부관이야. 하지만 부관님이 괜찮다고 하시면 웬디라고 불러도 돼."

“그래도 돼요. 이름이 뭐니?”

웬디의 말에 루크가 쳐다보자 팀은 살짝 고개를 끄덕였다.

“루크 엘리스요.”

“만나서 반갑다, 루크. 얼굴에 멍이 엄청 심하게 들었네.”

“네, 부관님. 뭐에 부딪쳤어요.”

“그냥 웬디라고 불러. 귀에 붕대를 감은 건? 베이기까지 했니?”

그 말을 듣고 그는 살짝 미소를 지었다. 그것이 적나라한 진실이기 때문이었다.

“그렇다고 보면 돼요.”

“팀이 너 배고플지 모른다고 하길래 메인 가에 있는 식당에 들러서 이것저것 포장해 왔어. 코카콜라, 치킨, 햄버거, 프렌치프라이. 뭐 먹을래?”

“다요.”

루크가 말하자 웬디와 팀은 폭소를 터뜨렸다.

그들은 그가 닭봉 두 개에 이어 햄버거와 프렌치프라이 거의 대부분, 제법 큰 포장용 컵에 담긴 라이스푸딩을 해치우는 것을 지켜보았다. 점심을 거른 팀은 남은 치킨과 함께 콜라를 마셨다.

“이제 좀 괜찮니?”

음식이 모두 자취를 감추었을 때 팀이 물었다.

루크는 대답 대신 울음을 터뜨렸다.

웬디가 그를 끌어안고 머리칼을 쓰다듬으며 꼬인 부분을 몇 군데 풀어 주었다. 루크의 흐느낌이 마침내 잦아들자 팀은 그 옆에 쭈그리고 앉았다.

루크는 말했다.

"죄송해요. 죄송해요, 죄송해요, 죄송해요."

"괜찮아. 울어도 돼."

"다시 살아난 기분이라서요. 왜 그 때문에 눈물이 났는지 모르겠지만 아무튼 그랬어요."

"그런 걸 안도감이라고 하지 않을까?"

웬디가 말했다.

"루크의 주장에 따르면 부모님은 살해되고 자기는 납치당했대요."

팀이 말했다. 웬디의 눈이 동그래졌다.

"주장이 아니에요! 사실이에요!"

루크는 잭슨 씨의 안락의자에서 앞으로 당겨 앉으며 말했다.

"내가 단어 선택을 잘못했을 수도 있겠다. 어디 네 얘기를 들어보자, 루크."

루크는 고민하다가 물었다.

"먼저 부탁 하나 들어주실래요?"

팀이 말했다.

"들어줄 수 있는 거면."

"밖을 확인해 주세요. 아까 그 다른 분이 아직 있는지."

팀은 미소를 지었다.

"노버트 홀리스터? 내가 가라고 했어. 지금 아마 고마트에서 복권 사고 있을 거다. 자기가 사우스캐롤라이나의 차세대 백만장자가 될 거라고 확신하거든."

"확인해 주세요."

루크의 말에 팀이 웬디를 쳐다보자 그녀는 어깨를 으쓱했다.

"내가 확인해 볼게요."

그녀는 잠시 후에 미간을 찌푸리며 돌아왔다.

"역사 흔들의자에 앉아 있네요. 잡지를 보면서."

루크는 나지막이 말했다.

"그분이 삼촌인가 봐요. 리치먼드하고 윌밍턴에서도 삼촌이 있었어요. 아마 스터브리지에도 있었을 거예요. 저한테 삼촌이 이렇게 많은 줄 몰랐어요."

루크는 웃음을 터뜨렸다. 쉿소리가 났다.

팀이 일어나 문 앞으로 다가갔을 때 마침 노버트 홀리스터가 조만간 무너지게 생긴 모텔 쪽으로 어슬렁어슬렁 멀어지는 것을 볼 수 있었다. 그는 뒤를 돌아보지 않았다. 팀은 루크와 웬디가 있는 곳으로 돌아갔다.

"갔다, 꼬맹아."

"어쩌면 그들한테 연락하러 간 걸지 몰라요. 그들한테 다시 끌려가지 않을 거예요. 거기서 죽는 줄 알았어요."

루크가 말했다. 그는 빈 콜라 캔을 찔렀다.

"거기라니?"

팀이 물었다.

"시설요."

"처음부터 차근차근 얘기해 봐."

웬디가 말했다.

루크는 그녀가 시킨 대로 했다.

11

얘기가 끝나자(거의 30분이 걸렸고 그동안 루크는 콜라를 한 캔 더 마셨다.) 잠깐 정적이 흘렀다. 잠시 후에 팀이 아주 조용히 말했다.

"그럴 수는 없어. 무엇보다도 그렇게 많은 아이들이 납치를 당하면 경보가 울릴 수밖에 없잖아."

웬디는 그 말에 고개를 저었다.

"당신은 전직 경찰이니까 알 거 아니에요. 몇 년 전에 미국에서 해마다 실종되는 아동이 50만 명이 넘는다는 연구결과가 발표된 적 있어요. 상당히 어마어마한 수치 아니에요?"

"높은 수치라는 건 알고 내가 경찰로 근무했던 새러소타 카운티만 해도 작년 한 해 동안 실종 신고된 아이들이 거의 500명에 달했지만 대부분(*거의* 대부분) 제 발로 돌아왔어요."

팀은 꼭두새벽에 더닝 농산물 박람회장으로 가던 길에 그와 맞닥뜨린 로버트와 롤런드 빌슨 쌍둥이를 떠올렸다.

웬디가 말했다.

"그래도 수천 명이 남잖아요. *수만* 명이."

"그렇긴 하죠. 하지만 남은 부모가 살해되는 경우가 얼마나 되겠어요?"

"전혀 모르겠어요. 그걸 조사한 사람도 있을까 싶고."

그녀는 테니스 경기를 관람하듯 그들의 대화를 눈으로 좇고 있었던 루크에게로 다시 관심을 돌렸다. 그는 주머니에 손을 넣고 행운의 부적이라도 되는 듯 플래시 드라이브를 만지고 있었다.

"어떨 땐 사고로 포장했을 수도 있어요."

루크가 말했다.

이 아이가 고아 애니와 한 텐트에서 지내며 그 말도 안 되는 심야 라디오 방송을 같이 듣는 광경이 퍼뜩 팀의 머릿속을 스치고 지나갔다. 음모를 운운하며. 그 *사람*들을 운운하며.

웬디가 말했다.

"그 안에 위치 추적기가 들어 있었기 때문에 귓불을 잘랐다고? 진짜니, 루크?"

"네."

웬디는 거기에서부터 어떤 식으로 논의를 진행해야 할지 모르는 눈치였다. *당신에게 맡길게요*라는 표정으로 팀을 쳐다보았다.

팀은 루크가 마신 빈 콜라 캔을 집어서 이제 포장지와 닭 뼈만 담긴 포장용 봉지에 넣었다.

"지금 몇 년이나 됐는지 아무도 모를 기간 동안 비밀 프로그램을 운영 중인 비밀 시설이 국내에 존재한다는 거잖니. 옛날 옛적에는 그게 이론상으로나마 가능했을지 모르지만 지금과 같은 컴퓨터 시대에는 아니야. 정부의 가장 큰 비밀도 그 불량 집단에 의해 인터넷으로 까발려지는 마당에……."

루크는 짜증 섞인 말투로 입을 열었다.

"위키리크스 말이죠? 저도 위키리크스 알아요. 보안을 유지하기가 얼마나 힘든지, 이 얘기가 얼마나 황당하게 들릴지 저도 알아요. 그런데 독일군도 제2차 세계대전 때 강제수용소에서 700만 명의 유대인을 학살했잖아요. 집시하고 동성애자도요."

"하지만 그 강제수용소 주변 사람들은 어떤 일이 벌어지고 있는지 알았어."

웬디는 이렇게 말하며 그의 손을 잡으려고 했다.

루크는 손을 뒤로 뺐다.

"거기서 가장 가까운 데니슨 리버 벤드라는 마을 주민들은 *수상한* 낌새를 느끼고 있을 거라는 데 100만 달러를 걸 수 있어요. 뭔가 나쁜 일이 자행되고 있다는 걸요. 뭔지는 몰라요, 알고 싶어 하지도 않고. 뭐 하러 궁금해 하겠어요? 그 덕분에 마을이 굴러가고 있는데다 얘기한들 누가 믿어주겠어요? 따지고 보면 독일군이 유대인을 그렇게 많이 학살했다는 걸 요즘도 믿지 않는 사람들이 있잖아요. 그런 걸 현실 부정이라고 하죠."

그러게. 팀은 생각했다. 똑똑한 아이로군. 아까 그 얘기는 황당한 스토리일지 몰라도 머리가 아주 좋아.

"내가 제대로 이해했는지 짚어 볼게."

웬디가 말했다. 그녀의 말투는 다정했다. 둘 다 그랬다. 루크는 깨달았다. 그게 정신적으로 불안정한 상대를 대할 때 사람들이 동원하는 말투라는 것은 빌어먹을 천재가 아니더라도 알 수 있었다. 그는 실망했지만 놀라지는 않았다. 달리 어떤 반응을 기대할 수 있을까?

"그 사람들은 텔레파시와 또 다른 텔레어쩌고가 있는……."

"텔레키네틱스. TK, 염력요. 대개는 시시한 수준의 능력이에요. 심지어 TK 양성인 아이들이라도 별 거 없어요. 하지만 시설의 의사들이 그걸 강화시켜요. 점 주사라고 그 사람들은 그렇게 불렀고 다들 그렇게 불렀는데, 사실은 점이 아니라 제가 얘기한 슈타지 라이트예요. 그 주사를 맞으면 빛이 보이면서 가지고 있는 능력이 증폭된다고 해요. 더 오랫동안 버티게 만드는 주사도 있었던 것 같아요. 아니면……."

이건 방금 전에 생각난 것이었다.

"너무 강해지지 않도록 막는 주사도 있었던 것 같고요. 너무 강해지면 우리가 위험인물이 될 테니까요."

"예방접종 같은 건가?"

팀이 물었다.

"그렇게 얘기할 수도 있을 것 같아요, 네."

"너는 잡혀가기 전에 생각으로 물건을 움직일 수 있었고."

팀은 정신병자를 상대할 때 낼 법한 다정한 목소리로 말했다.

"조그만 물건을요."

"그리고 수조에서 거의 죽을 뻔한 이후로 남의 생각도 읽을 수 있게 됐다."

"그 능력은 그보다 더 전에 생겼어요. 수조로…… 더 증폭된 거죠. 하지만 아직……."

그는 뒷덜미를 주물렀다. 설명하기가 쉽지 않았고 너무 나지막하고 너무 차분한 그들의 목소리가 안 그래도 너덜너덜한 그의 신경을 계속 건드리고 있었다. 조만간 정신 발작을 일으켜 그들의 기대에 부응할 것만도 같았다. 그래도 하는 데까지 해 보아야 했다.

"하지만 아직 강력하지는 않아요. 다들 그렇고 에이버리만 예외예요. 걔는 엄청나요."

팀이 말했다.

"내가 제대로 이해했는지 확인할게. 그 사람들은 미미한 초능력이 있는 아이들을 납치해 정신적인 스테로이드를 투여한 다음 그 아이들을 동원해 사람을 죽인다. 대통령 후보로 출마하려고 했던 그 정치인, 마크 버코위츠 같은 사람을."

"맞아요."

"왜 빈 라덴이 아니라? 나라면 빈 라덴을 이…… 정신적인 암살의 타깃으로 자연스럽게 선택할 텐데."

웬디가 말했다.

"모르겠어요."

루크가 말했다. 피곤한 말투였다. 뺨에 난 멍이 시시각각으로 다채로워지는 듯했다.

"그 사람들이 어떤 식으로 타깃을 정하는지는 저도 전혀 몰라요. 친구 칼리샤하고 한번 얘기해 본 적 있긴 하지만 걔도 모르겠다고 했어요."

"이 정체 모를 조직이 그냥 암살자를 쓰지 않는 이유는 뭘까? 그 편이 더 간단하지 않을까?"

"영화에서는 간단해 보이죠. 실제 현실에서는 실패하거나 잡히는 경우가 대부분이에요. 빈 라덴을 죽인 사람들도 하마터면 잡힐 뻔했잖아요."

루크가 말했다.

"어디 증명해 보자. 내가 숫자를 하나 생각하고 있거든. 몇인지 알아맞혀 봐."

팀의 말에 루크는 정신을 집중하며 알록달록한 점들이 보이기를 기다렸지만 보이지 않았다.

"안 보여요."

"그럼 뭐라도 움직여 봐. 그게 네 기본적인 재능이잖아. 그것 때문에 잡혀갔다고 하지 않았니?"

웬디가 고개를 저었다. 팀은 텔레파시가 없어도 그녀가 무슨 생각을 하는지 알 수 있었다. *괴롭히지 말아요. 불안하고 혼란스럽고 도망 나온 아이잖아요.* 하지만 팀은 아이의 어처구니없는 스토리를 박살낼 수 있다면 어떤 진실에 도달해 거기에서부터 논의를 진행할 수 있을지 모른다고 생각했다.

"포장용 봉지는 어때? 안에 든 음식이 없어서 가벼우니까 움직일 수 있겠지."

루크는 좀 더 심하게 미간을 찡그리며 봉지를 쳐다보았다. 팀은 잠깐 동안 뭔가를 느낀 것 같았지만(희미한 바람이 불듯 뭔가가 살갗을 속삭이고 지나갔다.) 이내 사라졌고 봉지는 움직이지 않았다. 당연한 귀결이었다.

웬디가 말했다.

"됐어요. 이 정도면 충분……."

"두 분이 서로 사귀는 사이라는 건 알아요. 그 정도는 알아요."

루크의 말에 팀은 미소를 지었다.

"감탄하지는 못하겠다, 꼬맹아. 웬디가 들어오면서 나한테 입을 맞추는 걸 봤잖니."

루크는 웬디에게로 관심을 돌렸다.

"여행 가실 계획이죠. 언니 만나러, 맞죠?"

그녀의 눈이 동그래졌다.

"그걸 어떻게……."

"속아 넘어가지 말아요."

팀은 이렇게 말했지만…… 말투는 부드러웠다.

"합리적인 추측이라고, 오랜 역사를 자랑하는 영매들의 수법이에요. 이 아이 솜씨가 그럴듯하다는 건 인정해야겠지만."

"제가 웬디 아줌마의 언니에 대해서 뭘 어떻게 안다고 합리적인 추측을 하겠어요?"

루크는 되물었지만 기대를 걸지는 않았다. 그는 지금까지 카드를 하나씩 꺼내놓았고 남은 카드가 하나뿐이었다. 그리고 그는 너무 피곤했다. 열차에서 선잠을 잔 게 고작이었고 그마저도 악몽에 시달렸다. 대부분 수조가 등장하는 악몽이었다.

"잠깐 우리끼리 얘기 좀 할게."

팀은 말했고, 그의 대답을 기다리지도 않은 채 외부 사무실 문 앞으로 웬디를 데려갔다. 그가 그녀에게 잠깐 뭐라고 얘기했다. 그녀는 고개를 끄덕이고 주머니에서 휴대전화를 꺼내며 밖으로 나갔다. 팀이 다시 돌아왔다.

"너를 옮기는 게 좋겠다."

처음에 루크는 팀과 웬디가 헛소리를 늘어놓는 가출 소년을 떠맡을 필요 없게 다른 화물열차에 태워서 보내겠다는 뜻인 줄 알았다. 그러다 경찰서로 데리고 가겠다는 뜻인 걸 뒤늦게 알아차렸다.

뭐 어때? 루크는 생각했다. 결국에는 경찰서 신세를 지게 될 줄 알았잖아. 그리고 어쩌면 각양각색의 범법자 100명을 상대해야 하는 큰 경찰서보다 작은 경찰서가 나을지 몰라.

다만 그가 홀리스터라는 남자에 대해 과대망상을 하고 있다고 생각할 테니 그건 별로였다. 지금으로서는 그들의 말마따나 홀리스터가 별 볼 일 없는 사람이기만을 바라는 수밖에 없었다. 어쩌면 그들의 말이 맞을 수도 있었다. 시설에서 전국 각지에 첩자를 두고 있을 리는 없지 않겠는가.

"좋아요. 하지만 그 전에 먼저 드릴 말씀이 있어요. 보여 드릴 것도 있고요."

"그래, 들어보자."

팀은 말했다. 그는 몸을 앞으로 숙여서 루크의 얼굴을 골똘히 쳐다보았다. 정신 나간 아이의 장단을 맞춰 주는 것에 불과할 수도 있었지만 적어도 귀를 기울여 주고 있었고, 현재 상황에서는 그것이 루크가 바랄 수 있는 최선이었다.

"제가 여기 있다는 걸 알면 그 사람들이 저를 잡으러 올 거예요. 아마도 총을 들고요. 제 말을 믿어 주는 사람이 있을까 봐 바짝 쫄았거든요."

"알았다. 하지만 몇 명 안 되긴 해도 제법 훌륭한 병력이 여길 지키고 있거든. 내 생각에는 네가 안전할 거라고 본다."

어떤 인간들을 상대하게 될지 전혀 모르잖아요. 루크는 생각했다. 하지만 지금으로서는 이 남자를 설득할 방법이 없었다. 너무 기운이 없었다. 웬디가 다시 들어와 팀을 향해 고개를 끄덕였다. 루크는 너무 피곤해서 그것도 신경 쓸 겨를이 없었다.

"시설에서 탈출할 수 있게 도와주신 아주머니가 두 가지 물건을 주셨어요. 하나는 위치 추적기가 삽입된 귓불을 자르는 데 쓴 칼이에요. 나머지 하나는 이거고요."

그는 주머니에서 플래시 드라이브를 꺼냈다.

"이 안에 뭐가 들었는지 모르지만 무슨 조치를 취하기 전에 꼭 보셔야 해요."

그는 플래시 드라이브를 팀에게 건넸다.

12

뒤 건물의 입소자들(뒤 건물의 앞편 입소자들이었다. 현재 열여덟 명인 머저리 공원의 아이들은 방에 갇힌 채로 웅웅거리고 있었다.)에게 영화가 시작되기 전에 20분의 자유시간이 주어졌다. 지미 컬럼은 지끈거리는 머리를 가누며 좀비처럼 자기 방으로 걸어갔다. 헬, 다나 그리고 렌은 식당에 앉아 있었다. 남자아이 둘은 반쯤 먹다 만 디저트를 빤히 쳐다보았고(오늘 저녁은 초콜릿 푸딩이었다.) 다나는 피우는 법을 잊어버린 표정으로 연기 나는 담배를 물끄러미 바라보았다.

칼리샤, 닉, 조지, 에이버리 그리고 헬렌은 중고품 할인점에서나 볼 수 있는 흉측한 가구와 구닥다리 평면 TV가 있는 휴게실로 갔다. TV에서는 「아내는 요술쟁이」나 「해피 데이스」 같은 선사시대 시트콤만 방송됐다. 케이티 기번스가 거기 있었다. 그녀는 그들이 들어가도 고개를 돌리지 않고 꺼진 TV 화면만 쳐다보았다. 놀랍게도 아이리스가 동석했다. 그녀는 지난 며칠을 통틀어 가장 안색이 좋아 보였다. 어느 때보다 표정이 밝았다.

칼리샤는 열심히 생각으로 메시지를 보냈다. 그녀도 지난 며칠을 통틀어 그 어느 때보다 컨디션이 좋게 *느껴졌기* 때문에 그럴 수 있었다. 다 같이 헬렌의 두통을 퇴치한 것이(대부분 에이버리의 공적이었지만 그들 모두가 힘을 합쳤다.) 그녀의 두통을 줄이는 데에도 도움이 됐다. 니키와 조지도 마찬가지였다. 그렇다는 것이 그녀의 눈에 보였다.

여길 장악하는 거야.

대담하고 달콤한 발상이었지만 당장 의문이 제기됐다. 가장 첫 번째는 근무 중인 관리인이 최소 열두 명인데(영화를 보는 날에는 항상 더 많은 인원이 동원됐다.) 무슨 수로 그러느냐는 것이었다. 두 번째는 왜 진작 그럴 생각을 하지 못했느냐는 것이었다.

나는 했어. 니키가 그녀에게 말했고…… 어째 그의 내면의 목소리가 더 강해진 것처럼 느껴졌다. 그녀가 듣기에는 그랬고 에이버리가 거기에도 일조했을지 몰랐다. 왜냐하면 이제는 *에이버리가* 강해졌다. *나는 맨 처음에 여기로 끌려왔을 때 그 생각을 했어.*

니키가 생각으로 전송할 수 있는 메시지는 거기까지였기 때문에 나머지 부분은 그가 그녀의 귀에 대고 속삭였다.

"나는 계속 싸웠잖아, 기억 안 나?"

진짜 그랬다. 눈이 시커맸던 니키. 입가에 멍이 들었던 니키.

그는 중얼거렸다.

"아직은 힘이 부족해. 여기 있어도, 그 불빛을 보았어도 아직 가진 능력이 얼마 안 돼."

한편 에이버리는 절박한 희망이 담긴 눈빛으로 칼리샤를 바라보았다. 그녀의 머릿속으로 자신의 생각을 전송하고 있었지만 사실 그럴 필요가 없었다. 눈빛이 모든 걸 얘기하고 있었다. *여기 조각들이 있어, 샤. 부족한 것 없이 다 있을 거야. 조립할 수 있게 도와줘. 당분간만이라도 우리가 안전하게 있을 수 있는 성을 만들 수 있게 도와줘.*

그녀는 엄마가 스바루 뒤 범퍼에 붙이고 다녔던, 오래돼 빛이 바랜 힐러리 클린턴 스티커를 떠올렸다. 거기에는 **함께 힘을 합쳐 더 강하게**라고 적혀 있었고 여기 이 뒤 건물에서는 그게 핵심이었다. 그들이 다 같이 영화를 보는 이유가 그 때문이었다. 그들이 수천 킬로미터, 때로는 지구 반대편까지 이동해 영화 속에 등장하는 인물들에게 닿을 수 있는 이유가 그 때문이었다. 벌칸의 마인드 멜드(「스타트렉」에 나오는 외계종족 벌칸의 교감법 — 옮긴이)처럼 그들 다섯 명(헬렌한테 동원한 방식으로 아이리스의 두통을 조금 없앨 수 있다면 여섯 명이었다.)의 정신력을 한데 모으면 폭동을 일으키고 뒤 건물을 장악하기에 충분하지 않을까?

"훌륭한 발상이지만 그건 아니라고 본다. 저들의 머릿속을 어지럽히고 무서워서 벌벌 떨게 만들 수 있을지 몰라도 저들에게는 전기봉이 있잖아. 그걸로 우릴 한두 명 찌르는 순간 게임 오버야."

조지가 말했다. 그는 그녀의 손을 잡고 잠깐 꼭 눌렀다.

칼리샤는 인정하고 싶지 않았지만 그의 말이 맞을지 모른다고 얘기했다.

에이버리: *한 개씩 차근차근하면 돼.*

아이리스가 말했다.

"너희들이 무슨 생각하는지 안 들린다. 무슨 생각을 하고 있다는 건 알겠는데 아직 머리가 너무 아파."

칼리샤가 닉을 쳐다보자 그는 고개를 끄덕였다. 조지를 쳐다보자 그는 어깨를 으쓱하고 역시 고개를 끄덕였다.

에이버리가 대원들을 이끌고 동굴 속으로 들어가는 탐험대장처럼 그들을 데리고 아이리스 스탠호프의 머릿속으로 들어갔다. 그녀의 머릿속에 있는 스펀지는 아주 컸다. 에이버리 눈에 핏빛으로 보였기 때문에 다른 아이들 눈에도 그렇게 보였다. 그들은 스펀지를 둘러싸고 한 줄로 서서 밀기 시작했다. 아이리스의 스펀지가 조금 움직이고…… 다시 조금 더 움직였지만…… 이내 그 자리에서 멈춰 그들에게 저항했다. 조지가 제일 먼저 떨어져 나왔고 그다음은 헬렌(어차피 별 도움도 되지 못했다.), 그 다음은 닉과 칼리샤였다. 에이버리는 맨 마지막에 철수하며 두통 스펀지를 팩 하니 발로 차는 상상을 했다.

"좀 괜찮아졌어, 아이리스?"

칼리샤가 별 기대 없이 물었다.

"뭐가?"

케이티 기번스가 슬금슬금 그들 곁으로 다가와 있었다.

"두통. 괜찮아졌어. 조금이긴 하지만 그래도."

아이리스가 말했다. 그녀가 케이티를 향해 미소를 지어 보이자 애빌린 스펠링 맞히기 대회 우승자의 면모가 잠깐이나마 돌아왔다.

케이티는 다시 TV 쪽으로 관심을 돌렸다.

"리치 커닝햄이랑 폰지(TV 시트콤 「해피 데이스」의 등장인물들이다 — 옮긴이) 어디 갔지? 나도 두통 괜찮아졌으면 좋겠다. 머리가 *개떡같이* 아프거든."

그녀는 말하며 관자놀이를 문지르기 시작했다.

뭐가 문제인지 알겠지? 조지가 다른 아이들에게 물었다.

칼리샤도 알 수 있었다. 그들은 힘을 합하면 더 강력해졌지만 그래도 아직 모자랐다. 몇 년 전에 힐러리 클린턴이 대통령 선거에 출마했을 때도 그렇지 않았던가. 그녀의 상대와 그 선거운동원들은 정치적으로 여기 관리인들의 전기봉에 맞먹는 무기를 보유하고 있었다.

헬렌이 말했다.

"하지만 나한테는 도움이 됐어. 이제는 머리가 거의 안 아파. 기적 같아."

"걱정 마. 다시 돌아올 테니까."

니키가 말했다. 잔뜩 풀이 죽은 그의 말투를 듣고 칼리샤는 덜컥 겁이 났다.

빰 때리기 좋아하는 관리인 코린이 휴게실로 들어왔다. 뭘 느끼기라도 한 것처럼 한 손을 홀스터에 넣은 전기봉 위에 얹어놓고 있었다. 뭘 느꼈을지도 몰라. 칼리샤는 생각했다. 다만 그것의 정체를 모를 뿐.

그녀가 말했다.

"영화 볼 시간이다. 가자, 애들아. 얼른 움직여."

13

관리인 제이크와 필이(별명은 뱀과 약쟁이였다.) 양동이를 한 개씩 들고 상영실의 열린 문 앞에 서 있었다. 한 줄로 들어가면서 담배와 성냥을 소지한 아이들이(뒤 건물에서 라이터는 허용되지 않았다.) 거기에 그걸 넣었다. 영화 상영이 끝나면 다시 가져갈 수 있었지만…… 기억을 하느냐가 관건이었다. 헬, 다나, 그리고 렌은 뒷줄에 앉아서 아무것도 없는 화면을 멍하니 쳐다보았다. 케이티 기번스는 가운데줄로 가서 느른하게 코를 파고 있는 지미 컬럼 옆에 앉았다.

칼리샤, 닉, 조지, 헬렌, 아이리스 그리고 에이버리는 앞줄에 앉았다.

닉이 아나운서 같은 목소리로 우렁차게 외쳤다.

"즐거움이 가득한 저녁 시간에 또다시 찾아 주신 것을 환영합니다. 올해 상영작은 아카데미상 가장 구린 다큐멘터리 부문 수상작인……."

약쟁이 필이 그의 뒤통수를 후려쳤다.

"이놈아, 조용히 하고 영화나 봐라."

필이 철수하자 불이 꺼지고 헨드릭스 박사가 화면에 등장했다. 칼리샤는 그의 손에 쥐어진, 불을 붙이지 않은 폭죽을 보기만 해도 입 안이 바짝 말랐다.

그녀가 놓친 게 있었다. 에이버리의 성에서 중요한 조각을 하나 놓쳤다. 하지만 없어진 건 아니었다. 그녀가 보지 못하고 있을 뿐이었다.

힘을 합치면 더 강력해지지만 충분하지는 않아. 거의 머저리나 다름없는 가엾은 지미와 헬과 다나까지 힘을 합친다 해도 부족해. 하지만 충분히 강력해질 수 있어. 폭죽에 불이 붙는 날 저녁에는. 폭죽에 불이 붙으면 우리는 파괴자야. 그렇다면 내가 뭘 놓치고 있을까?

헨드릭스 박사가 말했다.

"환영한다, 얘들아. 그리고 우리를 도와줘서 고맙다! 먼저 재미있는 것부터 보여 줄게. 나하고는 좀 있다 다시 만나자."

그는 불을 붙이지 않은 폭죽을 흔들며 윙크를 했다. 그걸 보고 칼리샤는 구역질이 쏠렸다.

우리는 지구 반대편까지 이동할 수도 있는데 어째서…….

거의 생각이 나려는 순간, 케이티가 요란하게 비명을 질렀다. 아프거나 슬퍼서가 아니라 좋아서 지른 거였다.

"로드 러너! 로드 러너가 최고지!"

그녀가 비명에 가까운 가성으로 노래를 부르기 시작하자 칼리샤의 뇌가 울렸다.

*"로드 러너, 로드 러너, 코요테가 **쫓아온다!** 로드 러너, 로드 러너, 잡히면 **끝장이야!**"*

"입 다물어, 케이츠."

조지가 퉁명스럽지는 않은 투로 말했다. 로드 러너가 아무도 없는 사막의 고속도로를 삡삡거리며 달리고 와일 E. 코요테가 그를 보며 추수감사절 저녁을 상상하는 동안 칼리샤는 머릿속에서 떠오르려던 생각이 점점 멀어지는 것을 느낄 수 있었다.

만화가 끝나고 와일 E. 코요테가 또다시 완파당하자 양복을 입은 남자가 화면에 등장했다. 손에 마이크를 들고 있었다. 칼리샤는 그를 보고 사업가인가 보다고 생각했고 일종의 사업가이긴 했지만 그걸로 유명하지는 않았다. 그는 사실 복음 전도사였다. 카메라가 뒤로 멀어지면 빨간색 네온으로 테두리를 감싼 큼지막한 십자가가 그의 등 뒤로 보이고, 카메라가 옆으로 움직이면 수천 명의 사람들로 가득 채워진 공연장 아니면 운동 경기장이 보였다. 그들은 자리에서 일어나 일부는 허공에서 손을 앞뒤로 흔들고 또 일부는 성경책을 흔들었다.

그는 성서의 장과 구절을 인용하며 평범한 설교로 말문을 열었지만 이내 이 나라가 마약과 우상 숭배로 무너져가고 있다고 열변을 토했다. 정치와 판사를 운운하고 미국이 무신론자들이 흙으로 더럽히고 싶어 하는 언덕 위의 빛나는 도시가 되었다고 했다. 그러고 나서 주술이 사마리아인들을 어떤 식으로 미혹했는지 얘기를 시작하려고 했지만(그게 미국과 무슨 상관인지는 불분명했다.) 알록달록한 점들이 등장해 깜빡거렸다. 웅웅거리는 소리가 커졌다가 작아졌다. 칼리샤는 심지어 코로 그 소리를 느꼈다. 가느다란 코털이 흔들렸다.

점들이 사라지자 복음 전도사가 부인인가 싶은 여자와 비행기에 탑승하고 있었다. 점들이 다시 등장했다. 웅웅거리는 소리가 커졌다가 작아졌다. 칼리샤는 에이버리가 그녀의 머릿속에서 *그들이 보고 있어* 비슷한 말을 하는 것을 들었다.

그들이라니 누구?

에이버리는 다시 영화 속으로 빨려 들어갔는지 대답을 하지 않았다. 슈타지 라이트가 그런 역할을 했다. 영화 속으로 흠뻑 빠지게 했다. 전도사가 이번에는 트럭 짐칸에서 메가폰을 들고 다시 공격을 퍼부었다. 맹공을 퍼부었다. **휴스턴은 목사님을 사랑합니다, 주님이 노아에게 무지개 언약을 주셨나니, 요한복음** 3:16이라고 적힌 팻말. 다시 점들. 그리고 웅웅거림. 상영실의 빈 의자 몇 개가 강풍에 여닫히는 덧문처럼 혼자 위아래로 펄럭거렸다. 상영실 문이 홱 열렸다. 뱀 같은 제이크와 약쟁이 필이 문을 다시 닫고 어깨로 막았다.

이제 전도사는 앞치마를 두르고 노숙자 쉼터 같은 데서 거대한 통에 담긴 스파게티 소스를 젓고 있었다. 아내가 옆에 있었고 둘 다 함박웃음을 짓고 있었고 이번에는 그녀의 머릿속에서 닉의 목소리가 들렸다. *사진 찍게 웃으세요!* 칼리샤는 정전기 실험하듯 그녀의 머리칼이 곤두섰다는 것을 희미하게 느꼈다.

점. 웅웅거리는 소리.

이제 전도사가 다른 몇 사람과 TV 뉴스 프로그램에 출연했다. 그중 한 사람이 전도사를 뭐라고 비난하는데…… 루크라면 알아듣겠지만 대학교에서나 배움직한 어려운 단어였고…… 전도사는 그보다 더 재밌는 농담은 들은 적 없다는 듯 껄껄대고 웃었다. 웃음소리가 듣기 좋았다. 같이 따라 웃고 싶어졌다. 그러다 미쳐 버리면 얘기가 달라지지만.

점. 웅웅거리는 소리.

슈타지 라이트가 다시 등장할 때마다 더 밝게 느껴졌고 칼리샤의 머릿속으로 더 깊숙이 파고드는 듯이 느껴졌다. 이런 상태에서는 영화의 모든 장면이 그녀의 시선을 사로잡았다. 장면마다 레버가 숨겨져 있었다. 때가 되면, 내일이나 모레 저녁이 되면 뒤 건물의 아이들이 그걸 잡아당길 것이다.

"이거 보기 싫은데. 언제면 끝날까?"

헬렌이 심란해하는 목소리로 조그맣게 중얼거렸다.

전도사가 파티가 열리고 있는 듯한 근사한 대저택 앞에 서 있었다. 전도사가 카 퍼레이드를 하고 있었다. 전도사가 야외 바비큐 파티장에 있는데, 뒤로 보이는 건물에 빨간색, 하얀색, 파란색 깃발이 꽂혀 있었다. 사람들이 핫도그와 큼지막하게 썬 피자를 먹고 있었다. 그가 하느님이 정하신 자연 질서를 왜곡하는 행위에 대해 설교를 늘어 놓지만 중간에 그의 목소리가 끊기고 헨드릭스 박사의 목소리로 대체됐다.

"얘들아, 이 사람은 폴 웨스틴이다. 인디애나 주 디어필드에 사는. 폴 웨스틴. 인디애나 주 디어필드. 폴 웨스틴, 인디애나 주 디어필드. 얘들아, 따라 해라."

선택의 여지가 없었기 때문에, 그러면 알록달록한 점과 작아졌다 커지는 웅웅 소리가 고맙게도 중단되기 때문에, 가장 크게는 *이제 다들 완전히 빠져들었기* 때문에 상영실에 앉은 열 명의 아이들은 읊조리기 시작했다. 칼리샤도 가담했다. 다른 아이들은 어떤지 몰라도 그녀는 영화를 볼 때 이 순간이 최악이었다. 기분이 좋아지기 때문에 싫었다. 레버가 잡아 당겨지길 기다리고 있는 그 느낌이 싫었다. 잡아 당겨 달라고 애원하는 그 느낌이! 그녀는 저 빌어먹을 의사의 무릎에 놓인 복화술사의 인형이 된 기분이었다.

*"폴 웨스틴, 인디애나 주 디어필드! 폴 웨스틴, 인디애나 주 디어필드! **폴 웨스틴, 인디애나 주 디어필드!**"*

잠시 후에 헨드리스 박사가 웃는 얼굴로 불을 붙이지 않은 폭죽을 들고 다시 화면에 등장했다.

"맞아. 폴 웨스틴, 인디애나 주 디어필드. 고맙다, 얘들아. 즐거운 저녁 시간 보내길 바란다. 내일 또 만나자!"

슈타지 라이트가 마지막으로 한 번 다시 등장해 깜빡이고 소용돌이치며 뱅글뱅글 돌았다. 칼리샤는 거대한 소행성 폭풍 속으로 돌진하는 초소형 우주 캡슐이 된 듯한 기분을 달래며 이를 악물고 점들이 사라지길 기다렸다. 웅웅거리는 소리가 그 어느 때보다 크게 들렸지만 점들이 사라지자 앰프 플러그를 뽑기라도 한 듯 그 소리가 뚝 끊겼다.

그들이 보고 있어. 에이버리가 이렇게 얘기했었다. 그게 놓친 조각이었을까? 그렇다면 그들이 누구였을까?

상영실에 다시 불이 켜졌다. 뱀 같은 제이크가 한쪽을, 약쟁이 필립이 다른 쪽을 잡고 문을 열었다. 대부분의 아이들이 걸어 나갔지만 다나, 렌, 핼 그리고 지미는 그 자리에 가만히 앉아 있었다. 관리인들이 와서 방으로 내쫓을 때까지 편안한 의자에 앉아서 그렇게 축 늘어져 있을 테고, 내일 공연이 끝나면 한 명 아니면 두 명 아니면 네 명 다 머저리 공원으로 이동할지 몰랐다. 내일은 엄청난 공연이 예정되어 있었다. 그들이 전도사에게 뭔지 몰라도 해야 하는 일을 할 것이었다.

내일 아침까지 방에 갇히기 전에 다시 30분 동안 휴게실에서 시간을 보낼 수 있었다. 칼리샤는 그쪽으로 걸음을 옮겼다. 조지, 니키 그리고 에이버리가 뒤따라 나섰다. 몇 분 뒤에 헬렌이 발을 질질 끌며 들어와 불을 붙이지 않은 담배를 손에 들고, 예전에는 선명한 색이었던 머리칼로 얼굴을 가리고 바닥에 주저앉았다. 아이리스와 케이티가 맨 마지막에 왔다.

"두통이 괜찮아졌어."

케이티가 선포했다.

그렇지. 칼리샤는 생각했다. 영화를 보고 나면 두통이 괜찮아지지만…… 잠깐뿐이야. 그 잠깐도 점점 짧아졌다.

"영화를 보면서 또다시 즐거운 저녁 시간을 보냈네."

조지가 중얼거렸다.

니키가 물었다.

"좋았어, 얘들아, 뭘 배웠니? 인디애나 주 디어필드에 서는 폴 웨스틴 목사를 못마땅하게 여기는 사람이 어딘가에 있다는 거."

칼리샤는 엄지손가락으로 입에 지퍼를 채우는 흉내를 내고 천장을 올려다보았다. *감청 장치.* 그녀는 생각으로 니키에게 말했다. *조심해.*

닉은 손가락 총을 자기 머리에 대고 방아쇠를 당기는 척했다. 그걸 보고 다른 아이들은 미소를 지었다. 내일이면 달라진다는 것을 칼리샤는 알았다. 그때는 미소가 사라질 것이다. 내일 공연이 끝나면 헨드리스 박사가 불붙인 폭죽과 함께 등장할 테고 웅웅거리는 소리는 포효하는 백색 소음으로 커질 것이다. 레버가 당겨질 것이다. 장엄한 동시에 끔찍한, 어느 정도인지 모를 시간 동안 그들의 두통이 씻은 듯이 사라질 것이다. 15분에서 20분이 아니라 6시간 아니면 8시간 동안 고통에서 해방된 축복의 시간이 이어질 것이다. 그리고 인디애나 주 디어필드의 폴 웨스틴이 어딘가에서 자신의 인생을 바꾸거나 끝낼 일을 저지를 것이다. 뒤 건물의 아이들은 계속 살아가겠지만…… 그것도 사는 거라고 할 수 있을까. 전보다 더 심하게 머리가 아플 것이다. 매번 점점 더 심해졌다. 웅웅거림을 단순히 느끼는 게 아니라 그 일부가 될 때까지. 그냥 또 한 명의…….

머저리들 말이야!

에이버리였다. 에이버리 말고는 어느 누구도 그렇게 선명하고 강하게 쏘아올리지 못했다. 마치 그녀의 머릿속에서 사는 듯했다. *그게 작동 원리야, 샤! 그들이…….*

"그들이 보고 있어."

칼리샤는 속삭였고 빙고, 그것이 놓친 조각이었다. 그녀는 손바닥의 두툼한 부분을 이마에 갖다 댔다. 다시 머리가 아파서가 아니라 너무 아름답도록 명백하기 때문이었다. 그녀는 에이버리의 작고 앙상한 어깨를 붙잡았다.

우리가 보는 걸 머저리들도 보는 거야. 그렇지 않고서야 그들을 거기 붙잡아 둘 이유가 없잖아?

니키가 칼리샤의 어깨를 감싸 안고 그녀의 귀에 대고 속삭였다. 그의 입술이 닿자 그녀는 전율이 일었다.

"지금 무슨 소리 하는 거야? 그 아이들은 정신이 나갔어. 조만간 우리도 그렇게 될 테지만."

에이버리: *그래서 그들이 더 강해지는 거지. 다른 모든 게 사라졌으니까. 모두 제거됐으니까. 그들이 배터리야. 우리는…….*

칼리샤가 속삭였다.

"스위치지. 점화 스위치."

에이버리는 고개를 끄덕였다.

"그들을 이용해야 해."

언제? 헬린 심스의 내면의 목소리는 겁에 질린 꼬맹이의 목소리였다. *서둘러야 해. 오래는 못 참겠어.*

조지가 말했다.

"다들 마찬가지야. 게다가 지금 당장은 그 재수 없는 년이……."

칼리샤는 경고하는 뜻에서 고개를 저었고 조지는 생각으로 말을 이었다. 아직은 어설펐지만 칼리샤는 요지를 파악했다. 그들 모두 그랬다. 지금 당장은 그 재수 없는 식스비 부인이 루크에게 집중할 것이다. 스택하우스도 마찬가지였다. 그가 탈출했다는 걸 다들 알기에 시설의 모든 직원이 그럴 것이다. 모두들 겁에 질려서 우왕좌왕하는 지금이 기회였다. 이보다 더 좋은 기회는 없을 것이다.

니키가 미소를 짓기 시작했다. *지금처럼 좋은 때가 없어.*

아이리스가 물었다.

"어떻게? 어떻게 하면 되는데?"

에이버리: *어떻게 하면 되는지 알 것 같은데 헬하고 다나하고 렌이 필요해.*

"진심이야? 확실해?"

칼리샤가 묻고는 덧붙였다. *걔네들은 거의 맛이 갔잖아.*

"내가 데려올게."

니키가 말했다. 자리에서 일어났다. 미소를 짓고 있었다. *에이버스터 말이 맞아. 아무리 작은 힘이라도 보태야 해.*

내면의 목소리가 강해졌네. 칼리샤는 깨달았다. 보내는 게 강해진 걸까 아니면 내 쪽에서 받는 게 강해진 걸까?

둘 다 그래. 에이버리가 말했다. 그도 미소를 짓고 있었다. *왜냐하면 이제 우리가 자발적으로 움직이고 있거든.*

맞아. 칼리샤는 생각했다. 그들이 자발적으로 움직이고 있었다. 복화술사의 무릎에 멍하니 앉아 있는 인형으로 지낼 필요는 없었다. 너무나 단순하지만 엄청난 깨달음이었다. 자발적으로 움직이는 데서 힘이 생겼다.

14

에이버리가 물을 뚝뚝 흘리고 벌벌 떨며 앞 건물과 뒤 건물을 연결하는 터널을 떠밀려가고 있었을 무렵, 시설의 챌린저 항공기(꼬리에는 940NF, 기체에는 **메인 페이퍼 인더스트리스**라고 적혀 있었다.)는 모든 습격대를 싣고 펜실베이니아 주 이리에서 이륙했다. 비행기가 순항 고도로 진입하고 알콜루라는 조그만 마을 쪽으로 기수를 돌렸을 때 팀 제이미슨과 웬디 걸릭슨은 루크 엘리스를 페어리 카운티 보안관서로 데려가고 있었다.

한 기계 안에서 많은 바퀴가 움직이고 있었다.

팀이 말했다.

"이쪽은 루크 엘리스예요. 루크, 패러데이와 위클로 부관님께 인사해라."

"만나서 영광입니다."

루크는 별 열의 없는 목소리로 말했다.

빌 위클로는 루크의 멍든 얼굴과 붕대 감은 귀를 들여다보았다.

"상대방은 상태가 어떤지 궁금하네."

루크가 대답할 겨를도 없이 웬디가 말했다.

"얘기하자면 길어요. 존 보안관님은 어디 계세요?"

빌이 말했다.

"더닝에. 어머니가 거기 요양원에 계시거든. 그러니까…… 여기가 안 좋으셔서."

그는 한쪽 관자놀이를 두드렸다.

"5시까지 돌아오신다고 했어. 어머니 컨디션이 좋으면 같이 저녁까지 먹고 오실지 모른다고 했고. 응급 상황인가?"

그는 지저분한 옷을 입었고 상태가 엉망인 루크를 보았다. 가출 청소년이라고 적힌 팻말을 목에 걸고 있는 거나 다름없었다.

"그거 좋은 질문이네요. 태그, 웬디가 부탁한 정보 알아봤어요?"

팀의 질문에 패러데이라는 부관이 대답했다.

"네. 보안관실로 들어가서 알려 줄게요."

"그럴 필요 없어요. 어떤 얘기를 하든 루크는 이미 알고 있는 내용일 테니까."

"확실해요?"

팀이 웬디를 흘끗 쳐다보자 그녀는 고개를 끄덕였고 루크를 흘끗 쳐다보자 그는 어깨를 으쓱했다.

"네."

"좋아요. 이 아이의 부모님인 허버트와 아일린 엘리스는 7주 전에 자택에서 살해당했어요. 침실에서 총에 맞았어요."

루크는 유체 이탈을 체험하는 느낌이었다. 점들이 다시 보이지는 않았지만 점들이 보일 때 찾아오는 느낌이었다. 그는 신고 접수원 책상 앞의 회전의자로 두 걸음 다가가 그 위로 털썩 주저앉았다. 의자가 뒤로 굴러가 벽에 먼저 부딪치지 않았더라면 그는 넘어졌을 것이다.

"괜찮니, 루크?"

웬디가 물었다.

"아뇨. 네. 이 상황에서 이보다 더 괜찮을 수는 없게요. 시설의 개자식들은, 헨드릭스 박사와 식스비 부인과 관리인들은 두 분한테 아무 일 없다고, 잘 지내신다고 했지만 컴퓨터로 확인하기 전부터 두 분이 돌아가셨다는 걸 알았어요. 알고 있었지만 그래도…… 처참하네요."

"거기에 *컴퓨터*도 있었다고?"

웬디가 물었다.

"네. 대개 게임을 하거나 유튜브 뮤직비디오 보는, 그런 시시한 용도로요. 뉴스 사이트는 막혀 있었지만 제가 우회하는 방법을 알았어요. 제가 뭘 검색하는지 감시하고 덜미를 잡았어야 맞는 건데 저들이 그냥…… 그냥 게으름을 피웠어요. 안일했어요. 덕분에 제가 탈출할 수 있었지만요."

"재가 도대체 무슨 얘길 하는 거야?"

위클로 부관이 물었다.

팀은 고개를 저었다. 그는 계속 태그에게 집중했다.

"미니애폴리스 경찰에 연락해서 알아낸 건 아니죠?"

"네. 하지만 당신이 그러지 말라고 해서 그런 건 아니에요. 누구와 언제 접촉할지 결정하실 분은 보안관님이에요. 여긴 그런 식으로 운영돼요. 그런데 구글에 자료가 많더라고요."

그는 독극물 대하는 눈빛으로 루크를 응시했다.

"이 아이는 전국 실종 학대 아동 센터 데이터베이스에 이름이 올라가 있고 미니애폴리스《스타 트리뷴》하고 세인트폴《파이오니어 프레스》에 관련 기사가 많아요. 신문에 따르면 머리가 아주 좋대요. 영재라고."

"어쩐지. 어려운 단어를 많이 쓰더라니."

빌이 말했다.

저 여기 있어요. 루크는 생각했다. 없는 사람 취급하지 마세요.

태그가 말했다.

"경찰에서 이 아이를 요주의인물로 간주하지는 않아요. 신문 기사상으로는요. 하지만 분명 이것저것 물어보고 싶을 거예요."

루크가 말문을 열었다.

"왜 아니겠어요. 그리고 경찰의 첫 번째 질문은 '그 총 어디서 구했니?'일지 몰라요."

빌이 그냥 시간을 때우듯 심드렁하게 물었다.

"*네가* 두 분을 죽였니? 이 자리에서 솔직하게 얘기해라. 그러는 편이 아주 많이 좋을 거다."

"아뇨. 저는 부모님을 사랑해요. 두 분을 살해한 인간들은 도둑이었고 그 사람들이 저를 훔쳤어요. 제가 SAT 시험에서 1580점을 받았거나 암산으로 복합 방정식을 계산할 수 있거나 하트 크레인(20세기 초반 미국의 시인 — 옮긴이)이 멕시코 만을 지나는 배에서 뛰어내려 자살했다는 걸 안다고 데려간 게 아니었어요. 엄마, 아빠를 살해하고 저를 납치한 이유는 제가 가끔 그냥 쳐다보는 것만으로 촛불을 끌 수 있고 로켓 피자 가게에서 테이블 아래로 피자 팬을 떨어뜨릴 수 있기 때문이었어요. 그것도 *빈* 피자 팬을요. 피자 한 판이 가득 담긴 팬이었으면 꼼짝하지도 않았을 텐데."

그는 팀과 웬디를 흘끗 쳐다보고는 폭소를 터뜨렸다.

"후진 동네 축제에서 아르바이트도 하지 못할 실력이었는데 말이죠."

"뭐가 그렇게 재밌는 건지 모르겠다만."

태그가 미간을 찌푸리며 말했다.

"저도 그래요. 하지만 저는 그래도 가끔 웃어요. 함께 겪은 온갖 일에도 불구하고 친구 칼리샤하고 닉하고도 많이 웃었어요. 게다가 여름이 엄청 길었거든요."

루크는 말했다. 그는 이번에는 폭소를 터뜨리지 않았지만 미소를 지었다.

"얼마나 길었는지 몰라요."

"아무래도 좀 쉬는 게 좋겠다. 태그, 유치장에 누구 있어요?"

팀이 말했다.

"아뇨."

"잘됐네요. 그럼 이 아이를……."

루크는 놀란 표정으로 한 발짝 뒷걸음질 쳤다.

"안 돼요. *절대* 안 돼요."

팀은 두 손을 들었다.

"아무도 널 가두지 않아. 문 활짝 열어놓을 거야."

"안 돼요. 제발 그러지 마세요. 제발 유치장에 저를 넣지 마세요."

놀람은 공포로 변했고 팀은 아이가 한 얘기의 일부분이나마 이제 처음으로 믿을 수 있었다. 초능력 어쩌고는 뻥이었겠지만 그는 경찰 생활을 하는 동안에 이런 반응을 접한 적이 있었다. 학대당한 아이의 표정과 행동이었다.

"알았어. 그럼 대기실의 소파는 어때? 울퉁불퉁하긴 하지만 최악은 아니야. 나도 거기서 몇 번 잔 적 있어."

웬디가 가리켰다.

그랬다 한들 팀은 그녀가 거기에 누워 있는 걸 본 적 없었지만 아이는 안심하는 눈치였다.

"알았어요, 거기서 쉬면 되겠네요. 제이미슨 씨, 팀 아저씨, 플래시 드라이브 가지고 계시죠?"

팀은 가슴 주머니에서 꺼내 들어 보였다.

"여기."

루크는 소파 쪽으로 터벅터벅 걸어갔다.

"좋아요. 홀리스터 씨 꼭 좀 체크해 주세요. 아무리 생각해도 삼촌인 것 같거든요."

태그와 빌이 똑같이 영문을 몰라 하는 표정으로 팀을 쳐다보았다. 팀은 고개를 저었다.

루크가 말했다.

"저를 기다리는 사람요. 다들 제 삼촌인 척하거든요. 아니면 사촌 아니면 가족끼리 아는 친구."

루크는 태그와 빌이 서로를 쳐다보며 눈을 굴리는 것을 보고 다시 미소를 지었다.

"네, 어떤 식으로 들릴지 알아요."

"웬디, 두 경관을 보안관실로 데리고 가서 루크한테 들은 얘기를 설명하면 어떨까요? 나는 여기에 있을게요."

"맞아요, 그게 원칙이에요. 보안관님한테 배지를 받을 때까지는 그냥 야경꾼일 뿐이니까."

태그가 말했다.

"명심할게요."

팀은 말했다.

"드라이브 안에는 뭐가 있나?"

빌이 물었다.

"몰라요. 보안관님이 오시면 다 같이 확인하기로 해요."

웬디가 두 부관을 애시워스 보안관실로 데려가 문을 닫았다. 팀의 귀에 중얼거리는 목소리가 들렸다. 평소에는 지금이 자는 시간이었지만 정신이 이렇게 맑은 건 오랜만의 일이었다. 새러소타 경찰서를 떠난 이래 처음인 듯했다. 그는 이 황당무계한 스토리 아래

감추어진 아이의 정체가 무엇인지, 지금까지 어디에 있었는지, 무슨 일이 벌어졌는지 알아내고 싶었다.

그는 한쪽 구석에 놓인 분 커피머신에서 커피를 한 잔 따랐다. 그가 야간 순찰을 마치고 들르는 10시 경에는 너무 진해서 못 마실 정도가 되지만 지금은 그렇지 않았다. 잔을 들고 신고 접수원 의자로 돌아갔다. 아이는 잠이 들었든지 잠이 든 척 아주 훌륭하게 연기를 하고 있든지 둘 중 하나였다. 그는 충동적으로 듀프레이의 모든 사업장이 망라되어 있는 루스리프 바인더를 집어 듀프레이 모텔에 전화했다. 아무도 전화를 받지 않았다. 홀리스터가 쥐덫과도 같은 모텔로 돌아가지 않은 모양이었다. 물론 얼마든지 있을 수 있는 일이기는 했다.

팀은 전화를 끊고 주머니에서 플래시 드라이브를 꺼내 쳐다보았다. 그것 역시 아무것도 아닐 가능성이 컸지만 태그 패러데이도 애써 지적했다시피 그건 애시워스 보안관이 결정할 일이었다. 기다릴 수 있었다.

기다리는 동안 아이는 재우면 될 것이다. 정말로 화차를 타고 메인에서 여기까지 왔다면 재워야 했다.

15

11명의 승객(식스비 부인, 토니 피절, 위노나 브릭스, 에번스 박사 그리고 루비 레드와 오팔 연합팀)을 태운 챌린저 기는 5시 15분에 알콜루에 착륙했다. 시설을 지키는 스택하우스에게 보고하는 용도로 한 다스에서 한 명 모자라는 이들은 이제 골드 팀이라는 명칭을 썼다. 식스비 부인이 가장 먼저 비행기에서 내렸다. 루비 레드의 데니 윌리엄스과 오팔의 루이스 그랜트는 기내에 남아 골드 팀의 다소 특별한 수하물을 맡았다. 식스비 부인은 어마어마한 열기에도 불구하고 활주로에 선 채 휴대전화를 꺼내 원장실의 일반 전화번호로 연락했다. 로절린드가 받아서 스택하우스에게 연결해 주었다.

"혹시……."

그녀는 말문을 열었다가 기장과 부기장이 아무 말 없이 지나갈 때까지 기다렸다. 한 명은 공군 출신이고 다른 한 명은 주 공군 출신이며 둘 다 「호건의 영웅들」이라는 그 옛날 시트콤에 나오는 나치 경비대와 비슷했다. 아무것도 보지 않고 아무것도 듣지 않았다. 그들의 임무는 오로지 승객을 태우고 이동하는 것뿐이었다.

그들이 사라지자 그녀는 스택하우스에게 듀프레이의 정보원한테서 들은 소식 있느냐고 물었다.

"네. 엘리스가 열차에서 뛰어내리다 타박상을 입었답니다. 신호등하고 헤딩을 했대요. 경막하혈종으로 즉사했다면 골치 아픈 문제들이 대거 해결됐을 텐데 이 홀리스터라는 남자 말로는 기절도 하지 않았대요. 지게차 운전자가 엘리스를 보고 역사 근처 창고로 데려갔고 동네 의사를 불렀답니다. 의사가 왕진을 왔고 잠시 후에 여자 부보안관도 찾아왔답니다. 그 부관과 지게차 운전자가 우리 입소자를 보안관서로 데려갔답니다. 위치 추적기가 삽입됐던 쪽 귀에 붕대를 감고서."

데니와 루이스 그랜트가 기다란 철제 상자를 한쪽씩 붙잡고 비행기에서 내렸다. 끙끙대며 그걸 들고 트랩을 내려와 안으로 들고 갔다.

식스비 부인은 한숨을 쉬었다.

“뭐, 예상할 수 있었던 부분이잖아. 아니, 사실 예상했던 부분이지. 우리는 지금 조그만 마을을 상대하고 있어. 조그만 마을 특유의 경찰서를 갖춘.”

스택하우스는 맞장구쳤다.

“외딴 시골이죠. 그게 희소식이에요. 그리고 희소식이 더 있을지 몰라요. 우리 정보원 말로는 보안관이 은색 타이탄 픽업트럭을 타고 다니는데 보안관서 앞에서도 뒤편의 직원용 주차장에서도 그 차가 보이지 않더래요. 그래서 동네 편의점으로 찾아갔답니다. 거기에서 일하는 개슬람들이(그자가 쓴 표현이에요.) 이 사람, 저 사람에 대해 모르는 게 없어서요. 당직인 녀석이 보안관이 들러서 스위셔 스위츠를 한 통 사고 바로 옆 마을 요양원인가 호스피스인가에서 지내는 어머니 만나러 갈 거라고 했답니다. 그런데 바로 옆 마을이 50킬로미터 가야 나온대요.”

“이게 왜 우리한테 희소식인데?”

식스비 부인은 블라우스 깃을 목 위로 세웠다.

“듀프레이 같은 신호등 하나짜리 마을의 경찰들이 원칙을 따를지 잘 모르겠지만 만약 그렇다면 보스가 올 때까지 그 아이를 그냥 붙잡아 놓고만 있을 거예요. 어떤 식으로 처리할지 보스가 결정할 수 있게. 거기까지 가는 데 얼마나 걸리겠어요?”

"두 시간. 그보다 시간을 단축할 수도 있지만 도우미들이 많으니까 제한 속도를 지키는 게 현명하겠지."

"그렇죠. 저기요, 줄리아. 듀프레이 촌놈들이 언제든 미니애폴리스 경찰에 연락할 수 있어요. 이미 연락했을 수도 있고요. 어느 쪽이든 상관없어요. 왜 그런지 알죠?"

"당연하지."

"정리해야 하는 복잡한 문제가 생기면 나중에 걱정하기로 해요. 지금은 그냥 방랑을 떠난 아이를 처리하는 데 집중하자고요."

스택하우스는 죽이자는 뜻에서 한 말이었고 어쩌면 죽여야 할지 몰랐다. 엘리스와 훼방을 놓으려고 하는 모두를. 그런 식의 복잡한 문제가 생기면 제로폰으로 통화해야겠지만, 부드럽게 혀 짧은 소리를 내는 수화기 너머의 상대방에게 가장 결정적인 문제를 해결했다고 장담할 수 있다면 그녀는 목숨을 부지할 수 있을지 몰랐다. 어쩌면 원장직도 유지할 수 있을지 몰랐지만 목숨만으로도 감지덕지했다.

"어떻게 해야 하는지 나도 알아, 트레버. 나한테 맡겨."

그녀는 전화를 끊고 안으로 들어갔다. 조그만 대기실의 에어컨 냉기가 잠에 젖은 그녀의 살을 철썩 때렸다. 데니 윌리엄스가 대기 중이었다.

"준비 끝났나?"

그녀는 물었다.

"네, 원장님. 준비 완료입니다. 언제든 말씀만 하시면 제가 인계하겠습니다."

식스비 부인은 이리에서 비행기를 타고 오는 동안 아이패드를 열심히 들여다보았다.

"가다가 181번 출구에서 잠깐 쉴 거야. 거기서 지휘권을 넘길게. 그래도 괜찮지?"

"완벽합니다."

다른 대원들은 밖에 서 있었다. 창문을 선팅한 검은색 SUV는 없었다. 엄마들이 좋아하는 밴 세 대가 파란색, 초록색, 회색, 이렇게 눈에 띄지 않는 색으로 준비되어 있을 뿐이었다. 고아 애니가 보았더라면 실망했을 것이다.

16

골드 팀 행렬은 181번 출구에서 고속도로를 빠져나와 이름 모를 마을로 진입했다. 주유소와 와플 하우스가 있었고 그것으로 끝이었다. 가장 가까운 래타 마을까지의 거리가 20킬로미터였다. 와플 하우스 앞을 지나고 5분이 흘렀을 때 선두 밴의 앞자리에 타고 있었던 식스비 부인이 데니에게 오바마가 대통령으로 당선됐던 무렵부터 문을 닫은 것처럼 보이는 식당 뒤편에 차를 세우라고 했다. 심지어 **내부 수리 예정**이라고 적힌 팻말마저 황량해 보이는 식당이었다.

데니와 루이스가 챌린저에서 들고 내린 철제 상자가 열렸고 골드 팀은 무장을 마쳤다. 루비 레드와 오팔 소속 7명은 발굴 임무 때 쓰는 글록 37구경을 집었다. 토니 피절에게도 똑같은 무기가 지급됐고 데니는 그가 당장 슬라이드를 밀어서 약실이 비었는지 확인하는 것을 보고 흡족해했다.

토니가 말했다.

"홀스터가 있으면 좋겠다. 조직 폭력배처럼 뒤 허리춤에 쑤셔 넣는 건 싫은데."

데니가 말했다.

"지금은 그냥 좌석 아래에 집어넣어."

식스비 부인과 위노나 브릭스에게는 핸드백에 넣을 수 있을 만큼 아담한 지크자우어 P238이 지급됐다. 데니가 에번스 박사에게도 한 대 내밀자 그는 손을 들고 한 발짝 뒷걸음질 쳤다. 오팔 팀의 톰 존스는 휴대용 무기고 위로 허리를 숙여 두 대 있는 HK37 돌격소총 가운데 하나를 꺼냈다.

"이건 어때요, 박사님? 클립에 서른 발이 들어 있고 헛간을 뚫고 젖소를 날려 버릴 수도 있는데. 섬광수류탄도 몇 개 있어요."

에번스는 고개를 저었다.

"나는 내 뜻과 상관없이 따라온 거예요. 그 아이를 죽일 작정이면 나를 데리고 온 이유를 모르겠네요."

"자랑이십니다."

역시 오팔 팀 소속인 앨리스 그린이 말했다. 여기저기서 귀에 거슬리고 요란하며 살짝 나사가 풀린 것처럼 들리는 폭소를 터뜨렸다. 총을 쓰게 될 가능성이 높은 작전을 앞두고 있을 때에만 들을 수 있는 웃음소리였다.

식스비 부인이 말했다.

"그만해. 에번스 박사님, 아이를 생포해서 데려갈 수도 있어요. 데니, 아이패드에 듀프레이 지도 있지?"

"네, 원장님."

"그럼 이제부터 자네가 이 작전을 맡도록."

"알겠습니다. 다들 동그랗게 모여. 박사님도요. 부끄러워하지 마시고요."

그들은 비등하는 늦은 오후의 열기 속에서 데니 윌리엄스 주변으로 모였다. 식스비 부인은 손목시계를 확인했다. 6시 15분이었다. 목적지까지 한 시간 아니면 그보다 조금 더 남았다. 계획보다 살짝 늦어졌지만 작전 수립 속도를 감안했을 때 용인할 수 있을 만한 수준이었다.

데니 윌리엄스가 말했다.

"여기가 듀프레이 도심이고 보면 뭐가 있는지 알 수 있다. 큰길 하나뿐이야. 그 중간쯤에 보안관서가 있고 양옆으로 관청과 듀프레이 상사가 있지."

"상사가 뭐예요?"

오팔 팀의 조시 고트프리드가 묻는 말이었다.

"백화점이랑 비슷한 거."

로빈 렉스가 말했다.

"백화점보다는 옛날 싸구려 잡화점에 더 가깝지. 내가 헌병으로 근무하던 시절에 앨라배마에서 10년을 살았기 때문에 남부의 소도시라면 잘 아는데, 타임머신을 타고 50년을 거슬러 올라간다고 생각하면 돼. 월마트만 예외야. 요즘은 어딜 가든 대부분 월마트는 있더라."

토니 피절의 대답이었다.

"잡담은 접어 둬."

식스비 부인이 말하고 계속하라는 뜻에서 데니에게 고개를 끄덕였다.

데니가 말했다.

"설명할 것도 거의 없어. 여기, 문을 닫은 영화관 뒤에 주차한다. 원장님의 정보원에게 타깃이 아직 경찰서에 있다는 확답을 받았다. 미셸과 내가 남들은 잘 모르는 미국 남부 도시 순례에 나선 부부인 척……."

"그러니까 다른 말로 하면 비정상인 척할 거란 말이죠."

토니가 그렇게 말하자 또다시 여기저기서 귀에 거슬리는 웃음소리를 냈다.

"어슬렁어슬렁 길을 걸어가면서 그 일대를 체크할 건데……."

"잉꼬부부답게 손을 잡고서?"

미셸 로버트슨이 데니의 손을 잡고 수줍게 하지만 존경심이 담긴 미소를 지어 보이며 말했다.

"그 정보원한테 체크해 달라고 부탁하면 어때요? 그 편이 더 안전하지 않을까요?"

루이스 그랜트가 물었다.

"모르는 사람이라 그자의 정보를 믿을 수가 없어. 그리고 그는 민간인이기도 하고."

데니가 말했다. 그가 식스비 부인을 쳐다보자 그녀는 계속하라는 뜻에서 고개를 끄덕였다.

"보안관서에 들어가서 길을 물어볼 수도 있어. 아닐 수도 있고. 상황을 보면서 결정할 거다. 우리가 파악하려는 건 경관이 몇 명이고 어디에 있는가야. 그런 다음……."

그는 어깨를 으쓱했다.

"그들을 공격해야지. 총격전이 벌어지면, 그럴 것 같진 않지만, 아이를 그 자리에서 사살한다. 그렇지 않으면 아이를 빼내고. 납치로 포장하면 뒤처리가 좀 더 깔끔하겠지."

식스비 부인은 데니가 그들에게 챌린저의 대기 장소를 알려 주는 동안 스택하우스에게 전화해 추가된 사항이 있느냐고 물었다. 그가 말했다.

"방금 전에 홀리스터라는 그 친구하고 통화했어요. 보안관이 5분쯤 전에 보안관서 앞에 차를 세웠답니다. 지금쯤 버릇없는 우리 아이를 만나고 있겠네요. 서둘러야겠어요."

그녀는 배 속과 사타구니가 팽팽하게 조여지는, 불쾌하지만은 않은 기분을 느꼈다.

"알았어. 끝나면 연락할게."

"잘 부탁할게요, 줄리아. 이 빌어먹을 상황에서 우리를 구제해 줘요."

그녀는 전화를 끊었다.

17

존 애시워스 보안관은 6시 20분경에 듀프레이로 복귀했다. 북쪽으로 2250킬로미터 멀리에서는 멍한 표정의 아이들이 바구니에 담배와 성냥을 담고, 정계에 힘 있는 친구들이 많은 인디애나 주의 대형교회 목사가 주인공으로 등장하는 저녁 영화를 보러 한 줄로 상영실에 들어가고 있었다.

보안관은 안으로 들어가자마자 문 앞에서 걸음을 멈추고 두툼한 둔부에 두 손을 얹고 보안관서의 널찍한 본관을 살폈다. 어머니가 공동 소유한 상트페테르부르크의 별장으로 놀러 간 로니 깁슨 말고는 전 직원이 거기 있었다. 팀 제이미슨까지 있었다.

그가 말했다.

"아니 다들 뭐지. 내 생일도 아닌데 깜짝 파티일 리 없고. 그리고 저 아이는 누구야?"

그는 대기실 소파에 누워 있는 남자아이를 가리켰다. 루크는 소파가 허락하는 한도 안에서 최대한 태아 자세에 가깝게 웅크리고 있었다. 애시워스는 수석 부관인 태그 패러데이를 돌아보았다.

"그리고 누구한테 저렇게 얻어맞았어?"

태그는 대답 대신 팀을 돌아보며 먼저 얘기하라는 뜻에서 손을 쓱 내밀었다.

팀이 말했다.

"저 아이 이름은 루크 엘리스고 누구한테 얻어맞은 게 아니에요. 화물열차에서 뛰어내렸다가 신호등을 들이받았어요. 멍은 그때 생긴 거예요. 붕대는, 아이 말로는 자기가 납치를 당했는데 납치범들이 귀에 위치 추적기를 심었대요. 그래서 그걸 없애느라 귓불을 잘랐다고 합니다."

"과도로요."

웬디가 거들었다.

"저 아이 부모님은 사망했습니다. 살해당했어요. 거기까지는 사실입니다. 제가 확인했어요. 미네소타에서 저세상으로 건너갔더라고요."

태그가 말했다.

"하지만 저 아이는 메인에서 탈출했대요."

빌 위클로가 말했다.

애시워스는 두 손을 계속 허리춤에 얹은 채 부관들과 야경꾼과 소파 위에서 잠이 든 아이를 차례대로 쳐다보며 잠깐 동안 아무 말도 하지 않았다. 이렇게 대화가 오가는 와중에도 루크는 깨어날 조짐을 보이지 않았다. 세상모르고 잠이 들었다. 마침내 존 부안관은 한 자리에 모인 부관들 쪽으로 다시 시선을 옮겼다.

"그냥 어머니하고 저녁을 먹고 올 걸 그랬다는 생각이 들기 시작하는군."

"저런, 어머님 상태가 안 좋으셨나 봐요?"

존 보안관은 빌의 질문을 못 들은 체했다.

"자네들이 다 같이 마리화나를 피운 게 아니라는 전제 아래 논리정연하게 설명을 들을 수 있을까?"

"앉으세요. 제가 간단하게 설명해드린 다음 다 같이 이걸 확인해야 하지 않을까 싶습니다. 그런 다음 어떻게 하면 좋을지 보안관님께서 결정하시는 걸로요."

팀이 그렇게 말한 뒤 플래시 드라이브를 신고 접수원 책상에 꺼내 놓았다.

"그리고 미니애폴리스나 찰스턴에 있는 주 경찰청에 연락하는 편이 좋을 수도 있어요. 아니면 양쪽 다. 저 아이를 어떻게 하면 좋을지 그들에게 처분을 맡기는 거죠."

버켓 부관이 말했다. 그는 루크 쪽으로 고개를 까딱했다.

애시워스는 자리에 앉았다.

"다시 한 번 생각해 보니 일찍 오길 잘했네. 좀 흥미진진한 사건인 것 같아서, 안 그래?"

"아주요."

웬디가 말했다.

"뭐, 그거 잘됐군. 이 동네에 재미있는 일도 별로 없는데 분위기 전환도 되고. 미니애폴리스 경찰은 저 아이가 부모를 죽였다고 생각하나?"

"신문기사상으로는 그런 것 같아요. 아이가 미성년자이고 하다 보니 조심스럽게 접근하긴 하지만요."

태그가 말했다.

"아이가 엄청 똑똑해요. 하지만 그것만 빼면 그냥 착해 보이는 아이예요."

웬디가 말했다.

"그래, 그래, 이 아이가 얼마나 착한지 아니면 얼마나 못됐는지는 제삼자의 관심사가 되겠지만 현재로서는 점점 호기심이 생기는구먼. 빌, 그 타임기 자꾸 만지작거리다 고장 내지 말고 내 사무실에서 콜라나 갖다 줘."

18

팀이 애시워스 보안관에게 웬디와 함께 루크에게 들은 얘기를 전하는 동안, 골드 팀은 듀프레이라는 조그만 마을로 거슬러 올라가기 위해 95번 주간 고속도로 하디빌 출구를 향해 다가가는 동안, 닉 윌홀름은 상영실에 남았던 아이들을 뒤 건물의 조그만 휴게실로 불러 모았다.

가끔 놀라우리만치 오래 버티는 아이들도 있었다. 조지 아일스가 그런 경우였다. 하지만 가끔 갑자기 와르르 무너지는 아이들도 있었다. 지금 아이리스 스탠호프가 그런 것 같았다. 뒤 건물 아이들이 '반동'이라고 부르는, 영화를 보고 난 뒤에 잠깐 두통이 사라지는 현상이 이번에는 그녀에게 찾아오지 않은 모양이었다. 눈빛이 멍했고 입을 떡 벌렸다. 고개를 숙여서 머리칼로 눈을 가린 채 휴게실 벽에 기대고 섰다. 헬렌이 다가가 한 팔로 감싸 안았지만 아이리스는 그런 줄도 모르는 눈치였다.

다나가 물었다.

"여기서 뭐하게? 나는 방으로 들어가고 싶어. 가서 자고 싶어. 영화 보는 날은 *질색*이야."

그녀는 짜증 섞인 말투였고 금방이라도 울음을 터뜨릴 것 같았지만 그래도 빠지지 않고 자리를 지켰다. 지미와 헬도 마찬가지인 듯했다. 그들은 멍해 보이긴 했지만 아이리스처럼 망치로 한 대 얻어맞은 형상은 아니었다.

앞으로 영화는 절대로 다시는 보지 않을 거야. 에이버리가 말했다. *절대.*

칼리샤의 머릿속에서 그의 목소리가 그 어느 때보다 크게 들렸고 그것이 증거나 다름없었다. 그들은 힘을 합치면 실제로 더 강해졌다.

"대담한 예언이네. 특히 에이버스터, 너 같은 쥐방울이 하기에는 말이다."

니키가 말했다. 이 말에 헬과 지미가 미소를 지었고 케이티는 심지어 쿡쿡 웃었다. 아이리스만 여전히 정신을 못 차리고 이제는 남들이 보거나 말거나 사타구니를 긁어댔다. 렌은 꺼진 텔레비전에 정신이 팔려 있었다. 칼리샤가 보기에는 거기에 비친 자기 모습을 연구하는 게 아닌가 싶었다.

시간이 별로 없어. 에이버리가 말했다. *조만간 관리인이 와서 우리를 다시 방으로 데려갈 거야.*

"아마 코린이겠지."

칼리샤가 말했다.

"응. 못된 동쪽 잡년."

헬렌이 말했다.

"뭘 어쩌면 돼?"

조지가 물었다.

잠깐 에이버리가 갈팡질팡하는 기미를 보이자 칼리샤는 덜컥 겁이 났다. 하지만 몇 시간 전만 해도 수조에서 이대로 죽는구나 생각했던 꼬맹이가 손을 내밀었다.

"내 손을 잡아."

에이버리가 말했다. *원을 만들어.*

아이리스를 제외한 전원이 꾸물꾸물 앞으로 움직였다. 헬렌 심스가 아이리스의 어깨를 잡고 다른 아이들이 대충 만든 원 안으로 끌고 왔다. 렌은 그리워하는 눈빛으로 어깨 너머로 TV를 돌아보다가 한숨을 쉬고 손을 내밀었다.

"썅. 나도 모르겠다."

"바로 그거야, 썅. 밑져야 본전이잖아."

칼리샤가 말했다. 그녀는 왼손으로 렌의 오른손을 잡고 오른손으로 니키의 왼손을 잡았다. 아이리스가 맨 마지막으로 합류했다. 그녀는 한 손은 지미 컬럼, 다른 손은 헬렌과 연결하자마자 고개를 들었다.

"여기 어디야? 우리 지금 뭐하는 거야? 영화 끝났어?"

"쉿."

칼리샤가 말했다.

"머리가 괜찮아졌어!"

"다행이다. 이제 조용히 해."

그러자 다른 아이들도 합류했다. *조용히…… 조용히…… 아이리스, 조용히.*

심지어 *조용히* 하라는 소리마저 전보다 컸다. 뭔가가 달라지고 있었다. 뭔가가 *달려*들고 있었다.

레버. 칼리샤는 생각했다. *레버가 있어, 에이버리.*

그는 원의 저쪽 편에서 그녀를 향해 고개를 끄덕였다.

아직은 대단한 능력이 아니었고 그렇다고 믿으면 치명적인 실수가 될 게 분명했지만 대단한 능력으로 자랄 잠재력이 존재했다. 칼리샤는 생각했다. 한해 여름을 통틀어 가장 심한 뇌우가 하늘을 가르기 직전의 공기를 마시는 기분이야.

렌이 소심한 목소리로 말했다.

"애들아? 내 머릿속이 맑아졌어. 이렇게 맑았던 적이 언제였는지 기억도 나지 않아. 나를 놓지 말아 줘, 샤!"

그는 공포 비슷한 것이 깃든 눈빛으로 칼리샤를 쳐다보았다.

너는 아무 문제없어. 칼리샤는 생각으로 그에게 말했다. *너는 안전해.*

하지만 그는 안전하지 않았다. 어느 누구도 안전하지 않았다.

칼리샤는 그다음 차례가 뭔지, 뭐일 수밖에 없는지 알았기에 두려움에 떨었다. 물론 그걸 원하는 마음도 있었다. 원하는 정도가 아니었다. 갈망했다. 그들은 고성능 폭약이 달린 아이들이라 잘못될 수도 있었지만 그것이 너무나 올바른 선택처럼 느껴졌다.

에이버리가 또렷한 목소리로 나지막이 말했다.

"생각해. 다들 나랑 같이 생각해."

그는 생각과 거기에 딸린 강력하고 선명한 이미지를 떠올리기 시작했다. 니키가 동참했다. 케이티, 조지 그리고 헬렌도 보조를 맞췄다. 칼리샤도 마찬가지였다. 잠시 후에 나머지도 따라왔다. 그들은 영화 말미에 읊조렸던 것처럼 지금도 읊조렸다.

폭죽을 생각해. 폭죽을 생각해. 폭죽을 생각해.

그 어느 때보다 환한 점이 보였다. 그 어느 때보다 요란한 웅웅거림이 들렸다. 폭죽이 등장해 눈부신 빛을 토해냈다.

그리고 갑자기 그들은 열한 명에 그치지 않았다. 갑자기 스물여덟 명이 되었다.

점화. 칼리샤는 생각했다. 그녀는 겁이 났다. 그녀는 신바람이 났다. 그녀는 경건해졌다.

하느님 맙소사.

19

팀이 루크에게 들은 얘기를 마친 뒤에도 애시워스 보안관은 깍지 낀 손을 상당히 불룩한 배 위에 얹고 신고 접수원 의자에 몇 초 동안 가만히 앉아 있었다. 그러다 플래시 드라이버를 집어 그런 물건을 처음 보는 사람처럼 쳐다보다가 다시 내려놓았다.

"이 안에 뭐가 들었는지 모른다고 했다고? 자기 귓불을 자르는데 쓴 칼과 함께 청소부한테 받았을 뿐이라고 했단 말이지."

"저 아이 말로는 그렇다더군요."

팀은 맞장구쳤다.

"철책 아래를 통과하고 숲을 가로질러서 허클베리 핀과 짐처럼 보트를 타고 강물을 따라 이동한 다음 화차를 타고 동부 해안을 거의 끝까지 내려왔단 말이지."

"저 아이 얘기로는요."

웬디가 말했다.

"음, 한 편의 대서사시로군. 텔레파시와 마인드 컨트롤, 그 부분이 제일 마음에 드는데. 할머니들이 같이 모여서 퀼트를 만들고 병조림 파티를 열 때 하는 얘기랑 비슷하잖아. 하늘에서 피가 쏟아졌다는 둥, 그루터기에 고인 물을 마시고 병이 나았다는 둥. 웬디, 가서 저 아이 깨워. 실제 내막은 뭔지 몰라도 고생 많이 한 거 알겠으니까 살살. 하지만 이건 저 아이하고 함께 봐야겠어."

웬디가 본관을 가로질러 가서 루크의 어깨를 잡고 흔들었다. 그는 처음에는 가볍게, 그다음에는 좀 더 세게 흔들었다. 그는 중얼거리고 투덜거리며 그녀에게서 몸을 돌리려고 했다. 그녀는 그의 팔을 잡았다.

"자, 루크, 이제 일어나서……."

그가 갑자기 펄떡 일어나는 바람에 웬디는 뒤로 휘청거렸다. 루크는 눈을 떴지만 앞을 보지는 않았다. 그의 앞머리를 비롯해 모든 머리칼이 고슴도치 가시처럼 위로 솟았다.

"그들이 뭘 하려고 하고 있어요! 폭죽이 보였어요!"

"저게 다 무슨 소리야?"

조지 버켓이 물었다.

팀이 외쳤다.

"루크! 괜찮아, 꿈을 꿨나 본데……."

"죽여라!"

루크가 고함을 지르자 보안관서의 조그만 유치 구역에서 유치장의 문 네 개가 모두 요란한 소리와 함께 닫혔다.

"저 개새끼들을 제거해라!"

신고 접수원 책상 위에서 종이들이 놀란 새 떼처럼 위로 날아올랐다. 팀은 머리칼을 헝클어뜨릴 정도로 생생한 돌풍이 그를 치고 지나가는 것을 느꼈다. 웬디가 비명은 아니지만 조그맣게 소리를 질렀다. 존 보안관은 자리에서 일어섰다.

팀은 아이를 한 번 세게 흔들었다.

"일어나, 루크, *일어나!*"

이리저리 휘날리던 종이들이 바닥으로 떨어졌다. 존 보안관을 비롯해 모여 있던 경찰들은 입을 떡 벌리고 루크를 쳐다보았다.

루크는 허공을 할퀴어댔다. 그는 중얼거렸다.

"저리 가. 저리 가."

"알았다."

팀은 말하고 루크의 어깨를 잡고 있던 손을 놓았다.

"아저씨 말고 점들요. 슈타지 라이……."

그는 숨을 토하고 감지 않은 머리칼을 쓸어 넘겼다.

"됐어요. 이제 없어졌어요."

"네가 한 거니? 정말 네가 한 거니?"

웬디가 물었다. 그녀는 떨어진 서류들을 가리켰다.

"*뭔가가* 있긴 있었어. 여기 달린 시침이랑 분침이 돌아가고 있었는데…… *미친 듯이* 돌아가고 있었는데…… 지금은 멈췄네."

빌 위클로가 말했다. 그는 야경꾼용 타임기를 쳐다보고 있었다.

"애들이 뭘 하고 있어요. 제 친구들이요. 심지어 이 멀리에서까지 느껴졌어요. 어떻게 그럴 수가 있었을까요? 아, *머리야*."

루크가 말했다.

애시워스가 루크에게 다가가 한쪽 손을 내밀었다. 팀은 그가 다른 쪽 손은 홀스터에 넣은 권총 개머리 위에 얹어 놓고 있다는 걸 알아차렸다.

"나는 애시워스 보안관이다, 꼬마. 우리 악수 한 번 할까?"

루크는 그의 손을 잡았다.

"좋아. 훌륭한 출발이야. 이제 진실을 알고 싶구나. 방금 전에 네가 저렇게 한 거니?"

"저인지 걔인지 모르겠어요. 어떻게 한참 멀리 떨어져 있는 걔네들이 그랬는지 모르겠지만 어떻게 제가 그랬는지도 모르겠어요. 이런 적은 지금까지 한 번도 없었거든요."

루크는 말했다.

"너는 피자 팬 전문이지. 그것도 빈 거."

웬디가 말했다.

루크는 희미하게 미소를 지었다.

"맞아요. 불빛 보셨어요? 아무라도 보신 분 있어요? 알록달록한 점들이 엄청 많았는데."

"나는 날아다니는 종이밖에 못 봤다. 그리고 유치장 문이 쾅 하고 닫히는 소리도 들었고. 프랭크, 조지, 저거 좀 치워 주겠나? 웬디, 이 아이한테 아스피린 갖다 줘. 그런 다음 이 조그만 컴퓨터 장치

안에 뭐가 들었는지 보자고."

존 보안관이 말했다.

루크가 말했다.

"오늘 오후에 보안관님의 어머님은 계속 머리핀 얘기만 하셨죠? 누가 머리핀을 훔쳐 갔다고."

존 보안관의 입이 떡 벌어졌다.

"그걸 어떻게 알았니?"

루크는 고개를 저었다.

"모르겠어요. 그러니까, 알아내려고 시도조차 하지 않았거든요. 망할, 애들이 뭘 하려는 건지 알았으면 좋겠는데. 나도 같이 있었으면 좋겠는데."

태그가 말했다.

"이 아이가 한 얘기에 뭔가가 있을지 모른다는 생각이 들기 시작했어요."

"저 플래시 드라이브를 봐야겠어. 지금 당장."

애시워스 보안관이 말했다.

20

맨 처음 보인 것은 빈 의자였다. 커리어 앤드 아이브스(미국의 석판 인쇄 회사—옮긴이)의 범선 액자가 걸린 벽 앞에 구식 윙백 의자가 놓여 있었다. 잠시 후에 어떤 여자가 화면 안으로 고개를 내밀고 렌즈를 쳐다보았다.

루크가 말했다.

"저분이에요. 저분이 제가 탈출할 수 있게 도와준 모린이에요."

"켜진 건가? 조그만 불이 들어왔으니까 켜진 거겠지? 켜진 거면 좋겠네, 이걸 두 번 할 기운은 없어서."

모린이 말했다. 그녀의 얼굴이 경관들이 들여다보고 있는 노트북 화면 밖으로 사라졌다. 팀은 거기에서 위안 비슷한 것을 느꼈다. 극단적인 클로즈업이라 어항 안에 갇힌 여자를 보고 있는 듯한 느낌이었던 것이다.

그녀의 목소리가 조금 희미해졌지만 그래도 잘 들렸다.

"하지만 해야 해. 하고 말 거야."

그녀는 의자에 앉아서 꽃무늬 치맛단을 무릎 위로 단정하게 정돈했다. 그 위에 빨간색 블라우스를 입고 있었다. 유니폼을 입은 것만 보았던 루크에게는 예쁜 조합으로 느껴졌지만 화사한 색도 야윈 그녀의 얼굴을, 초췌한 그녀의 얼굴을 감추지 못했다.

"볼륨을 최대한으로 키워. 무선 마이크를 차고 있는 모양인데."

프랭크 포터가 말했다.

이러는 동안에도 그녀는 얘기를 하고 있었다. 태그가 영상을 거꾸로 돌려 소리를 키우고 다시 재생을 눌렀다. 모린이 다시 한 번 윙백 의자로 돌아갔고 다시 한 번 치맛단을 정돈했다. 그런 다음 카메라 렌즈를 똑바로 쳐다보았다.

"루크?"

그는 자신의 이름을 듣고 너무 놀라서 하마터면 대답할 뻔했지만 그럴 겨를도 없이 그녀는 말을 이었고, 그다음으로 이어진 얘기에 차가운 비수가 그의 심장에 꽂혔다. 물론 그는 알고 있었다.《스타 트리뷴》을 보기 전부터 부모님 소식을 알고 있었던 것처럼.

"만약 네가 이걸 보고 있다면 너는 탈출했고 나는 죽었다는 뜻일 거야."

포터라는 부관이 패러데이라는 부관에게 뭐라고 얘기했지만 루크는 신경 쓰지 않았다. 시설의 어른들 중에서 딱 한 명뿐이었던 친구에게 모든 관심을 집중했다.

윙백 의자에 앉아 있는 죽은 여자가 말했다.

"너한테 내가 지금까지 어떻게 살아왔는지 얘기하지는 않을 거야. 그럴 시간이 없으니까. 그래서 다행이다, 왜냐하면 부끄러운 부분들이 많거든. 하지만 내 아들에 대해서는 부끄럽지 않아. 그렇게 잘 자라 주었다는 데 자부심을 느낀다. 그 아이는 대학교에 갈 거야. 그 돈을 준 사람이 나라는 건 절대 모를 테지만 괜찮아. 잘됐고 그래야 해, 왜냐하면 내가 그 아이를 포기했잖니. 그리고 루크, 네 도움이 없었다면 나는 그 돈과 그 아이에게 의무를 다할 수 있는 기회를 날렸을지 몰라. 너한테도 의무를 다할 수 있었길 바랄 뿐이야."

그녀는 감정을 정리하려는지 하던 얘기를 잠깐 멈췄다.

"내가 지금까지 어떻게 살았는지, 그중에서 일부분을 얘기할게. 중요한 부분이거든. 나는 2차 걸프전 때 이라크에 있었고 아프가니스탄에도 있었고 이른바 선진 신문(불법 고문을 미화할 때 쓰는 표현이다—옮긴이)에 가담했어."

루크 입장에서는 침착하고 언변이 유창한 그녀의 모습이(어, 음, 저기, 뭐랄까, 이런 단어를 쓰지 않았다.) 전혀 뜻밖이었다. 그래서 슬픈 동시에 당황스러웠다. 제빙기 옆에서 소곤소곤 대화를 나누었을 때에 비해 훨씬 똑똑해 보였다. 그녀가 바보인 척하고 있었기 때문일까? 그럴 수도 있지만 그가 갈색 청소부 유니폼을 입은 여자를 보고 그냥 머리에 든 게 별로 없을 거라고 지레짐작했을 수도 있었다.

그러니까 다른 말로 하면 나하고는 다를 거라고 말이지. 루크는 생각했고 당황스럽다는 것은 정확한 표현이 아님을 깨달았다. 부끄럽다는 게 맞았다.

"나는 물고문을 보았고 남자들이(그리고 여자들도 두어 명이) 손가락이나 직장에 전극을 꽂고 물이 담긴 대야에 서 있는 것도 보았어. 펜치로 발톱을 뽑는 것도 보았어. 어떤 남자가 심문관의 얼굴에 침을 뱉으니까 슬개골을 총으로 쏘는 것도 보았어. 처음에는 충격을 받았지만 어느 정도 시간이 지나니까 덤덤해지더구나. 우리 동지들 몸에 사제 폭탄을 넣었거나 사람 많은 시장에 자폭 특공대를 보낸 장본인일 때는 기뻤어. 대개는…… 이럴 때 쓰는 단어가 있는데……."

"둔감해지다."

팀이 말했다.

"둔감해졌지."

모린이 말했다.

"뭐야, 저 여자가 당신 말을 들은 것 같잖아요."

버켓 부관이 말했다.

"쉿."

웬디가 말했을 때 그 단어를 듣고 루크는 왠지 모르게 몸이 오싹해졌다. 다른 누군가가 직전에 똑같이 얘기하는 것을 들은 느낌이었다. 그는 다시 영상으로 관심을 돌렸다.

"……처음 한두 번 말고는 가담하지 않았어. 다른 임무가 맡겨졌거든. 사람들이 입을 꾹 다물어 버리면 들어가서 마실 것을 주거나 주머니에서 퀘스트 바나 오레오 쿠키를 몇 개 꺼내서 몰래 쥐어주는 다정한 부사관 역할. 그러면서 그들에게 심문관들이 전부 쉬러 갔거나 식사를 하러 갔다고, 지금은 마이크가 꺼져 있다고 말했어. 보고 있자니 안쓰럽다고, 돕고 싶다고. 끝까지 얘기하지 않으면 규정 위반일지라도 죽임을 당할 거라고. 제네바 협약 위반이라는 얘기는 절대 하지 않았지. 대부분 그게 뭔지도 몰랐으니까. 그냥 끝까지 얘기하지 않으면 *가족들이* 죽임을 당할 거라고, 그런 일만큼은 *정말* 없었으면 좋겠다고만 했지. 대개 별 효과가 없었지만(사람들이 잘 믿지 않았거든.) 가끔 심문관이 다시 들어가면 포로들은 심문관들이 듣고 싶어 하는 얘기를 할 때가 있었어. 내 말을 믿었거나 믿고 싶었거나 둘 중 하나였겠지. 가끔 나한테 이런저런 얘기를 할 때도 있었어. 혼란스럽고…… 뭐가 뭔지 모르겠고…… 그리고 나를 믿었으니까. 내가 아주 신뢰가 가게 생겼잖니."

나한테 이런 얘기를 하는 이유를 알겠어. 루크는 생각했다.

"어쩌다 시설에서 일을 하게 됐는지는…… 피곤한 환자가 하기에는 너무 긴 얘기고. 누가 나를 찾아 왔다고만 하자. 식스비 부인은 아니었어, 루크. 스택하우스 씨도 아니었고. 정부 관리도 아니었어. 나이 많은 남자였어. 자기가 신입 모집 담당자라며 나더러 해외 근무가 끝났을 때 다른 데 취직할 생각이 있느냐고 묻더구나. 일은 쉽지만 비밀을 지킬 줄 아는 사람만 할 수 있는 일이라며. 나는 다시 해외 근무를 지원할까 고민 중이었지만 그 일이 더 괜찮아 보였어. 그 남자가 사막에서 지내는 것보다 조국을 위해 훨씬 많이 봉사할 수 있다고 했거든. 그래서 수락했고 그들이 청소부 일을 맡겼을 때도 불만이 없었어. 그들이 어떤 일을 하는지 알았지만 처음에는 거기에도 불만이 없었어. 그런 일을 하는 이유를 알았으니까. 다행이었지. 왜냐하면 시설은 마피아하고 비슷하거든. 일단 들어가면 절대 빠져나올 수 없다는 점에서. 남편의 청구서를 감당할 수 없게 됐을 때, 아들을 위해 모아놓은 돈을 콘도르들에게 빼앗기지 않을까 걱정이 되기 시작했을 때 부수적으로 수입을 챙길 수 있는 일을 요청했고 식스비 부인과 스택하우스 씨에게 허락을 받았지."

"염탐."

루크는 중얼거렸다.

"예전에 신던 신발을 신듯 간단했어. 내가 거기서 일한 지는 12년 됐지만 고자질을 하기 시작한 건 6개월인가 전부터였고 막판에는 내가 하는 일에 후회가 되기 시작했는데 고자질만 그랬던 게 아니야. 나는 까만 집이라고 불린 곳에서 둔감해졌고 시설에서도 계속 둔감하게 지냈지만 가끔씩 광을 내주지 않으면 차에서 윤기가 사라지듯 그 느낌이 사라지기 시작했거든. 다들 아직 어린애들이고 어린애는 따듯하고 인정 많은 어른을 믿고 싶어 하잖니. 게다가 그 아이들이 누굴 폭파한 것도 아니었어. 아이들과 그 가족들이 폭파

당했지. 하지만 나는 그래도 계속 그렇게 살았을 거야. 솔직히 고백하자면(이제 와서 거짓말을 한들 뭘 하겠니.) 아마 계속 그렇게 살았을 거야. 하지만 그러다가 병에 걸렸고 루크, 너를 만났지. 네가 나를 도와주었지만 그래서 내가 널 도운 건 아니야. 그게 유일한 이유도, 가장 큰 이유도 아니라고. 네가 얼마나 똑똑한지 알 수 있었거든. 다른 아이들보다 훨씬 더, 너를 훔쳐 온 인간들보다 훨씬 더. 저들은 네 마음씨가 비단결 같거나 말거나, 유머감각이 있거나 말거나, 골치 아파질 수도 있는 걸 무릅쓰고 나 같은 늙은 환자를 도와주거나 말거나 신경 쓰지 않았지. 그들 눈에 너는 마모될 때까지 쓰면 되는 기계 속의 평범한 톱니에 불과했어. 결국에는 너도 다른 아이들처럼 되고 말았을 거야. 수백 명의 다른 아이들처럼. 시초로 거슬러 올라가면 수천 명일지도 몰라."

"저 여자 정신병자예요?"

조지 버켓이 물었다.

"입 다물어!"

애시워스는 말했다. 그는 화면에 시선을 고정한 채 불룩한 배 위로 허리를 숙이고 있었다.

모린은 하던 얘기를 멈추고 물을 한 잔 마신 다음 안으로 움푹 들어간 눈을 비볐다. 아픈 눈이었다. 슬픈 눈이었다. 죽어가는 눈이야. 루크는 면전의 영원을 응시하며 생각했다.

"그래도 결정하기 쉽지 않았던 건 저들이 루크, 너나 나한테 어떤 식으로 보복할지 걱정됐기 때문만은 아니었어. 네가 탈출하는 데 성공하면, 숲속이나 데니슨 리버 벤드에서 저들에게 잡히지 않으면, 네 얘기를 믿어주는 사람을 찾으면…… 이 모든 조건을 충족하면 여기서 50년 내지는 60년 동안 벌어져 왔던 일을 만천하에 공개할 수 있을지 몰라. 그걸 저들 머리 위로 무너뜨릴 수 있을지 몰라."

삼손이 신전을 무너뜨렸듯이. 루크는 생각했다.

그녀는 몸을 앞으로 숙이고 렌즈를 똑바로 쳐다보았다. 그를 똑바로 쳐다보았다.

"그러면 이 세상이 끝장날 수도 있어."

21

서쪽으로 저물어 가는 태양이 92번 주 도로 바로 옆에 깔린 선로를 불그스름한 사선으로 물들이며, 바로 앞에서 보이는 표지판 위로 스포트라이트를 비추는 듯했다.

사우스캐롤라이나 주 듀프레이에 오신 것을 환영합니다

페어리 카운티의 행정 수도

인구 1,369명

놀러오기 좋은 곳, 살기에는 더 좋은 곳!

데니 윌리엄스가 선두에서 달리던 밴을 흙으로 덮인 갓길에 세웠다. 그는 자기 밴에 타고 있던 식스비 부인, 에번스 박사, 미셸 로버트슨에게 얘기하고 다른 두 차로 갔다.

"무전기 끄고 이어폰 꺼내. 지역 경찰이나 주 경찰이 어느 주파수를 듣고 있을지 모르니까. 휴대전화도 꺼. 지금부터 봉인된 작전이고 비행장으로 돌아갈 때까지 그 상태를 유지한다."

그는 선두에서 달리던 밴으로 돌아가 다시 운전석에 올라탔고 식스비 부인을 돌아보았다.

"아무 문제없으시죠, 원장님?"

"아무 문제없어."

"나는 내 뜻과 상관없이 따라온 거예요."

에번스 박사는 했던 말을 반복했다.

식스비 부인은 말했다.

"닥쳐요. 데니? 출발해."

그들은 페어리 카운티로 들어섰다. 도로 한쪽 편은 헛간과 벌판과 소나무 숲이었다. 다른 편은 선로와 다시 나무였다. 듀프레이까지 이제 3킬로미터밖에 남지 않았다.

22

코린 로슨은 상영실 앞에 서서 뱀 같은 제이크 하울런드와 약쟁이 필 채피츠와 같잖은 소리를 지껄이고 있었다. 어렸을 때 아버지와 네 명의 오빠 중 두 명에게 학대를 당했던 코린은 뒤 건물에서 하는 일에 아무 거리낌도 느끼지 못했다. 아이들이 그녀를 빰때리기 대장으로 부른다는 걸 알았지만 상관없었다. 그녀는 자라는 동안 리노 트레일러하우스 주차장에서 빰을 수도 없이 맞았고 그녀가 알기로 주는 대로 받는 것이 세상 이치였다. 게다가 좋은 뜻에서 하는 일이었다. 그야말로 도랑치고 가재잡기였다.

물론 뒤 건물 근무에 따르는 단점도 있었다. 우선 아는 게 너무 많아서 머리가 복잡해졌다. 필은 그녀와 자고 싶어 하지만 제이크는 차에 비유하자면 앞면에는 더블 와이드 랙이 달렸고 뒤칸 트렁크에는 약이 실린 여자들만 좋아한다는 걸 알았다. 그리고 그녀가 자신들과는 그런 식으로 엮이고 싶어 하지 않는다는 걸 그들*이* 안다는 것도 알았다. 그녀는 열일곱 살 때부터 철저하게 동성애자로 살았다.

텔레파시가 소설이나 영화에서는 항상 근사하게 들리지만 실생활에서는 빡치도록 사람 신경을 건드렸다. 웅웅거리는 소리가 동반된다는 게 문제였다. 누적된다는 게 가장 *심각한* 문제였다. 가정부와 잡역부들은 앞 건물과 뒤 건물을 교대 근무하기 때문에 그나마 나았지만 빨간 옷의 관리인들은 여기에서만 근무했다. 근무조는 알파와 베타, 이렇게 두 개였다. 각 팀마다 4개월 동안 근무하고 4개월 동안 쉬었다. 코린은 4개월 근무 기간의 거의 막바지였다. 근무 기간이 끝나면 인접한 직원용 마을에서 1~2주 동안 쌓인 스트레스를 해소하며 본연의 모습을 회복한 다음 앤드리아와 동거하는 뉴저지의 조그만 집으로 돌아갈 것이다. 앤드리아는 자기 파트너가 극비의 군 작전을 수행하는 줄 알았다. 극비이긴 했지만 군 작전은 아니었다.

수위가 낮은 텔레파시는 마을에서 지내는 동안 희미해졌고 앤드리아에게 돌아갈 무렵이면 완전히 사라졌다. 그러다 다음 근무를 시작하면 며칠 만에 슬금슬금 다시 시작됐다. 만약 그녀가 연민이라는 것을 느낄 수 있었다면 헬러스 박사와 제임스 박사에게 느꼈을 것이다. 그들은 거의 주야장천으로 여기 있었으니 거의 끊임없이 웅웅거리는 소리에 노출됐고 그것이 그들에게 어떤 영향을 미치는지 눈으로 확인할 수 있었다. 그녀는 시설의 의료 본부장 헨드릭스 박사가 뒤 건물의 의사들에게 선을 넘는 수준으로 침범당하지 않도록 제한하는 약물을 투여한다는 것을 알았지만 제한하는 것과 중단하는 것은 엄연히 달랐다.

그녀와 가깝게 지내는 빨간 옷의 관리인 호레이스 켈러는 헤클과 제클을 가리켜 비교적 멀쩡한 정신병자라고 했다. 결국에는 한 명 아니면 둘 다 맛이 갈 테고 그러면 수뇌부에서 의사를 새로 찾아야 할 거라고 했다. 코린과는 상관없는 일이었다. 그녀의 임무는 아이들이 밥을 먹어야 할 때 먹는지, 방으로 들어가야 할 때 들어가는지(그 안에서 뭘 하는지도 그녀가 상관할 바 아니었다.), 영화 보는 날 저녁에 영화를 보는지, 버릇없이 굴지는 않는지 확인하는 것이었다. 버릇없이 굴면 뺨을 갈겼다.

뱀 같은 제이크가 말했다.

"오늘 저녁에는 머저리들이 시끄럽네. 저기서 그것들이 내는 소리가 들리지? 8시에 배식할 때 테이저 건을 들고 가야겠어."

필이 말했다.

"밤이 되면 항상 더 심해지잖아. 나는…… 어, 이게 뭐지?"

코린도 느꼈다. 그들은 시끄러운 냉장고 소리와 덜커덩거리는 에어컨 소리에 익숙해지듯 웅웅거리는 소리에 익숙해졌다. 그런데 방금 전에 그 소리가 폭죽의 밤이기도 한 영화 보는 날 밤에 견뎌야 하는 수준으로 갑자기 커졌다. 영화 보는 날에는 대개 머저리 공원이라고도 불리는 A동의 잠긴 문 뒤에서 그 소리가 들렸다. 지금도 거기서 흘러나오는 웅웅거림을 느낄 수 있었지만 강풍이 불듯 다른 방향에서도 흘러나왔다. 영화가 끝났을 때 아이들이 자유 시간을 보내러 몰려갔던 휴게실 쪽이었다. 아직 비교적 멀쩡한 무리가 먼저 갔고 코린이 머저리 전단계라고 생각하는 두어 명이 따라갔었다.

"저 새끼들 뭐하는 거야?"

필이 외쳤다. 두 손을 옆통수에 갖다 댔다.

코린은 전기봉을 꺼내들며 휴게실 쪽으로 달려갔다. 제이크가 그녀를 뒤따랐다. 필은 뇌가 터지지 않게 막으려는 것처럼 손바닥으로 관자놀이를 누르며 그 자리에 서 있었다. 웅웅거리는 소리를 더 민감하게 느꼈든지 아니면 그냥 겁이 나서 그랬을 것이다.

문 앞에 다다랐을 때 코린을 맞이한 것은 열 명이 조금 넘는 아이들이었다. 심지어 내일 영화를 보고 나면 머저리 공원으로 건너갈 게 분명한 아이리스 스탠호프까지 있었다. 그들이 손을 잡고 동그랗게 서 있었고 이제는 코린의 눈에 눈물이 고일 정도로 웅웅거림이 심했다. 심지어 이를 때운 부분이 떨리는 게 느껴지는 것도 같았다.

아무래도 신입을 족쳐야겠다. 그녀는 생각했다. 그 꼬맹이를. 그 녀석이 주도하고 있는 거야. 그 녀석을 전기봉으로 찌르면 회로가 끊길지도 몰라.

하지만 그녀는 이렇게 생각하면서도 손가락을 벌려 전기봉을 카펫 위로 떨어뜨렸다. 뒤에서 제이크가 아이들에게 뭐 하는지 모르겠지만 그만하고 다들 방으로 돌아가라고 외치는 소리가 들렸지만 웅웅거리는 소리에 거의 묻혔다. 흑인 여자아이가 코린을 쳐다보는데, 입가에 건방진 미소를 짓고 있었다.

뺨을 쳐서 당장 없애 주마. 코린이 생각하면서 손을 들었을 때 흑인 여자아이가 고개를 끄덕였다.

그래, 때려.

다른 목소리가 칼리샤를 거들었다. *때려!*

이윽거 모든 아이들이 한 목소리로 외쳤다. *때려! 때려! 때려!*

코린 로슨은 먼저 오른손으로 쳤다가 그 다음에는 왼손으로, 왔다갔다 점점 더 세게 자기 뺨을 때리기 시작했다. 뺨이 처음에는 뜨겁다가 점점 화끈거리는 것이 느껴졌지만, 이제는 웅웅거림이 웅웅거림이 아니라 머릿속을 ***삐이이이이이이*** 하고 울리는 거대한 전기 잡음이라 그 느낌이 희미하고 멀게 느껴졌다.

그녀가 무릎을 꿇으며 쓰러졌을 때 제이크가 달려서 그녀의 옆을 지났다.

“뭐하는 건지 모르겠지만 멈춰, 이 빌어먹을 쥐새끼……”

그의 손이 위로 홱 올라갔고 그가 자기 눈 사이를 전기봉으로 찌르자 탁탁거리며 전기 흐르는 소리가 들렸다. 그는 다리를 대자로 벌렸다가 다시 모아 구역질나는 댄스 스텝을 밟아가며 뒤로 휘청거렸고 두 눈을 뒤룩거렸다. 잠시 후에는 입을 벌리고 그 안에 전기봉을 꽂았다. 탁탁거리며 전기 흐르는 소리가 입으로 덮여서 조그맞게 들렸지만 결과는 눈에 보였다. 그의 목구멍이 방광처럼 부풀었다. 콧구멍에서는 잠깐 파란색 불빛이 번쩍였다. 그는 얇은 전기봉을 밑동까지 입에 쑤셔 넣고 손가락을 계속 방아쇠 위에서 움찔거려가며 앞으로 쓰러졌다.

칼리샤는 아이들을 소풍에 나선 1학년생처럼 서로 손을 잡게 하고 앞장서서 주거동 복도로 향했다. 약쟁이 필은 그들을 보더니 한 손으로는 전기봉을 쥐고 다른 손으로는 상영실 문을 부여잡으며 움찔 뒤로 물러났다. 이편에는 식당이, 반대편에는 A동이 있는 복도 저 끝에 에버렛 핼러스 박사가 입을 떡 벌리고 서 있었다.

이제 머저리 공원의 잠긴 쌍여닫이문을 여럿이 주먹으로 두드리기 시작했다. 필은 전기봉을 떨어뜨리고 그걸 쥐고 있는 손을 들어 다가오는 아이들에게 그 안에 아무것도 없음을 보여 주었다. 그는 말했다.

"얌전히 있을게. 너희들이 뭘 하려는지 모르겠지만 얌전히……."

상영실 문이 쾅 하고 닫히면서 그의 목소리와 손가락 세 개를 잘라먹었다.

핼러스 박사는 몸을 돌려 도망쳤다.

빨간 옷을 입은 다른 관리인 두 명이 화장터로 가는 계단 저편의 직원용 휴게실에서 나왔다. 둘 다 전기봉을 꺼내들고 칼리샤와 그녀의 임시 간부단을 향해 달려왔다. A동의 잠긴 문 앞에서 달리기를 멈추고 서로 전기봉으로 찔러 무릎을 꿇게 만들었다. 그 상태로 계속 전기 공격을 주고받다가 둘 다 의식을 잃고 쓰러졌다. 관리인들이 몇 명 더 나왔지만 무슨 일인지 보았거나 느끼고 몇 명은 화장터 계단으로(여러 가지 의미에서 막다른 골목이었다.), 다른 몇 명은 직원용 휴게실이나 그 너머의 의사용 휴게실로 도망쳤다.

가자, 샤. 에이버리가 피가 뿜어져 나오는 잘린 손가락을 붙잡고 울부짖는 필과 정신을 잃은 두 관리인을 지나 복도를 내려다보며 말했다.

밖으로 나가는 거 아니야?

맞아. 하지만 재들을 먼저 꺼내 줘야지.

아이들은 A동을 향해, 웅웅거림의 심장부를 향해 계단을 걸어가기 시작했다.

23

"그들이 어떤 식으로 타깃을 선정하는지는 나도 몰라. 궁금할 때가 많았지만 지난 75년 동안 원자폭탄을 떨어뜨리거나 세계 전쟁을 일으킨 사람이 없었으니 효과가 있는 게 분명해. 그게 얼마나 엄청난 업적인지 생각해 봐. 하느님이 우리를 지켜주고 계신다는 사람도 있고 외교나 줄여서 MAD라고 하는 상호확증파괴 전략 덕분이라는 사람도 있지만 나는 안 믿어. 시설 덕분이거든."

모린은 다시 물을 마시고 하던 얘기를 계속했다.

"그들은 대부분의 아이들이 태어나자마자 받는 검사 때문에 어떤 아이를 데려오면 되는지 알아. 나 같은 한낱 청소부가 그게 무슨 검사인지 알면 안 되는 거지만 나는 고자질도 잘하지만 듣는 것도 잘하거든. 염탐도 잘하고. 그건 뇌유래 신경인자, 줄여서 BDNF 검사야. BDNF가 높은 아이들을 표적 관찰하다가 결국에는 시설로 데려오지. 더러는 열여섯 살짜리도 있지만 대개 그보다 어려. BDNF가 정말 높은 아이들은 최대한 빨리 잡아 와. 여덟 살밖에 안 되는 애들을 데려온 적도 있었어."

에이버리가 그 경우지. 루크는 생각했다. 그리고 윌콕스 쌍둥이도.

"아이들은 앞 건물에서 준비 과정을 거쳐. 주사를 맞기도 하고 헨드릭스 박사가 슈타지 라이트라고 부르는 것에 노출되기도 하면서. 여기로 오는 아이들 가운데 일부는 텔레파시로 남의 생각을 읽을 수 있지. 또 일부는 염력이 있어서 생각으로 물건을 움직일 수 있고. 주사를 맞고 슈타지 라이트에 노출되고 나면 그대로인 아이들도 있지만 대개는 타고 난 능력이 좀 더 강해져. 그리고 헨드릭스가 분홍색이라고 부르며 검사와 주사를 더 많이 받게 하는 아이들 가운데 가끔 양쪽 능력 모두가 개발되는 경우도 있고. 한번은 헨드릭스 박사가 더 많은 능력이 숨어 있을지 모른다고, 그걸 발견하면 모든 상황을 더 훌륭한 쪽으로 변화시킬 수 있다고 하는 걸 들은 적이 있어."

"TK인 동시에 TP. 제가 그렇게 됐는데 숨겼어요. 적어도 숨기려고 노력했어요."

루크는 중얼거렸다.

"준비가 끝나면…… 작업에 투입할 때가 되면 아이들은 앞 건물에서 뒤 건물로 옮겨지지. 거기서 같은 사람이 나오는 영화를 보고 또 봐. 집에서, 직장에서, 놀 때, 가족들끼리 모였을 때. 그런 다음 슈타지 라이트를 소환하고 그들을 하나로 묶는 트리거 이미지를 접해. 어떤 식인지…… 알겠지…… 아이들은 따로 떨어져 있으면 아무리 개발이 돼도 능력이 미미한데, 한데 뭉쳐지면 힘이…… 그걸 지칭하는 수학 용어가 있는데…….”

“기하급수적.”

루크가 말했다.

“모르겠다. 피곤해서. 중요한 건 뭔가 하면 이 아이들은 누군가를 제거하는 데 동원된다는 거야. 어떨 때는 사고처럼 보이게. 어떨 때는 자살처럼 보이게. 어떨 때는 살인처럼 보이게. 하지만 배후에는 항상 애들이 있어. 마크 버코위츠라는 그 정치인 있잖아. 그것도 애들이 한 거야. 2년 전에 쿤두즈(한때 탈레반의 북부 거점이었던 곳—옮긴이)의 폭탄 제조 공장에서 폭탄을 만들다 폭발 사고가 나서 죽었다는 장기 가푸르, 그 남자도. 애들이 한 거야. 내가 시설에서 근무한 동안에도 얼마나 많았는지 몰라. 너는 아무 일관성도 없고 이유도 없지 않으냐고 할 테고(6년 전에는 어떤 아르헨티나 시인이 잿물을 마셨거든.) 내가 보기에도 그런 게 없긴 하지만 세상이 멀쩡하게 돌아가고 있는 걸 보면 이유가 있는 게 분명해. 한번은 보스인 식스비 부인이 우리는 구멍이 난 배에서 계속 물을 푸는 사람들이라고, 그러지 않으면 배가 가라앉는다고 했는데 나는 그 말을 믿어.”

모린은 다시 한 번 눈을 비비고 몸을 앞으로 숙여 카메라를 뚫어져라 쳐다보았다.

“BDNF 수치가 높은 아이들이 끊임없이 공급되어야 해. 뒤 건물로 옮겨지면 소진되거든. 점점 더 두통이 심해지고 슈타지 라이트나 폭죽을 든 헨드릭스 박사를 볼 때마다 자신의 중요한 부분을 잃어가지. 그러다 결국 머저리 공원으로 보내질 때는(직원들은 A동을 그렇게 불러.) 치매나 상당히 진행된 알츠하이머병을 앓는 환자처럼 돼. 거기서 상태가 점점 더 나빠지다가 죽어. 대개는 폐렴으로. 머저리 공원을 일부러 춥게 유지하거든. 어떨 때는……."

그녀는 어깨를 으쓱했다.

"숨을 쉬어야 하는데 잊어버린 것처럼 보일 때도 있어. 시신 처리라면 시설에 최첨단 화장터가 갖추어져 있지."

"아니야. 아니야, 그럴 리가."

애시워스 보안관이 나지막이 말했다.

"뒤 건물의 직원들은 장기 교대 근무라는 걸 해. 몇 달 일하고 몇 달 쉬는 식이야. 그런 식으로 근무할 수밖에 없는 것이, 환경이 유독하거든. 하지만 직원들은 BDNF 점수가 높지 않기 때문에 그 과정이 더뎌. 아예 영향을 받지 않는 경우도 있고."

그녀는 잠깐 말을 멈추고 물을 한 모금 마셨다.

"거기서 거의 상주하는 의사가 둘인데, 둘 다 정신을 점점 잃어가고 있어. 나는 알지, 거기 다녀왔기 때문에. 청소부와 잡역부는 좀 더 짧은 주기로 앞 건물과 뒤 건물을 왔다 갔다 해. 식당 직원도 마찬가지고. 네 나름대로 소화해야 할 내용이 많지? 이것 말고도 더 있지만 내가 지금 할 수 있는 건 여기까지야. 이제 그만 정리해야 하지만 보여 줄 게 있다, 루크. 너하고 이걸 같이 보고 있을 누군지 모를 사람에게. 보고 있기 힘들겠지만 그래도 봐 줬으면 해. 내가 목숨을 걸고 입수한 거거든."

그녀는 부들부들 떨며 숨을 들이마시고 애써 미소를 지었다. 루크는 소리 없이 눈물을 흘리다 나중에는 흐느껴 울었다.

"루크, 네가 탈출할 수 있도록 돕는 게 내 평생 가장 힘든 결정이었어. 죽음이 면전에서 나를 쳐다보고 죽음 저편에서는 지옥이 기다리고 있을 게 분명한데도 말이지. 이제 배가 가라앉을 수도 있는데 그러면 내 탓이기 때문에 힘들었어. 네 생명과, 시설의 신세를 지고 있지만 전혀 모르는 수십 억의 생명 중에서 한쪽을 골라야 했으니. 나는 그들 모두를 제치고 너를 선택했고 하느님이 용서해 주시길 바란다."

화면이 파래졌다. 태그가 노트북 키보드 쪽으로 손을 뻗으려 했지만 팀이 그의 손을 잡았다.

"잠깐만요."

지직거리는 화면과 더듬거리는 소리에 이어 새로운 영상이 시작됐다. 카메라가 바닥에 두툼한 파란색 카펫이 깔린 복도를 움직이고 있었다. 긁히는 소리가 어쩌다 한 번씩 들리고 셔터처럼 왔다가 사라지는 어둠이 화면을 방해했다.

모린이 영상을 찍고 있는 거구나. 루크는 생각했다. 유니폼 주머니에 만든 구멍이나 틈새를 통해 찍고 있는 거야. 긁히는 소리는 천이 마이크에 맞비벼지는 소리네.

메인 북쪽의 깊은 숲속에서 휴대전화가 과연 터질지 의심스러웠지만 그래도 *카메라*는 작동하기 때문에 시설에서는 절대 *사용 금지*였다. 만약 모린이 들켰다면 월급이 삭감되거나 잘리는 데 그치지 않았을 것이다. 그녀는 실제로 목숨을 걸었다. 그 생각이 들자 눈물이 흐르는 속도가 더 빨라졌다. 걸릭스 경관, 아니 웬디가 한 팔로 그를 감싸안는 것이 느껴졌다. 그는 고마워하며 그녀의 옆으로 몸을 기댔지만 그래도 시선은 노트북 화면에 고정했다. 드디어 뒤 건물이 공개되는 순간이었다. 그가 탈출한 곳. 에이버리가 아직 살아 있다면 분명 여기 있을 것이었다.

카메라 오른쪽으로 열려 있는 쌍여닫이문이 지나갔다. 모린은 잠깐 몸을 돌려 20여 개의 푹신한 의자가 놓인 상영실을 보여 주었다. 아이 둘이 의자에 앉아 있었다.

"저 여자아이 지금 *담배* 피우는 거니?"

웬디의 질문에 루크는 말했다.

"네. 뒤 건물에서는 담배도 피우게 하나 봐요. 저 아이는 제 친구예요. 이름은 아이리스 스탠호프고요. 제가 탈출하기 전에 저기로 끌려갔어요. 아직 살아 있는지 모르겠어요. 살아 있다면 아직 의식이 남아 있는지도."

카메라가 빙그르르 다시 복도로 돌아왔다. 다른 아이 두엇이 지나가며 별 관심 없는 눈빛으로 모린을 올려다보고 화면 밖으로 벗어났다. 빨간색 작업복을 입은 관리인이 등장했다. 모린이 전화기를 주머니에 숨겼기 때문에 소리가 죽었지만 뭐라는지 알아들을 수는 있었다. 돌아와서 기쁘냐고 묻고 있었다. 모린은 자기가 정신나간 것처럼 보이느냐고 되물었고 그는 웃음을 터뜨렸다. 그가 커피 어쩌고 했지만 주머니가 요란하게 부스럭거리는 바람에 루크는 알아듣지 못했다.

존 보안관이 물었다.

"저 남자가 들고 있는 게 권총이니?"

루크가 말했다.

"전기봉이에요. 테이저 건요. 강도를 조절하는 다이얼이 달려 있어요."

프랭크 포터가 말했다.

"지금 삥치는 거지?"

카메라가 이번에는 왼쪽의 열려 있는 또 다른 쌍여닫이문과 2~30개의 계단을 지나 닫힌 문 앞에서 멈추었다. 위에 빨간색으로 A동이라고 적힌 문이었다. 모린이 나지막이 중얼거렸다.

"여기가 머저리 공원이야."

파란색 라텍스 장갑을 낀 그녀의 손이 화면 안으로 들어왔다. 손에 키 카드를 들고 있었다. 밝은 주황색이라는 색깔만 빼면 루크가 슬쩍했던 키 카드와 똑같이 생겼지만, 뒤 건물에서는 이 카드를 단단히 챙길 것 같다는 생각이 들었다. 모린이 문손잡이 위의 네모난 전자판에 카드를 갖다 대자 버저 소리가 들렸고 잠시 후에 그녀가 문을 열었다.

그 너머에 지옥이 있었다.

24

고아 애니는 야구팬이라 따뜻한 여름날 저녁에는 텐트에서 파이어플라이스라는 컬럼비아 마이너리그 팀의 경기중계를 들었다. 한 선수가 럼블 포니스라는 빙엄턴 더블A팀으로 뽑혀갔을 때 기뻐하기는 했지만 선수들이 다른 데로 떠나면 늘 아쉬웠다. 경기가 끝나면 잠깐 눈을 붙였다가 일어나 조지 올먼의 프로그램을 들으며 조지가 놀랍고 기묘한 세상이라고 부르는 곳의 동향을 파악했다.

하지만 오늘 저녁에는 열차에서 뛰어내린 아이의 소식이 궁금했기 때문에 보안관서로 설렁설렁 찾아가 알아보기로 했다. 정문 출입은 막을지 몰라도 그녀가 에어 매트리스와 여분의 물자를 보관하는 골목길로 가끔 프랭키 포터나 빌리 위클로가 나와서 담배를 피울 때가 있었다. 싹싹하게 물어보면 그들이 아이의 사연을 들려줄지 몰랐다. 이러니저러니 해도 그녀가 아이를 닦아 주고 조금이나마 달래 주었으니 호기심이 동했다.

창고 근처에 쳐 놓은 텐트를 나서면 오솔길을 따라 마을 서쪽의 숲을 관통할 수 있었다. 그녀는 골목길에 쳐놓은 에어 매트리스에서 자려고(추운 날에는 안에서 잘 수도 있었다. 팀이 부탁한 서행 현수막을 만들어준 덕분에 허락이 떨어졌다.) 이동할 때면 젬이라는 영화관의 뒤편까지 최대한 오솔길을 따라 걸어갔다. 젊었을 때 (그리고 지금보다 조금 더 정신이 온전했을 때) 거기서 재미있는 영화를 수도 없이 보았는데, 추억의 젬 영화관은 15년 전에 문을 닫았고 그 뒤편 주차장은 잡초와 미역취로 뒤덮인 황무지가 되었다. 평소에 그녀는 이 사이를 뚫고 오래된 극장의 무너져 내린 벽돌 측면을 지나 인도로 갔다. 거기서 메인 가를 건너면 보안관서와 듀프레이 상사였고 그 뒤편이 그녀의 골목길이었다.(혼자만의 생각이었지만.)

이날 저녁에는 오솔길을 벗어나 주차장으로 들어서려는 찰나,

파인 가를 달려오는 차량이 보였다. 그 뒤로 차량이 한 대…… 그리고 또 한 대 따라왔다. 밴 세 대가 바짝 붙어서 달렸다. 게다가 땅거미가 깔리기 시작했음에도 주차등조차 켜지 않았다. 애니는 숲속에 서서, 그녀가 막 지나려고 했던 주차장으로 들어서는 그들을 지켜보았다. 그들은 대형을 이루듯 방향을 돌려 파인 가 쪽으로 전면을 향하고 일렬로 멈추어 섰다. 꼭 나중에 얼른 도망칠 수 있게 그러는 것 같잖아. 그녀는 생각했다.

차 문이 열렸다. 몇 명의 남자와 여자들이 내렸다. 남자 하나는 스포츠 코트와 고급스러워 보이지만 쭈글쭈글해진 바지를 입고 있었다. 남들보다 나이가 많은 여자 하나는 짙은 빨간색 바지 정장을 입고 있었다. 또 다른 여자는 꽃무늬 원피스를 입고 있었다. 그 여자는 핸드백을 들고 있었다. 나머지 네 명의 여자들은 아니었다. 대부분 청바지에 짙은 색 셔츠를 입고 있었다.

스포츠 코트를 입은 남자만 뒤로 물러서 구경하고 나머지는 작전을 수행하는 사람들처럼 빠르고 단호하게 움직였다. 애니가 보기에는 군인들인가 싶었고 그녀가 받은 느낌은 당장 진실로 밝혀졌다. 두 남자와 젊은 여자 하나가 밴의 뒷문을 열었다. 남자들이 안에서 길쭉한 철제 상자를 꺼냈다. 다른 밴에서는 여자가 홀스터 벨트를 꺼내 스포츠 코트를 입은 남자와 짧은 금발의 다른 남자와 꽃무늬 원피스를 입은 여자를 제외한 나머지 전원에게 나누어주었다. 철제 상자가 열렸고 여기서 엽총이 아닌 다른 장총 두 대가 나왔다. 학교에서 무차별 난사할 때 쓰는 그런 총이었다.

꽃무늬 원피스를 입은 여자가 조그만 권총을 핸드백에 넣었다.

옆에 있는 남자는 그보다 큰 권총을 뒤 허리춤에 넣고 셔츠 자락으로 덮었다. 나머지는 홀스터를 찼다. 습격대 분위기였다. 아니, 습격대였다. 애니의 눈에는 어디로 보나 습격대였다.

정상적인 뇌구조를 갖춘 사람(예컨대 날마다 조지 올먼의 방송을 듣지 않는 사람) 같았으면 그저 빤히 쳐다보며, 무장한 일당이 은행도 하나뿐이고 그마저도 영업이 끝나서 문을 닫은 사우스캐롤라이나의 이 졸린 마을에는 웬일인가 하며 어리둥절해했을 것이다. 정상적인 뇌구조를 갖춘 사람 같았으면 휴대전화를 꺼내 911에 연락했을 것이다. 하지만 애니는 정상적인 뇌구조를 갖춘 사람이 아니었고 적어도 열 명 아니면 그보다 더 돼 보이는 이 무장단의 꿍꿍이속을 정확하게 간파했다. 이들은 그녀의 예상과 다르게 까만색 SUV를 타고 등장하지는 않았지만 그 아이를 잡으러 온 것이었다. 당연히 그럴 수밖에 없었다.

911에 연락해 보안관서에 경보를 발령하는 것은 선택지에 있을 수가 없었던 것이, 그녀는 여력이 허락한다 한들 휴대전화를 들고 다니지 않을 사람이었다. 휴대전화를 쓰면 머리가 방사선을 맞는다는 건 바보도 아는 사실이었을 뿐 아니라 그들에게 추적당할 수 있었다. 때문에 애니는 오솔길을 따라 이번에는 달려서 두 건물 지나면 나오는 듀프레이 이발소 뒤편으로 갔다. 금방이라도 무너지게 생긴 계단이 2층 가정집까지 연결돼 있었다. 그녀는 걸려서 구르지 않게 세라피와 그 아래에 입은 긴 치마를 잡고 허겁지겁 계단을 올라갔다. 꼭대기에 다다라 너덜너덜한 커튼 사이로 코벳 덴턴이 엄청난 배를 앞세우고 느릿느릿 다가오는 것이 보일 때까지 문을 두드렸다. 그가 커튼을 옆으로 젖히고 밖을 내다보자 파리가 점점이 달라붙은 부엌 천장의 전등 불빛을 받아 대머리가 어슴푸레 빛났다.

"애니? 여긴 어쩐 일이에요? 먹을 거 얻으러 왔다면 줄 게 없으니까……."

"남자들이 왔어. 젬 영화관 뒤편에 차를 댔어!"

그녀는 숨을 헐떡이며 말했다. 여자들도 있다고 덧붙일 수도 있었지만 적어도 그녀의 기준에서는 *남자*들이라고 해야 더 무섭게 느껴졌다.

"가요, 애니. 당신 헛소리 들어 줄 시간 없……."

"남자아이가 있어! 그 남자들이 보안관서로 가서 그 아이를 데려가려는 것 같아! 총격전이 벌어질 것 같아!"

"지금 도대체 무슨……."

"부탁할게, 삐딱선, *부탁할게*! 그들은 기관총을 들고 온 것 같은데 그 아이는 착한 아이야!"

그는 문을 열었다.

"입 냄새 좀 맡아 볼게요."

그녀는 그의 잠옷 셔츠 앞섶을 잡았다.

"난 10년 전에 술 끊었어! 부탁할게, 삐딱선, 그들이 그 아이를 잡으러 왔다니까!"

그는 미간을 찌푸리고 코를 킁킁거렸다.

"술 냄새는 안 나는데. 헛것이 보여요?"

"아니야!"

"기관총이라고요? AR-15 같은 자동소총 말이에요?"

삐딱선 덴턴은 관심을 보이기 시작했다.

"응! 아니! 나는 잘 몰라! 하지만 자네한테는 총이 있다는 거 알아! 그걸 들고 나와야 해!"

"제정신이 아니로구만."

그가 이렇게 말했을 때 애니가 울음을 터뜨렸다. 삐딱선은 거의 한평생 동안 그녀와 알고 지냈고 심지어 지금보다 한참 젊었을 때는 한두 번 같이 춤을 춘 적도 있었지만 우는 건 한 번도 본 적이 없었다. 정말로 큰일이 벌어지고 있다고 생각하는 모양이었다. 삐딱선은 에라 모르겠다고 생각했다. 어차피 그는 매일 저녁마다 그랬듯이 기본적으로 어리석은 인생에 대해 묵상하고 있던 중이었다.

"알았어요, 가서 한번 봐요."

"총은? 총 들고 갈 거야?"

"총은 무슨. 그냥 가서 한번 보자고요."

"삐딱선, 부탁할게!"

"*이봐요*. 그 이상은 사양할게요. 싫으면 관두든지."

선택의 여지가 없었기에 고아 애니는 받아들이는 수밖에 없었다.

25

"하느님 맙소사, 저게 뭐야?"

웬디는 한 손으로 입을 가리고 있었기 때문에 우물거리는 소리처럼 들렸다. 아무도 대답이 없었다. 다들 화면만 빤히 쳐다보고 있었고 루크도 다른 사람들처럼 충격과 경악으로 얼어붙었다.

머저리 공원, A동이라고도 불리는 뒤 건물의 뒤편은 길고 높은 방이었고 1000년 전에, 그가 진짜 어린아이였을 때 롤프와 즐겨 보았던 액션 영화에서 항상 막판에 총격전이 벌어지는 버려진 공장 같이 생겼다. 철망 덮인 형광등 불빛이 그림자를 드리워 섬뜩한 해저 분위기를 풍겼다. 길고 좁은 창문은 그보다 더 두꺼운 철망으로 덮였다. 침대는 없고 휑뎅그렁한 매트리스뿐이었다. 몇 개는 통로로 밀쳐졌고 두어 개는 뒤집혔고 하나는 콘크리트블록이 고스란히 드러난 벽에 기대고 삐딱하게 세워져 있었다. 토사물인가 싶은 노란색 끈적끈적한 오물로 얼룩이 졌다.

너희들은 구세주다!라는 표어가 스텐실로 찍혀 있는 한쪽 콘크리트블록 벽을 따라 하수구로 물이 흘렀다. 알몸에 지저분한 양말만 신은 여자아이가 벽에 등을 기대고 이 하수구 위로 쭈그리고 앉아 무릎에 손을 얹었다. 볼일을 보는 거였다. 모린의 주머니 안에 테이프로 붙어 있을 전화기에 천이 문대어지면서 버스럭거리는 소리가 들렸고 구멍이 막히면서 화면이 잠깐 가려졌다. 구멍이 다시 열렸을 때 아이는 취객처럼 느릿느릿 저편으로 멀어져갔고 그녀가 싼 똥은 하수구를 타고 떠내려갔다.

갈색 청소부 유니폼을 입은 여자가 토사물인지 똥인지 엎지른 음식인지 모를 것을 린센백 물청소기로 닦고 있었다. 그녀가 모린을 보고 손을 흔들며 뭐라고 얘기했지만 아무도 알아듣지 못했다. 청소기 소리도 시끄러웠지만 머저리 공원은 말소리와 비명소리가 한데 뒤엉킨 정신병동이었다. 여자아이 하나가 울퉁불퉁한 통로에서 옆으로 재주넘기를 하고 있었다. 여드름이 난 남자아이가 자꾸 미끄러지는 얼룩덜룩한 안경을 쓰고 지저분한 속옷 차림으로 그 옆을 지나갔다. "야 *야* 야 *야* 야 *야*" 소리를 지르며 센박일 때마다 자기 정수리를 때렸다. 루크는 칼리샤가 여드름이 났고 안경을 썼다는 남자아이를 들먹였던 기억이 났다. 그가 시설에 입소한 첫날이었다. *피트는 한참 전에 건너간 것 같은데 이제 겨우 일주일 지났네.* 그녀가 이렇게 얘기했던 아이가 여기 있었다. 그게 아니라 그의 잔재가 여기 있다고 해야 할까.

"리틀존. 저 아이 이름이 그거인 것 같아요. 피트 리틀존."

루크는 웅얼거렸다.

배설의 장소로 쓰이는 하수구 맞은편에 철제 다리가 달린 길쭉한 여물통이 있었다. 여자아이 둘과 남자아이 하나가 거기 서 있었다. 여자아이들은 손으로 갈색의 끈적끈적한 덩어리를 떠서 입에 넣었다. 팀은 충격으로 인한 구역질을 누르는 한편 믿기지 않는다는 눈빛으로 이걸 빤히 쳐다보며 그가 어렸을 때 먹었던 메이포 시리얼과 비슷하게 생겼다는 생각을 했다. 남자아이는 두 손을 옆으로 뻗어 손가락을 퉁기며 허리를 숙여서 그 안에 얼굴을 박았다. 다른 몇 명의 아이들은 철망 그림자로 문신이 새겨진 듯 보이는 얼굴을 하고 그냥 매트리스에 누워서 멍하니 천장을 올려다보았다.

모린이 아마도 인수인계를 하기 위해 청소기를 돌리는 여자 옆으로 걸어가는 동안 영상이 끊기고 파란색 화면이 다시 떴다. 그들은 윙백 의자에 앉은 모린이 다시 등장해 추가로 설명을 해 주길 기다렸지만 아무것도 없었다.

"맙소사, 저게 뭐니?"

프랭크 포터가 물었다.

"뒤 건물의 뒤편요."

루크가 말했다. 그는 전보다 더 얼굴이 하얗게 질렸다.

"어떤 인간들이 *어린애*들을 저런 데……."

"괴물요."

루크는 말하고 자리에서 일어났다가 머리를 손으로 짚으며 휘청거렸다.

팀이 그를 붙잡았다.

"기절할 것 같니?"

"아뇨. 모르겠어요. 밖으로 나가야겠어요. 나가서 시원한 공기를 좀 마셔야겠어요. 벽들이 점점 다가오는 것처럼 느껴져요."

팀이 존 보안관을 쳐다보자 보안관이 고개를 끄덕였다.

"뒷골목으로 데리고 나가게. 그러면 좀 괜찮아질는지."

"제가 같이 나갈게요. 어차피 문 열어 줄 사람도 필요하잖아요."

웬디가 말했다.

유치 구역 저편에 달린 문에는 하얀색의 큼지막한 대문자로 이렇게 적혀 있었다. **비상구 경보 장치 작동 중**. 웬디가 자기 열쇠고리에 달린 열쇠로 경보를 해제했다. 팀이 한쪽 손바닥으로 버튼을 누르고 다른 손으로는 비틀거리지는 않지만 여전히 얼굴이 새하얗게 질린 루크를 골목길로 안내했다. 팀은 외상 후 스트레스 장애가 뭔지 알았지만 TV가 아닌 현실에서 본 적은 없었다. 그 현상을, 앞으로 3년은 있어야 수염을 깎을 수 있는 나이가 될 이 아이를 통해 접하고 있었다.

"애니 소지품은 밟지 마. 특히 에어 매트리스. 애니가 알면 좋아하지 않을 거야."

웬디가 말했다.

루크는 에어 매트리스, 배낭 두 개, 바퀴 세 개짜리 쇼핑 카트, 돌돌 말린 침낭이 골목길에 왜 있느냐고 묻지 않았다. 심호흡을 하며 천천히 메인 가를 향해 걷다 말고 허리를 숙여 무릎을 잡았다.

"좀 괜찮니?"

팀이 물었다.

"제 친구들이 저 애들을 풀어 줄 거예요."

루크가 계속 허리를 숙인 채로 말했다.

웬디가 물었다.

"풀어 주다니 누굴? 그……."

그녀는 뭐라고 말문을 맺으면 좋을지 알 수 없었다. 어차피 루크도 그녀의 말을 듣지 않는 눈치였으니 상관없었다.

"친구들이 보이지는 않지만 알겠어요. 어떻게 그럴 수 있는지 모르겠지만 알겠어요. 에이버스터가 주도하는 것 같아요. 에이버리요. 칼리샤가 같이 하고 있어요. 그리고 니키도. 조지도. 맙소사, 걔네들 엄청 강해요! 힘을 합치니까 엄청 강해요!"

루크는 허리를 펴고 다시 걷기 시작했다. 골목길 입구에서 걸음을 멈추었을 때 메인 가의 가로등 여섯 개가 켜졌다. 그는 놀란 눈빛으로 팀과 웬디를 돌아보았다.

"제가 켠 거예요?"

웬디는 살짝 웃음을 터뜨렸다.

"아니, 그건 아니야. 켜질 시간이 됐을 뿐이야. 이제 안으로 다시 들어가자. 너, 존 보안관님의 콜라 한 잔 마셔야겠어."

그녀가 루크의 어깨를 건드렸다. 루크는 그녀의 손을 떨쳐냈다.

"잠깐만요."

한 커플이 손을 잡고 아무도 없는 길을 건너고 있었다. 남자는 짧은 금발이었다. 여자는 꽃무늬 원피스를 입고 있었다.

26

니키가 칼리샤와 조지의 손을 놓자 아이들이 뿜어내는 능력이 약해졌지만 아주 조금이었다. 이제는 다른 아이들이 A동 문 뒤에 모여 있었고 그들이 능력의 대부분을 만들어 내고 있었다.

꼭 시소 같네. 니키는 생각했다. 사고 능력이 떨어지면 TP와 TK가 세지는 게. 그리고 저 문 뒤에 있는 아이들은 제정신이 거의 남아 있지 않아.

맞아. 에이버리가 말했다. *그런 식으로 작업이 이루어져. 저 아이들이 배터리야.*

니키는 머릿속이 맑았다. 두통이 전혀 없었다. 보아하니 다른 아이들도 마찬가지인 듯했다. 두통이 다시 시작될지, 언제 그럴지는 할 수 없었다. 당장은 그저 고마울 따름이었다.

더는 폭죽이 필요 없었다. 이제 그들은 그럴 단계를 넘어섰다. 그들은 웅웅거림을 타고 움직이고 있었다.

니키는 서로 테이저 건으로 공격하다가 기절한 관리인들 위로 허리를 숙여 주머니를 뒤졌다. 찾던 게 보이자 칼리샤에게 건넸고 칼리샤는 다시 에이버리에게 건넸다. 그녀가 말했다.

"네가 해."

지금 이 시각이면 5학년 중에서 가장 체구가 작은 아이로 또다시 힘든 하루를 보내고 집으로 돌아와 부모님과 함께 저녁을 먹고 있었어야 했을 에이버리 딕슨은 주황색 키 카드를 받아서 센서 패널에 갖다 댔다. 잠금장치가 쿵 하고 해제되면서 문이 열렸다. 머저리 공원 입소자들은 폭풍을 만난 양 떼가 옹기종기 모여 있듯 문 안쪽에 모여 있었다. 추레하고 대부분 옷을 입지 않았고 표정이 멍했다. 몇 명은 침을 흘리고 있었다. 피티 리틀존은 "야 *야* 야 *야* 야 *야*" 하며 자기 머리를 때리고 있었다.

저 아이들은 아마 다시 돌아오지 못할 거야. 에이버리는 생각했다. 기어가 너무 닳아서 회복이 안 되겠어. 어쩌면 아이리스도 그럴지 몰라.

조지가 말했다. *하지만 나머지 애들에겐 아직 희망이 있을지 모르잖아.*

그랬다.

칼리샤는 이것이 냉정한 처사지만 또 한편으로는 필요한 조치라는 걸 알았다. *그런데 저 아이들을 활용할 수 있어.*

케이티가 물었다.

"이제 어떻게 해? 이제 어떻게 해, 응?"

잠깐 아무도 대답을 하지 않았다. 아무도 몰랐기 때문이었다. 잠시 후에 에이버리가 말했다.

앞 건물. 남은 아이들을 데리고 여기서 빠져나가자.

헬렌: *어디로?*

경보가 울리자 *우앙 우앙 우앙* 하는 소리가 널을 뛰었다. 어느 누구도 관심을 보이지 않았다.

"어디로 갈지는 나중에 생각하자."

니키가 말했다. 그는 다시 칼리샤와 조지의 손을 잡았다.

"일단 복수를 하자. 피해를 좀 입혀야지. 이의 있는 사람?"

아무도 없었다. 반란을 일으킨 열한 명은 다시 손을 잡고 뒤 건물 휴게실과 그 너머의 엘리베이터 로비를 향해 복도를 걸어가기 시작했다. A동 입소자들이 아직 사고 능력이 남아 있는 아이들에게 자석처럼 이끌렸는지, 좀비 비슷하게 발을 질질 끌며 뒤따라 나섰다. 웅웅거리는 소리가 희미해지기는 했지만 없어지지는 않았다.

에이버리 딕슨은 생각의 손을 뻗어 루크를 찾으며 그들을 전혀 도울 수 없을 만큼 멀리 있길 바랐다. 그러면 시설의 어린이 노예 중 최소 한 명이나마 안전하다는 뜻이 될 수 있었다. 그들 모두는 죽을 가능성이 컸다. 이 지옥 똥창의 직원들은 그들의 탈출을 막을 수만 있다면 그 어떤 것도 불사할 것이었다.

그 어떤 것도.

27

트레버 스택하우스는 원장실 옆 자기 사무실을 왔다 갔다 걸었다. 너무 초조해서 앉아 있을 수가 없었고 줄리아에게서 소식을 들을 때까지 계속 그럴 것이었다. 그녀가 좋은 소식을 전할 수도 있고 나쁜 소식을 전할 수도 있지만 어느 쪽이든 이런 식으로 기다리는 것보다는 나았다.

전화벨이 울렸지만 유선전화 특유의 따르릉이나 벽돌폰의 *부르륵부르륵*이 아니었다. 빨간색 보안 전화가 다급하게 두 번 빵빵거렸다. 가장 최근에 그 전화가 울린 것은 식당에서 쌍둥이와 크로스라는 녀석 때문에 그 난리법석이 벌어졌을 때였다. 스택하우스는 전화를 받았고 그가 뭐라고 한 마디 내뱉을 겨를도 없이 헬러스 박사가 그의 귀에 대고 횡설수설하기 시작했다.

"탈출했어요, 영화를 본 애들은 분명하고 머저리들도 나간 것 같아요. 관리인이 최소 세 명, 아니, 네 명이다, 코린 말로는 필 채피츠는 죽은 것 같대요, 전기에 감전……."

"*조용!*"

스택하우스는 수화기에 대고 외쳤다. 그리고 이제 헤클의 주의를 환기하는 데 성공했다는 확신이 들자(아니, 확신은 아니고 그저 희망사항이었다.) 이렇게 말했다.

"생각을 정리해서 무슨 일인지 차근차근 얘기해 봐요."

충격으로 옛날 옛적의 논리적 사고를 거의 회복한 헬러스는 스택하우스에게 어떤 광경을 목격했는지 설명했다. 이야기의 끝에 다다랐을 때 시설의 전체 경보가 울렸다.

"맙소사, 박사님이 저거 켰어요?"

"아뇨, 아뇨, 나 아니에요. 조운일 거예요. 제임스 박사 말이에요. 화장터에 갔거든요. 명상할 때 거길 애용해서."

스택하우스는 소각로 문 앞에 책상다리를 하고 앉아서 평온을 기원하는 제클 박사의 괴상한 이미지가 떠오르는 바람에 하마터면 곁길로 샐 뻔했지만 당면한 상황으로 애써 다시 돌아왔다. 뒤 건물의 아이들이 엉터리 폭동 비슷한 것을 일으켰다. 어떻게 그럴 수 있을까? 여태껏 한 번도 없던 일인데. 게다가 왜 하필이면 *지금?*

헤클이 계속 떠들어 대고 있었지만 스택하우스는 필요한 얘기는 다 들었다.

"내 말 들어요, 박사님. 주황색 카드를 보이는 대로 찾아서 다 태워요, 알았죠? *다 태워요.*"

"어떻게…… 무슨 수로……."

스택하우스는 버럭 고함을 질렀다.

"E층에 빌어먹을 화장로 있잖아요! 애들 말고 다른 거 태울 때도 그거 쓰면 되잖아요, 썅!"

그는 전화를 끊고 유선전화로 컴퓨터실의 펠로위스에게 연락했다. 펠로위스는 경보가 울린 이유에 대해 궁금해했다. 겁을 먹은 말투였다.

"뒤 건물에 문제가 생겼지만 내가 처리하는 중이야. 거기 카메라 영상을 지금 바로 내 컴퓨터로 보내 줘. 질문은 하지 말고 그냥 시키는 대로 해."

그는 컴퓨터를 켜고(이 골동품이 원래 이렇게 부팅이 느렸나?) **보안 카메라**를 클릭했다. 거의 비다시피 한 앞 건물의 식당이 보였고…… 놀이터에는 아이들 몇 명이 있었고…….

그는 고함을 질렀다.

"앤디! 앞 건물 말고 뒤 건물! 나 빡치게 만들지 말고……."

영상이 홱 넘어갔고 먼지 덮인 렌즈 너머로 자기 사무실에 숨어 있는 헤클이 보였다. 아마도 명상을 하다 중단했을 제클이 마침 어깨 너머를 흘끗거리며 들어왔다.

"좋아, 됐어. 여기에서부터는 내가 알아서 할게."

그는 영상을 휙휙 넘겨서 관리인 휴게실을 찾았다. 관리인들이 복도로 나가는 문을 닫고(아마 잠갔을 것이다.) 그 안에 숨어 있었다. 거기는 가망 없었다.

휙. 파란색 카펫이 깔린 중앙 복도. 쓰러진 관리인이 최소 세 명이었다. 아니, 네 명이었다. 제이크 하울런드가 피로 물든 작업복 상의에 조심스럽게 손을 대고 상영실 문 앞 바닥에 앉아 있었다.

휙. 식당. 아무도 없었다.

휙. 휴게실. 코린 로슨이 필 채피츠 옆에 무릎을 꿇고 앉아서 무전기로 누군가에게 얘기하고 있었다. 필은 죽은 것처럼 보였다.

휙. 이번에는 엘리베이터 로비. 엘리베이터 문이 닫히기 시작한 참이었다. 병원에서 환자를 이송할 때 쓰이는 엘리베이터 크기인데, 입소자들로 발 디딜 틈이 없었다. 대부분 알몸이었다. 그렇다면 A동의 머저리들이라는 뜻이었다. 저들을 저 안에서 막을 수 있다면…… 저들을 저 안에 가둘 수 있다면…….

휙. 그 짜증나는 먼지와 얼룩 사이로 한 다스에 가까운 아이들이 E층의 엘리베이터 문 앞에서 서성이며 문이 열림과 동시에 나머지 어린이 폭도들이 쏟아져 나오길 기다리는 광경이 보였다. 앞 건물로 건너가는 터널 앞에서 기다리고 있었다. 조짐이 좋지 않았다.

스택하우스는 유선전화 수화기를 집어들었지만 정적만 흐를 뿐 아무 소리도 들리지 않았다. 펠로위스 쪽에서 전화를 끊은 것이었다. 스택하우스는 시간 낭비를 하게 된 데 욕을 하며 그에게 다시 전화를 걸었다.

"혹시 뒤 건물 엘리베이터 전원을 차단할 수 있나? 중간에서 멈춰 서게?"

"잘 모르겠는데요. 아마도요. 비상조치 안내책자에 있을 거예요. 한번 체크해……."

펠로위스가 말했다.

하지만 이미 늦었다. E층에서 엘리베이터 문이 열렸고 머저리 공원에서 탈출한 아이들이 무슨 구경거리라도 있는 듯 타일로 덮인 엘리베이터 로비를 두리번거리며 정처 없이 내렸다. 그것만으로도 심각한데, 그보다 더 심각한 사태가 스택하우스의 눈에 들어왔다. 헤클과 제클이 뒤 건물의 키 카드를 수십 개 수거해 태워 버리더라도 소용없게 되어 버렸다. 아이 하나가(청소부와 작당해 엘리스를 탈출시킨 그 쥐방울이었다.) 주황색 키 카드를 손에 들고 있었다. 그게 있으면 터널 문이 열릴 테고 앞 건물의 F층 문도 열릴 것이다. 저들이 앞 건물로 넘어가면 무슨 일이 벌어질지 몰랐다.

영원처럼 느껴지는 한순간 동안 스택하우스는 그대로 얼어붙었다. 펠로위스가 귀에 대고 뭐라고 꽥꽥대고 있었지만 그 소리가 멀게 느껴졌다. 그 쥐새끼가 주황색 카드를 써서 명랑 밴드를 이끌고 터널로 들어갔기 때문이었다. 200미터만 걸어가면 앞 건물에 도착할 것이다. 마지막 아이의 뒤에서 문이 닫히고 지하 엘리베이터 로비에서 인적이 사라졌다. 스택하우스는 다른 카메라 영상으로 넘겨 타일 깔린 터널을 따라 걸어가는 그들을 포착했다.

헨드릭스 박사가 문을 벌컥 열고 들어왔다. 셔츠자락을 펄럭이며 남대문은 반쯤 열어 놓았고 가장자리가 충혈된 두 눈은 퉁퉁 부었다.

"이게 무슨 일이야? 이게……."

이것만으로는 부족한지 그의 벽돌폰이 *부르륵 부르륵 부르륵* 울렸다. 스택하우스는 손을 들어 헨드릭스의 입을 막았다. 벽돌폰이 계속 전화를 받으라고 보챘다.

"앤디. 애들이 터널로 진입했어. 이쪽으로 오는데 키 카드를 들고 있어. 애들을 막아야 해. 무슨 좋은 방법 없나?"

아까처럼 겁에 질려서 어쩔 줄 모르겠거니 했던 그의 기대를 저버리고 펠로위스는 뜻밖의 답변을 내놓았다.

"제가 잠금장치를 죽일 수 있을 것 같습니다."

"뭐라고?"

"카드를 못 쓰게 만들 방법은 없지만 잠금장치를 열리지 않게 만들 수는 있어요. 암호가 컴퓨터로 생성되기 때문에……."

"거기다 애들을 가둘 수 있다는 얘긴가?"

"음, 네."

"가둬! 지금 당장!"

헨드릭스가 물었다.

"무슨 일인가? 아니, 퇴근할 준비를 하고 있었는데 경보가……."

"시끄러워요. 하지만 어디 가지 말고 거기 계세요. 박사님이 필요할지 모르니까."

스택하우스는 말했다.

벽돌폰이 계속 울어 댔다. 그는 터널과 바보들의 행렬을 계속 관찰하며 전화를 받았다. 이제 그는 옛날 옛적 무슨 슬랩스틱 코미디의 한 장면처럼 양쪽 귀에 수화기를 하나씩 대고 있었다.

"어떻게 됐어요? *어떻게 됐어요?*"

"도착했고 아이가 여기 있어. 조만간 아이를 우리 수중에 둘 수 있을 거야."

식스비 부인이 말했다. 연결이 또렷했다. 바로 옆방에 있다고 해도 믿길 정도였다. 그녀는 말을 잠깐 멈추었다가 다시 이었다.

"아니면 죽이든지."

"다행이네요, 줄리아. 하지만 여기 시설에 일이 생겼어요. 아이들이……."

"무슨 일인지 모르겠지만 알아서 처리해. *지금* 작전이 개시됐으니까. 여기서 출발할 때 연락할게."

그녀는 전화를 끊었다. 상관없었다. 펠로위스가 컴퓨터로 마술을 부리지 못하면 줄리아가 돌아올 이유가 사라질 수 있었다.

"앤디! 전화 끊지 않았지?"

"네."

"막았어?"

스택하우스는 펠로위스가 구닥다리 컴퓨터가 하필이면 이 결정적인 순간에 먹통이 됐다고 얘기할 게 분명하다는 끔찍한 예감을 느꼈다.

"네. 거의 확실해요. 방금 제 화면에 이런 메시지가 떴거든요. **주황색 키 카드는 사용 불가합니다. 새로운 암호를 입력해 주시기 바랍니다.**"

거의 확실하다는 앤디 펠로위스의 대답은 스택하우스의 불안을 해소하는 데 아무 도움이 되지 못했다. 그는 손깍지를 끼고 의자에서 앞으로 몸을 내밀고서 컴퓨터 화면을 지켜보았다. 헨드릭스도 옆으로 건너와 그의 어깨 너머로 같이 들여다보았다.

"맙소사, 저 애들 나와서 뭐하는 건가?"

스택하우스가 말했다.

"우리한테 오려는 게 아닐까 싶어요. 저 아이들이 목적을 달성하면 알 수 있겠죠."

잠재적 도주자 행렬이 한 카메라 화면에서 사라졌다. 스택하우스은 화면을 바꾸는 자판을 쳐서 코린 로슨이 무릎에 필의 머리를 누인 장면을 잠깐 보고 원하던 카메라를 찾았다. 앞 건물 쪽 터널 끝에 있는, F층으로 가는 문을 비추는 카메라였다.

"심장이 쫄깃해지는 순간이네요."

스택하우스가 말했다. 그는 손바닥에 손톱 자국이 남을 정도로 세게 주먹을 쥐고 있었다.

딕슨이 주황색 카드를 들어 리더기에 갖다 댔다. 그가 문손잡이를 잡고 돌려도 아무 일이 없는 것을 보고 트레버 스택하우스는 마침내 긴장을 풀었다. 그의 옆에서 헨드릭스가 버번 냄새를 진하게 풍기며 숨을 토했다. 근무 중 음주는 휴대전화 소지와 마찬가지로 금지사항이었지만 스택하우스는 그 부분에 대해 지금은 그냥 넘어갈 작정이었다.

병에 든 파리. 그는 생각했다. 지금 너희들 신세가 그거야. 앞으로 너희들을 어떻게 처리할 건가 하면…….

고맙게도 그건 그가 고민할 문제가 아니었다. 사우스캐롤라이나에서 풀린 올을 싹둑 정리한 뒤에 식스비 부인이 결정할 일이었다.

"줄리아, 당신이 어마어마한 월급을 받는 이유가 바로 그 때문이잖아."

그는 말하고 의자에 기대앉아서 아이들 몇 명이 이번에는 월홀름의 인솔 아래 왔던 길을 돌아가 좀 전에 통과한 문을 열어 보려고 하는 광경을 구경했다. 아무 소용이 없었다. 월홀름이라는 쥐새끼가 고개를 뒤로 젖혔다. 입을 벌렸다. 스택하우스로서는 오디오 장치가 없어서 그 좌절의 비명소리를 듣지 못하는 것이 아쉬울 따름이었다.

"사고를 막았네요."

그는 헨드릭스에게 말했다.

"글쎄."

헨드릭스는 말했다.

스택하우스는 고개를 돌려 그를 쳐다보았다.

"글쎄라뇨?"

"어쩌면 아닐 수도 있다고."

28

팀이 루크의 어깨에 손을 얹었다.

"이제 좀 괜찮아졌으면 다시 들어가서 이 문제를 해결하자. 콜라 한 잔 줄 테니까……."

"잠깐만요."

루크는 손을 잡고 길을 건너는 커플을 응시했다. 그들은 고아 애니의 골목길 입구에 서 있는 그들 3인조를 보지 못했다. 시선이 보안관서에 꽂혀 있었다.

웬디가 말했다.

"고속도로에서 빠져나왔다가 길을 잃었나 보다. 내기해도 좋아. 매달 그런 사람을 대여섯 명은 보거든. 이제 안으로 들어갈까?"

루크는 그 말을 들은 체도 하지 않았다. 계속 다른 아이들을 느낄 수 있었고 그들이 이제는 당황한 목소리였지만, 환풍기를 통해 다른 방에서 들리는 목소리처럼 그의 머릿속 저 깊은 곳으로 밀려났다. 저 여자…… 꽃무늬 원피스를 입고 있는 저 여자…….

뭔가가 떨어지는 소리에 내가 깬다. 분명 북동부 토론 대회에서 받은 트로피일 거다. 그게 제일 거대해서 떨어지면 엄청 요란한 소리가 날 테니까. 누군가가 내 위로 허리를 숙이고 있다. 나는 *엄마냐고* 묻지만 엄마가 아니라는 걸 안다. 여자길래 잠에서 덜 깬 내 머릿속에 맨 처음 떠오른 단어가 *엄마*였을 뿐이다. 그 여자는 내 말을 듣고…….

"그래. 좋을 대로 생각해."

루크의 말에 웬디가 되물었다.

"응? 안으로 들어가겠다는……."

"아뇨, *저 여자*가 그렇게 얘기했었다고요."

그는 여자를 가리켰다. 그들 커플은 보안관서 앞쪽 인도에 다다랐다. 이제는 손을 잡고 있지 않았다. 루크는 공포에 질린 눈을 휘둥그레 뜨고 팀을 돌아보았다.

"저를 납치한 사람이 저 여자예요! 시설에서도 다시 본 적 있어요! 휴게실에서! 그 사람들이 왔어요. 제가 얘기했잖아요, *그 사람들이 올 거라고*!"

루크는 몸을 돌렸고, 애니가 밤늦게 들어오고 싶어지면 마음대로 드나들 수 있게 열어 놓은 뒷문을 향해 달렸다.

"그게……."

웬디가 말문을 열었지만 팀은 그 말이 끝날 때까지 옆에 있지 않았다. 그는 열차에서 뛰어내린 아이를 따라 달리며 저 아이가 노버트 홀리스터를 두고 했던 말이 사실이었을지 모른다는 생각을 했다.

29

"어때? 이제 내 말을 믿겠나, 코벳 덴턴 씨?"

고아 애니가 속삭임이라고 표현하기에는 너무 사나운 목소리로 속삭였다.

삐딱선은 맞닥뜨린 광경을 해석하느라 아무 대꾸도 하지 못했다. 밴 세 대가 나란히 주차되어 있고 그 너머에 사람들이 옹기종기 모여 있었다. 아홉 명은 되어 보였으니 빌어먹을 야구단을 결성할 수도 있는 인원이었다. 그리고 애니의 말마따나 무기를 들고 있었다. 이제 땅거미가 졌지만 늦여름에는 날이 천천히 어두워지는 데다 가로등이 켜졌다. 삐딱선은 홀스터에 넣은 휴대용 무기와 HK처럼 보이는 장총 두 개를 확인할 수 있었다. 인명 살상용 무기였다. 야구단은 문닫은 영화관 앞쪽에 모여 있었지만 벽돌로 된 측면에 가려 인도에서는 거의 보이지 않았다. 뭔가를 기다리는 눈치였다.

애니가 날카롭게 외쳤다.

"정찰병을 보냈어! 길을 건너는 사람들 보이지? 보안관서로 가서 거기 몇 명이나 있는지 확인하려는 거야! 이제 자네의 그 빌어먹을 총을 꺼낼 텐가? 아니면 내가 직접 가서 상대할까?"

삐딱선은 몸을 돌렸고 20년, 어쩌면 30년 만에 처음으로 전력질주를 했다. 이발소 2층의 집을 향해 계단을 올라가다가 층계참에서 달리기를 멈추고 서너 번 크게 숨을 쉬었다. 그러는 한편으로 심장이 버텨 줄지 아니면 그냥 폭발할지 궁금해 했다.

사우스캐롤라이나의 어느 상쾌한 날 밤에 자살할 때 쓰려고(새로 부임한 야경꾼과 가끔 흥미진진한 대화를 나눈 적이 없었다면 진작 실행에 옮겼을지 모른다.) 장만해 놓은 .30-06이 장전된 채 벽장 안에 들어 있었다. 높은 선반에 보관한 45구경 자동권총과 38구경 리볼버도 마찬가지였다.

그는 이 세 개를 모두 들고 숨을 헐떡이고 땀을 비 오듯 흘려가며 계단을 다시 달려 내려갔다. 한증탕에 들어간 돼지처럼 땀 냄새가 코를 찌를 테지만 오랜만에 처음으로 살아 있는 기분을 느꼈다. 총소리가 나는지 귀를 기울였지만 아직까지는 아무 소리도 들리지 않았다.

어쩌면 경찰일지 몰라. 그는 생각했지만 그럴 가능성은 없어 보였다. 경찰이라면 정정당당히 찾아가 신분증을 보여 주고 용건을 밝힐 것이다. 게다가 서버번이나 에스컬레이드 같은 검은색 SUV를 타고 왔을 것이다.

TV에서 본 바로는 그랬다.

30

닉 윌홀름은 우왕좌왕하는 어중이떠중이를 이끌고 살짝 경사가 있는 터널을 되짚어 앞 건물 쪽의 잠긴 문 앞으로 갔다. A동 입소자 몇 명이 그를 따라갔다. 다른 몇 명은 그 자리에서 그저 배회였다. 피트 리틀존은 다시 머리를 때리며 "야 *야* 야 *야* 야 *야*" 소리를 지르기 시작했다. 터널 안이라 그의 리드미컬한 구호가 메아리치자 그냥 짜증나는 수준이 아니라 사람을 미치게 만들었다.

"손을 잡자. 다같이."

니키가 말했다. 그는 배회하는 머저리들을 향해 턱을 들고 덧붙였다. *그러면 저 아이들이 이쪽으로 올 것 같아.*

불빛을 향해 달려드는 벌레들처럼 말이지. 칼리샤는 생각했다. 별로 유쾌한 발상은 아니었지만 진실이 원래 그런 법이었다.

그들이 다가왔다. 한 명씩 원에 합류할 때마다 웅웅거리는 소리가 커졌다. 터널 벽 때문에 원이 캡슐 형태에 더 가까워졌지만 상관없었다. 능력은 여전했다.

칼리샤는 니키가 무슨 생각을 하고 있는지 알아차렸다. 그의 생각을 읽었을 뿐 아니라 그들에게 남은 선택지가 이것뿐이기 때문이었다.

함께 힘을 합치면 더 강해지지. 그녀는 생각하고 에이버리에게 말했다.

"잠금장치를 부숴, 에이버스터."

웅웅거리는 소리가 귀청을 찢는 전자음으로 발전했다. 아직까지 남은 두통이 있었다면 놀라서 달아날 정도로 소리가 컸다. 칼리샤는 그 장엄한 능력을 다시 한 번 느꼈다. 폭죽이 터지는 날 저녁에 느껴지는 능력이었지만 그때는 더러웠다. 지금 이 능력은 그들로 이루어졌기 때문에 깨끗했다. A동 아이들은 아무 말도 하지 않았지만 웃고 있었다. 그들도 느낀 것이었다. 그리고 마음에 들어 한 것이었다. 칼리샤가 보기에는 그들에게 남은 사고 능력의 허용한도가 거기까지인 듯했다.

희미하게 삐걱거리는 소리와 함께 문이 안으로 휘는 게 보였지만 그걸로 끝이었다. 에이버리는 집중하느라 조그만 얼굴에 잔뜩 힘을 주고 까치발로 서 있다가 숨을 토하며 털썩 허리를 숙였다.

조지: *안 돼?*

에이버리: *응. 그냥 잠겨 있기만 한 거면 될 것 같은데 아예 잠금 장치가 없는 느낌이야.*

“죽었네. 죽었어, 죽었어, 먹통이 된 거야. 잠금장치가 죽었어.”

아이리스가 말했다.

“정지시켰나 봐.”

니키가 말했다. *부술 방법은 없는 거지?*

에이버리: *응, 강철이야.*

“슈퍼맨이 필요할 때는 왜 안 보이는 거야?”

조지가 말했다. 그는 손으로 뺨을 쓸어 올려 흉측하게 웃는 얼굴을 만들었다.

헬렌은 주저앉아서 손으로 얼굴을 가리고 울음을 터뜨렸다.

“우리 이제 어떻게 해?”

그녀는 머릿속으로 같은 말을 메아리처럼 반복했다. *우리 이제 어떻게 해?*

니키는 칼리샤를 돌아보았다. *뭐 생각나는 좋은 방법 없어?*

응.

그는 에이버리는 돌아보았다. *너는?*

에이버리는 고개를 저었다.

31

"아닐 수도 있다니요?"

스택하우스가 물었다.

동키 콩은 대답 대신 방을 가로질러 스택하우스의 인터컴 앞으로 달려갔다. 케이스 위쪽에 두툼하게 먼지가 쌓여 있었다. 스택하우스는 인터컴을 한 번도 쓴 적이 없었다. 조만간 댄스파티나 퀴즈쇼가 시작된다고 방송으로 알릴 일도 없지 않은가. 헨드릭스 박사는 허리를 숙여 기본 구조를 살피고는 어느 스위치를 올려 초록색 불을 켰다.

"어쩌시려고……."

이번에는 헨드릭스가 조용히 하라고 다그칠 차례였다. 스택하우스는 화가 나는 게 아니라 일종의 존경심을 느꼈다. 의사가 뭘 하려는지 몰라도 중요한 일일 것 같았다.

헨드릭스는 마이크를 꺼냈다가 멈추었다.

"도망친 아이들은 내가 하는 말을 못 듣게 할 방법이 있을까? 아이들은 내 의도를 모르게 해야 하는데."

"터널에는 스피커가 없어요."

스택하우스는 말하고 자기 생각이 맞길 바랐다.

"그리고 뒤 건물에는 아마 개별적으로 인터컴 시스템이 갖추어져 있을 테고요. 어쩌시려고요?"

헨드릭스는 바보 대하듯 그를 쳐다보았다.

"아이들의 몸이 갇혀 있다고 정신까지 갇혀 있는 건 아니잖나."

이런 젠장. 스택하우스는 생각했다. 그 아이들이 여기 있는 이유를 깜빡했네.

"이제 이걸 어떻게…… 아니다, 알겠네."

헨드릭스는 마이크 옆쪽에 달린 버튼을 누르고 헛기침을 한 다음 얘기를 시작했다.

"안내 말씀 드리겠습니다. 전 직원에게 안내 말씀 드리겠습니다. 저는 헨드릭스 박사입니다."

그는 점점 숱이 줄어가는 머리칼을 손으로 쓸어 넘겨 안 그래도 쑥대밭이었던 머리를 더 정신없게 만들었다.

"뒤 건물의 아이들이 탈출했지만 놀랄 필요 없어요. 다시 한 번 반복하지만 놀랄 필요 없어요. 앞 건물과 뒤 건물을 연결하는 터널 안에 갇혀 있으니까. 하지만 아이들이 여러분의 생각에 영향을 미칠 수는 있어요. 그러니까……."

그는 말을 멈추고 입술을 핥았다.

"임무가 주어졌을 때 특정 인물의 생각에 영향을 미치는 것처럼 말이죠. 아이들이 여러분을 조종해 자해하도록 만들 수도 있어요. 아니면…… 음…… 서로 싸우게 만들 수도 있고."

젠장. 스택하우스는 생각했다. 이런 즐거운 소식이 있나.

헨드릭스가 말했다.

"내 말 잘 들어요. 상대가 무방비한 상태일 때만 그렇게 의식 안으로 침투하는 것이 가능해요. 뭔가가 느껴지면…… 여러분의 것이 아닌 생각이 느껴지면…… 당황하지 말고 저항해요. 내쫓아요. 아주 쉽게 그럴 수 있을 거예요. 큰 소리로 얘기하는 것도 효과가 있을지 몰라요. *나는 너희가 시키는 대로 하지 않을 거야*, 이렇게."

헨드릭스는 마이크를 내려 놓으려고 했지만 스택하우스가 가서 가로챘다.

"스택하우스입니다. 앞 건물의 직원 여러분, 아이들을 지금 당장 전원 방으로 들여보내세요. 반항하면 전기봉을 쓰세요."

그는 인터컴을 끄고 헨드릭스를 돌아보았다.

"터널 안의 쥐새끼들은 그런 방법을 동원할 생각을 하지 못하겠죠. 이러니저러니 해도 어린 녀석들이니까."

헨드릭스가 말했다.

"아, 할 거예요. 이러니저러니 해도 연습한 게 있으니까."

32

팀은 루크가 유치 구역 문을 열려는 순간 그를 따라잡았다.

"여기 있어라, 루크. 웬디, 나랑 같이 들어가요."

"설마 진심으로 그렇게 생각하는 건……."

"나도 내가 무슨 생각을 하는지 모르겠어요. 총을 꺼내지는 말되 스트랩은 풀어놔요."

팀과 웬디가 짧은 복도를 달려 아무도 없는 유치장 네 개를 지나는 동안 어떤 남자의 목소리가 들렸다. 기분 좋은 목소리였다. 심지어 싹싹했다.

"뷰포트에 구경할 만한 유서 깊은 건물이 있다길래 아내랑 같이 보러 나왔는데 지름길로 갈까 했더니 내비게이션 때문에 허탕을 치고 말았네요."

"제가 차 세우고 길을 물어보자고 했어요. 이이는 싫어했지만요. 남자들은 항상 자기들이 알아서 잘한다고 생각하잖아요."

여자가 말했고, 팀이 사무실 안으로 들어가 보니 여자는 재미있어 하는 얼굴로 남편을(금발 남자의 실체는 뭔지 알 길이 없었지만) 올려다보고 있었다.

존 보안관이 말했다.

"저기, 우리가 지금 바빠서요. 시간이 좀……."

"*저 여자*예요!"

루크가 팀과 웬디의 뒤에서 외쳐 두 사람을 펄쩍 뛰게 만들었다. 다른 경관들이 돌아보았다. 루크가 웬디를 하도 세게 밀치고 앞으로 나가는 바람에 그녀는 휘청거리며 벽에 부딪쳤다.

"저 여자가 제 얼굴에 스프레이를 뿌려서 기절시켰어요! *이 나쁜 여자야. 당신이 우리 엄마, 아빠를 죽였지!*"

루크는 그녀에게 달려들려고 했다. 팀이 그의 티셔츠 뒷덜미를 잡고 뒤로 확 당겼다. 금발 남자와 꽃무늬 원피스를 입은 여자는 놀란 표정과 어리둥절한 표정을 지었다. 즉, 완벽하게 정상적인 반응을 보였다. 하지만 팀은 찰나의 순간 동안 여자의 얼굴에서 다른 표정을 본 것 같았다. 희미하게 알아본 표정이었다.

"무슨 착오가 있었던 모양인데요. 저 아이는 누구죠? 정신이 이상한 아인가요?"

그녀가 말했다. 당혹스러워하며 애써 미소를 지었다.

팀은 이 마을의 야경꾼에 불과했고 앞으로 5개월 동안 그럴 예정이었지만 조니스를 습격한 무장 강도가 압시밀 도비라를 쏘았을 때처럼 자기도 모르는 새 경찰 모드로 전환했다.

"신분증을 좀 보여 주시죠."

"아니, 그건 불필요한 조치 아닌가요? 저 아이가 우리를 대체 누구라고 생각하는지 모르겠지만 우리는 길을 잘못 들었을 뿐이고, 어렸을 때 우리 엄마는 길을 모르겠으면 경찰한테 물어보라고 하셨어요."

여자의 말에 존 보안관이 자리에서 일어났다.

"네, 네, 그게 맞는 말이겠죠. 그리고 그게 맞는 말이라면 운전면허증을 보여 주지 못할 이유가 없고요. 안 그런가요?"

"그럼요. 지갑 꺼낼게요."

남자가 말했다.

여자는 벌써 성난 표정으로 핸드백 안에 손을 넣고 있었다.

루크가 외쳤다.

"조심하세요! 저 사람들 총을 가지고 있어요!"

태그 패러데이와 조지 버켓은 놀란 표정을 지었고 프랭크 포터와 빌 위클로는 당황했다.

존 보안관이 외쳤다.

"잠깐! 손 들어요!"

두 사람은 동작을 멈추지 않았다. 미셸 로버트슨은 핸드백에서 운전면허증이 아니라 지급받은 지크자우어 나이트메어 마이크로를 꺼냈다. 데니 윌리엄스는 지갑이 아니라 허리 뒤춤 벨트 안에 쑤셔 넣어둔 글록을 향해 손을 뻗었다. 보안관과 패러데이 부관이 공무용 무기를 향해 손을 뻗고 있었지만 동작이 느리기 짝이 없었다.

팀은 아니었다. 그는 웬디의 총을 그녀의 홀스터에서 꺼내 두 손으로 잡고 겨누었다.

"무기 버려, 무기 버려!"

그들은 그의 말을 듣지 않았다. 로버트슨이 루크를 조준하자 팀이 한 발 쏘았다. 그녀는 뒤로 날아가 큼지막한 쌍여닫이문의 젖빛 유리에 금이 갈 정도로 세게 부딪쳤다.

윌리엄스가 한쪽 무릎을 꿇고 앉아 팀을 조준했고 그 찰나의 순간에 그는 생각했다. 이 남자는 프로고 나는 이제 죽은 목숨이야. 하지만 보이지 않는 줄이 잡아당기기라도 한 듯 남자의 총이 위로 홱 움직였고 팀을 겨냥했던 총알이 천장에 박혔다. 존 애시워스 보안관이 금발의 옆통수를 발로 걷어차 대자로 뻗게 만들었다. 빌리 위클로가 그의 손목을 밟아서 짓이겼다.

"무기 버려라, 개새끼야, 무기 버……."

그때 일이 잘못됐음을 깨달은 식스비 부인이 루이스 그랜트와 톰 존스에게 큰 총을 쏘라고 지시를 내렸다. 윌리엄스와 로버트슨은 중요하지 않았다.

중요한 건 그 아이였다.

33

두 대의 HK37이 평화롭던 듀프레이의 황혼을 천둥소리로 뒤흔들었다. 그랜트와 존스는 벽돌로 된 보안관서 전면을 할퀴어 불그스름한 먼지 구름을 일으키고 창문과 문에 달린 유리 패널을 안으로 터뜨렸다. 그들은 인도에 있었다. 나머지 골드 팀원들은 그들 뒤편 도로에 듬성듬성 서 있었다. 에번스 박사만 손으로 귀를 막고 한쪽 옆에 서 있었다.

"예스! 다 죽여 버려!"

위노나 브릭스가 외쳤다. 화장실에 가고 싶은 사람처럼 발을 번갈아 폴짝이며 춤을 추었다.

"출동해! 전부 출동해! 아이를 잡아오든지 아니면 죽여! 잡아오든지 아니면……."

식스비 부인이 외쳤다. 그때 뒤에서 이런 소리가 들렸다.

"그 자리에서 꼼짝 말아요, 부인. 내가 구세주의 이름으로 맹세하는데 움직이는 사람은 싹 다 죽어요. 앞에 두 친구, 그 그리스 건 당장 내려놔."

루이스 그랜트와 톰 존스는 몸을 돌렸지만 HK를 내려놓지는 않았다.

애니가 말했다.

"얼른. 죽기 싫으면. 어이, 지금 장난치는 거 아니야. 여기는 남부거든."

그들은 서로 쳐다보다가 자동소총을 보도 위에 조심스럽게 내려

놓았다.

식스비 부인은 젬 영화관의 푹 꺼진 차양 뒤편에 서 있는 뜻밖의 매복조를 쳐다보았다. 잠옷 윗도리를 입은 대머리의 뚱뚱한 남자와 산발한 머리에 멕시코 세라피로 보이는 것을 걸친 여자였다. 남자는 소총을 들고 있었다. 세라피를 걸친 여자는 한 손에는 자동권총을, 다른 손에는 리볼버를 들고 있었다.

삐딱선 덴턴이 말했다.

"이제 나머지도 똑같이 따라해. 뒤에서 우리를 엄호하고 있다."

식스비 부인은 방치된 영화관 앞에 서 있는 두 무지렁이를 보며 단순하고 지긋지긋한 생각을 했다. 이런 일들이 과연 끝날 날이 있을까?

보안관서 안에서 총성이 들리고 잠깐 정적이 이어지다가 다시 총성이 들렸다. 무지렁이들이 그쪽을 흘끗 쳐다보자 그랜트와 존스가 무기를 집으려고 허리를 숙였다.

세라피를 걸친 여자가 외쳤다.

"그러지 마!"

얼마 전에 루크의 아버지를 베개로 덮고 쏘았던 로빈 렉스가 그 조그만 틈에 지크 마이크로를 꺼냈다. 다른 골드 팀원들은 그랜트와 존스의 시야를 가리지 않도록 몸을 숙였다. 그들은 이런 식으로 대응하도록 교육을 받았다. 식스비 부인은 이 뜻밖의 골치 아픈 사태에 대한 분노가 그녀를 지켜 주기라도 할 듯 그 자리에 가만히 서 있었다.

34

사우스캐롤라이나에서 총격전이 시작됐을 때 칼리샤와 친구들은 암담함으로 허리를 구부정하게 숙이고 앞 건물로 들어가는 문 근처에 앉아 있었다. 그 문이 열리지 않는 이유는 아이리스가 짐작한 대로였다. 잠금장치가 먹통이 됐기 때문이었다.

니키: *그래도 뭔가 할 수 있는 일이 있을지 몰라. 빨간 옷을 입은 관리인들을 조종했던 것처럼 앞 건물의 직원들을 조종해 보자.*

에이버리가 고개를 저었다. 그는 이제 꼬맹이가 아니라 지친 늙은이에 더 가까워 보였다. *내가 해 봤어. 글래디스한테 손을 뻗어 봤어. 그녀도 그렇고 그 가짜 미소가 싫어서. 내가 시키는 대로 하지 않겠다며 나를 밀쳐내더라고.*

칼리샤는 어디 갈 데가 있기라도 한 듯 또다시 배회 중인 A동 아이들을 쳐다보았다. 여자아이 하나는 옆으로 재주넘기를 하고 있었다. 지저분한 서핑용 반바지에 찢어진 티셔츠를 입은 남자아이는 벽에 대고 가볍게 자기 머리를 찧고 있었다. 피트 리틀존은 계속 야 야를 외치고 있었다. 하지만 그들은 부르면 올 테고 그들 안에 엄청난 능력이 존재했다. 그녀는 에이버리의 손을 잡았다.

"우리가 다 같이……."

"아니."

에이버리가 말했다. *그들을 기분이 조금 이상하고 어지럽고 속이 울렁거리게 만들 수 있을지 몰라도…….*

"……그걸로 끝이야."

칼리샤: *하지만 어째서? 어째서? 우리가 아프가니스탄에서 폭탄 만드는 남자도 죽일 수 있다면…….*

에이버리: *폭탄 만드는 남자는 몰랐잖아. 웨스틴이라는 그 전도사도 모르고. 알고 있으면…….*

조지: *우리를 차단할 수 있는 거지.*

에이버리는 고개를 끄덕였다.

헬렌이 물었다.

"그럼 어떻게 해? 아무 방법 없어?"

에이버리는 고개를 저었다. *나도 모르겠어.*

칼리샤가 말했다.

"방법이 하나 있어. 우리는 여기에 갇혀 있지만 그렇지 않은 한 명이 있잖아. 하지만 모두의 협조가 필요해. 재네들을 호출하자."

그녀는 배회하는 A동의 망명객들 쪽으로 고개를 기울였다.

에이버리가 말했다.

"나는 잘 모르겠어, 샤. 너무 피곤해."

"이번 한 번만 해 보자."

그녀가 구슬렸다.

에이버리는 한숨을 쉬고 손을 내밀었다. 칼리샤, 니키, 조지, 헬렌 그리고 케이티가 손을 잡았다. 잠시 후에 아이리스도 합류했다. 또다시 다른 아이들도 슬금슬금 다가왔다. 그들은 캡슐 모양을 만들었고 웅웅거리는 소리가 점점 커졌다. 앞 건물의 관리인과 기술자와 잡역부들은 그걸 느끼고 두려워했지만 그들을 향한 웅웅거림이 아니었다. 2250킬로미터 멀리에서 방금 전에 팀이 미셸 로버트슨의 가슴 중간을 총으로 맞혔다. 그랜트와 존스는 보안관서 전면을 할퀴려고 자동소총을 들어 올리고 있었다. 빌리 위클로는 데니 윌리엄스의 손목을 밟고 존 보안관 옆에 서 있었다.

시설의 아이들이 루크를 불렀다.

35

루크는 금발 남자의 총을 위로 올리려고 손을 뻗는 상상을 하지 않았다. 그냥 해냈다. 슈타지 라이트가 다시 찾아와 일순 시야를 완전히 덮었다. 빛이 희미해지기 시작하자 경관 한 명이 총을 버리게 하려고 금발 남자의 손목을 밟고 서 있는 광경이 보였다. 금발 남자는 아파서 입을 옆으로 찢으며 으르렁거렸고 옆통수에서 피가 쏟아지고 있었지만 버티고 있었다. 보안관이 금발 남자의 머리를 다시 차려는지 발을 뒤로 뺐다.

루크는 여기까지 보았지만 잠시 후에 그 어느 때보다 환한 슈타지 라이트가 다시 찾아왔고 친구들의 목소리가 망치처럼 그의 머리 정중앙을 강타했다. 그는 날아오는 주먹을 막으려는 듯 두 손을 들고 문지방을 넘어 유치장 쪽으로 비틀비틀 뒷걸음질 치다가 자기 발에 걸려 넘어졌다. 그가 엉덩방아를 찧었을 때 그랜트와 존스가 자동소총으로 사격을 시작했다.

그는 팀이 자기 몸으로 웬디를 덮고 그녀를 바닥으로 쓰러뜨리는 것을 보았다. 총알이 보안관과 금발 남자의 손목을 밟고 서 있던 부관을 관통하는 것을 보았다. 두 사람은 쓰러졌다. 유리가 날아왔다. 누군가가 비명을 질렀다. 웬디인 것 같았다. 밖에서는 묘하게 식스비 부인과 목소리가 비슷한 여자가 *전부 출동해*인가 싶은 고함을 지르는 소리가 들렸다.

슈타지 라이트 두 방과 한데 어우러진 친구들 목소리 때문에 정신이 없던 루크에게 세상이 돌아가는 속도가 느려진 것처럼 느껴졌다. 다른 부관 하나가(부상을 입었는지 팔을 타고 피가 흐르고 있었다.) 누가 총을 쏘고 있는지 확인하고 싶은지 박살 난 정문을 향해 몸을 돌렸다. 그런데 아주 천천히 움직이는 것처럼 느껴졌다. 금발 남자가 무릎을 딛고 몸을 일으키는데, 그것도 천천히 움직이는 것처럼 느껴졌다. 수중 발레를 보는 느낌이었다. 그가 부관의 등을 쏘고 루크를 향해 몸을 돌리기 시작했다. 세상의 속도가 다시 빨라져서 전보다 움직임이 날렵해졌다. 금발 남자가 아직 방아쇠를 당기지 못했을 때 빨간 머리 부관이 거의 절을 하듯 허리를 숙여 남자의 관자놀이를 쏘았다. 금발 남자는 옆으로 날아가 그의 아내를 자처했던 여자의 위로 떨어졌다.

밖에서 어떤 여자가(목소리가 식스비 부인과 비슷한 여자가 아니라 남부 억양을 쓰는 다른 여자였다.) 외쳤다.

"그러지 마!"

총성이 몇 번 더 잇따랐고 잠시 후에 첫 번째 여자가 소리를 질렀다.

"그 아이! 그 아이를 잡아야 해!"

맞네. 루크는 생각했다. 어떻게 이럴 수가 있는지 모르겠지만 맞네. 식스비 부인이 밖에 있어.

36

로빈 렉스는 사격의 명수였지만 날이 점점 어두워지고 있었고 마이크로처럼 작은 권총을 쓰기에는 거리가 너무 멀었다. 그녀가 날린 총알은 삐딱선 덴턴의 중심부가 아니라 어깨를 맞혔다. 그는 뒤로 밀려나 널빤지로 막은 박스오피스에 부딪혔고 이후 두 발은 엉뚱한 곳으로 날아갔다. 고아 애니는 피하지 않았다. 그녀는 조지아의 대나무 숲에서 "뒤로 물러서는 거 아니야, 딸. 무슨 일이 있어도."라고 말하는 아버지에게 그렇게 교육을 받았다. 진 르두는 술에 취했거나 정신이 멀쩡하거나 명사수였고 딸을 제대로 가르쳤다. 이제 그녀가 45구경의 좀 더 묵직한 반동을 무의식적으로 벌충해 가며 삐딱선의 권총 두 개를 동시에 발포했다. 자동소총을 들었던 남자 하나를 쓰러뜨리는 동안(토니 피절이었고 이로써 그는 두 번 다시 전기봉을 휘두를 수 없게 됐다.) 서너 발의 총알이 그녀를 스치고 지나갔고 그중 한 발은 세라피 단을 경박하게 펄럭였지만 아랑곳하지 않았다.

삐딱선이 다시 돌아와 자기를 쏜 여자를 조준했다. 로빈은 한쪽 무릎을 꿇고 차도 한복판에 앉아서 잠겨 버린 총을 향해 욕을 퍼붓고 있었다. 삐딱선은 피가 나지 않는 쪽 어깨의 우묵한 곳에 .30-06을 고정하고 아래로 내렸다.

식스비 부인이 악을 썼다.

"사격 중지! 아이를 잡아야 해! 아이를 확보해야 해! 톰 존스! 앨리스 그린! 루이스 그랜트! 내 명령을 기다려! 조시 고트프리드!

위노나 브릭스! 제 위치로!"

삐딱선과 애니는 서로 쳐다보았다.

애니가 물었다.

"*우리*는 계속 쏴야 하나, 말아야 하나?"

"난들 알겠어요?"

삐딱선이 말했다.

톰 존스와 앨리스 그린은 난타당한 보안관서 정문을 양옆에서 지키고 있었다. 조시 고트프리드와 위노나 브릭스가 뒤로 걸어와 그들을 기습한 뜻밖의 총잡이들을 겨눈 채 식스비 부인의 양옆으로 이동했다. 아무 명령도 부여받지 않은 제임스 에번스 박사는 스스로 임무를 부여했다. 양손을 들고 회유하는 미소를 지으며 식스비 부인을 지나서 삐딱선과 고아 애니 쪽으로 다가갔다.

"돌아와, 이 멍청아!"

식스비 부인이 쏘아붙였다.

그는 그녀의 명령을 무시했다. 그는 잠옷 윗도리를 입은 뚱뚱한 남자에게 말했다. 두 명의 매복조 중에 그 남자가 좀 더 정신이 멀쩡해 보였다.

"나는 이 일과 무관해요. 나는 이런 일에 가담할 생각이 전혀 없었어요. 그러니까 그냥……."

"아, 앉아 있어."

애니는 말하고 그의 발을 쐈다. 그래도 38구경으로 쏘는 배려심을 발휘했다. 적어도 이론상으로는 45구경보다 피해가 덜할 것이기 때문이었다.

이제 빨간 바지 정장을 입은 여자 책임자가 남았다. 총격전이 다시 시작되면 십자포화로 갈가리 찢길 텐데도 그녀는 씩씩대며 정신을 집중할 뿐 두려워하는 기미가 전혀 없었다.

그녀가 삐딱선과 고아 애니에게 말했다.

"나는 이제 보안관서로 들어갈 거야. 이런 무의미한 소동을 계속할 필요 없잖아. 가만히 있으면 너희는 무사할 거야. 총을 쏘기 시작하면 조시와 위노나의 손에 결딴날 테고. 알겠어?"

그녀는 대답을 기다리지 않고 그냥 몸을 돌려 굽이 낮은 구두로 인도를 또각또각 밟아가며 남은 병력을 향해 걸어갔다.

애니가 말했다.

"삐딱선? 어떻게 하지?"

그가 말했다.

"어쩌면 가만히 있어도 될지 몰라요. 왼쪽을 봐요. 고개를 돌리지는 말고 그냥 눈으로만 살짝."

그녀가 눈을 살짝 움직여 보니 도비라 형제 중 한 명이 인도로 총총히 다가오고 있었다. 권총을 들고 있었다. 나중에 그는 주 경찰에게 그들 형제는 평화를 사랑하지만 무장 강도에게 당한 뒤로 가게에 총을 두는 편이 좋겠다는 생각이 들었다고 얘기할 것이다.

"이제 오른쪽을 봐요. 고개는 돌리지 말고."

그녀가 그쪽으로 눈을 살짝 움직여 보니 과부인 굴스비와 빌슨 쌍둥이의 아버지인 빌슨 씨가 보였다. 애디 굴스비는 가운에 슬리퍼를 신고 있었다. 리처드 빌슨은 면 반바지에 빨간색 크림슨 타이드 티셔츠를 입고 있었다. 둘 다 엽총을 들고 있었다. 보안관서 앞에 모인 일당은 그들을 보지 못했다. 그들의 관심사는 뭔지 모를 용무뿐이었다.

여기는 남부거든. 애니는 화기로 무장한 침입자들에게 이렇게 얘기했었다. 그게 얼마나 맞는 말이었는지 저들이 느낄 때가 됐다는 생각이 들었다.

식스비 부인이 말했다.

"톰 그리고 앨리스. 들어가. 아이를 반드시 잡아 와."

그들은 안으로 들어갔다.

37

팀은 웬디를 잡고 일으켜 세웠다. 그녀는 여기가 어딘지 잘 모르겠다는 듯이 멍해 보였다. 그녀의 머리칼에 갈기갈기 찢긴 종잇조각이 걸려 있었다. 밖에서 들리던 총성은 잠깐 동안이나마 멈추었다. 그 대신 말소리가 들렸지만 팀은 귀가 울려서 뭐라는지 알아들을 수가 없었다. 그리고 상관없었다. 그들이 밖에서 총격전을 중단하기로 했다면 다행이었다. 하지만 계속될 거라고 보는 편이 현명한 판단이었다.

"웬디, 괜찮아요?"

"저 사람들이…… 저 사람들이 존 보안관님을 죽였어요! 또 몇 명이나 죽었어요?"

그는 그녀를 잡고 흔들었다.

"괜찮으냐고요?"

그녀는 고개를 끄덕였다.

"네. 그, 그런 것 같……."

"루크를 데리고 뒤로 나가요."

그녀는 루크를 향해 손을 뻗었다. 하지만 그는 그 손을 피해 보안관의 책상으로 달려갔다. 태그 패러데이가 그의 팔을 잡으려고 했지만 루크는 그것도 피했다. 총알이 노트북을 비스듬하게 치고 지나갔지만 금이 가긴 했어도 시작 화면이 켜져 있었고 플래시 드라이브도 주황색으로 일정하게 깜빡이고 있었다. 그도 귀가 울렸지만 문 가까이 있었기 때문에 식스비 부인이 *아이를 반드시 잡아와*라고 하는 것을 들을 수 있었다.

나쁜 년. 그는 생각했다. 피도 눈물도 없는 나쁜 년.

루크가 노트북을 집고 가슴에 끌어안으며 무릎을 꿇었을 때 앨리스 그린과 톰 존스가 박살 난 쌍여닫이문을 지나서 들어왔다. 태그가 총을 들었지만 방아쇠를 당기지도 못한 채 HK에 맞자 제복 뒤편이 갈가리 찢어졌다. 그의 손에서 날아간 글록이 빙글빙글 돌며 바닥을 미끄러졌다. 서 있던 부관 중에서 이제 딱 한 명 남은 프랭크 포터는 자기 방어에 나서지도 못했다. 믿기지 않는다는 듯이 멍한 표정만 짓고 있었다. 앨리스 그린이 그의 머리를 쏘고, 뒤편 도로에서 총성이 다시 시작되자 고개를 숙였다. 고함 소리와 아파하는 비명 소리가 들렸다.

총성과 비명 소리에 HK를 들고 있던 남자가 잠깐 정신을 팔았다. 남자가 그쪽으로 몸을 돌리자 팀은 방아쇠를 연속으로 두 번 당겨

한 방은 그의 뒷덜미를, 다른 한 방은 머리를 맞혔다. 앨리스 그린이 허리를 펴고 단호한 표정으로 존스를 넘어 다가왔고 이제 팀은 그녀의 뒤편에서 다른 여자가 등장하는 것을 볼 수 있었다. 빨간색 바지 정장을 입었고 역시 총을 들고 있는, 좀 더 나이가 많은 여자였다. 망할. 그는 생각했다. 도대체 몇 명이야? 남자아이 한 명 잡겠다고 일개 부대를 보낸 거야?

"그 아이는 책상 뒤편에 있어, 앨리스. 귀를 동여맨 붕대가 뾰족 튀어나온 게 보여. 끌어내서 쏴 버려."

나이 많은 여자가 말했다. 이 아수라장 속에서도 목소리가 섬뜩하리만치 침착했다.

앨리스라는 이름의 여자가 책상을 돌아갔다. 팀은 멈추라고 외치지도 않고(그럴 만한 시점을 넘어섰다.) 웬디의 글록 방아쇠를 당겼다. 총알이 최소 한 개, 어쩌면 두 개 남아 있어야 하는데 딸깍 하는 건조한 소리만 났다. 이 절체절명의 순간에도 그는 이유를 알아차렸다. 웬디가 더닝의 사격장에서 사격 연습을 한 뒤에 탄창을 다시 채우지 않은 것이었다. 그런 건 그녀에게 중요한 일이 아니었다. 그는 이 와중에 경찰 일은 웬디의 적성에 전혀 맞지 않는다는 생각까지 하는 여유를 부렸다. 듀프레이에 처음 왔을 때부터 했던 생각이었다.

신고 접수원 책상을 지키고 있었어야 하는 건데. 그는 생각했다. 하지만 이제는 엎질러진 물이야. 우리 전부 죽게 생겼네.

루크가 노트북을 양손으로 들고 신고 접수원 책상 뒤편에서 일어났다. 그는 노트북을 휘둘러 앨리스 그린의 얼굴을 정면으로 맞혔다. 금이 갔던 화면이 박살났다. 그린은 코와 입에서 피를 흘리며, 바지 정장을 입은 여자가 있는 뒤쪽으로 휘청거렸다가 다시 총을 들었다.

"총 버려, 총 버려, 총 버려!"

웬디가 악을 썼다. 태그 패러데이의 글록을 주워서 들고 있었다. 그린은 들은 척도 하지 않았다. 고개를 숙이는 대신 노트북에 꽂힌 모린 앨버슨의 플래시 드라이브를 빼고 있는 루크를 조준했다. 웬디가 실눈을 뜨고, 방아쇠를 당길 때마다 날카로운 비명을 질러가며 총을 세 번 쏘았다. 첫 번째 총알은 앨리스 그린의 콧잔등 바로 위를 맞혔다. 두 번째 총알은 150초 전까지만 해도 젖빛 패널이 있었던 문의 구멍을 지나서 날아갔다.

세 번째 총알은 줄리아 식스비의 다리에 박혔다. 그녀의 손에서 총이 날아갔고 그녀는 믿기지 않는다는 표정을 지으며 바닥으로 풀썩 쓰러졌다.

"나를 쏘다니. 나를 왜 쏜 거야?"

"바보야? 내가 왜 쐈을 거라고 생각해?"

웬디가 말했다. 그녀는 신발로 유리 조각을 으드득으드득 밟아가며 벽에 기대고 앉은 여자에게로 다가갔다. 화약 냄새가 코를 찔렀고 예전에는 깨끗했지만 지금은 도살장으로 변한 본관은 둥둥 떠다니는 푸르스름한 연기로 가득했다.

"저 사람들한테 아이를 쏘라고 지시했잖아."

식스비 부인은 바보들을 상대해야 하는 사람들만 지을 수 있는 미소를 지어 보였다.

"이해를 못하는군. 하긴 어떻게 이해할 수 있겠어? 저 아이는 내 것이야. 내 소유라고."

"이제는 아니야."

팀이 말했다.

루크는 식스비 부인 옆에 무릎을 꿇고 앉았다. 그의 뺨에는 핏방울이 튄 자국이 남았고 한쪽 눈썹에는 유리 조각이 붙어 있었다.

"시설을 누구한테 맡기고 왔어요? 스택하우스? 그 사람에게 맡겼어요?"

그녀는 그를 빤히 쳐다보기만 했다.

"스택하우스예요?"

대꾸가 없었다.

삐딱선 덴턴이 들어와 좌우를 살폈다. 파자마 윗도리 한쪽이 피로 흠뻑 젖었지만 그럼에도 불구하고 그는 놀라우리만치 의식이 또렷해 보였다. 구탈 도비라가 눈을 휘둥그레 뜨고 그의 어깨 너머로 안을 들여다보았다.

삐딱선이 말했다.

"망할. 대학살의 현장이로구만."

구탈이 말했다.

"제가 어쩔 수 없이 사람을 쐈어요. 굴스비 부인은 자기를 쏘려던 여자를 쐈고요. 누가 봐도 자기 방어였어요."

팀이 그에게 물었다.

"밖에 몇 명이나 있어요? 다 제압됐어요, 아니면 몇 명은 계속 공격 중이에요?"

애니가 구탈 도비라를 옆으로 밀치고 삐딱선 옆으로 와서 섰다. 세라피를 입고 연기 나는 총을 양손에 들고 있으니 이탈리아 서부극의 등장인물 같았다. 그걸 보고도 팀은 놀라지 않았다. 이제는 뭐든 놀랍지가 않았다.

그녀가 말했다.

"밴에서 내린 인간들은 전부 소재가 파악됐다고 봐. 부상자는 두 명. 한 명은 발에 총을 맞았고 한 명은 중상이야. 도비라의 총에 맞은 사람. 나머지 개자식들은 여기서 죽은 것 같은데."

그녀는 실내를 살폈다.

"망할, 보안관서에서는 누가 남은 거야?"

웬디요. 팀은 생각했지만 입 밖으로 내뱉지는 않았다. 이제 웬디가 보안관 대리인 것 같은데. 로니 깁슨이 휴가를 마치고 돌아오면 그녀가 맡을 수도 있고. 아마 로니가 맡게 되겠지. 웬디는 사양할 테니까.

이제 애디 굴스비와 리처드 빌슨까지 합류해 애니와 삐딱선 뒤에서 구탈과 함께 서 있었다. 빌슨은 경악한 눈빛으로 본관을 살피며(총에 맞아 구멍이 숭숭 뚫린 벽, 깨진 유리, 바닥에 고인 피 웅덩이, 대자로 쓰러진 시신들) 손으로 입을 막았다.

애디는 그보다 성격이 독했다.

"의사 선생님이 오고 계세요. 마을 주민 절반이 대로로 나와 있어요, 대부분 무기를 들고. 여기서 무슨 일이 벌어진 거예요? 저 아이는 누구고요?"

그녀는 귀에 붕대를 감고 있는 비쩍 마른 남자아이를 가리키며 물었다.

루크는 들은 체도 하지 않았다. 바지 정장을 입은 여자만을 응시했다.

"스택하우스겠죠. 그 사람일 수밖에 없겠죠. 그 사람하고 연락을 해야 해요. 어떻게 하면 되나요?"

식스비 부인은 그를 빤히 쳐다보기만 했다. 팀이 루크의 옆에 무릎을 꿇고 앉았다. 바지 정장을 입은 여자는 눈빛으로 고통과 불신과 증오를 뿜어내고 있었다. 그중에서 뭐가 가장 지배적인지 장담할 수는 없었지만 누가 대답을 강요한다면 그는 증오라고 할 것이다. 단기적인 관점에서는 그것이 가장 우세한 법이었다.

"루크……."

루크는 들은 체도 하지 않았다. 모든 관심이 부상당한 여자에게 집중되어 있었다.

"스택하우스하고 연락해야 해요, 식스비 부인. 그자가 내 친구들을 포로로 붙잡아 놓고 있어요."

"그 아이들은 포로가 아니야. 우리 소유지!"

웬디가 끼어들었다.

"학교에서 링컨의 노예 해방에 대해 가르친 날에 결석한 모양이로군요, 부인."

애니가 말했다.

"여기로 와서 우리 마을을 난사하지 않는 한 못 데려가. 이제는 알아차렸겠지만."

"가만히 있어요, 애니."

웬디가 말했다.

"그자하고 연락해야 해요, 식스비 부인. 협상을 해야 해요. 어떻게 하면 되는지 알려 주세요."

그녀가 아무 대답도 하지 않자 루크는 그녀의 빨간색 바지에 뚫린 총알구멍으로 엄지손가락을 쑤셔넣었다. 식스비 부인은 비명을 질렀다.

"하지 마, 하지 마, ***아프잖아!"***

"전기봉도 아파요!"

루크가 그녀를 향해 고함을 질렀다. 유리 조각들이 조그만 개울처럼 바닥을 덜거덕덜거덕 긁으며 저편으로 휩쓸려갔다. 애니는 넋을 잃고 동그랗게 뜬 눈으로 빤히 쳐다보았다.

"주사도 아파요! 물속에서 숨을 못 쉬는 것도 아프고! 그리고 당신은 머릿속이 열려 본 적 있어요?"

그는 총알구멍으로 엄지손가락을 다시 쑤셔넣었다. 유치 구역으로 나가는 문이 쾅 소리와 함께 닫혔고 다들 펄쩍 뛰었다.

"머릿속이 *망가져* 봤어요? 그게 제일 아파요!"

식스비 부인은 비명을 질렀다.

"애 좀 말려요! 나 해코지하지 못하게 애 좀 말려요!"

웬디가 루크를 끌어내려고 허리를 숙였다. 팀이 고개를 저으며 그녀의 팔을 잡았다.

"그냥 내버려 둬요."

애니가 삐딱선에게 속삭였다. 두 눈이 접시만 했다.

"음모야. 저 여자는 음모 조직의 일원이고. 모두 다! 나는 처음부터 알고 있었고 그렇다고 *알려 주기까지* 했는데 아무도 내 말을 믿지 않았지!"

팀의 귀 울림이 괜찮아지기 시작했다. 그는 사이렌 소리가 들리지 않는다는 데 놀라워하지 않았다. 주 경찰청은 듀프레이에서 총격전이 벌어졌다는 사실조차 아직은 모를 것이다. 그리고 누구든 911에 연락하더라도 사우스캐롤라이나 고속도로 순찰대가 아니라 페어리 카운티 보안관서로 연결될 것이다. 그러니까 이 아수라장으로 말이다. 그는 손목시계를 흘끗 확인했다. 세상이 뒤집어진 지 5분밖에 되지 않았다니 믿기지가 않았다. 기껏해야 6분이었다.

"식스비 부인이시죠?"

그는 루크 옆에 무릎을 꿇고 앉으며 물었다.

그녀는 아무 대꾸도 하지 않았다.

"지금 상당히 난처한 상황에 놓이셨어요, 식스비 부인. 루크가 알려 달라는 걸 알려 주시는 편이 좋을 것 같습니다만."

"나는 치료를 받아야 해요."

팀은 고개를 저었다.

"우선 대화를 좀 나누어야 합니다. 치료는 그다음이에요."

"루크 말이 진짜였어요. 모든 면에서."

웬디가 딱히 누구에게랄 것도 없이 말했다.

"내가 그랬잖아?"

애니는 환성을 지르다시피 했다.

로퍼 박사가 사람들을 헤치고 본관으로 들어왔다. 그가 말했다.

"부활의 아침 성스러운 주님이시여. 누가 아직 살아 있나? 저 여자분은 얼마나 심하게 다쳤고? 무슨 테러리스트한테 공격이라도 받은 건가?"

식스비 부인이 말했다.

"저 사람들이 나를 고문하고 있어요. 까만 가방을 들고 있는 걸 보니 의사이신 것 같은데 그렇다면 저들을 말려 주세요."

팀이 말했다.

"선생님이 치료해 주신 그 아이가 이 여자와 이 여자가 데려온 습격대를 피해 도망치던 중이었어요. 밖은 사망자가 몇 명이나 되는지 모르겠지만 저희는 보안관님을 비롯해 다섯 명을 잃었고 그게 다 이 여자가 내린 명령 때문이었어요."

로퍼가 말했다.

"그건 나중에 처리하세. 일단은 내가 조치를 취해야겠어. 피를 흘리고 있잖은가. 그리고 누가 구급차 좀 불러 줘요."

식스비 부인은 *내가 이겼지*라는 뜻에서 루크를 향해 이를 드러내며 웃어 보이고 로퍼를 돌아보았다.

"감사합니다, 선생님. 감사합니다."

"강단이 있는 여자로구만."

이렇게 얘기하는 애니의 목소리에서 감탄하는 기미가 느껴졌다.

"나한테 발을 맞은 친구는 안 그렇던데. 내가 당신이라면 그 친구를 살피러 가겠소, 의사 양반. 진통제 한 방 맞을 수 있다면 자기 할머니라도 팔게 생겼던데."

식스비 부인이 놀라서 눈을 동그랗게 떴다.

"그 사람은 건드리지 말아요. 가서 아무 말도 하지 말아요. 명령이에요."

팀이 일어섰다.

"명령은 무슨 얼어 죽을. 부인이 어떤 조직에 몸담고 있는지 모르겠지만 아이들을 납치하던 시절은 끝났다고 봅니다. 루크, 웬디, 나랑 같이 갑시다."

38

마을 전역의 집집마다 불이 켜졌고 듀프레이의 중심가는 서성이는 사람들로 북적거렸다. 다들 아무거나 손에 잡히는 걸로 시신을 덮었다. 누군가는 뒷골목에서 고아 애니의 침낭을 들고 와 로빈 렉스를 덮었다.

에번스 박사는 완전히 잊혔다. 그는 절뚝절뚝 자리를 피해 주차해 놓은 밴을 집어타고 도망칠 수도 있었지만 그럴 시도조차 하지 않았다. 팀, 웬디, 루크가 찾아보니 그는 젬 영화관 앞 연석에 앉아 있었다. 뺨이 눈물에 젖어 번들거렸다. 신발을 벗고, 심하게 망가진 발을 감싸고서 피로 물든 양말을 내려다보고 있었다. 어디까지가 부상이고 어디까지가 결국에는 가라앉을 붓기인지 팀으로서는 알 도리가 없었고 궁금하지도 않았다.

"성함이 어떻게 되시죠?"

팀은 물었다.

"내 이름은 신경 쓸 것 없고 변호사를 불러 줘요. 그리고 의사도.

어떤 여자가 나를 쐈어요. 그 여자를 체포해 주세요."

"이름은 제임스 에번스예요. 그리고 의사고요. 요제프 멩겔레(나치 강제수용소의 내과의사. 수용소에서 생체실험을 자행했다—옮긴이) 같은 의사요."

루크가 말했다. 에번스는 루크를 이제야 알아본 눈치였다. 그는 부들부들 떨리는 손가락으로 그를 가리켰다.

"이게 다 너 때문에 벌어진 일이야."

루크는 에번스에게 달려들었지만 이번에는 팀이 그를 붙잡아 부드럽지만 단호하게 웬디 쪽으로 떠밀었다. 웬디가 루크의 어깨를 잡았다.

팀은 겁에 질려서 얼굴이 핼쑥한 남자의 눈을 똑바로 쳐다볼 수 있게 쭈그리고 앉았다.

"내 말 잘 들으세요, 에번스 선생님. 귀 쫑긋 세우고. 선생님과 친구들이 이 아이를 잡겠다고 이 마을로 들이닥쳐 다섯 명을 죽였어요. 전원 경찰이었고요. 선생님은 모를 수도 있겠지만 사우스캐롤라이나에는 사형 제도가 있고, 카운티 보안관과 네 명을 죽인 범인에게 즉각적으로 그 제도를 적용하지 않을 거라고 생각하신다면……."

에번스는 꽥꽥댔다.

"나하고는 전혀 상관없는 일이에요! 나는 내 뜻과 상관없이 따라온 거예요! 나는……."

"입 닥쳐!"

웬디는 말했다. 그녀는 고인이 된 태그 패러데이의 글록을 아직까지 들고 있었고 이제 그것으로 신발을 신은 쪽 발을 겨누었다.

"그 경관들은 내 친구이기도 했어. 내가 무슨 권리를 읊어 주고 그러길 바란다면 꿈 깨는 게 좋을 거다. 루크가 원하는 정보를 가르쳐 주지 않으면 남은 발도 내가……."

"알았어요! 알았어요! 그럴게요!"

에번스는 두 손을 뻗어 멀쩡한 쪽 발을 보호하듯 감쌌다. 그걸 보고 팀은 하마터면 안쓰러워할 뻔했다. 하마터면.

"뭔데? 뭘 알고 싶은데요?"

루크가 말했다.

"스택하우스하고 연락을 해야 해요. 어떻게 하면 되나요?"

애번스가 말했다.

"전화. 식스비 부인한테 특별한 전화기가 있어. 부인이 그에게 그걸로 연락했어, 그…… 발굴을 시작하기 전에. 외투 주머니에 넣는 걸 봤어."

"내가 들고 올게."

웬디가 말하고 보안관서 쪽으로 몸을 돌렸다.

루크가 말했다.

"전화기만 들고 오면 안 돼요. *부인까지* 데리고 오세요."

"루크…… 그 여자는 총에 맞았잖아."

"필요할지 몰라요."

루크가 말했다. 눈빛이 냉혹했다.

"왜?"

이제부터는 체스이고 체스에서는 다음 수나 그 다음 수를 생각하는 게 아니기 때문이었다. 세 수 앞을 내다보는 것이 원칙이었다. 그리고 상대가 어떻게 나오는가에 따라 각 수별로 대안을 세 개씩 준비해야 했다.

그녀가 팀을 쳐다보자 그는 고개를 끄덕였다.

"데려와요. 필요하면 수갑을 채워서. 이러니저러니 해도 이젠 당신 말이 법이잖아요."

"어우, 부담스러워라."

그녀는 말하고 떠났다.

이제 드디어 팀의 귀에 사이렌 소리가 들렸다. 심지어 두 대인 듯했다. 하지만 아직 희미했다.

루크가 그의 손목을 잡았다. 팀의 눈에 비친 그 아이는 극도로 집중했고 극도로 정신이 초롱초롱했지만 또 한편으로는 죽도록 피곤해 보였다.

"저는 이 일에 엮이면 안 돼요. 저들이 제 친구들을 붙잡아 놓고 있어요. 갇혔는데 저 말고는 아무도 도울 사람이 없어요."

"이 시설이라는 데 갇혔단 말이지?"

"네. 이제는 제 얘기를 믿으시는군요, 그렇죠?"

"플래시 드라이브에 담긴 영상을 보고 이런 일까지 벌어졌는데 믿지 않을 수가 있나. 드라이브는? 챙겼니?"

루크는 주머니를 툭툭 쳤다.

"식스비 부인과 그 부하들이 네 친구들을 거기 있는 아이들처럼 만들려고 한다는 거지?"

"이미 작업을 시작했지만 친구들이 빠져나왔어요. 에이버리 덕분이었는데, 에이버리는 제 탈출을 도왔다는 이유로 거기에 갔어요. 그런 걸 아이러니라고 표현해야겠죠. 하지만 친구들이 다시 갇힌 게 분명해요. 제가 협상을 제안하지 않으면 스택하우스가 친구들을 죽일 것 같아요."

웬디가 돌아오고 있었다. 전화기인가 싶은 벽돌 같은 물건을 들고 있었다. 그걸 들고 있는 쪽 손등이 세 줄로 긁혀서 피가 나고 있었다.

"끝까지 내놓지 않으려고 하더라고요. 총에 맞았는데도 힘이 엄청 세요."

그녀는 팀에게 그 기기를 건네고 자기 어깨 너머를 돌아보았다. 고아 애니와 삐딱선 덴턴이 식스비 부인을 부축해 길을 건너고 있었다. 그녀는 안색이 창백하고 고통스러워했지만 있는 힘껏 저항했다. 아무리 못해도 서른 명은 되어 보이는 듀프레이 주민들이 그들의 뒤를 따랐고 로퍼 박사가 선봉이었다.

"여기 데려 왔어, 티미. 이 여자를 어떻게 할까? 목매달아 죽이는 건 사실상 불가능하겠지만 상상만 해도 근사하지 않아?"

고아 애니가 말했다. 그녀는 숨을 헐떡였고 식스비 부인에게 맞은 뺨과 관자놀이에 빨간 자국이 남았지만 전혀 동요하지 않는 눈치였다.

로퍼 박사가 검은색 가방을 내려놓고 세라피를 움켜쥐어 애니를 옆으로 밀치고서 팀을 똑바로 마주보았다.

"도대체 어쩔 생각인가? 이 여자분은 아무 데도 옮기면 안 돼! 그러다 죽을 수도 있어!"

"생사를 넘나드는 상태는 아닌 것 같은데요, 선생님. 어찌나 세게 때리는지 코가 부러지는 줄 알았어요."

삐딱선이 말하고는 폭소를 터뜨렸다. 팀은 그의 웃음소리를 들어 본 기억이 없었다.

웬디는 삐딱선과 의사, 양쪽 모두를 무시했다.

"다른 데로 이동할 작정이면 주 경찰이 도착하기 전에 행동으로 옮겨야 해."

"부탁드릴게요."

루크는 팀과 로퍼 박사를 차례대로 돌아보았다.

"우리가 그냥 손 놓고 있으면 제 친구들은 죽을 거예요, 분명해요. 그리고 머저리라고 불리는 다른 애들도요."

식스비 부인이 말했다.

"나는 병원에 가야겠어요. 피를 너무 많이 흘려서. 그리고 변호사도 불러 줘요."

"그 주둥아리 닥치지 않으면 내가 닫아 줄게."

애니가 말했다. 그러고는 팀을 쳐다보았다.

"이 여자는 많이 다친 척 하지만 아니야. 피도 멈췄고."

팀은 곧바로 가타부타하지 않았다. 얼마 전의 그날, 새러소타의 웨스트필드 몰에 그냥 신발을 사러 들어갔다가 제복을 입은 그를 보고 어떤 여자가 달려 왔던 그날을 떠올렸다. 어떤 아이가 영화관 근처에서 총을 흔들고 있다기에 살피러 갔다가 선택의 기로에 놓였고 그로써 그의 인생이 달라졌다. 사실 지금 이 자리에 있는 이유도 그때 내린 선택 때문이었다. 이제 선택을 내려야 하는 순간이 다시금 그를 찾아왔다.

"붕대로 감아 주세요, 선생님. 웬디하고 루크하고 제가 이 두 사람을 차에 태우고 좀 달리면서 사태를 수습할 수 있겠는지 알아봐야겠어요."

"진통제도 좀 주시고요."

웬디가 말했다.

팀은 고개를 저었다.

"저한테 주세요. 제가 이제 줘도 되겠다 싶을 때 줄게요."

의사는 난생처음 보는 사람 대하듯 팀과 웬디를 쳐다보았다.

"이건 *부당한* 행위야."

"아니죠, 박사님."

애니가 놀라우리만치 다정한 목소리로 말했다. 그녀는 로퍼의 한쪽 어깨를 잡고, 이런 저런 것들을 덮고 대로 위에 누워 있는 시신들을 지나 창문과 문이 다 박살 난 보안관서를 가리켰다.

"*저게* 부당한 행위죠."

의사는 잠깐 그 자리에 서서 시신과 총알받이가 된 보안관서를 바라보았다. 그러다 잠시 후에 결정을 내렸다.

"부상이 어느 정도인지 보겠네. 아직까지 출혈이 심하거나 대퇴골이 부서졌으면 데려가게 내버려 둘 수 없어."

그렇게는 안 될 겁니다. 팀은 생각했다. 저희를 막을 방법이 없거든요.

로퍼는 무릎을 꿇고 왕진 가방을 열어서 수술용 가위를 꺼냈다.

"안 돼요. 이 길바닥에서 야전 수술할 생각은 말아요!"

식스비 부인은 말하고 삐딱선에게서 몸을 빼냈다. 그가 당장 다시 붙잡았지만 팀은 그녀가 붙잡히기 전에 다친 쪽 다리에 체중을 싣는 것을 관심 있게 지켜보았다. 로퍼도 그걸 보았다. 그는 나이를 먹었지만 그래도 놓치는 것이 별로 없었다.

"내가 가위를 대려는 곳은 바지인데요. 하지만 계속 그렇게 발버둥치면 어떻게 될지 나도 장담 못해요."

로퍼가 말했다.

"안 돼요! 내가 명령하는데……."

애니가 그녀의 목을 잡았다.

"아줌마, 명령 어쩌고 하는 소리 더는 듣고 싶지 않아. 가만히 있어, 안 그러면 다리 걱정은 제일 하찮은 걱정이 될 테니까."

"내 몸에 손 대지 마!"

"가만히 있어야 손을 대지 않지. 계속 움직이면 그 앙상한 목을 잡고 비틀지 몰라."

"비트는 게 좋을지도 모르겠네. 꼭지가 돌면 미쳐 날뛸 수도 있으니까."

애디 굴스비가 충고했다.

식스비 부인은 버둥거림을 멈췄다. 목을 조르겠다는 위협도 위협이지만 기운이 다해서 그랬을 것이다. 로퍼가 상처 위 5센티미터 지점까지 깔끔하게 바지를 잘랐다. 발목을 감쌌던 바지가 벌어지며 하얀 피부와 거미줄처럼 얽힌 정맥 혈관과 총알 자국이라기보다 칼로 베인 자국에 가까운 상처가 드러났다.

로퍼가 안심하는 목소리로 말했다.

"오호. 이 정도면 걱정할 필요 없겠네요. 찰과상만큼은 아니겠지만 별로 심하지 않아요. 운이 좋았어요, 부인. 벌써부터 피가 굳기 시작했네요."

"난 중상을 입었다고요!"

식스비 부인이 외쳤다.

"입 다물고 있지 않으면 그렇게 될 거야."

삐딱선이 말했다.

로퍼가 소독약을 바르고 붕대를 감고 나비 클립으로 고정했다. 그가 응급처치를 마쳤을 무렵에는 듀프레이 주민 전원이(적어도 시내에 사는 주민 전원이) 구경하러 나온 분위기였다. 그 동안 팀은 여자의 전화기를 살폈다. 옆면의 버튼을 누르자 화면이 켜졌고 **배터리 잔량 75%** 메시지가 떴다.

그는 전원을 끄고 전화기를 루크에게 건넸다.

"당분간 이건 네가 가지고 있어라."

루크가 그걸 플래시 드라이와 한 주머니에 넣었을 때 누군가가 그의 바지를 잡아당겼다. 에번스였다.

"조심해, 루크. 책임지고 싶지 않으면."

"뭐에 대한 책임을요?"

웬디가 물었다.

"세상의 종말요. 세상의 종말."

"이 등신아, 입 다물어."

식스비 부인이 말했다.

팀은 그녀를 잠깐 쳐다보았다. 잠시 후에 의사를 돌아보았다.

"이게 무슨 일인지는 모르겠지만 심상치 않은 사건인 것만큼은 분명합니다. 이 둘하고 시간을 좀 보내야겠어요. 주 경찰이 도착하면 저희가 한 시간 뒤에 돌아올 거라고 전해 주세요. 길어도 두 시간. 그런 다음 정상적인 절차라고 할 수 있을 만한 것을 밟도록 노력해 볼게요."

그는 약속을 하면서도 과연 지킬 수 있을지 의심스러웠다. 사우스캐롤라이나 주 듀프레이에서 보내는 시간이 거의 끝났다는 생각이 들자 아쉬워졌다.

여기에 눌러앉을 수도 있었는데. 웬디와 함께.

39

글래디스 힉슨은 다리를 벌리고 두 손을 등에 댄 열중쉬어 자세로 스택하우스 앞에 서 있었다. 시설의 모든 아이들이 익히 아는(그리고 질색하는) 가짜 미소는 온데간데없었다.

"현재 어떤 상황인지 알지, 글래디스?"

"네, 실장님. 뒤 건물 입소자들이 양쪽을 연결하는 터널 안에 있죠."

"맞아. 그 아이들이 나올 수는 없지만 현재로서는 우리가 들어갈 수도 없어. 그 아이들이 초능력으로 일부 직원을 뭐랄까…… *집적거리려고* 했다지?"

"네, 실장님. 효과는 없었지만요."

"하지만 불쾌해."

"네, 실장님, 조금은요. 어떤…… *웅웅거리*는 소리 때문에 정신이 사납습니다. 아직 여기 이 행정동에서는 느껴지지 않지만 앞 건물에서는 전원이 느끼고 있습니다."

그럴 수밖에. 스택하우스는 생각했다. 앞 건물이 터널과 더 가까웠다. 터널 바로 위라고 할 수 있었다.

"그리고 점점 강해지는 것 같습니다, 실장님."

그건 어쩌면 그녀의 상상일 수 있었다. 스택하우스는 그녀의 상상이길 바랄 수 있었고, 머저리들이 확실하게 힘을 보탠들 딕슨과 그의 친구들이 대비가 되어 있는 사람들의 생각은 좌우할 수 없다는 동키 콩의 말이 맞길 바랄 수도 있었지만 할아버지가 입버릇처럼 얘기했다시피 바란다고 모두 이루어지는 건 아니었다.

그의 정적으로 불안해졌는지 그녀가 계속 말을 이었다.

"하지만 그 아이들의 계획을 알고 있으니까 아무 문제없습니다, 실장님. 저희가 아이들의 허를 찔렀죠."

"그렇다고 볼 수 있지. 이제 내가 자네를 여기로 부른 이유에 대해서 설명하지. 왕년에 매사추세츠 대학교에 다녔다고 들었는데."

"맞습니다, 실장님. 하지만 세 학기가 전부예요. 적성에 맞지 않아서 때려치우고 해병대에 입대했습니다."

스택하우스는 고개를 끄덕였다. 그녀의 파일에 뭐라고 적혔는지 언급함으로써 그녀를 난처하게 만들 필요는 없었다. 글래디스는 첫 해에는 훌륭한 성적을 거두었지만 2학년 때는 상당히 심각한 문제를 일으켰다. 학교 근처 아지트에서 그녀의 남자친구가 연정을 보인 라이벌을 맥주잔으로 기절시켜 그 술집뿐 아니라 학교에서까지 쫓겨난 것이었다. 그녀는 전에도 이런 식으로 폭발한 적이 있었다. 그랬으니 해병대를 선택한 것도 놀랄 일은 아니었다.

"화학 전공이었다고."

"아뇨, 실장님, 그렇지는 않습니다. 아직 전공을 결정하지 않은 상태에서…… 학교를 때려치우기로 결심했거든요."

"하지만 화학을 전공할 생각이었지."

"음, 네, 실장님, 그 당시에는요."

"글래디스, 두 건물을 연결하는 터널에 갇힌 그 입소자들과 관련해서 최종적으로 해결할 방법을 모색해야 한다면 말이지. 그러자는 건 아니고, 그건 절대 아니지만, 만일 그래야 한다면."

"그 아이들을 독살할 방법이 있느냐고 물으시는 겁니까?"

"그렇다고 치지."

이 말에 글래디스는 미소를 지었다. 이번에는 완벽한 진짜 미소였다. 어쩌면 안도의 미소일 수도 있었다. 입소자들이 사라지면 짜증나는 그 웅웅거림도 그칠 것 아닌가.

"터널이 HVAC 시스템과 연결돼 있다면 그보다 쉬운 일도 없을텐데, 확실히 연결돼 있습니다."

"HVAC?"

"난방, 환기, 에어컨요. 표백제와 변기 세정제만 있으면 됩니다. 청소팀에 두 개 다 넉넉히 있겠죠. 그걸 섞으면 염소가스가 나옵니다. 그걸 양동이 몇 개에 담아서 터널에 외기를 공급하는 관 아래에 두고 잘 빨려 들어가도록 방수포로 덮으면 끝이에요."

그녀는 말을 멈추고 생각했다.

"물론 먼저 뒤 건물의 직원들을 대피시켜야겠죠. 그 일대에 외기를 공급하는 관이 한 개뿐일 수도 있으니까요. 잘 모르겠네요. 원하시면 제가 난방 배치도를……."

"그럴 필요 없어. 하지만 잡역부 프레드 클라크와 함께…… 그러니까…… 알맞은 재료를 준비해놓는 것도 좋겠지. 전적으로 만일의 경우에 대비해서."

스택하우스는 말했다.

"네, 실장님, 알겠습니다."

글래디스는 어서 빨리 실행에 옮기고 싶어서 좀이 쑤셨다.

"식스비 부인은 어디 가셨는지 여쭤 봐도 될까요? 원장실이 비어 있는데, 로절린드가 궁금하면 실장님한테 물어보라고 해서요."

"식스비 부인의 볼일은 자네가 상관할 바가 아니야."

그녀가 군대 분위기를 고집하는 것처럼 보였기에 그는 이렇게 덧붙였다.

"해산."

그녀는 잡역부 프레드를 찾아서 아이들과, 앞 건물을 장악한 웅웅거림을 동시에 끝낼 수 있는 재료를 같이 챙기려고 나갔다.

스택하우스는 그렇게 과격한 조치를 취할 필요가 있을지 궁금해하며 의자에 기대고 앉았다. 그럴지 모른다는 생각이 들었다. 그리고 지난 70여 년 동안 여기서 자행된 일을 감안하면 그게 과연 과격한 조치일까 싶었다. 그들의 사업에서 죽음은 필연이었고 가끔 상황이 악화되면 새로운 출발이 필요할 때도 있었다.

새로운 출발을 할 수 있을지 여부가 식스비 부인의 손에 달려 있었다. 그녀가 사우스캐롤라이나로 출동한 것은 다소 무모한 행동이었지만 그런 계획이 성공을 거둘 때가 많았다. 마이크 타이슨이 했던 말이 기억났다. 펀칭이 시작되면 작전은 하늘로 날아가 버린다지 않던가. 어쨌든 그의 출구 전략은 준비돼 있었다. 오래 전부터 그랬다. 돈을 모아놓고 위조 여권을 (세 개) 챙겨놓고 여행 계획과 목적지를 다 정해놓았다. 그럼에도 최대한 여기서 버티려는 것은 줄리아를 향한 의리도 있지만 그보다 그들이 하는 일을 믿기 때문이었다. 전 세계의 민주주의를 수호하는 것은 부수적인 목표였다. 전 세계 자체를 수호하는 것이 일차적인 목표였다.

아직은 떠날 이유가 없어. 그는 속으로 중얼거렸다. 판이 어그러지기는 했지만 완전히 뒤집히지는 않았잖아. 버티고 있는 편이 나아. 주먹질이 끝났을 때 끝까지 서 있는 사람이 누군지 보자고.

그는 벽돌폰에서 *부르륵 부르륵* 하는 귀에 거슬리는 소리가 들리길 기다렸다. 줄리아에게 결과 보고를 들으면 다음 행보를 결정할 수 있을 것이다. 전화벨이 울리지 않으면 그것 역시 답이 될 수 있었다.

40

17번 고속도로와 92번 주 도로가 만나는 곳에 문을 닫은, 조금 칙칙하고 작은 미용실이 있었다. 팀은 그 앞에 차를 대고 밴을 빙 돌아서 식스비 부인이 앉아 있는 조수석 쪽으로 갔다. 그 문을 열고 뒷좌석의 슬라이딩 도어도 열었다. 흉측하게 변해 버린 자기 발을 뚱하니 내려다보고 있는 에번스 박사 양옆으로 루크와 웬디가 앉아 있었다. 웬디는 태그 패러데이의 글록을 쥐고 있었다. 루크는 식스비 부인의 벽돌폰을 들고 있었다.

"루크, 나랑 같이 가자. 웬디는 거기 그냥 있어요."

루크가 차에서 내렸다. 팀은 전화기를 달라고 했다. 루크가 전화기를 넘겼다. 팀은 전원을 켜고 조수석 쪽으로 몸을 기울였다.

"이거 작동법이 어떻게 되죠?"

그녀는 아무 말도 하지 않고, 헤어포트 2000이라고 적힌 빛바랜 간판이 달렸고 전면을 널빤지로 덧댄 건물만 똑바로 쳐다보았다. 귀뚜라미들이 울었고 듀프레이 쪽에서 사이렌 소리가 들렸다. 전보다 가까워졌지만 팀이 판단하건대 아직 시내로 진입하지는 않았다. 조만간 도착하겠지만.

그는 한숨을 쉬었다.

"괜히 진 빼지 맙시다, 부인. 루크 말로는 협상을 할 여지가 있다는데, 똑똑한 아이가 하는 얘기잖습니까."

"너무 똑똑해서 탈이지."

그녀는 말하고 다시 입술을 굳게 다물었다. 빈약한 가슴 위로 팔짱을 끼고 계속 앞 유리창 너머를 쳐다보았다.

"지금 처한 상황으로 볼 때 부인 입장에서는 그렇게 얘기할 수도 있겠네요. 괜히 진 빼지 말자고 한 건 부인에게 폭력을 행사하고 싶지 않다는 뜻에서 드린 말씀이에요. 부인은 아이들에게 폭력을 행사했던 사람치고……."

“폭력을 행사하고 죽이기도 했죠. 다른 사람들을 죽이기도 했고.”

루크가 끼어들었다.

“그런 짓을 저질렀던 사람치고 자신이 느끼는 고통은 아주 질색하는 눈치던데. 묵비권 행사는 그만하고 작동법이 어떻게 되는지 가르쳐 주시죠.”

“음성 인식이에요. 맞죠?”

루크의 말에 그녀는 놀란 눈빛으로 그를 쳐다보았다.

“너는 TP가 아니라 TK잖아. 그마저 TK가 강력하지도 않고.”

“상황이 달라졌어요. 슈타지 라이트 덕분에. 전화기를 작동시키세요, 식스비 부인.”

루크가 말했다.

“협상을 하겠다고?”

그녀는 말하고 큰 소리로 폭소를 터뜨렸다.

“무슨 협상을 한들 나한테 도움이 되겠니? 나는 어차피 죽은 목숨이야. 실패했으니까.”

팀은 슬라이딩 도어 너머로 몸을 기울였다.

“웬디, 총 줘요.”

그녀는 군소리 없이 총을 건넸다.

팀은 패러데이 부관의 공무용 권총 총구를 멀쩡한 쪽 바지 무릎 바로 아래에 갖다 댔다.

“이건 글록이에요, 부인. 내가 방아쇠를 당기면 다시는 걸어다니지 못할 거예요.”

에번스 박사가 꽥꽥거렸다.

"충격과 출혈 때문에 죽을 거예요!"

팀이 말했다.

"부인 때문에 저기서 다섯 명이 죽었어요. 그러거나 말거나 내가 신경이나 쓸 것 같아요? 참을 만큼 참았습니다, 식스비 부인. 이번이 마지막 기회예요. 곧바로 정신을 잃을 수도 있지만 아마 얼마 동안 의식이 남아 있을 거예요. 기절하기 전까지 느껴질 통증에 비하면 다른 쪽 다리를 총알이 스치고 지나간 상처는 굿나잇 키스처럼 느껴질 겁니다."

그녀는 아무 말도 하지 않았다.

웬디가 말했다.

"그러지 말아요, 팀. 못할 거잖아요, 그렇게 잔인하게는."

"할 수 있어요."

팀은 그게 정말인지 장담할 수 없었다. 모르는 채 지내고 싶다는 것만 장담할 수 있었다.

"도와주시죠, 식스비 부인. 그 편이 부인한테도 좋을 텐데."

묵묵부답이었다. 시간이 없었다. 애니는 주 경찰에게 그들이 어느 방향으로 갔는지 얘기하지 않을 것이다. 삐딱선이나 애디 굴스비도 마찬가지였다. 로퍼 박사는 얘기할지 몰랐다. 메인 가에서 총격전이 벌어지는 동안 약삭빠르게 모습을 드러내지 않았던 노버트 홀리스터는 그보다 더 가능성이 높았다.

"좋습니다. 부인은 개 같은 살인범이긴 하지만 그래도 이러려니 마음이 편하지는 않네요. 셋까지 세지는 않겠습니다."

루크가 총성에 대비해 손으로 귀를 막았고 그걸 보고 그녀의 마음이 움직였다.

"쏘지 마. 전화기 이리 줘."

그녀는 손을 내밀었다.

"그건 안 되겠는데요."

"그럼 내 입에 갖다 대 줘."

팀은 그녀가 시키는 대로 했다. 식스비 부인이 뭐라고 중얼거리자 전화기가 응답했다.

"작동 거부. 앞으로 두 번의 기회가 남았습니다."

"좀 더 실력을 발휘해 보시죠."

팀이 말했다.

식스비 부인은 헛기침을 하고 이번에는 거의 정상에 가까운 말투로 얘기했다.

"식스비 원. 캔자스시티 치프스(캔자스시티가 연고지인 미국 미식축구팀—옮긴이)."

팀의 아이폰과 똑같아 보이는 화면이 떴다. 그는 전화기 아이콘과 **최근 통화 기록**을 차례대로 눌렀다. 기록 맨 위에 **스택하우스**가 있었다.

그는 전화기를 루키에게 건넸다.

"네가 전화해. 그자한테 네 목소리를 들려줘. 그런 다음 나한테 다시 돌려줘."

"아저씨가 어른이라 그 사람이 아저씨 얘기는 들을 테니까요?"

"네 짐작이 맞길 바랄 뿐이다."

41

줄리아가 마지막으로 연락한 지 거의 한 시간이 지났을 때(너무 길었다.) 스택하우스의 벽돌폰에 불이 켜지면서 윙윙거리기 시작했다. 그는 전화기를 집었다.

"그 아이 잡았어요, 줄리아?"

뜻밖의 인물이 대답을 하는 바람에 스택하우스는 하마터면 전화기를 떨어뜨릴 뻔했다.

"아뇨. 정반대예요. *부인이* 우리한테 잡혔어요."

루크 엘리스가 말했다. 스택하우스는 이 쥐새끼의 목소리에서 흐뭇해하는 기미를 분명하게 느낄 수 있었다.

"그게…… 그게……."

처음에 그는 달리 할 말이 생각나지 않았다. *우리*라는 단어가 마음에 들지 않았다. 스택하우스가 흔들리지 않을 수 있었던 것은 잠긴 사무실 금고에 든 세 개의 여권과 꼼꼼하게 세워 놓은 출구 전략 덕분이었다.

루크가 물었다.

"그게 무슨 뜻인지 모르겠어요? 수조에 머리를 한 번 담그셔야겠네. 그러면 정신적인 능력을 높이는 데 효과 짱이거든요. 내가 살아있는 증거예요. 에이버리도 그렇고."

스택하우스는 당장 전화를 끊고 여권을 챙겨들고 잽싸게 그리고 조용히 빠져나가고 싶은 강렬한 유혹을 느꼈다. 하지만 이 아이가 전화를 했다는 사실이 그의 발목을 붙잡았다. 뭔가 할 말이 있다는 뜻이었다. 제안할 게 있는 것일지도 몰랐다.

"루크, 식스비 부인은 어디 있니?"

"바로 옆에요. 우리가 통화할 수 있게 전화기 암호를 풀어 줬어요. 고맙지 않아요?"

루크가 말했다.

우리. 불길한 대명사였다. *위험한* 대명사였다.

스택하우스가 말했다.

"오해가 있었어. 그걸 바로 잡을 여지가 남아 있다면 바로 잡아야 해. 그러지 못하면 네가 짐작하는 것보다 훨씬 심각한 사태가 벌어질 거야."

"어쩌면 바로잡을 수 있을지 몰라요. 그럴 수 있으면 좋겠네요."

"훌륭해! 식스비 부인 잠깐 바꿔 줄래? 별일 없는지……."

"그 대신 제 친구하고 통화하면 어떨까요? 이름은 팀이에요."

스택하우스는 땀이 뺨을 타고 흐르는 것을 느끼며 기다렸다. 컴퓨터 모니터를 보았다. 폭동을 일으킨 딕슨과 그의 친구들은 터널 안에서 잠이 든 것처럼 보였다. 머저리들은 그렇지 않았다. 그들은 재잘거리며 정처 없이 돌아다녔고 놀이동산의 범퍼카처럼 가끔 자기들끼리 부딪혔다. 한 명은 크레용인가 뭔가를 들고 벽에 글을 쓰고 있었다. 그걸 보고 스택하우스는 놀랐다. 그들이 아직까지 글쓰기가 가능할 줄 몰랐던 것이다. 어쩌면 그냥 낙서일 수도 있었다. 카메라가 후져서 알아볼 수가 없었다. 장비 수준이 엿 같았다.

"스택하우스 씨?"

"네. 누구시죠?"

"저는 팀이라고 합니다. 지금 당장은 거기까지만 알고 계시면 됩니다."

"식스비 부인과 통화하고 싶은데요."

"말씀하세요. 하지만 짧게 끝내세요."

"나야, 트레버. 그리고 미안해. 일이 계획대로 되지 않았어."

줄리아가 말했다.

"어쩌다……."

"그건 신경 쓸 것 없어요, 스택하우스 씨. 그리고 여기 있는 싸가지 여왕에 대해서도 신경 쓸 것 없고요. 우리가 지금 협상을 해야 하거든요, 그것도 빨리. 그러니까 입 닥치고 얌전히 들어 줄래요?"

자칭 팀이라는 남자가 말했다.

스택하우스는 수첩을 앞으로 끌고 왔다. 땀방울이 그 위로 떨어졌다. 소매로 이마를 훔친 다음 깨끗한 면을 펼치고 펜을 집었다.

"그러죠. 얘기하세요."

"루크가 당신들에게 붙잡혀 있던 이 시설이라는 곳에서 플래시 드라이브를 들고 나왔어요. 모린 앨버슨이라는 여자가 만든 거예요. 믿기 힘든 얘기를 합디다만 당신들이 A동 아니면 머저리 공원이라고 부르는 공간의 영상도 찍었더군요. 여기까지 접수됐나요?"

"네."

"루크가 그러는데, 이 아이의 친구들과 A동에 있던 다수의 아이들을 인질로 붙잡아 놓고 있다면서요?"

지금까지 스택하우스는 그의 친구들을 인질이라고 생각한 적 없었지만 루크의 입장에서는 인질이라고 볼 수도 있었다.

"그렇다고 치죠, 팀."

"네, 그렇다고 치죠. 이제 중요한 부분이에요. 현재로서는 루크의 사연과 그 플래시 드라이브 안에 뭐가 들었는지 아는 사람이 두 명뿐이에요. 내가 그중 한 명이고 내 친구 웬디가 나머지 한 명인데, 그녀는 지금 나와 루크와 같이 있어요. 다른 경관들도 전부 보았는데 여기 이 싸가지 여왕과 이분이 데리고 온 병력 덕분에 모두 죽었어요. 당신네 병력도 대부분 죽었고요."

"말도 안 돼!"

스택하우스는 고함을 질렀다. 몇 명 되지도 않는 소도시 경찰이 오팔과 루비 레드 연합팀을 제거할 수 있다는 발상 자체가 터무니없었다.

"보스께서 너무 적극적으로 덤볐거든요. 게다가 기습 공격을 당했고. 하지만 우리, 곁다리로 새지 말고 본론에 집중합시다. 나한테 플래시 드라이브가 있어요. 식스비 부인과 제임스 에번스 박사도 데리고 있고. 둘 다 부상을 입었지만 치료 받으면 아무 문제없을 거예요. 당신한테는 아이들이 있죠. 맞교환하면 어떨까요?"

스택하우스는 할 말을 잃었다.

"스택하우스? 답변을 듣고 싶은데요."

"중요한 건 이 시설의 존재를 계속 비밀에 부칠 수 있는지 여부예요. 그럴 거라는 보장이 없으면 어떤 협상도 의미가 없어요."

스택하우스가 말했다.

잠깐 정적이 흐른 뒤에 팀이 다시 말했다.

"루크가 그러는데 방법이 있을지 모른답니다. 이제 어디로 가면 될까요, 스택하우스? 당신의 그 해적 일당은 메인에서 여기까지 어떻게 그렇게 금세 왔어요?”

스택하우스는 그에게 알콜루 외곽 어디에서 챌린저가 대기 중인지 알려 주었다. 선택의 여지가 없었다.

“뷰포트라는 마을에 도착하면 식스비 부인이 정확한 위치를 알려 줄 거예요. 이제 루크하고 다시 통화하고 싶은데요.”

“꼭 통화를 해야 합니까?”

“사실 반드시 필요한 조치입니다.”

잠깐 정적이 흐른 뒤에 아이가 다시 전화를 받았다.

“뭣 때문에 그러는데요?”

스택하우스는 말했다.

“친구들이랑 연락을 주고받은 모양이로구나. 그중에서도 특히 딕슨 군하고. 시인하거나 부인할 필요 없다, 시간이 없으니까. 아이들의 정확한 위치를 궁금해할까 봐…….”

“뒤 건물과 앞 건물을 연결하는 터널에 있죠.”

조짐이 불안했다. 그래도 스택하우스는 하던 얘기를 계속했다.

“맞아. 우리가 합의점에 도달하면 네 친구들은 나와서 햇빛을 다시 볼 수 있을지 몰라. 도달하지 못하면 내가 그 터널을 염소가스로 채울 테고 그러면 네 친구들은 천천히, 고통스럽게 죽겠지. 나는 그걸 보고 있지 않을 거다. 명령을 내리고 2분 안에 사라질 생각이거든. 너한테 이런 얘기를 하는 이유는 네 새로운 친구 팀은 너를 협상에서 배제하고 싶을 게 분명하기 때문이야. 그건 안 돼. 알겠니?”

잠깐 정적이 흐른 뒤에 루크가 말했다.

"네. 알겠어요. 저도 같이 갈게요."

"좋아. 최소한 현재로서는. 이제 끝났니?"

"아직요. 비행기 안에서도 식스비 부인의 전화기로 통화할 수 있나요?"

식스비 부인이 그렇다고 대답하는 소리가 희미하게 스택하우스의 귀에 들렸다.

"전화기 바로 옆에 두고 계세요, 스택하우스 씨. 다시 통화해야 하니까. 그리고 도망칠 생각은 하지 않는 게 좋을 거예요. 도망치면 내가 알아차릴 테니까요. 여기 여자 경찰관님도 한 분 계신데, 내 말이 떨어지면 곧장 국토안보부로 연락할 거예요. 전국 공항에 당신 사진이 전송될 테니까 그 어떤 위조 신분증도 소용없을 거예요. 뻥 뚫린 벌판에 놓인 토끼 신세가 될 거예요. 알겠어요?"

루크의 말에 스택하우스는 통화를 시작하고 두 번째로 말문이 막혔다.

"알겠어요?"

"그래."

그는 말했다.

"좋아요. 좀 있다 연락할게요. 그때 세부적인 사항을 조율하기로 해요."

그 말을 끝으로 아이는 전화를 끊었다. 스택하우스는 전화기를 조심스럽게 책상 위에 내려놓았다. 이제 보니 손을 살짝 떨고 있었다. 놀라서 그런 것도 있지만 그보다는 분노 때문이었다. *좀 있다 연락할게요.* 아이는 이렇게 말했다. 자기는 실리콘 밸리의 아주 잘

나가는 CEO이고 스택하우스는 그의 명령에 따라야 하는 하찮은 부하직원이라도 되는 듯이.

어디 두고 보자. 그는 생각했다. 어디 두고 보자고.

42

루크는 벽돌폰을 팀에게 건네며 처분해서 속이 후련한 듯한 표정을 지었다.

웬디가 말했다.

"그 사람이 위조 신분증을 만들어 놓은 걸 어떻게 알았니? 생각을 읽었어?"

루크는 말했다.

"아뇨. 하지만 아마 많을 거예요. 여권, 운전면허증, 출생증명서. 거기 직원들도 대다수가 그럴걸요? 관리인이나 기술자나 식당 직원은 아닐지 몰라도 고위층은요. 그들은 아이히만(나치 독일 친위대 장교로 홀로코스트 실무 책임자—옮긴이) 아니면 이동식 가스실을 개발한 발터 라우프하고 비슷해요."

루크는 식스비 부인을 쳐다보았다.

"라우프를 데려다 놓으면 당신 직원들하고 잘 어울릴 것 같지 않아요?"

"트레버는 위조 문서를 준비해 놓았을지 몰라도 나는 아니야."

스택하우스 부인이 말했다.

루크는 그녀의 생각을 읽을 수 없었지만(그녀가 차단해 버렸다.) 그 말은 진짜일 것 같았다. 그녀 같은 사람들을 지칭하는 단어가 있었다. 바로 *열성분자*라는 단어였다. 아이히만, 멩겔레 그리고 라우프는 비겁한 기회주의자답게 도망쳤다. 열성분자였던 그들의 총통은 남아서 스스로 목숨을 끊었다. 루크는 기회가 주어지면 이 여자도 똑같이 할 거라고 확신할 수 있었다. 비교적 고통 없이 죽을 수 있다면.

그는 에번스의 다친 쪽 발을 건드리지 않게 조심해가며 다시 밴에 올라탔다.

"스택하우스 씨는 내가 자기를 찾아가는 줄로만 알지만 그건 아니에요."

"그건 아니라고?"

팀이 물었다.

"네. 저는 그를 *잡으러* 가는 거예요."

점점 짙어가는 땅거미를 등지고 루크의 눈앞에서 슈타지 라이트가 화르륵 타올랐고 밴의 슬라이딩 도어가 저절로 닫혔다.

큰 전환기

1

뷰포트까지 가는 동안 밴 안에서는 정적이 흘렀다. 에번스 박사가 자신은 이 모든 사태에 아무 잘못이 없음을 다시금 강조하며 대화를 한 번 시도해 보려고 한 적은 있었다. 팀은 그에게 둘 중 하나를 선택하라고 했다. 입을 다무는 조건으로 로퍼 박사가 준 옥시코돈 진통제를 두 알 먹을 건지 아니면 다쳐서 욱신거리는 발을 참아가며 계속 떠들 건지. 에번스는 침묵과 진통제를 선택했다. 조그만 갈색 병에 약이 몇 알 더 남아 있었다. 팀이 식스비 부인에게도 한 알 권하자 그녀는 고맙다는 인사도 없이 맨입으로 약을 삼켰다.

팀은 이제 이 작전의 두뇌 역할을 맡고 있는 루크를 위해 조용히 달리고 싶었다. 열두 살짜리에게 그 터널에 갇힌 아이들을 살릴 수 있는 전략을 짜게 하다니 대부분의 사람들이 미친 거 아니냐고 하겠지만 웬디도 아무 소리 하지 않았다. 그녀와 팀은 루크가 어떤 과정을 거쳐 여기까지 왔는지 알았고 그 이후 작전에서 그의 활약상을 보았고 이해했다.

정확히 뭘 이해한다는 거였을까? 이 아이는 배짱이 두둑할 뿐 아니라 진정한 의미의 천재였다. 시설의 깡패들은 아마추어 수준의 마술이나 다를 바 없는 (적어도 개발되기 전에는 그랬다.) 재능을 쓰려고 그를 데려갔다. 뛰어난 지적 능력은 단순한 부속품으로 여겼으니 40킬로그램의 상아를 얻겠다고 550킬로그램짜리 코끼리를 잡는 밀렵꾼들과도 같았다.

팀이 보기에 에번스는 지금이 얼마나 아이러니한 상황인지 모를 테지만 식스비는 알지 않을까 싶었다. 하지만 그들이 없어도 되는 것으로 간주했던 요소, 즉 이 아이의 어마어마한 지적 능력 때문에 수십 년 동안 이어져 내려온 은밀한 작전이 이제 붕괴의 지경에 다다른 현실에 눈을 감아 버릴지 몰랐다.

2

9시 무렵에 뷰포트의 시 경계선을 막 지났을 때 루크가 팀에게 모텔이 있는지 찾아보라고 했다.

"하지만 앞에다 차를 대지는 마세요. 뒤로 돌아가세요."

뒤편의 주차장이 목련 그늘로 덮인 이코노 로지라는 모텔이 바운더리 가에 있었다. 팀은 철책 옆에 차를 대고 시동을 껐다.

루크가 말했다.

"여기서 이제 헤어져야겠네요, 웬디 경관님."

웬디가 물었다.

"팀? 얘가 지금 무슨 소리하는 거예요?"

팀이 말했다.

"당신더러 방을 잡으라는 건데 이 아이 판단이 맞아요. 당신은 여기 남고 우리는 가고."

루크가 말했다.

"열쇠를 받고 다시 여기로 와 주세요. 종이도 몇 장 챙겨서 와 주시고요. 펜은 있어요?"

그녀는 경찰복 바지 앞주머니를 툭툭 쳤다.

"당연하지. 그리고 수첩도 있어. 하지만……."

"다시 오셨을 때 최대한 자세히 설명해 드리겠지만 한마디로 요약하자면 경관님이 우리 보험이에요."

식스비 부인이 문을 닫은 미용실을 떠난 이래 처음으로 팀에게 말을 걸었다.

"이 아이는 그동안 겪은 일 때문에 맛이 갔는데 그런 아이가 하는 말을 귀담아듣는다면 당신도 마찬가지로 맛이 간 인간이겠지. 당신들을 위해 충고하자면 에번스 박사와 나를 여기에 두고 도망치는 게 좋을 거야."

"내 친구들은 죽게 내버려 두고요."

루크는 말했다.

식스비 부인은 미소를 지었다.

"아니, 루크, 생각을 해 봐. 걔들이 너를 위해서 한 게 뭐가 있니?"

루크는 말했다.

"당신은 이해하지 못할 거예요. 100만 년이 지나더라도."

"가요, 웬디. 가서 방 잡고 다시 여기로 와요."

팀이 말했다. 그는 그녀의 손을 잡고 꼭 눌렀다. 그녀는 미심쩍어하는 눈빛으로 그를 쳐다보았지만 글록을 넘기고 밴에서 내려 사무실로 갔다.

에번스 박사가 말했다.

"다시 한 번 강조하지만 나는 내 뜻과 상관없이……."

팀은 말했다.

"따라왔다고요, 네. 아까 들었어요. 그러니까 이제 입 다물어 주시죠."

루크가 물었다.

"내려도 돼요? 할 얘기가 있는데……."

그는 식스비 부인을 턱으로 가리켰다.

"그럼, 내려도 돼지."

팀은 조수석 문과 슬라이딩 도어를 양쪽 다 열고, 모텔과 문을 닫은 바로 옆 자동차 대리점을 구분하는 철책에 기댔다. 그 위치에서는 억지로 끌려온 승객이 두 명 다 보이기 때문에 하나라도 도망치려고 하면 저지할 수 있었다. 한 명은 다리에, 다른 한 명은 발에 총을 맞았으니 얌전히 있을 것 같기는 했다.

"왜?"

팀이 물었다.

"체스 둘 줄 아세요?"

"둘 줄은 알지만 잘 두지는 못해."

루크는 언성을 낮추고 속삭였다.

"저는 잘 둬요. 그리고 저는 지금 그 사람과 체스를 두고 있어요. 스택하우스하고요. 무슨 말인지 아시겠어요?"

"알 것 같다."

팀은 고개를 끄덕였다.

"세 수 이후하고 그의 향후 움직임에 반격할 방법까지 생각하려고 하고 있어요. 체스에서는 스피드 체스를 두지 않는 한 시간은 변수가 되지 않는데 이번 판이 스피드 체스예요. 우리는 여기서 비행기가 대기 중인 이착륙장까지 가야 해요. 그런 다음 그 비행기의 기지가 있는 프레스크 아일 근처까지 가서 거기서 시설로 이동해야 하고요. 제가 보기에는 아무리 일러도 내일 새벽 2시는 되어야 도착하겠는데. 제 계산이 맞나요?"

팀은 암산을 하고 고개를 끄덕였다.

"그보다 조금 늦어질 수도 있지만 2시라고 치자."

"그러면 제 친구들이 5시간 동안 자기들끼리 뭔가를 도모할 수 있지만, 스택하우스도 5시간 동안 자기 상황을 재점검하고 생각을 바꿀 수 있단 말이죠. 아이들을 독가스로 죽이고 그냥 도망치기로. 저는 전국 공항에 그의 사진이 전송될 거라고 했고 그는 그 말을 믿을 거예요. 그의 사진이 인터넷 어딘가에 있을 수밖에 없거든요. 시설의 직원들 중에 전직 군인이 많아요. 아마 그도 전직 군인일 거예요."

"싸가지 여왕의 전화기에도 그의 사진이 있을지 몰라."

루크는 고개를 끄덕였지만 식스비 부인이 과연 사진을 찍는 타입일지는 의심스러웠다.

"하지만 도보로 캐나다 국경을 넘어가기로 마음먹을 수도 있어요. 분명 그는 대안이 될 만한 도주로를 한 개 이상 골라 놨을 거예요. 방치된 숲길이나 시냇물을 따라가는 걸로. 그가 그 수를 쓸지도 모른다는 걸 염두에 두고 있어야 해요. 다만……."

"다만 뭐?"

루크는 손바닥의 두툼한 부분으로 한쪽 뺨을 문질렀다. 지치고 우유부단한 어른의 분위기를 풍기는 묘한 제스처였다.

"아저씨의 조언이 필요해요. 지금 든 생각이 저한테는 앞뒤가 맞는 것처럼 느껴지지만 저는 아직 어린아이잖아요. 그래서 잘 모르겠어요. 아저씨는 어른이고 또 좋은 분이니까요."

팀은 그 말에 가슴이 뭉클해졌다. 건물 앞쪽을 흘끗 확인했지만 웬디는 아직 나올 기미를 보이지 않았다.

"어떤 생각이 들었는데?"

"제가 그를 조져놓았다는 생각요. 그의 세상 전체를 조져놓았다는. 그가 저를 죽이기 위해서 도망치지 않을 수도 있겠다는 생각도 들어요. 제 친구들을 미끼 삼아서. 아저씨가 듣기에도 이게 논리적으로 말이 돼요? 솔직하게 말씀해 주세요."

"응. 장담할 방법은 없지만 복수는 강력한 동기를 부여하고 복수를 위해 이득을 포기한 사람들이 스택하우스 이전에도 많았지. 그리고 그가 거기서 기다리기로 결정한 또 다른 이유를 하나 더 알 것 같은데."

"뭔데요?"

루크는 불안한 눈빛으로 그를 뜯어보았다. 웬디 걸릭슨이 한 손에 키 카드를 들고 건물 모퉁이를 돌아나왔다.

팀은 열려 있는 밴의 조수석 문을 향해 고개를 까딱인 다음 루크 쪽으로 고개를 숙였다.

"식스비가 보스잖아, 그치? 스택하우스는 그냥 꼬붕이고."

"네."

팀은 살짝 웃으며 말했다.

"그렇다면 자, 식스비의 보스는 누구일까? 거기에 대해서 생각해 본 적 있니?"

루크는 눈을 동그랗게 뜨고 입을 살짝 벌렸다. 그는 알아들었다. 그리고 미소를 지었다.

3

9시 15분.

시설은 고요했다. 앞 건물의 아이들은 조와 하다드가 나누어준 수면제에 취해 잠이 들었다. 폭동을 일으킨 다섯 명도 두 건물을 연결하는 터널에서 잠이 들었지만 아마도 선잠일 것이었다. 스택하우스는 그들이 역대급으로 어마어마한 두통에 시달리고 있길 바랐다. 머저리들만 어디 갈 데가 있기라도 한 것처럼 자지 않고 어슬렁거렸다. 강강술래를 하듯 가끔 원을 만들기도 했다.

스택하우스는 원장실로 돌아가 그녀가 주고 간 여벌 열쇠로 책상 맨 아래 서랍을 열었다. 그린폰이라고도 하고 제로폰이라고도 하는 특별한 벽돌폰을 집었다. 예전에 줄리아가 그 전화기에 달린 세 개의 버튼을 두고 했던 말이 생각났다. 헤클과 제클의 뇌세포가 아직 많이 죽지 않았던 작년의 어느 날 마을에서 한 얘기였다. 뒤 건물의 아이들이 유럽의 테러 점조직에 자금을 대던 사우디의 마약상을 100퍼센트 사고사처럼 보이도록 해치운 직후였다. 살맛 나던 시절이었다. 줄리아는 그에게 자축하는 의미에서 저녁을 같이 먹자고 했다. 그들은 식전에 와인 한 병을 나눠 마셨고 식사하는 틈틈이 또 한 병을 마셨다. 그러자 그녀의 입이 가벼워졌다.

"제로폰으로 근황 보고하는 거 질색이야. 혀 짧은 소리를 내는 그 남자한테 말이지. 나는 그 남자가 알비노일 거라고 상상하거든. 이유는 모르겠어. 어렸을 때 만화책에서 뭔가 본 게 있나 봐. 엑스레이처럼 사람을 꿰뚫어보는 알비노 악당."

스택하우스는 알 만하다는 듯이 고개를 끄덕였다.

"그분은 어디 계세요? 누구예요?"

"모르겠고 알고 싶지도 않아. 나는 전화해서 보고한 다음 꼭 샤워를 해. 제로폰으로 전화하는 것보다 더 싫은 건 딱 하나뿐일 거야. 제로폰으로 전화를 받는 거."

스택하우스는 이제 제로폰을 바라보며 그날의 대화를 떠올리는 것만으로도 전화벨이 울릴 것 같은 끔찍한 예감에 시달리다가…….

그는 빈 방에 대고, 잠잠한 전화기에 대고, 아직은 잠잠한 전화기에 대고 말했다.

"아냐. 그건 전혀 예감이 아니지. 너는 울릴 거야. 단순한 논리에 따라서."

그렇고말고. 제로폰 저편의 사람들은(혀 짧은 소리를 내는 남자와 그가 속한 조직은) 사우스캐롤라이나의 그 조그만 마을에서 얼마나 화려한 대환장 파티가 벌어졌는지 소식을 접할 것이다. 당연히 그럴 수밖에 없었다. 전국, 어쩌면 전 세계 뉴스 1면을 장식할 테니. 어쩌면 그들은 이미 알고 있을 수도 있었다. 듀프레이에 홀리스터라는 정보원이 있다는 정보를 입수했다면 그와 접촉해 유혈현장의 자세한 정황을 들었을 수도 있었다.

그럼에도 제로폰은 울리지 않았다. 그들이 아직 모른다는 뜻일까, 아니면 그에게 사태를 바로잡을 여지를 허락한다는 뜻일까?

스택하우스는 팀이라는 남자에게 어떤 협상을 하건 이 시설의 존재를 계속 비밀에 부칠 수 있는지 여부가 관건이라고 얘기했다. 그는 여기 이 메인의 숲속에서 프로젝트를 계속 수행할 수 있을 거라고 믿을 만큼 어리석지 않았지만 초능력을 갖춘 아이들이 학대와 살해를 당한 것과…… 그런 프로젝트가 자행된 *이유*가 전 세계적으로 공개되는 사태를 막을 수 있다면…… 대단한 업적이 될 것이다. 절대 새어나가지 못하도록 확실하게 틀어막으면 심지어 보상을 받을 수 있을지 몰랐다. 목숨을 부지하는 것만으로도 충분한 보상이 될 테지만.

이 팀이라는 자에 따르면 아는 사람이 세 명뿐이라고 했다. 플래시 드라이브에 담긴 뭔지 모를 영상을 본 다른 사람들은 모두 죽었다. 운이 따라주지 않았던 골드 팀에서도 일부가 살아 있을지 모르지만 그들은 영상을 보지 않았고 사안이 뭐가 됐든 함구할 것이다.

루크 엘리스와 공범들을 여기로 부르자. 그는 생각했다. 그게 첫 번째 단계야. 이르면 새벽 2시쯤 도착하겠지. 1시 30분에 오더라도 내 쪽에서 기습 공격 계획을 수립할 시간은 충분해. 여기 남은 건 기술자와 뚱뚱이들뿐이지만 그중 몇 명은(예를 들면 그리스에서 온 지크는) 터프가이니까. 플래시 드라이브를 입수하고 그들도 잡고. 그런 다음 혀 짧은 소리를 내는 남자가 전화해서(반드시 전화할 테지.) 상황을 수습 중이냐고 물으면…….

"이미 수습했다고 대답하는 거지."

스택하우스는 말했다.

그는 제로폰을 식스비 부인의 책상에 놓고 생각으로 메시지를 보냈다. 울리지 마라. 내일 새벽 3시까지 절대 울리지 마라. 4시나 5시까지 울리지 않으면 더 좋고.

"그래야 내가 여유롭게……."

이때 전화벨이 울리자 스택하우스는 놀라서 소리를 질렀다. 잠시 후에 그는 아직까지 쿵쾅거리는 심장을 달래며 웃음을 터뜨렸다. 제로폰이 아니라 그의 벽돌폰이었다. 그러니까 사우스캐롤라이나에서 걸려온 전화였다.

"여보세요? 루크인가, 팀인가?"

"루크요. 앞으로 어떻게 하면 되는지 설명할 테니까 제 말 잘 들으세요."

4

칼리샤는 아주 넓은 집에서 길을 잃었지만 어떻게 들어왔는지 알 수 없었기 때문에 나가는 방법을 도무지 알 수 없었다. 그녀가 있는 곳은, 머릿속을 노략질당하기 전에 잠깐 살았던 앞 건물의 주거동 복도처럼 생긴 공간이었다. 다만 이곳에는 서랍장과 거울과 코트걸이와 우산이 가득 든, 코끼리 발처럼 생긴 것이 있었다. 작은 테이블 위에는 그녀의 집 부엌에서 쓰던 것과 똑같이 생긴 전화기가 있었고 그 전화기의 벨이 울리고 있었다. 그녀는 전화를 받았고 네 살 때 배운 대로 "벤슨네 집입니다." 하고 말할 수는 없었기에 그냥 여보세요라고 했다.

"*올라? 메 에스쿠차스?*"("여보세요? 내 말 들려?"라는 뜻의 스페인어 — 옮긴이)

여자아이의 목소리인데 워낙 희미하고 지직거려서 간신히 알아들을 수 있었다.

칼리샤는 중학교 때 1년 동안 스페인어를 배웠기 때문에 '올라'가 무슨 뜻인지는 알았지만 그녀가 아는 몇 개 안 되는 단어 속에 '에스쿠차스'는 없었다. 그럼에도 여자아이가 뭐라는지 알아들었고 그때 이것이 꿈이라는 사실을 알아차렸다.

"응, 들려. 거기 어디야? 너 *누구니?*"

하지만 아이의 목소리는 끊겼다.

칼리샤는 수화기를 내려놓고 홀을 따라 계속 걸었다. 옛날 영화에 나오는 응접실처럼 생긴 곳을 들여다보았다가 그 다음에는 무도실을 들여다보았다. 검은색과 흰색의 정사각형으로 이루어져 있는 바닥을 보니 놀이터에서 체스를 두던 루크와 닉이 생각났다.

다른 전화기가 울리기 시작했다. 그녀는 발걸음을 재촉해 현대적인 분위기의 근사한 부엌으로 들어갔다. 냉장고에 사진과 자석과 **버코위츠를 대통령으로!**라고 적힌 범퍼 스티커가 덕지덕지 붙어 있었다. 그녀는 버코위츠를 전혀 몰랐지만 여기가 그의 집 부엌이라는 것을 알 수 있었다. 벽에 전화기가 걸려 있었다. 테이블 위에 놓여 있던 전화기보다 컸고 그녀의 집 부엌에 있던 것보다도 확실히 커서 거의 장난감 전화기 같았다. 하지만 벨이 울리고 있었기에 그녀는 수화기를 들었다.

"여보세요? *올라?* 내 이름은 *메 야*모 칼리샤야."

하지만 스페인어를 쓰던 아까 그 여자아이가 아니었다. 남자아이였다.

"*봉주르, 부 마탕데?*"("여보세요, 내 말 들려?"라는 뜻의 프랑스어 — 옮긴이)

프랑스어였다. *봉주르*가 프랑스어였다. 다른 나라 말이지만 묻는 건 똑같았고 이번에는 연결 상태가 전보다 괜찮았다. 많이는 아니었지만 그래도 조금 더 괜찮았다.

"응, 위, 위, 들려! 거기……."

하지만 아이의 목소리는 끊겼고 다른 전화벨이 울렸다. 그녀는 식료품 저장실을 쏜살같이 가로질러 볏짚으로 벽을 쌓고 바닥에 알록달록한 털실 매트를 깔아놓은 방으로 들어갔다. 바두 보카사라는 아프리카 군 지도자가 여기 숨어 있다가 여러 정부 가운데 한 명에게 칼로 목을 찔려서 죽었다. 하지만 그를 살해한 진범은 수천 킬로미터 멀리 있는 아이들이었다. 헨드릭스 박사가 독립기념일에 터뜨리는 싸구려 폭죽을 요술 지팡이처럼 휘두르자 보카사가 쓰러졌다. 매트에 놓인 전화기는 아까보다 더 커서 거의 스탠드만 했다. 수화기를 들어보니 묵직했다.

다른 여자아이였고 이번에는 아주 또렷하게 들렸다. 전화기가 커질수록 목소리가 잘 들리는 모양이었다.

"*스드라보, 수예 슬리 메?*"("여보세요, 내 말 들려?"라는 뜻의 크로아티아어—옮긴이)

"응, 잘 들려. 여기가 어디니?"

목소리가 끊겼고 다른 전화벨이 울렸다. 샹들리에가 달린 침실이었고 이번에는 전화기가 발을 올려놓는 의자만 했다. 그래서 수화기를 양손으로 들어야 했다.

"*할로, 후 어 예메?*"("여보세요, 내 말 들려?"라는 뜻의 네덜란드어—옮긴이)

"응! 그럼! 물론이지! 뭐라고 얘기 좀 해 봐!"

상대방은 아무 말도 하지 않았다. 다이얼 톤도 들리지 않았다. 그냥 끊겼다.

다음 전화기는 큼지막한 유리 지붕이 달린 일광욕실에 있었고 크기가 그 전화기가 놓인 테이블만 했다. 벨소리에 귀가 아팠다. 로큰롤 공연장에서 앰프를 통해 들리는 벨소리 같았다. 칼리샤는 손바닥을 위로 한 채 손을 내밀고 달려가 수화기를 쳐서 떨어뜨렸다. 어떤 깨달음을 얻기 위해서가 아니라 고막이 터지기 전에 벨소리를 잠재우기 위해서였다.

"*챠오! 미 센티?* ***미 센티?***"("여보세요, 내 말 들려?"라는 뜻의 이탈리아

어—옮긴이)

남자아이의 목소리가 사방을 울렸다.

그 소리에 그녀는 잠에서 깨어났다.

5

그녀는 친구들과 함께 있었다. 에이버리, 니키, 조지 그리고 헬렌. 다른 아이들은 잠을 자고 있었지만 단잠은 아니었다. 조지와 헬렌은 끙끙거렸다. 니키는 뭐라고 중얼거리며 손을 내밀었다. 그걸 보고 그녀는 전화벨 소리를 멈추려고 거대한 전화기를 향해 달려가던 순간을 떠올렸다. 에이버리는 몸을 뒤척이며 그녀가 이미 들은 말을 토했다. *후 어 예메? 후 어 예메?*

다들 그녀와 똑같은 꿈을 꾸고 있는 것이었다. 현재 상태, 즉 시설에서 그들이 어떤 식으로 달라졌는지를 감안했을 때 완벽하게 앞뒤가 맞았다. 그들은 염력뿐 아니라 텔레파시까지 일종의 집단 능력을 발휘하고 있었으니 꿈도 같이 꾸지 말란 법이 없었다. 딱 한 가지 궁금한 부분이 있다면 근원지가 누구냐는 것이었다. 아무래도 가장 능력이 뛰어난 에이버리가 아닐까 싶었다.

벌 떼. 그녀는 생각했다. 그게 바로 우리야. 초능력을 쓸 줄 아는 벌 떼.

칼리샤는 일어나 좌우를 살폈다. 두 건물을 연결하는 터널에 갇혀 있는 건 여전한데, 집단 능력의 강도는 달라진 것 같았다. 제법 늦은 시각인데도 A동 아이들은 잠이 들지 않은 이유가 그 때문일지 몰랐다. 원래 시간을 잘 알아맞혔던 그녀의 짐작상 아무리 못해도 9시 30분이나 어쩌면 그보다 더 된 듯했다.

웅웅거리는 소리가 그 어느 때보다 시끄러웠고 일정한 리듬이 반복됐다. *웅웅웅* ***웅웅웅*** *웅웅웅* ***웅웅웅***, 이런 식이었다. 그녀는 천장에 달린 형광등이 그 리듬에 맞춰 환해졌다가 어두워졌다가 다시 환해지는 것을 보며 재미있어했다.(하지만 놀라지는 않았다.)

TK의 실연 현장이네. 그녀는 생각했다. 이게 무슨 소용인지는 모르겠지만.

자기 머리를 때리며 야 *야* 야 *야* 거렸던 피트 리틀존이 그녀를 향해 성큼성큼 달려왔다. 앞 건물에서 지냈을 때 피트는 어디든 졸졸 따라다니며 친구들과 속닥거리는 비밀 얘기를 엿들으려고 하는 남동생처럼 살짝 귀엽고 살짝 성가신 아이였다. 지금은 계속 침을 뚝뚝 흘리고 멍한 눈빛을 하고 있어서 쳐다보고 있기가 고역이었다.

"*메 에스쿠차스? 회르스트 두 미흐?*(내 말 들리냐는 뜻의 독일어 — 옮긴이)"

그가 물었다.

"너도 그 꿈을 꿨구나."

칼리샤는 말했다.

피트는 들은 체하지 않고 방황하는 자기 친구들에게로 몸을 돌리며 *스티제 미니*인가 싶은 말을 중얼거렸다. 어느 나라 말인지 아무도 모를 노릇이었지만 뜻은 같을 거라고 칼리샤는 장담할 수 있었다.

칼리샤는 누구에게랄 것도 없이 말했다.

"들려. 하지만 원하는 게 뭐야?"

잠겨 있는 뒤 건물의 출입문으로 가는 터널 중간 벽에 크레용으로 누가 뭘 적어 놓았다. 칼리샤는 서성이는 A동 아이들 몇 명을 피해 가며 그 앞으로 다가갔다. 보라색으로 큼지막하게 이렇게 적혀 있었다. **큰 저나기 저나해. 큰 저나기 바다.** 그러니까 머저리들도 깨어 있는 상태에서 그 꿈을 꾸었다는 뜻이었다. 머릿속이 거의 백지가 됐으니 주야장천 꿈을 꾸고 있을지 몰랐다. 현실 세상은 찾지 못하고 꿈만 꾸고 꾸고 또 꾼다니 상상만 해도 끔찍하기 짝이 없었다.

"너도 마찬가지구나?"

자다 일어나서 눈은 퉁퉁 붓고 머리는 고슴도치처럼 사방으로 뻗친 닉이었다. 어째 귀여운 구석이 있었다. 그녀는 눈썹을 추어올렸다.

"꿈 말이야. 넓은 집, 점점 커져 가는 전화기. 『바솔로뮤 커빈스의 모자 오백 개』 같지 않았어?"

"바솔로뮤?"

"닥터 수스 책 말이야. 바솔로뮤가 왕 앞에서 모자를 벗으려고 하는데 벗을 때마다 점점 크고 멋진 모자가 그 아래에서 등장한다는 내용이야."

"그 책은 읽은 적 없지만 꿈은 맞아. 에이버리가 보낸 꿈인 줄 알았는데. 적어도 에이버리한테서 시작된 건 줄 알았어."

그녀는 완전히 탈진해서 기절하듯 잠을 자는 아이를 가리켰다.

“재가 시작한 건지 아니면 어딘가로부터 받아서 증폭시켜 우리한테 전달한 건지 모르겠어. 그게 중요한지도 잘 모르겠고.”

닉은 벽에 적힌 메시지를 유심히 들여다보다가 주위를 두리번거렸다.

“머저리들이 오늘 밤에는 가만히 있질 못하네.”

칼리샤는 그를 보며 미간을 찌푸렸다.

“그렇게 부르지 마. 비하하는 단어잖아. 나를 검둥이라고 부르는 거하고 같다고.”

“알았어. 정신적으로 문제가 있는 애들이 오늘 밤에는 가만히 있질 못하네. 됐어?”

닉은 말했다.

“응.”

그녀는 그에게 미소를 허락했다.

“두통은 좀 어때, 샤?”

“괜찮아졌어. 사실 아무렇지 않아. 너는?”

“나도.”

그때 조지가 끼어들며 말했다.

“나도 그런데. 물어봐 줘서 고맙다. 너희들도 그 꿈 꿨어? 전화기가 점점 커지고 *여보세요, 내 말 들려?* 하는 꿈.”

“응.”

닉이 말했다.

“눈을 뜨기 직전에 본 그 마지막 전화기는 나보다 더 크더라. 그리고 웅웅거리는 소리가 더 커졌어.”

그러고는 똑같이 심드렁한 투로 덧붙였다.

"얼마 있으면 저들이 우리를 독가스로 죽이려고 할까? 아직까지 살려둔 게 놀랍단 말이지."

6

9시 45분, 사우스캐롤라이나 주 뷰포트의 이코노 로지 주차장.

스택하우스는 말했다.

"듣고 있다. 네가 내 도움을 받겠다고 하면 힙을 합쳐서 이 문제를 해결할 수 있을지 몰라. 우리 의논을 좀 해 보자."

루크는 말했다.

"됐어요. 그냥 듣기만 하세요. 그리고 받아 적으세요, 같은 말 두 번 하기 싫으니까."

"팀이라는 네 친구도 아직 같이……."

"플래시 드라이브 받을 거예요, 안 받을 거예요? 받기 싫으면 계속 얘기하세요. 받고 싶으면 *입 닥치고 있고.*"

팀이 루크의 어깨에 손을 얹었다. 밴의 앞좌석에서는 식스비 부인이 서글픈 표정으로 고개를 저었다. 루크는 그녀의 머릿속을 들여다보지 않아도 무슨 생각을 하는지 알 수 있었다. 애가 어른 흉내를 내려고 하네.

스택하우스는 한숨을 쉬었다.

"알았다. 볼펜하고 종이 준비됐어."

"첫째. 웬디 경관님한테는 플래시 드라이브가 없고 우리가 들고 있지만, 경관님이 제 친구들 이름하고(칼리샤, 에이버리, 니키, 헬렌, 그리고 두어 명 더요.) 어디에서 살았는지를 알아요. 그 친구들 부모님도 제 부모님처럼 돌아가셨다면 플래시 드라이브가 없어도 수사를 뒷받침하기에 충분할 거예요. 경관님이 초능력을 갖춘 아이들이나 살인을 두고 당신들이 떠벌이는 그 헛소리에 대해서 함구하고 있어도 경찰에서 시설을 찾을 거예요. 스택하우스, 당신이 도망치더라도 당신의 보스들이 끝까지 추적하겠죠. 그러니까 우리가 당신의 목숨을 부지할 수 있는 가장 훌륭한 기회예요. 알겠어요?"

"영업 멘트는 됐어. 웬디라는 경관의 성이 어떻게 되지?"

귀를 바짝 대고 양쪽 모두의 얘기를 듣고 있던 팀이 고개를 저었다. 루크는 그의 충고를 들을 필요가 없었다.

"알 것 없어요. 둘째. 당신들 패거리가 타고 온 비행기에 연락해요. 조종사들한테 우리가 오는 게 보이면 조종석 밖으로 절대 나오지 말라고 해요."

팀이 한 단어를 속삭였다. 루크는 고개를 끄덕였다.

"조종석 안으로 들어가기 전에 계단 내리는 것도 잊지 말라고 전하고요."

"너희들이 탄 차라는 걸 어찌 알고?"

"당신들이 고용한 킬러들을 태우고 출동했던 차를 타고 갈 거거든요."

루크는 스택하우스에게 이 정보를 알리며 중요 포인트가 그의 뇌리에 꽂히길 바랐다. 식스비 부인이 헛스윙을 날렸다는 사실 말이다.

“우리는 조종사와 부조종사를 보지 않고 그들도 우리를 보지 않도록 하는 거죠. 비행기가 이륙했던 곳에 착륙하면 그들은 조종석에 있어야 해요. 여기까지 이해했어요?”

“그래.”

“셋째. 9인승 밴이 우리를 기다리고 있으면 좋겠어요. 우리가 듀프레이에서 타고 온 것과 비슷한 걸로.”

“그런 밴은 없는…….”

“뻥치지 말아요. 병영처럼 쓰는 마을에 주차장이 있잖아요. 내가 봤어요. 협조할 거예요, 아니면 나 그냥 전화 끊어요?”

루크는 땀을 뻘뻘 흘리고 있었는데 밤공기가 습해서 그런 것만은 아니었다. 팀이 어깨에 손을 얹어 주어서, 웬디가 걱정하는 눈빛으로 바라보아 주어서 고마웠다. 더는 혼자 싸우지 않아서 좋았다. 그 부담이 얼마나 어마어마했는지 지금에서야 깨달을 수 있었다.

스택하우스는 부당한 짐을 짊어진 사람처럼 한숨을 쉬었다.

“얘기 계속해라.”

“넷째. 버스를 한 대 구해 놓으세요.”

“*버스*? 너 지금 *진심*이니?”

루크는 그런 반응을 보일 만도 하다는 생각이 들었기에 그냥 넘어가기로 했다. 팀과 웬디도 놀란 표정이었다.

“온 사방에 친구들이 있으니까 데니슨 리버 벤드의 경찰 중에도 아는 사람이 있을 거 아니에요. 어쩌면 경찰 전원이랑 아는 사이일지도 모르고요. 여름이니까 애들 방학 기간이라 제설기, 덤프트럭,

기타 등등과 함께 버스가 시청 주차장에 세워져 있을 거예요. 경찰 친구한테 열쇠 보관하는 건물을 열라고 하세요. 그리고 좌석이 못해도 40개는 되는 버스에 열쇠 꽂아 놓으라고 하고요. 기술자나 관리인더러 그 버스를 시설까지 몰고 오라고 해서 열쇠 꽂은 채로 행정동 앞 깃대 옆에 세워요. 알겠어요?"

"그래."

사무적인 말투였다. 이제는 구시렁거리거나 딴 데로 새지 않았고 루크는 팀에게 어른들의 심리나 동기에 대해 강의를 듣지 않아도 이유를 알 수 있었다. 스택하우스는 이것을 헛된 바람이나 다를 바 없는, 어린아이의 무모한 계획으로 간주하고 있었다. 팀과 웬디의 표정을 보면 그들도 똑같은 생각을 하고 있다는 것을 알 수 있었다. 통화하는 소리가 들리는 곳에 앉아 있었던 식스비 부인은 정색하고 있느라 애를 먹는 눈치였다.

"간단하게 맞바꾸면 돼요. 당신은 플래시 드라이브를 받고 나는 아이들을 받고. 뒤 건물의 아이들뿐 아니라 앞 건물의 아이들까지. 내일 새벽 2시까지 애들 소풍 준비 마쳐놓으세요. 그럼 웬디 경관님은 함구할 거예요. 그게 협상 조건이에요. 아, 그리고 개떡 같은 원장과 개떡 같은 의사도 한 명씩 받을 수 있어요."

"질문 하나 해도 될까, 루크? 허락해 주겠니?"

"하세요."

"서른다섯 명에서 마흔 명쯤 되는 아이들을 옆면에 **데니슨 리버 벤드**라고 적힌 노란색의 큼지막한 스쿨버스에 태워서 어디로 데려가려고? 그 애들 중 대다수는 제정신이 아니라는 것도 감안해야 할 텐데.”

“디즈니랜드요.”

루크는 말했다.

팀은 갑자기 두통이 생긴 것처럼 한 손을 자기 이마에 갖다 댔다.

“우리는 웬디 경관님과 계속 연락할 거예요. 이륙하기 전에. 착륙한 후에. 시설에 도착해서. 시설에서 출발할 때. 우리한테서 연락이 없으면 경관님이 메인 주 경찰서에서부터 시작해 FBI와 국토안보부에까지 전화를 돌릴 거예요. 알겠어요?”

“그래.”

“좋아요. 이제 마지막. 우리가 거기 도착하면 *당신이* 나와 있어 주기 바라요. 두 팔을 벌려서 한 손은 버스 지붕에, 한 손은 깃대에 얹고. 아이들이 버스에 타고 내 친구 팀이 운전석에 자리를 잡자마자 내가 모린한테 받은 플래시 드라이브를 건네고 버스에 타겠어요. 알겠어요?”

“그래.”

대답이 딱딱했다. 이게 웬 떡이냐 싶은 것을 감추려고 애를 쓰는 말투였다.

그는 웬디가 문제가 될지 모른다는 걸 알아. 루크는 생각했다. 사라진 아이들 여럿의 이름을 아니까. 하지만 그 문제는 자기가 해결할 수 있다고 생각하지. 플래시 드라이브는 그보다 더 중요하고 가짜로 간주하기 어려운 카드야. 내가 그걸 은쟁반에 얹어서 주겠다고 하는 거나 다름없는데 그가 무슨 수로 거부할 수 있겠어? 거부할 수가 없지.

"루크……."

팀이 말문을 열었지만 루크는 고개를 저었다. 이따가요, 내가 생각을 다 끝낸 다음에 얘기해요.

그는 현재 상황이 여전히 암울하다는 걸 알지만 한 줄기 빛을 본 거야. 팀 덕분에 내가 미처 생각하지 못했던 부분을 챙길 수 있었어. 식스비와 스택하우스로 끝나지 않는다는 거. 그들에게도 상사가, 보고를 해야 할 상대가 있다는 거. 개판 5분 전이 되더라도 스택하우스는 그들에게 그만하길 다행이라고 얘기할 수 있어. 난국을 수습한 자기한테 고마워해야 한다고.

"이륙하기 전에 연락할 거니?"

스택하우스가 물었다.

"아뇨, 모든 준비를 믿고 맡길게요."

하지만 스택하우스를 생각할 때 믿음이라는 단어가 제일 먼저 떠오르지는 않았다.

"다음번에는 시설에서 얼굴을 맞대고 대화를 나누기로 해요. 공항에는 밴을. 깃대 옆에는 버스를. 어느 시점에서든 개수작 부리면 웬디 경관님이 전화를 돌리기 시작할 거예요. 끊을게요."

그는 전화를 끊고 몸을 축 늘어뜨렸다.

7

팀은 웬디에게 글록을 건네고 두 포로를 가리켰다. 그녀는 고개를 끄덕였다. 그녀가 보초 자세를 취하자 팀은 아이를 한쪽으로 데려갔다. 그들은 철책 옆으로 가서 목련이 드리운 그늘 안으로 들어갔다.

"루크, 이 작전은 절대 성공하지 못해. 공항에 도착했을 때 밴이 대기하고 있을지 몰라도 이 시설이라는 데가 네가 얘기한 그런 곳이라면 우리 둘은 발을 들이자마자 매복 공격을 당해서 목숨을 잃을 거야. 그럼 웬디 혼자 남을 테고 그녀는 최선을 다하겠지만 아무라도 거기 찾아가기까지 며칠은 걸릴 거다. 일반적인 범주에서 벗어난 사건이 벌어지면 경찰이 어떤 식으로 움직이는지 나는 알아. 그들이 시설을 발견한다 한들 시신 말고는 아무것도 없을 거야. 어쩌면 시신마저 없을지 모르지. 네가 말하길 거기에는……."

팀은 어떤 식으로 표현하면 좋을지 알 수가 없었다.

"쓰임새를 다한 아이들을 처분하는 시설이 갖추어져 있다고 하니까."

루크는 말했다.

"저도 다 알아요. 중요한 건 우리가 아니라 *걔*들이에요. 아이들요. 저는 그냥 시간을 버는 중이에요. 거기서 무슨 일이 벌어지고 있어요. 거기뿐만이 아니라 다른 데서도요."

"그게 무슨 소린지 모르겠구나."

"제가 더 강해졌거든요. 시설에서 1500킬로미터보다 더 멀리 떨어져 있는데도 말이죠. 제가 그 시설 소속이기는 하지만 이제는 그 시설의 아이들에 국한된 얘기도 아니에요. 만약 그랬다면 제가 생각만으로 그 남자의 총을 들어 올리지 못했을 거예요. 아무것도 없는 피자 팬이 제 최대 한계였다니까요, 기억하시죠?"

"루크, 그게 무슨 소린지……."

루크는 집중했다. 순간 정문 현관에 놓인 전화벨이 울리는 장면이 머릿속에 떠올랐고 그는 그 전화를 받으면 상대방이 "내 말 들려?"라고 물을 거라는 사실을 알았다. 잠시 후에 그 장면은 알록달록한 점과 희미하게 웅웅거리는 소리로 바뀌었다. 점이 눈부시다기보다 어두침침했고 그래서 다행이었다. 그는 팀에게 보여 주고 싶었지만 그를 다치게 하고 싶지는 않았다. 까딱했다가는 다치기 십상이었기 때문에 조심해야 했다.

팀이 보이지 않는 손에 의해 떠밀린 사람처럼 철책 쪽으로 비틀거렸다가 얼굴을 부딪치기 직전에 팔을 들어서 막았다.

"팀?"

웬디가 외쳤다.

"나 괜찮아요. 그 사람들한테서 시선 떼지 말아요, 웬디."

팀이 말했다. 그는 루크를 바라보았다.

"네가 한 거니?"

"그 힘이 *저한테서* 나온 게 아니라 저를 *거쳐서* 나온 거예요."

루크는 말했다. 지금은 시간이 (조금이나마) 있었고 궁금했기 때문에 그는 물어보았다.

"어떤 느낌이었어요?"

"강한 돌풍 같았어."

"분명 강했을 거예요. 우리는 함께 힘을 합치면 더 강해지거든요. 에이버리가 하는 말이에요."

"에이버리라면 그 어린 꼬맹이?"

"맞아요. 그렇게 센 애는 오랜만에 처음이었을 거예요. 어쩌면 몇 년 만에 처음이었을 거예요. 무슨 일이 있었는지 확실하게는 모르겠지만 수조에 들어갔다 나온 게 아닌가 싶어요. 그걸 제한하는 주사를 전혀 맞지 않은 상태에서 임사 체험을 거치며 슈타지 라이트가 강화된 거죠."

"무슨 소린지 도통 모르겠다."

루크는 그의 말을 듣지 못한 눈치였다.

"제가 탈출할 수 있도록 도왔다고 그 벌을 받았을 거예요."

그는 밴을 향해 고개를 갸웃했다.

"식스비 부인은 알지 몰라요. 어쩌면 그녀의 제안이었을 수도 있어요. 아무튼 그게 역효과를 낳았어요. 애들이 폭동을 일으킨 걸 보면 분명해요. 진짜 구심점은 A동 아이들이었어요. 에이버리가 그걸 봉인 해제한 거예요."

"하지만 갇힌 데서 탈출할 수 있을 만큼은 안 되는 거지?"

"*아직*은요. 하지만 탈출할 수 있을 것 같아요."

"어째서? 어떻게?"

"아저씨가 식스비 부인과 스택하우스 씨에게도 보스가 있을 거 아니냐고 했을 때 문득 깨달았어요. 제가 미처 거기까지는 생각을 못했지 뭐예요. 아이들한테 보스는 부모님과 선생님들뿐이라서 그랬나 봐요. 아무튼 그 위로 보스가 더 있다면 시설이 여러 개 있지 말라는 법도 없지 않겠어요?"

차 한 대가 주차장으로 들어왔다가 그들을 지나쳐 빨간 미등을 깜빡이며 멀어졌다. 차가 사라지자 루크는 하던 얘기를 계속했다.

"메인에 있는 거기가 미국에 하나뿐인 시설일 수도 있고 서부에 하나 더 있을 수도 있어요. 마치 북엔드처럼. 하지만 영국…… 러시아…… 인도…… 중국…… 독일…… 한국에도 하나씩 있을지 몰라요. 생각해 보면 말이 돼요."

"군비 경쟁이 아니라 정신적인 경쟁이다. 네 말은 그거지?"

"경쟁은 아니라고 봐요. 모든 시설이 공조 관계일 거예요. 확실하지는 않지만 그럴 것 같아요. 공동의 목표. 훌륭한 공동의 목표죠. 아이 몇 명을 죽여서 인류의 자멸을 막는다. 맞교환. 얼마 동안 계속 이어져 왔는지 아무도 모를 일이지만 지금까지 폭동이 벌어진 적은 없어요. 시발점은 에이버리하고 다른 친구들이지만 확산될 수 있어요. 이미 확산되고 있을지 몰라요."

팀 제이미슨은 역사학자도 사회학자도 아니었지만 시대의 흐름을 잘 파악하고 있었기 때문에 루크의 짐작이 맞을지 모른다고 생각했다. 폭동 또는 그보다 경멸의 의미가 덜한 단어를 쓰자면 혁명은, 특히 정보 시대에는 바이러스와 같았다. 확산될 수 있었다.

"우리 각자가 가진 능력, 우리가 애초에 납치당해 시설로 끌려간 이유가 그 때문인데 그 능력은 얼마 되지 않아요. 하지만 우리 모두를 합친 능력은 그보다 강해요. A동 아이들의 경우에는 특히 더. 이성을 상실했으니 남은 게 능력뿐이거든요. 하지만 시설이 더 있고 그쪽에서도 우리 시설에 어떤 일이 벌어지고 있는지 안다면, 그쪽에서도 함께 힘을 합치기로 마음먹으면……."

루크는 고개를 저었다. 정문 현관에 놓인 전화기를 다시금 떠올리는 중인데, 다만 이번에는 전화기가 어마어마하게 커졌다.

"그렇게 된다면 능력이 어마어마할 거예요. 정말 어마어마할 거예요. 그렇기 때문에 시간이 필요한 거예요. 스택하우스가 저를 보고 바보 같은 협상안을 제시해 가며 친구들을 구하려고 안달을 낼 만큼 바보 같은 녀석이라고 생각한다면 좋은 거예요."

팀은 그를 철책 쪽으로 떠밀었던 그 정체 모를 돌풍의 느낌을 아직까지 기억하고 있었다.

"네 친구들을 구하러 거기로 가는 게 아니지?"

루크는 심각한 표정으로 그를 쳐다보았다. 지저분하게 멍이 든 얼굴과 붕대로 감싼 귀 때문에 세상에서 가장 순진한 아이처럼 보였다. 하지만 그가 미소를 짓자 순간 전혀 순진해 보이지 않았다.

"네. 사태를 수습하러 가는 거예요."

8

칼리샤 벤슨, 에이버리 딕슨, 조지 아일스, 니콜러스 윌홀름, 헬렌 심스.

다섯 명의 아이들이 앞 건물의 F층으로 향하는 잠긴 (절대 꿈쩍하지 않았다.) 문 옆에 앉아 있었다. 두 건물을 연결하는 터널의 끝 쪽이었다. 케이티 기번스와 헬 레너드도 잠깐 같이 있었지만 지금은 A동 아이들의 대열에 합류해 그들이 걸으면 걷고, 그들이 원을 만들기로 마음먹으면 같이 손을 잡았다. 렌도 마찬가지였고, 아이리스가 지금은 원을 만들었다가 흩어졌다가 다시 원을 만드는 A동 아이들을 계속 쳐다보고만 있었지만 칼리샤가 보기에 아이리스는 점점 희망의 불씨가 꺼져 가고 있었다. 헬렌은 정신이 돌아와서 그들 쪽으로 완전히 넘어왔다. 아이리스는 너무 멀리 가 버린 것일지 몰랐다. 칼리샤가 수두 덕분에 다른 아이들보다 앞 건물에서 훨씬 오래 지내는 동안 만났던 지미 컬럼과 다나 깁슨도 마찬가지였다. A동 아이들을 보면 슬펐지만 아이리스를 보면 더 슬펐다. 그녀가 손쓸 도리가 없을 만큼 망가졌을 수 있다니…… 생각만 해도…….

"끔찍하지."

니키가 말했다.

그녀는 나무라는 눈빛으로 그를 쳐다보았다.

"내 머릿속을 들여다본 거야?"

"응. 하지만 네 머릿속의 속옷 서랍을 들여다보지는 않았어."

니키가 말하자 칼리샤는 콧방귀를 뀌었다.

"우리는 이제 모두 서로의 머릿속을 들여다보고 있어."

조지가 말했다. 그는 헬렌을 엄지손가락으로 가리켰다.

"쟤가 어떤 친구네 잠옷 파티에 갔다가 너무 심하게 웃어서 옷에다가 지린 걸 내가 알고 싶어 할 것 같아? 그거야말로 TMI의 전형적인 사례지."

"네가 건선에 대해서 걱정하는 걸……."

헬렌이 말문을 열었지만 칼리샤가 조용히 하라고 했다.

"지금 몇 시쯤 됐을까?"

조지가 물었다.

칼리샤는 아무것도 없는 자기 손목을 들여다보았다.

"시계 없시야."

"내 느낌상으로는 11시쯤 된 것 같아."

니키가 말했다.

"내가 재밌는 얘기 하나 해 줄까? 예전에는 웅웅거리는 소리가 싫었거든. 내 머리를 갉아먹는 소리라는 걸 알았기 때문에."

헬렌이 말했다.

"다들 그랬지."

조지가 말했다.

"이제는 좀 좋아졌어."

"왜냐하면 능력의 소리니까. *쟤*들의 능력이지, 우리가 넘겨받기 전까지는."

니키가 말했다.

"반송파(음성 신호처럼 주파수가 낮은 신호 파동을 보낼 때 실어 보내는 높은 주파수의 파동. 전신, 전화, 라디오, 텔레비전 따위에 쓴다 — 옮긴이). 게다가 지금은 끊기지 않고 계속 이어지고 있어. 방송이 시작될지 모르니까 기다려 봐."

조지가 말했다.

여보세요, 내 말 들려? 칼리샤는 생각했고 그녀를 뒤흔든 전율이 꼭 불쾌하지만은 않았다.

A동 아이들 몇 명이 손을 잡았다. 아이리스와 렌도 가서 같이 잡았다. 웅웅거리는 소리가 반복되며 점점 고조됐다. 천장에 달린 형광등의 깜빡거림도 마찬가지였다. 잠시 후에 그들이 손을 풀자 웅

웅거리는 소리는 다시 예전처럼 나지막하게 바뀌었다.

"비행기를 탔어."

칼리샤가 말했다. 누구 말이냐고 물어볼 필요가 없었다.

"비행기 또 타 봤으면 좋겠다. 그럼 *얼마나* 신날까."

헬렌이 간절히 바라는 투로 말했다. "

"저들이 그 녀석이 올 때까지 기다려 줄까, 샤? 아니면 그냥 독가스를 뿌릴까? 어떻게 생각해?"

닉이 물었다.

"내가 자비에 교수(엑스맨의 설립자이자 지도자—옮긴이)도 아니고 어찌 알겠어? 일어나, 에이버스터. 일어나서 정신 차려."

그녀는 에이버리의 옆구리를 팔꿈치로 슬쩍 찔렀다.

"일어나 있어."

에이버리가 말했다.

사실 그렇지는 않았다. 깜빡깜빡 졸며 웅웅거리는 소리를 감상하는 중이었다. 점점 커졌던 전화기와 점점 커지고 근사해졌던 바솔로뮤 커빈스의 모자에 대해 생각하는 중이었다.

"기다릴 거야. 그럴 수밖에 없어, 왜냐하면 우리한테 무슨 일이 벌어지면 루크가 알게 되거든. 그리고 우리도 루크가 도착할 때까지 *기다려야* 해."

"언제 오는데?"

칼리샤가 물었다.

"전화해 보자. 그 큰 전화기로. 함께 힘을 합쳐서."

에이버리가 말했다.

"얼마나 큰 전화기로? 내가 마지막으로 본 전화기는 진짜 허벌나게 컸거든. 거의 나만 했어."

조지는 불안한 목소리였다.

에이버리는 고개만 저었다. 눈꺼풀이 내려앉았다. 기본적으로 그는 아직 어린 꼬맹이였고 지금은 잠자리에 들 시각이 훌쩍 지났다.

A동 아이들(심지어 칼리샤조차도 머저리가 아니라고 생각하기가 쉽지 않았다.)은 계속 손을 잡고 있었다. 천장이 환해졌다. 형광등 하나가 합선을 일으키며 꺼졌다. 웅웅거리는 소리가 깊어지고 강해졌다. 칼리샤는 앞 건물에서도 느껴질 거라고 장담할 수 있었다. 조와 하다드, 채드와 데이브, 프리실리와 그 못된 지크. 그리고 나머지도. 이 소리를 들으며 두려움에 떨고 있을까? 조금은 그럴지도 모르지만…….

그들은 우리가 이 안에 꼼짝없이 갇혀 있는 줄 알지. 그녀는 생각했다. 자기들이 안전한 줄 알지. 폭동이 잠잠해진 줄 알지. 그런 식으로 착각하도록 내버려 두자.

어딘가에 큰 전화기가 있었다. 수많은 방과 연결된 *가장* 큰 전화기가 있었다. 그 전화기로 통화하면 그들이 갇혀 있는 이 터널 안의 능력이 지금까지 지상이나 지하에서 폭발한 그 어떤 폭탄보다 더 강력해질 것이다. 지금은 반송파에 불과한 웅웅거림이 진동으로 발전해 건물을 무너뜨리거나 어쩌면 온 도시를 쑥대밭으로 만들 수도 있었다. 그녀는 장담할 수 없었지만 진짜 그럴지 모른다는 생각이 들었다. 애초에 납치의 단초를 제공한 능력 말고는 머릿속에 아무것도 남지 않은 아이들이 몇 명이나 그 큰 전화기의 벨이 울리길 기다리고 있을까? 100명? 500명? 전 세계 곳곳에 이런 시설이 있다면 그보다 더 많을지 몰랐다.

"니키?"

"왜?"

그도 깜빡 졸고 있었기 때문에 짜증 섞인 목소리였다.

"우리가 그걸 켤 수 있을지 몰라. 그런데 켰다가…… 다시 끌 수도 있을까?"

그녀는 말했다. *그게* 뭔지 구체적으로 설명할 필요는 없었다.

그는 곰곰이 생각하다가 미소를 지었다.

"모르겠는데. 하지만 저들이 우리에게 저지른 짓을 생각하면…… 솔직히 관심 없어."

9

11시 15분.

스택하우스는 책상 위에 제로폰이 놓인 원장실로 다시 돌아갔다. 제로폰은 여전히 잠잠했다. 앞으로 45분이 지나면 시설이 정상적으로 운영된 마지막 날이 저물 것이다. 루크 엘리스와의 일이 어떤 식으로 끝나든 내일이면 이곳은 폐기처분될 것이다. 루크와 그의 친구 팀이 남부에 남겨 두었다는 웬디라는 여자와는 별개로 프로젝트 전반을 유지할 수 있을지 몰라도 이 시설은 더 이상 쓸 수 없었다. 오늘 해야 할 중요한 일은 플래시 드라이브를 입수하고 루크 엘리스를 확실하게 처단하는 것이었다. 식스비 부인도 지킬 수 있으면 좋겠지만 그건 철저하게 선택적인 사안이었다.

사실 이 시설은 이미 폐기처분의 절차를 밟고 있었다. 그가 앉은 자리에서 보이는 길을 따라 시설을 나서면 데니슨 리버 벤드를 거쳐 남부의 나머지 48개 주를 넘어…… 여권만 있으면 캐나다와 멕시코까지 갈 수 있었다. 스택하우스는 지크, 채드, (핼리버튼에서 20년 동안 근무한) 더그 주방장 그리고 호크 시큐리티 그룹에서 이쪽으로 이직한 펠리셔 리처드슨 박사에게 연락했다. 그가 신뢰하는 사람들이었다.

그 나머지는…… 그는 그들이 나무 사이로 전조등을 깜빡이며 떠나는 것을 보았다. 아직까지는 10여 명에 불과했지만 앞으로 점점 더 많아질 것이다. 조만간 앞 건물에 현재 입소 중인 아이들만 남을 것이다. 어쩌면 이미 그렇게 됐을 수도 있었다. 하지만 지크, 채드, 더그 그리고 리처드슨 박사는 남을 것이다. 그들은 충신이었다. 그리고 글래디스 힉슨도. 그녀는 어쩌면 남들이 모두 떠난 이후에도 남을 것이다. 글래디스는 단순한 싸움닭이 아니었다. 철두철미한 사이코인 게 점점 더 분명해졌다.

남아 있는 나도 사이코지. 스택하우스는 생각했다. 하지만 그 쥐새끼 말이 맞아. 저들이 나를 끝까지 추적하겠지. 그리고 그 녀석이 제 발로 걸어 들어오고 있잖아. 다만…….

"다만 나한테 장난치는 거라면 얘기가 달라지겠지만."

스택하우스는 중얼거렸다.

식스비 부인의 비서인 로절린드가 고개를 내밀었다. 힘들었던

12시간을 보내느라 평소에는 완벽했던 화장이 다 지워졌고 평소에는 완벽했던 희끗희끗한 머리칼도 양옆으로 삐죽 솟았다.

"스택하우스 씨?"

"네, 로절린드."

로절린드는 심란해하는 표정이었다.

"헨드릭스 박사님도 떠났나 봐요. 10분 전쯤에 박사님의 차를 본 것 같아요."

"그럴 만도 하죠. 당신도 가요, 로절린드. 집으로 가요. 아주 오래전에 여기로 맨 처음 부임했을 때부터 당신과 알고 지냈는데 집이 어딘지 모른다는 게 이제 막 생각이 났지 뭐예요."

그는 미소를 지었다. 오늘 같은 날 밤에 미소를 짓다니 이상했지만 기분 좋은 이상함이었다.

"미줄러예요."

로절린드는 말했다. 이렇게 얘기하면서 그녀도 놀란 눈치였다.

"몬태나 주에 있고요. 거길 아직도 집이라고 할 수 있을지 모르겠지만. 미줄러에 집이 있긴 하지만 한 5년쯤 간 적이 없거든요. 그냥 때가 되면 세금만 꼬박꼬박 냈지. 비번인 날은 마을에서 지내요. 휴가 때는 보스턴에 가고요. 레드삭스하고 브루인스하고 케임브리지에 있는 예술 영화관을 좋아해서. 하지만 언제든 돌아올 태세를 갖추고 있어요."

스택하우스는 15년도 더 되는 그 오랜 세월 동안 로절린드가 그에게 이렇게 길게 얘기한 적이 없었다는 사실을 깨달았다. 그가 미 육군 법무병과에서 퇴직하고 왔을 때부터 그녀는 이미 식스비 부인의 궂은일을 도맡아 하는 말단 직원이었는데 그때와 거의 다를 게 없는 모습으로 여기 이렇게 있었다. 예순다섯 아니면 젊어 보이는 일흔일지 모르는 나이에도.

"실장님, 저 웅웅하는 소리 들리세요?"

"네."

"변압기나 뭐 그런 데서 나는 소리예요? 지금까지 한 번도 들어 본 적 없는데."

"변압기라. 네, 그렇게 부를 수도 있겠네요."

그녀가 귀를 문지르자 머리칼이 더 헝클어졌다.

"정말 귀에 거슬려요. 애들이 내는 소리인 것 같은데. 줄리아, 아니 식스비 부인은 돌아오나요? 돌아오겠죠?"

스택하우스는 항상 선을 잘 지키고 나선 적이 없었던 로절린드가 웅웅거리는 소리가 들릴 때나 안 들릴 때나 귀를 쫑긋 세우고 지냈다는 사실을 깨닫고 짜증이 난다기보다 재밌다는 생각을 했다.

"그럴 거예요, 네."

"그럼 남겠어요. 저도 총을 쏠 줄 알아요. 한 달에 한 번, 어떨 때는 두 번 벤드의 사격 연습장에 가요. 사격 동호회에서 DM 배지에 상응하는 배지도 받았고 작년에는 대회에서 권총을 부상으로 받은 적도 있어요."

과묵한 줄리아의 비서가 속기에만 능한 것이 아니라 군대에서 일급 사수에게 부여하는 DM 배지까지 받은 적 있다니…… 아니, 그녀의 표현을 빌자면 그에 상응하는 배지까지 받은 적 있다니 놀랄 노자였다.

"무기가 뭔데요, 로절린드?"

"스미스 앤드 웨슨 M 앤드 P 45구경요."

"반동이 있을 텐데 괜찮아요?"

"손목 보호대를 차면 충분히 대처할 수 있어요. 실장님, 납치범들로부터 식스비 부인을 구출할 작정이시라면 저도 그 작전에 동참하고 싶어요."

"좋아요. 함께합시다. 도움은 많을수록 좋죠."

스택하우스는 말했다. 하지만 줄리아를 구출하지 못할 수도 있기 때문에 그녀를 활용하는 방법에 있어서는 신중을 기해야 할 것이었다. 줄리아는 이제 소모품이 되었다. 중요한 건 플래시 드라이브였다. 그리고 너무 똑똑해서 탈인 그 빌어먹을 꼬맹이였다.

"감사합니다, 실장님. 실망하실 일 없게 할게요."

"그럴 거라고 믿어요, 로절린드. 앞으로 어떤 식으로 전개가 될 것 같은지 설명하겠지만 그 전에 물어볼 게 하나 있어요."

"뭔데요?"

"신사로서 하면 안 되는 질문이고 숙녀로서 답변을 거부해도 되는 질문인데, 나이가 어떻게 되세요?"

"일흔여덟이에요, 실장님."

그녀는 얼른 이렇게 대답하고 그의 눈을 똑바로 쳐다보았지만 거짓말이었다. 로절린드 도슨은 사실 여든한 살이었다.

10

12시 15분.

꼬리에는 940NF라고, 옆면에는 메인 페이퍼 인더스트리스라고 적힌 챌린저 항공기가 3만 9000피트 상공에서 북쪽으로 메인을 향해 웅웅거리며 날아갔다. 제트 기류의 도움 아래 시속 830에서 880킬로미터를 부드럽게 오갔다.

알콜루에 도착해 이륙하기까지 아무 문제없이 순조로웠다. 식스비 부인이 리걸 에어 FBO에서 발급받은 VIP 출입카드를 아주 흔쾌히 써서 게이트를 연 덕분이었다. 그녀는 살아서 빠져나갈 수 있는 기회를 아주 미미하게나마 감지했다. 챌린저는 계단을 내려놓고 위풍당당하게 홀로 서 있었다. 팀이 계단을 직접 올리고 문을 닫고 죽은 부관의 글록 개머리로 닫힌 조종석 문을 두드렸다.

"여기는 정리 끝났어요. 계기판에 초록불 들어왔으면 이제 이륙합시다."

문 저편에서는 아무 대꾸가 없었지만 엔진이 돌아가기 시작했다. 2분 뒤에 그들은 공중으로 날아올랐다. 칸막이벽에 달린 모니터에 따르면 웨스트버지니아 상공의 어딘가였고 듀프레이는 뒤로 멀어졌다. 팀은 이렇게 정신없는 와중에 이렇게 급작스럽게 떠나게 될 줄은 몰랐다.

에번스는 꾸벅꾸벅 졸았고 루크는 세상모르게 잠이 들었다. 식스비 부인만 깨어서 팀의 얼굴을 똑바로 쳐다보며 꼿꼿하게 앉아 있었다. 서로 간격이 멀고 무표정한 그 눈은 어딘지 모르게 파충류를 닮았다. 로퍼 박사가 준 진통제의 효력이 다 떨어져 통증이 상당히 심할 텐데도 더 이상 약을 먹지 않겠다고 했다. 다행히 심각한 총상은 피했지만 스쳐서 긁힌 것도 무척 아플 텐데 그랬다.

그녀가 말했다.

"당신은 경찰로 일한 전적이 있군그래. 행동거지 하며 빠르게 제대로 반응하는 것을 보니."

팀은 아무 말도 하지 않고 그녀를 바라보기만 했다. 글록은 옆의 좌석 위에 내려놓았다. 3만 9000피트 상공에서 총을 쏘는 것은 아주 어리석은 짓일 뿐 아니라 그보다 낮은 고도라도 총을 쏠 이유가 없었다. 이 여자를 그녀가 원하는 곳으로 데려다 주고 있지 않은가.

"당신이 이 계획에 동조하는 이유를 모르겠어."

그녀는 얼굴은 땟국이고 귀에는 붕대를 감아서 열두 살보다 더 어려 보이는 루크를 턱으로 가리켰다.

"저 아이야 자기 친구들을 구하고 싶어 하지만 이게 얼마나 한심한 계획인지는 당신도 알 거라고 보는데. 사실 바보 같은 계획이지. 그런데 당신은 찬성했어. 왜 그랬지, 팀?"

팀은 아무 말도 하지 않았다.

"당신이 애초에 이 일에 끼어든 이유 자체가 나한테는 미스터리야. 이해할 수 있게 도와주지 그래?"

그는 그럴 생각이 없었다. 4개월의 수습 기간 동안 선배 경관이 맨 처음 가르친 것 중 하나가 심문은 경찰이 범인에게 하는 거라는 점이었다. 범인에게 심문을 허락하면 절대 안 됐다.

대화를 나누고 싶은 마음이 있다 하더라도 무슨 얘기를 한들 눈

곱만큼이라도 멀쩡하게 들릴까 싶었다. 부자들이나 내부를 구경할 수 있는 이런 최신식 비행기를 그가 타고 있는 것이 사실은 우연이라는 얘기? 옛날 옛적에 뉴욕으로 출발 예정이었던, 이보다 훨씬 평범한 비행기에서 어떤 남자가 갑자기 일어나 현금과 호텔 숙박권을 받고 자기 자리를 양보한 적 있었다는 얘기? 그 한 번의 충동적인 행동에서 모든 것이(차를 얻어 타가며 북쪽으로 이동한 것, 95번 주간 고속도로에서 교통체증을 만난 것, 듀프레이까지 걸어가서 야경꾼으로 취직한 것까지) 시작됐다는 얘기? 아니면 그걸 운명이라고 할 수 있을까? 납치당해 바닥을 보일 때까지 정신적인 능력을 착취당할 뻔했다가 지금은 잠이 든 아이를 구하라고 우주의 체스 선수가 그를 듀프레이로 옮긴 거라고? 만약 그렇다면 존 보안관, 태그 패러데이, 조지 버켓, 프랭크 포터, 빌 위클로는 뭐가 되는 걸까? 위대한 게임에서 희생당한 폰? 그는 어떤 말일까? 나이트라고 믿을 수 있으면 좋겠지만 그도 또 다른 폰일 가능성이 컸다.

"진통제 안 먹어도 되겠어요?"

그는 물었다.

"내 질문에 대답할 생각이 없군그래?"

"네, 없습니다."

팀은 고개를 돌려 끝없이 이어지는 어둠과 그 아래에서 우물 바닥의 반딧불이처럼 반짝이는, 몇 개 안 되는 불빛을 내다보았다.

11

자정.

벽돌폰이 쉰 목소리로 울부짖었다. 스택하우스는 전화를 받았다. 연락한 사람은 비번인 관리인으로 이름은 론 처치였다. 요청한 대로 밴을 공항에 가져다 놓았다고 했다. 역시 비번인(이런 상황에서는 전부 출근해야 맞는 거겠지만) 기술자 드니스 올굿이 시설의 세단을 몰고 처치를 뒤따라갔다. 론은 밴을 활주로에 두고 드니스와 함께 여기로 돌아오기로 되어 있었다. 하지만 그 둘은 썸을 타는 사이였고 스택하우스도 그렇다는 것을 알고 있었다. 이러니저러니 해도 정보 수집이 그의 일이었다. 그 아이가 타고 올 차를 가져다 놓았으니 론과 드니스는 여기가 아닌 다른 곳으로 떠날 것이 분명했다. 그래도 상관없었다. 다수의 탈영이 슬프기는 했지만 어쩌면 그게 최선일지 몰랐다. 이 작전을 종료할 때가 됐다. 중요한 것이 있다면 남아 있는 그의 측근으로 최후의 일전을 벌이기에 충분하다는 사실이었다.

루크와 그의 친구 팀은 쓰러질 테고 거기에 대해서는 의심의 여지가 없었다. 제로폰 저편의 혀 짧은 소리를 내는 남자 입장에서는 그걸로 충분할 수도 있고 아닐 수도 있었다. 그건 스택하우스가 알 바 아니었고 그래서 다행이었다. 이라크와 아프가니스탄 시절부터 이런 운명론이 바이러스처럼 그의 안에 잠복해 있었는데 지금에서야 알아차린 느낌이었다. 그는 할 수 있는 일을 할 테고 인간이라면 누구든 그게 최선이었다. 개가 짖어도 마차는 달린다지 않던가.(『바

람과 함께 사라지다』에 나오는 유명한 문장이다 — 옮긴이)

문을 두드리는 소리에 이어 로절린드가 고개를 내밀었다. 머리에 무슨 수를 썼는지 아까보다 괜찮아졌다. 어깨에 메고 있는 홀스터는 애매했다. 고깔모자를 쓴 개처럼 조금 비현실적이었다.

"글래디스가 왔어요, 스택하우스 씨."

"들어오라고 해요."

글래디스가 들어왔다. 에어 마스크가 턱 아래에서 대롱거렸다. 눈이 빨갰다. 울었을 리는 없으니 불량한 약품을 섞느라 자극을 받아서 빨개졌을 것이다.

"준비 다 됐어요. 변기 세정제만 추가하면 돼요. 명령만 내리시면 독가스로 죽일게요. 저 웅웅거리는 소리 때문에 돌아 버리겠어요."

그녀는 고개를 빠르게, 힘껏 저었다.

보아하니 조금만 더 있으면 그렇게 되겠는데. 스택하우스는 생각했다. 하지만 웅웅거리는 소리에 관한 한 글래디스의 말이 맞았다. 문제는 익숙해질 수 없다는 것이었다. 익숙해진 것 같다는 생각이 들면 소리가 커졌다. 귀가 아니라 머릿속에서 들리는 소리가 더 커졌다. 그러다 갑자기 예전처럼 조금 더 참을 만한 수준으로 줄어들었다.

글래디스가 말했다.

"펠리샤하고 얘기했어요. 리처드슨 박사님요. 모니터로 그 아이들을 감시하고 있더라고요. 아이들이 손을 잡으면 웅웅거리는 소리가 커지고 손을 놓으면 그 소리가 줄어든대요."

스택하우스도 이미 짐작하고 있던 바였다. 흔히들 하는 말로 그게 무슨 로켓 공학도 아니지 않은가.

"오래 기다려야 할까요, 실장님?"

그는 손목시계를 확인했다.

"얼추 세 시간 정도. HVAC가 지붕에 있는 거 맞지?"

"네."

"때가 되면 내가 자네한테 연락할 수도 있지만 연락하지 못할 수도 있어. 사태가 급박하게 돌아갈 테니까. 행정동 앞쪽에서 총소리가 들리거든 나한테서 연락이 오거나 말거나 염소 가스를 살포하기 시작하도록. 그런 다음 가. 다시 안으로 들어가지 말고 지붕을 따라 앞 건물의 동관으로 도망쳐. 알겠나?"

"네, 실장님!"

그녀는 환하게 미소를 지었다. 모든 아이들이 질색하는 그 미소였다.

12

12시 30분.

칼리샤는 A동 아이들을 보며 오하이오 주립대 고적대를 떠올렸다. 아빠가 벅아이스 미식축구팀(오하이오 주립대의 팀명이다—옮긴이)을 좋아했기 때문에 아빠와 가까워지고 싶은 마음에 경기를 항상 함께 보았지만, 그녀가 진심으로 좋아했던 건 고적대가 경기장을 접수하는 하프타임 공연뿐이었다. 그들은 악기를 연주하는 동시에, 슈퍼맨의 가슴팍에 새겨진 S에서부터 머리를 까딱이며 걸어 다니는 「쥐라기 공원」의 그 환상적인 공룡에 이르기까지 위에서만 알아볼 수 있는 온갖 대형을 만들었다.

A동 아이들은 악기라고는 없었고 손을 잡고 만들 수 있는 것이 매번 똑같은 동그라미뿐이었지만(그마저도 터널이 좁아서 비뚤배뚤했다.) 그래도 고적대와 같은…… 여기에 알맞은 단어가 있는데…….

"동시성."

니키가 말했다.

그녀는 놀라서 주위를 두리번거렸다. 그는 머리칼을 쓸어 넘겨 매력적이라고 인정할 수밖에 없는 눈을 드러내며 그녀를 향해 미소를 지었다.

"백인 남자아이 기준에서도 엄청난 단어인데?"

"루크한테 들었어."

"걔 목소리 들려? 계속 연락하고 있어?"

"그런 셈이야. 띄엄띄엄. 어디까지가 내 생각이고 어디부터가 걔 생각인지 잘 모르겠어. 잠을 자고 있으면 괜찮은데. 깨어 있으면 내 생각들이 끼어들어."

"전파 방해처럼?"

그는 어깨를 으쓱했다.

"아마도. 하지만 너도 마음의 문을 열면 걔 목소리를 들을 수 있을 거야. 쟤들이 동그라미를 만들 때는 더 또렷하게 들리고."

니키는 다시 목적 없이 어슬렁거리기 시작한 A동 아이들 쪽으로 고개를 까딱였다. 지미와 다나도 맞잡은 손을 흔들며 같이 걷고 있었다.

"해 볼래?"

칼리샤는 생각을 그치려고 애를 써 보았다. 처음에는 엄청나게 힘들었지만 웅웅거리는 소리에 귀를 기울였더니 쉬워졌다. 웅웅거리는 소리가 뇌를 위한 구강 청결제 역할을 했다.

"뭐가 그렇게 재밌어, K?"

"아무것도 아니야."

"아, 알겠다. 구강 청결제가 아니라 뇌강 청결제. 그 단어 마음에 든다."

니키가 말했다.

"뭔가 느껴지기는 하는데 별 게 없네. 자고 있나 봐."

"아마도. 하지만 금세 일어날 거야. 우리가 깨어 있으니까."

"동시성. 재수 없는 단어다. 루크가 썼음직한 단어고. 저들이 자판기에서 쓰라고 줬던 토큰 알지? 루크는 그걸 수당이라고 불렀어. 그것 역시 재수 없는 단어지."

그녀는 말했다.

"루크가 특별한 이유는 워낙 똑똑하기 때문이야."

니키는 헬렌에게 기대고서 같이 쿨쿨 자고 있는 에이버리를 보며 말했다.

"그리고 에이버스터가 특별한 이유는…… 음……."

"그냥 에이버리이기 때문이지."

니키는 씩 웃었다.

"맞아. 그리고 그 바보들은 저 아이의 엔진에 속도 조절기를 달지도 않은 채 성능을 높여 버렸어."

니키의 미소도 솔직히 그의 눈만큼 매력적이라고 인정하는 수밖에 없었다.

"그 둘이 힘을 합친 덕분에 우리가 지금 여기까지 오게 된 거지. 루크가 초콜릿이라면 에이버리는 피넛버터야. 그 둘이 따로 있으면 아무것도 달라지지 않아. 서로 힘을 합칠 때 리스 피넛버터 컵이 돼서 여길 찢어발길 수 있지."

그녀는 웃음을 터뜨렸다. 어이없는 비유이기는 했지만 상당히 정확했다. 적어도 그녀가 바라기로는 그랬다.

"하지만 우리는 계속 여기서 꼼짝 못하고 있잖아. 막힌 관에 갇힌 쥐처럼."

닉의 파란 눈이 그녀의 갈색 눈과 만났다.

"조만간 달라질 거야, 너도 알다시피."

"우리 결국 죽게 되겠지, 그렇지? 저들이 독가스를 살포하지 않더라도……."

그녀는 다시 원을 만들고 있는 A동 아이들을 향해 고개를 까딱였다. 웅웅거리는 소리가 더 세졌다. 천장에 달린 전등이 밝아졌다.

"저 아이들이 제멋대로 날뛰기 시작하면 그렇게 되겠지. 그리고 어디 있는지 모를 다른 아이들도 그러면."

전화기. 그녀는 그를 향해 생각을 전송했다. *그 큰 전화기.*

"아마도. 루크 말로는 삼손이 블레셋 사람들 위로 신전을 무너뜨렸듯이 우리가 저들을 무너뜨릴 거래. 식구들 중에 성서에 관심 있는 사람이 아무도 없어서 나는 그 일화를 모르지만 어떤 의미인지 알겠어."

니키는 말했다.

칼리샤는 그 일화를 알았고 전율을 느꼈다. 그녀는 다시 에이버리를 바라보며 성서 속의 다른 문구를 떠올렸다. *어린아이가 그들을 몰고 다니리라.*

칼리샤가 말했다.

"내가 무슨 얘기 하나 해도 돼? 들으면 네가 웃을 수도 있지만 상관없어."

"뭔데?"

"너한테 키스를 받고 싶어."

"별로 어려운 일도 아니네."

니키는 말하고 미소를 지었다.

그녀는 그에게로 몸을 기울였다. 그의 몸이 마중을 나왔다. 그들은 웅웅거리는 한복판에서 입을 맞추었다.

기분 좋다. 칼리샤는 생각했다. 좋을 거라고 생각했는데 그 짐작이 맞았어.

니키가 무슨 생각을 하는지 웅웅거리는 소리를 타고 곧바로 전해졌다. *한 번 더 하자. 두 번째에는 두 배 더 좋은지 알아보게.*

13

1시 50분.

챌린저가 메인 페이퍼 인더스트리스라는 유령회사의 전용 이착륙장의 활주로에 착륙했다. 불이 꺼진 조그만 건물을 향해 천천히 이동했다. 비행기가 다가가자 지붕에 달린 3인조의 모션 센서등에 불이 들어와 상자 모양의 지상 동력 장치와 유압식 컨테이너 로더를 비추었다. 대기 중인 차량은 엄마들이 타고 다니는 밴이 아니라 9인승 쉐보레 서버번이었다. 검은색이었고 필름 코팅된 창문이 달렸다. 고아 애니가 보았더라면 좋아했을 것이다.

챌린저가 서버번 옆으로 다가가 시동을 껐다. 희미하게 웅웅거리는 소리가 계속 들렸기 때문에 처음에 팀은 시동이 꺼졌는지 확실히 알 수 없었다.

루크가 말했다.

"비행기 소리가 아니에요. 애들 소리에요. 가까워지면 더 세게 들릴 거예요."

팀은 객실 앞쪽으로 가서 빨간색의 큼지막한 레버를 내려 문을 열고 계단을 펼쳤다. 비행기가 정지한 지점에서 서버번의 운전석까지 거리가 1미터도 되지 않았다. 그는 그들을 돌아보며 말했다.

"자, 이렇게 도착했네요. 하지만 내려가기 전에 식스비 부인에게 선물할 게 있어요."

그는 챌린저의 담소 공간에 놓인 테이블에서 메인 페이퍼 인더스트리스라는 유령회사의 놀라운 제품을 홍보하는 고급 브로셔 상당수와 이 회사명이 새겨진 모자를 대여섯 개 발견했다. 이제 그는 모자 한 개를 그녀에게 건네고 자기도 하나 썼다.

"이거 써요. 푹 눌러서. 머리가 짧으니까 얼굴을 다 가리게 쓸 수 있겠죠?"

식스비 부인은 혐오하는 표정으로 모자를 보았다.

"왜?"

"부인이 먼저 안으로 들어가요. 매복 공격조가 대기하고 있으면 부인이 총알받이가 되게."

"우리가 *거기*로 가겠다는데 왜 *여기에* 공격조를 배치하겠어?"

"솔직히 그럴 가능성이 거의 없어 보이긴 해요. 그러니까 먼저 들어가도 상관없겠네요."

팀도 모자를 쓰되 크기 조절 밴드가 이마에 오도록 거꾸로 썼다. 루크는 그걸 보고 모자를 그런 식으로 쓰기에는 나이가 너무 많은 거 아닌가 생각했지만(어린애 같은 짓이었다.) 아무 말도 하지 않았다. 팀은 그런 식으로 정신적인 기합을 넣으려나 보다 했다.

"에번스, 당신이 바로 뒤따라 내려요."

그러자 에번스가 말했다.

"안 돼요. 나는 이 비행기에 남겠어요. 내리고 싶어도 내릴 수가 없어요. 발이 너무 아파서. 이 발에 더는 체중을 실으면 안 돼요."

팀은 고민하다가 루크를 보았다.

"네가 보기에는 어떠니?"

"저 사람 말이 맞아요. 한 발로 깡충깡충 계단을 내려가야 하는데 경사가 가파르잖아요. 굴러떨어질 수도 있어요."

"애초에 거길 가는 게 아니었어. 나는 의료인인데!"

에번스 박사의 한쪽 눈에서 굵은 눈물방울이 흘러나왔다.

"의료인을 빙자한 괴물이죠. 익사 직전의 아이들을 보면서 메모를 끼적였잖아요. 자기가 이제 죽나 보다고 생각하는 아이들을 보면서. 당신과 헨드릭스한테 주사를 맞고 치명적인 부작용을 일으키는 바람에 죽은 아이들도 있어요. 그리고 살아 있는 아이들도 사는 게 아니고요. 솔직히 얘기하면 나는 그 발을 밟아 버리고 싶어요. 그 위에 발뒤꿈치를 대고 짓이기고 싶어요."

"안 돼!"

루크의 말에 에번스가 꽥 소리를 질렀다. 좌석 속으로 몸을 움츠리고 퉁퉁 부은 발을 성한 발 뒤로 옮겼다.

"루크."

팀이 부르자 루크가 말했다.

"걱정 마세요. 그러고 싶지만 실행에 옮기지는 않을 테니까. 그러면 똑같은 인간이 되잖아요."

그는 식스비 부인을 보았다.

"*부인*은 선택의 여지가 없겠네요. 일어나서 계단을 내려가시죠."

식스비 부인은 페이퍼 인더스트리스 모자를 눌러쓰고 최대한 위풍당당하게 자리에서 일어났다. 루크가 그녀를 뒤따라가려고 걸음을 옮겼지만 팀이 그를 잡았다.

"너는 나 다음이다. 네가 주인공이니까."

루크는 왈가왈부하지 않았다.

식스비 부인은 계단 꼭대기에 서서 머리 위로 두 손을 들었다.

"식스비 부인이다! 거기 누가 있으면 총을 거둬!"

루크는 팀의 생각을 분명하게 읽을 수 있었다. *말은 그렇게 하지만 별로 자신 없는 목소리네.*

아무 응답이 없었다. 밖에서는 귀뚜라미 소리, 안에서는 희미하게 웅웅거리는 소리만 들리고 그뿐이었다. 식스비 부인은 난간을 붙잡고 다친 쪽 다리를 조심해 가며 천천히 계단을 내려갔다.

팀은 글록 개머리로 조종석 문을 두드렸다.

"고마웠어요. 덕분에 편안하게 잘 왔네요. 승객 한 명 남아 있으니까 아무 데나 원하는 데로 데려가세요."

"지옥으로 데려가세요. 돌아오지 못하게 편도로."

루크가 말했다.

팀은 총성이 들릴 경우에 대비해 마음의 준비를 하며 계단을 내려갔다. 식스비 부인이 큰 소리로 신원을 밝히다니 예상하지 못했던 일이었다. 물론 그녀는 충분히 그러고도 남을 위인이었지만. 아무튼 총성은 들리지 않았다.

팀은 식스비 부인에게 말했다.

"조수석에 타세요. 루크, 너는 부인 뒤에 타라. 총은 내가 들고 가겠지만 네가 내 백업이야. 부인이 나를 공격하려고 하면 머릿속으로 주문을 좀 걸어 줘. 알았지?"

"네."

루크는 대답하고 뒷자리에 탔다.

식스비 부인은 자리에 앉아서 안전벨트를 맸다. 그녀가 문을 닫으려고 하자 팀이 고개를 저었다.

"잠시만요."

그는 한 손을 열린 문 위에 얹고 뷰포트 이코노 로지의 객실에 있는 웬디에게 전화를 걸었다.

"이글 착륙 완료(아폴로 11호의 달 착륙선 이글 호가 달 표면에 착륙했을 때 휴스턴 기지에 보낸 무전 내용이다—옮긴이)."

"다들 별일 없어요?"

접속 상태가 훌륭했다. 웬디가 바로 옆에 서 있다고 해도 믿길 정도였다. 그는 그랬으면 좋겠다는 생각을 했다가 그들의 행선지를 떠올렸다.

"아직까지는요. 대기하고 있어요. 다 끝나면 연락할게요."

연락할 수 있으면요. 그는 생각했다.

팀은 운전석으로 빙 돌아가서 올라탔다. 컵 홀더에 열쇠가 있었다. 그는 식스비 부인을 향해 고개를 끄덕였다.

"*이제* 문을 닫으시죠."

그녀는 문을 닫고 경멸하는 눈빛으로 그를 쳐다보며 루크도 했던 생각을 입 밖으로 내뱉었다.

"모자를 그렇게 쓰니까 아주 바보 같아 보여요, 제이미슨 씨."

"어쩌겠습니까, 내가 에미넴 팬인걸요. 이제 입 다물어요."

14

불이 꺼진 메인 페이퍼 인더스트리스의 도착 수속 건물 안에서는 한 남자가 창가에 무릎을 꿇고 앉아서 서버번에 불이 들어오고 활짝 열려 있는 정문을 향해 움직이기 시작하는 것을 지켜보고 있었다. 공장에서 일하다 실직한 어윈 몰리슨으로 시설이 데니슨 리버 벤드에 심어 놓은 수많은 정보원 가운데 한 명이었다. 스택하우스는 론 처치에게 이착륙장을 지키라는 명령을 내릴 수도 있었지만 불복할 수 있는 사람에게 명령을 내리는 것은 경험상 좋은 선택이 되지 못했다. 돈 몇 푼 벌고 싶은 생각밖에 없는 꼭두각시를 활용하는 편이 나았다.

몰리슨은 휴대전화에 미리 입력해 놓은 번호로 전화를 걸었다.

"출발했습니다. 남자 하나, 여자 하나, 남자아이 하나예요. 여자는 모자를 써서 얼굴이 보이지 않았지만 비행기에서 내릴 때 문 앞에서 큰 소리로 자기 이름을 외쳤어요. 식스비 부인이라고. 남자도 모자를 쓰고 있지만 거꾸로 썼어요. 아이는 실장님이 찾는 그 아이가 맞아요. 귀에 붕대를 감았고 얼굴 한쪽이 아주 멍으로 도배가 됐어요."

"훌륭해요."

스택하우스는 말했다. 그는 챌린저 항공기의 부조종사에게 이미 연락을 받았다. 에번스 박사는 내리지 않았다지만 상관없었다.

지금까지는 모든 게 완벽했다. 아니, 현재 상황이 허락하는 한도 안에서 최대한 완벽했다. 버스는 루크가 요구한 대로 깃대 옆에 세워져 있었다. 주방장 더그와 관리인 채드는 시설의 진입로가 시작되는 행정동 저편 나무 사이에 배치될 것이다. 지크 이오니디스와 펠리셔 리처드슨은 총격이 시작될 때까지 행정동 지붕 난간 뒤에 숨어 있을 것이다. 글래디스는 독가스를 HVAC 시스템에 투입하고 지크와 펠리셔가 있는 곳으로 합류할 것이다. 이 두 곳에 자리를 잡으면 서버번이 들어섰을 때 전형적인 십자포화를 퍼붓기에 충분했다. 적어도 이론상으로는 그랬다. 스택하우스는 버스 지붕에 손을 얹고 깃대 옆에 서 있으면 총알이 난무하는 현장과 최소 30미터는 거리를 둘 수 있었다. 유탄에 맞을 가능성이 있다는 건 알았지만 그 정도 위험은 감수할 수 있었다.

로절린드에게는 앞 건물 F층에서 터널로 나가는 쪽 문을 감시하도록 맡길 작정이었다. 그녀가 오랜 시간 동안 섬긴 사랑하는 상사도 십자포화의 현장에 있다는 사실을 모르게 하기 위해서였지만 그뿐만이 아니었다. 그는 끊길 줄 모르는 웅웅거림이 능력의 상징이라는 걸 알았다. 아직은 문을 부술 정도가 되지 못했지만 그렇게 될 수도 있었다. 아이들은 뒤에서 공격해 뒤 건물에서처럼 아수라장을 만들기 위해 엘리스라는 녀석이 도착하기만을 기다리고 있는 것일지 몰랐다. 머저리들은 머리가 비어서 그런 작전을 생각하지 못했지만 다른 아이들이 있었다. 만약 그런 거라면 로절린드가 S & W 45구경을 가지고 지키고 있을 테니 그 문을 맨 처음 박차고 나오는 아이들은 그랬던 것을 후회하게 될 것이다. 스택하우스로서는 두 번 죽여도 시원치 않을 윌홀름이라는 녀석이 돌격대장이길 바랄 뿐이었다.

나는 이런 일을 벌일 마음의 준비가 됐을까? 그는 자문했고 대답은 '그렇다'인 듯했다. 그의 능력이 허락하는 한도 내에서는 그랬다. 그리고 어쩌면 아직은 괜찮을지 몰랐다. 어쨌든 겉보기에는 그럴지 몰랐고 그들의 상대는 엘리스였다. 어린애 한 명과 그가 도중에 만난 어떤 엉뚱한 영웅이었다. 90분만 지나면 이 대환장쇼는 끝날 것이다.

15

3시. 웅웅거리는 소리가 더 커졌다.

"잠깐. 저기로 들어가세요."

루크가 말했다. 그는 우뚝 선 늙은 소나무에 입구가 가려서 거의 보이지 않는 흙길을 가리켰다.

"탈출했을 때 여기로 빠져나왔니?"

팀이 물었다.

"설마요. 그랬더라면 잡혔게요?"

"그럼 이 길을 어떻게……."

"*저 여자*가 알거든요. 저 여자가 알면 나도 알아요."

루크가 말했다.

팀은 식스비 부인을 돌아보았다.

"저기에 출입문이 있나요?"

"*쟤*한테 물어보시지."

그녀는 말을 내뱉다시피 했다.

"출입문은 없어요. 메인 페이퍼 인더스트리스 실험실 하고 출입 금지라고 적힌 큼지막한 팻말만 있어요."

루크가 말했다.

팀은 낭패가 뭔지를 보여 주는 식스비 부인의 표정을 보고 미소를 짓는 수밖에 없었다.

"이 아이는 경찰이 되어야겠어요. 안 그래요, 식스비 부인? 알리바이를 속일 수가 없겠네."

"이러지 마. 이러면 우리 셋 다 죽어. 스택하우스는 무슨 일이 있어도 멈추지 않을 거야. 너는 생각을 읽을 줄 아니까 내 말이 진짜라는 걸 알 거 아냐. 그러니까 *저 사람*한테 얘기해."

그녀는 어깨 너머로 루크를 쳐다보았다.

루크는 아무 말도 하지 않았다.

"이 시설이라는 곳까지는 얼마나 남았죠?"

팀이 물었다.

"15킬로미터. 어쩌면 그보다 좀 더 될지도 모르고."

식스비 부인이 말했다. 그녀는 훼방을 놓아 봐야 소용없겠다는 결론을 내린 모양이었다.

팀은 흙길 쪽으로 핸들을 틀었다. 큼지막한 나무들을 지나자(나뭇가지에 차 지붕과 옆면이 쓸렸다.) 평평하고 관리가 잘 된 길이 펼쳐졌다. 4분의 3 정도 찬 달이 나무 사이로 일대를 환하게 비추며 흙길을 희부연 색으로 바꾸어 놓았다. 팀은 서버번의 전조등을 끄고 계속 달렸다.

16

3시 20분.

에이버리 딕슨이 차가운 손으로 칼리샤의 손목을 잡았다. 그녀는 니키의 어깨에 기대고서 꾸벅꾸벅 졸고 있다가 이제 고개를 들었다.

"에이버스터?"

깨워. 헬렌이랑 조지랑 니키를. 깨워.

"무슨 일……."

살고 싶으면 그들을 깨워. 조만간 일이 벌어질 거야.

닉 월홀름은 벌써 깨어나 있었다. 그가 물었다.

"우리가 살 수 있다고? 그게 가능하다고 생각해?"

"너희들 소리 다 들린다! 뭐라고 지껄이는 거야? 그리고 웅웅거리는 이유는 뭐냐?"

문의 저편에서 로절린드의 목소리가 들렸다. 아주 조금밖에 소리가 죽지 않았다.

칼리샤는 조지와 헬렌을 흔들어 깨웠다. 칼리샤의 눈에 알록달록한 점들이 다시 보였다. 희미하기는 했지만 그래도 보였다. 미끄럼틀을 타는 아이처럼 위로 솟구쳤다가 아래로 곤두박질치는데, 말이 되는 것이 어떻게 보면 그 점들은 아이들이었다. 혹은 아이들의 잔재였다. 정처 없이 돌아다니는 A동 아이들을 통해 뱅글뱅글 돌고 춤추고 발레의 피루엣 턴을 하는, 가시화된 생각들이었다. 그 아이들이 전보다 활기차게 보였을까? 전보다 정신을 차린 듯이 보였을까? 칼리샤의 생각으로는 그런 것 같았지만 그녀의 상상일 수도 있었다. 어디까지나 희망사항이었다. 시설에서 지내다 보면 희망에 익숙해졌다. 희망을 먹고 살았다.

"나는 총을 들고 있어, 알아?"

"나도 총 있어, 아줌마."

조지는 말했다. 그는 사타구니를 잡고 에이버리를 돌아보았다.

무슨 일이야, 보스 베이비?

에이버리는 그들을 한 명씩 쳐다보았고 칼리샤는 그가 울고 있다는 것을 알아차렸다. 그러자 상한 음식을 먹어서 토악질이 나려고 할 때처럼 뱃속이 무거워졌다.

그 사태가 벌어지면 얼른 나가야 해.

헬렌: *무슨 사태가 벌어지면?*

내가 큰 전화기로 통화하면.

니키: *누구랑 통화를 할 건데?*

다른 아이들. 멀리 있는 아이들.

칼리샤는 문을 향해 고개를 까딱였다. *저 여자는 총을 들고 있어.*

에이버리: *그건 걱정할 필요 전혀 없어. 그냥 나가. 너희들 모두.*

"우리. *우리*, 에이버리. 우리 모두가 되어야지."

니키가 말했다.

하지만 에이버리는 고개를 저었다. 칼리샤는 그의 머릿속으로 들어가 그 안에서 무슨 일이 벌어지고 있는지, 그가 뭘 아는지 알아내려고 했지만 알 수 있는 것이라고는 계속 반복되는 세 단어뿐이었다.

너희들은 내 친구야. 너희들은 내 친구야. 너희들은 내 친구야.

17

루크가 말했다.

"다들 걔 친구지만 아이들과 함께 갈 수는 없어요."

팀이 물었다.

"아이들과 함께 갈 수 없다니? 지금 무슨 얘기를 하는 거니?"

"에이버리요. 에이버리는 남아야 해요. 큰 전화기로 전화를 걸어야 하거든요."

"그게 다 무슨 소린지 모르겠다, 루크."

"저는 그 아이들을 구하고 싶지만 그 녀석도 구하고 싶어요. 그들 모두를 구하고 싶어요! 이건 너무해요!"

루크가 외치자 식스비 부인이 말했다.

"잰 제정신이 아니야. 지금쯤은 당신도 알아차렸을 거……."

팀이 말했다.

"입 닥쳐요. 이번이 마지막 경고예요."

그녀는 그를 보고 그의 표정을 읽고 그가 시킨 대로 했다.

팀은 서버번을 몰고 천천히 둔덕을 올라가 멈추어 섰다. 거기서부터 길이 넓어졌다. 나무 사이로 불빛과 시커멓고 큼지막한 건물이 보였다. 그가 말했다.

"다 온 것 같네. 루크, 네 친구들한테 무슨 일이 벌어지고 있는지 모르겠지만 지금으로서는 우리가 어쩔 도리가 없어. 네가 침착하게 대처해야 해. 그럴 수 있겠니?"

"네."

그는 쉰 목소리로 대답했다가 헛기침을 하고 다시 대답했다.

"네. 알겠어요."

팀은 차에서 내려 조수석으로 앞을 돌아가 문을 열었다.

"이제 어쩌려고?"

식스비 부인이 물었다. 짜증이 섞인 시비조였지만 희미한 불빛으로도 그녀가 겁에 질렸다는 것을 알 수 있었다.

"내려요. 여기에서부터는 당신이 운전해요. 나는 루크하고 같이 뒤에 탈 건데 저 불빛에 도착하기 전에 나무를 들이받으려고 한다든지 하는 식의 깜찍한 짓을 시도하면 좌석을 뚫고 척추에 총알을 박아 줄 거예요."

"안 돼. *안 돼!*"

"돼요. 루크의 말마따나 아이들에게 그런 짓을 저질렀다면 지은 빚이 어마어마하잖아요. 이제 그 빚을 갚을 때가 됐어요. 내려서 운전석으로 자리 옮겨서 운전해요. 천천히. 시속 15킬로미터로."

그는 말을 하다 말고 잠깐 멈추었다.

"그리고 모자 거꾸로 써요."

18

앤디 펠로위스가 컴퓨터실 겸 모니터실에서 연락했다. 흥분해서 격앙된 목소리였다.

"그들이 도착했어요, 실장님! 진입로가 시작되는 곳까지 300미터 남은 지점에서 카메라에 잡혔어요. 전조등을 꺼 놓았지만 달빛과 이 건물의 전면 조명으로 충분히 보입니다. 실장님 모니터로 직접 확인하고 싶으시면……."

"그럴 필요 없어."

스택하우스는 벽돌폰을 책상 위로 던지고, 하느님이 보우하사 아직까지 잠잠한 제로폰을 마지막으로 흘끗 쳐다본 뒤 문을 향해 걸어갔다. 무전기는 볼륨을 높여 주머니에 넣었고 이어폰과 연결되어 있었다. 모든 병력이 한 채널로 연결되어 있었다.

"지크?"

"대기 중입니다, 실장님. 여의사 선생과 함께."

"더그? 채드?"

"네."

주방장 더그였다. 그가 가끔 아이들과 저녁을 같이 먹으며 신기한 마술로 꼬맹이들의 웃음보를 터뜨렸던 좋은 시절도 있었다.

"저희도 그들이 탄 차량이 보입니다. 검은색 9인승요. 서버번 아니면 타호 같은데 맞죠?"

"맞아. 글래디스?"

"지붕이에요, 실장님. 물건 모두 준비됐어요. 재료를 섞기만 하면 돼요."

"총소리가 들리거든 작업 시작해."

하지만 누가 봐도 언제 시작하느냐가 관건일 따름이었고 그 언제까지 3~4분밖에 남지 않았다. 어쩌면 그보다 적게 남았을 수도 있었다.

"알겠습니다."

"로절린드?"

"제 위치에 있어요. 이 아래에서는 웅웅거리는 소리가 아주 커요.

아이들이 음모를 꾸미고 있는 것 같아요."

스택하우스도 그 짐작이 맞을 거라고 장담할 수 있었지만 머지않아 달라질 것이다. 다들 숨이 막혀서 음모를 꾸밀 정신이 없을 것이다.

"잘 지키고 있어요, 로절린드. 그러고 나면 어느새 펜웨이에서 레드삭스 경기를 관전하고 있을 테니."

"저랑 같이 가 주시겠어요, 실장님?"

"양키스를 응원해도 된다면요."

그는 밖으로 나갔다. 무더웠던 하루를 보낸 뒤라 시원한 밤공기가 기분 좋게 느껴졌다. 팀원들, 그의 곁에 남은 직원들에 대한 애정이 솟아나는 것을 느낄 수 있었다. 어떤 식으로 끝나든 그들에게는 보상이 주어질 것이다. 그가 할 수 있는 얘기는 그뿐이었다. 이건 어려운 임무였고 그들은 그 임무를 위해 남았다. 서버번의 운전석에 앉아 있는 남자는 분명 엉뚱한 착각을 하고 있었다. 그가 사랑했던 모든 사람들의 삶이 이 시설에서 벌인 프로젝트에 의해 유지됐었다는 것을, 하지만 그랬던 시절도 이제는 끝이 났다는 것을 그 남자는 알지 못했고 알 수가 없었다. 엉뚱한 착각에 사로잡힌 영웅을 기다리는 것은 죽음뿐이었다.

스택하우스는 깃대 옆에 주차된 스쿨버스 앞으로 다가가며 병력들에게 마지막으로 무전을 보냈다.

"저격수들은 운전자에 집중한다. 모자를 거꾸로 쓴 사람에게. 그런 다음 차량을 앞뒤로 난사한다. 창문을 조준해 필름 코팅한 창문을 깨고 머리를 맞힌다. 알겠으면 응답하라."

모두 응답했다.

"내가 손을 들면 사격을 시작하도록. 다시 한 번 반복한다, 내가 손을 들면이다."

스택하우스는 버스 앞에 섰다. 오른손을 이슬이 맺혀 차가운 지붕에 얹었다. 왼손으로는 깃대를 잡았다. 그러고는 기다렸다.

19

"출발해요."

팀이 말했다. 그는 운전석 뒤편의 바닥에 엎드려 있었다. 그의 아래에 루크가 있었다.

식스비 부인이 말했다.

"이러지 마. 여기가 왜 그렇게 중요한 곳인지 설명할 기회를 주면……."

"출발해요."

그녀는 출발했다. 불빛이 점점 가까워졌다. 이제 버스와 깃대와 그 사이에 서 있는 트레버가 그녀의 눈에 보였다.

20

때가 됐어. 에이버리가 말했다.

그는 겁이 날 줄 알았다. 그는 자기 방처럼 생겼지만 자기 방이 아닌 곳에서 눈을 떴을 때부터 겁이 났었고, 해리 크로스에게 떠밀려서 넘어진 다음부터는 전보다 더 겁이 났었다. 그런데 지금은 겁이 나지 않았다. 신이 났다. 엄마가 청소할 때 스테레오로 항상 듣던 노래의 한 구절이 생각났다. *나는 해방될 거야.*

그는 이미 원을 만든 A동 아이들에게로 다가갔다. 칼리샤, 니키, 조지 그리고 헬렌이 뒤따라 나섰다. 에이버리가 손을 내밀었다. 칼리샤가 한쪽을, 이 사태가 하루만 더 일찍 벌어졌어도 구원을 받을 수 있었을지 모르는 가엾은 아이리스가 나머지 한쪽을 잡았다.

밖에서 문을 지키고 있는 여자가 큰소리로 뭐라고 물었지만 점점 더 커지는 웅웅거리는 소리에 묻혔다. 이번에 보인 점들은 희미하지 않고 환했고 갈수록 더 환해졌다. 원의 중심을 가득 채운 슈타지 라이트가 이발소 회전간판처럼 빙글빙글 돌며 솟아올랐다. 저 깊숙한 능력의 원천에서 솟구쳐 그곳으로 다시 들어갔다가 전보다 더 강력하게 재충전되어 되돌아왔다.

눈을 감아.

이제는 그냥 생각이 아니라 커다란 ***생각***이 웅웅거리는 소리를 타고 흘렀다.

에이버리는 다들 눈을 감았는지 확인하고 자기도 눈을 감았다. 집에서 쓰던 방이나, 그네가 있고 아빠가 전몰장병 기념일마다 바람을 넣어주었던 풀장이 있는 뒷마당이 보일 줄 알았더니 아니었다. 감은 두 눈 뒤로 보인 것은, 그들 모두에게 보인 것은 시설의 놀이터였다. 그리고 어쩌면 당연한 것일지 몰랐다. 거기서 엉덩방아를 찧고 울음을 터뜨리면서 이 마지막 몇 주의 불행한 서막이 열렸는지 몰라도 좋은 친구들을 사귄 것 또한 사실이었다. 예전에 그에게는 친구가 없었다. 예전 학교 친구들은 그를 별종으로 간주했고 쫓아와서 "에라이 에이버리, 어리바리한 에이버리."라고 외치며 심지어 이름을 가지고도 놀렸다. 여기에서는 모두 한 편이었기 때문에 그런 친구가 없었다. 다들 그를 보듬고 정상적인 아이처럼 대해주었으니 이제 그가 그들을 보듬을 차례였다. 칼리샤, 니키, 조지, 헬렌. 그가 그들을 보듬을 차례였다.

그리고 무엇보다도 루크. 가능한 일인지 모르겠지만.

눈을 감은 상태에서 큰 전화기가 보였다.

루크가 빠져나갔을 때 철책 아래에 파 놓은 구덩이 앞쪽으로 트램펄린 옆에 높이가 최소 4.5미터는 됨직하고 사신처럼 시커먼 구식 전화기가 있었다. 에이버리와 그의 친구들과 A동 아이들이 동그랗게 전화기를 감싸고 섰다. 슈타지 라이트가 그 어느 때보다 환하게 소용돌이치며 전화기의 다이얼을 지나 이제는 거대한 플라스틱 수화기 위에서 아찔하게 미끄러졌다.

칼리샤, ***가.*** *놀이터로!*

군소리가 없었다. 그녀의 손이 에이버리의 손을 놓았지만 원에 생긴 균열로 능력이 흐트러지고 환영이 무너지기 전에 조지가 그쪽 손을 잡았다. 이제는 온 사방이 웅웅거리는 소리로 덮여 그들과 비슷한 아이들이 이렇게 동그랗게 서 있는 아주 먼 곳에서까지 이 소리가 들릴 게 분명했다. 다양한 시설에서 그들을 동원해 죽인 표적들이 그랬던 것처럼 아이들의 귀에도 이 소리가 들릴 것이다. 그리고 표적들이 그랬던 것처럼 아이들도 복종할 것이다. 차이가 있다면 아이들은 아는 상태에서 기꺼이 복종할 거라는 것이었다. 여기에서만 폭동이 벌어진 게 아니었다. 전 세계적인 폭동이었다.

*조지, **가.** 놀이터로!*

조지의 손이 빠져나간 자리를 니키가 채웠다. 해리가 그를 넘어뜨렸을 때 그의 편을 들어주었던 니키. 친구들 사이에서만 쓸 수 있는 특별한 별명처럼 그를 에이버스터라고 불러 주었던 니키. 에이버리는 그의 손을 꼭 쥐었고 니키도 덩달아 자신의 손을 꼭 쥐는 것을 느꼈다. 항상 멍을 달고 살았던 니키. 굴복하지 않고 저들의 더러운 토큰을 받지 않았던 니키.

*니키, **가.** 놀이터로!*

그가 떠났다. 이제는 헬렌이 그의 손을 잡았다. 펑크 스타일로 물들인 머리칼이 점점 칙칙해져가는 헬렌, "떨어져서 그 멍청한 머리를 깨먹지 않게" 트램펄린에서 앞돌기를 가르쳐 주었던 헬렌.

*헬렌, **가.** 놀이터로!*

그녀가 떠나자 여기서 사귄 친구들이 모두 사라진 셈이었지만 케이티가 헬렌을 대신해 그의 손을 잡았고 이제 때가 되었다.

밖에서 희미하게 총성이 들렸다.

제발 너무 늦은 건 아니길!

그는 에이버리라는 개인으로서 마지막으로 이런 생각을 하고 웅웅거림 속으로, 빛 속으로 뛰어들었다.

이제 장거리 전화를 걸어야 할 때였다.

21

스택하우스는 남아 있는 몇 그루의 나무 사이로 달려오는 서버번을 보았다. 행정동에서 흘러나오는 어슴푸레한 불빛이 크롬 차체 위로 미끄러졌다. 움직이는 속도가 아주 느리기는 했지만 그래도 점점 다가오고 있었다. 문득 아이가 플래시 드라이브를 들고 오는 게 아니라 웬디라는 경관에게 맡겼을지 모른다는 생각이 들었다.(그렇다 한들 어떤 조치를 취하기에는 늦어 버렸다, 늘 그렇듯이.) 아니면 공항에서 여기까지 오는 중간에 어딘가에 숨겨 놓고 일이 잘못되면 엉뚱한 착각에 사로잡힌 영웅이 숨넘어가기 직전에 웬디 경관에게 전화를 걸어 알려 줄지 몰랐다.

하지만 그렇다 한들 내가 뭘 어쩔 수 있겠어? 그는 생각했다. 방법이 없지. 이 수밖에는.

서버번이 진입로 초입에 다다랐다. 스택하우스는 십자가에 못 박힌 예수처럼 두 팔을 벌린 채 버스와 깃대 사이에 서 있었다. 웅웅거리는 소리가 귀가 먹먹할 수준에 이르렀고 로절린드가 여전히 문 앞을 지키고 있을지 아니면 자리를 피하는 수밖에 없었을지 궁금해졌다. 글래디스를 떠올리며 재료를 섞을 준비가 됐길 바랐다.

그는 실눈을 뜨고 서버번의 운전석에 앉은 사람의 형체를 살폈다. 알아볼 수 있는 게 많지 않았고 뒤 유리창은 시커메서 산산조각 내기 전에는 더그와 채드가 아무것도 볼 수 없겠지만 앞 유리창은 투명 유리라 서버번과의 거리가 20미터로 좁혀지자(불안할 정도로 가까운 거리였다.) 그는 운전자의 이마에서 거꾸로 뒤집어쓴 모자의 크기 조절 밴드를 보고 깃대를 잡았던 손을 놓았다. 운전자가 미친 듯이 고개를 젓기 시작했다. 핸들을 잡았던 한쪽 손을 떼어 멈추라는 뜻에서 앞 유리창 대고 불가사리처럼 펼쳐 보이자 그는 당했음을 깨달았다. 아이가 철책 아래로 기어서 빠져나간 것만큼이나 단순하고도 효과 만점인 작전이었다.

운전자가 엉뚱한 착각에 사로잡힌 영웅이 아니었다. 식스비 부인이었다.

서버번이 다시 움직임을 멈추고 후진하기 시작했다.

"미안해요, 줄리아, 어쩔 방법이 없어요."

그는 말하고 손을 들었다.

행정동과 나무 사이에서 총격이 시작됐다. 앞 건물의 뒤편에서는 글래디스 힉슨이 표백제를 담아서 양쪽 건물을 연결하는 터널과 뒤 건물의 냉난방을 담당하는 HVAC 설비 아래 두었던 큼지막한 들통의 뚜껑을 벗겼다. 숨을 참고 변기 세정제를 들통에 붓고 대걸레 자루로 얼른 저은 다음 들통과 HVAC 설비를 방수포로 덮고 화끈거리는 눈을 달래며 앞 건물의 동관을 향해 달렸다. 지붕을 가로지르는 동안 그 건물이 발 아래에서 움직이고 있다는 사실을 깨달았다.

22

"안 돼, 트레버, 안 돼!"

식스비 부인은 비명을 질렀다. 고개를 좌우로 흔들었다. 팀은 뒤에서 그녀가 한 손을 들어 앞 유리창에 대고 누르는 것을 보았다. 다른 손으로는 서버번의 후진을 시도했다.

차가 막 움직이기 시작했을 때 오른쪽의 숲 속에서, 그리고 앞쪽과 위쪽에서(위쪽에서도 시작됐다고 팀은 장담할 수 있었다.) 총격이 시작됐다. 서버번의 앞 유리창에 구멍이 뚫렸다. 유리가 젖빛으로 변하면서 안으로 축 늘어졌다. 식스비 부인은 총탄이 몸에 박힐 때마다 숨 막힌 비명을 지르며 꼭두각시처럼 움찔거리고 튀어올랐다.

"가만히 있어, 루크!"

아이가 아래에서 꼼지락거리기 시작하자 팀이 외쳤다.

"가만히 있어!"

총탄이 서버번의 뒤 유리를 뚫고 들어왔다. 유리 조각이 팀의 등 위로 쏟아졌다. 피가 운전석 뒤편을 타고 흘러내렸다. 온 사방에서 일정하게 울리는 듯한 웅웅거리는 소리에도 불구하고 팀은 총탄이 그의 바로 위를 지날 때마다 나지막하게 쉬이이익 하는 소리를 들었다.

총탄이 *퍽퍽* 하며 금속을 관통하는 소리도 들렸다. 서버번의 지붕이 들썩였다. 팀은 총탄이 차량과 자기들 몸속을 가르는 가운데 보니 파커와 클라이드 배로가 죽음의 춤을 추던 그 옛날 갱스터 영화의 마지막 장면을 떠올렸다. 루크의 계획이 뭐였을지 몰라도 처참한 실패로 돌아갔다. 식스비 부인은 죽었다. 남은 앞 유리창에 튄 그녀의 핏방울이 보였다. 다음은 그들의 차례가 될 것이었다.

그때 위에서는 비명 소리가, 오른쪽에는 고함 소리가 들렸다. 총

알 두 방이 서버번의 오른쪽 옆면을 뚫고 들어와 그중 한 방이 팀의 셔츠 깃을 비틀었다. 그것으로 끝이었다. 이제는 귀에 거슬리는 엄청난 굉음이 들렸다.

"저 좀 일어날게요! 숨을 못 쉬겠어요!"

루크가 숨을 헐떡거렸다.

팀은 아이에게서 몸을 일으켜 앞 좌석 사이를 내다보았다. 당장이라도 머리가 날아갈 수 있다는 걸 알았지만 궁금해서 어쩔 수가 없었다. 루크가 뒤에서 일어났다. 팀은 아이에게 다시 엎드리라고 얘기하려고 했지만 그 말이 목구멍에서 걸렸다.

이건 꿈일 거야. 그는 생각했다. 꿈일 수밖에 없어.

하지만 현실이었다.

23

에이버리와 다른 아이들은 큰 전화기를 사이에 두고 동그랗게 서 있었다. 너무 환하고 너무 아름다운 슈타지 라이트 때문에 전화기가 잘 보이지는 않았다.

폭죽. 에이버리는 생각했다. *이제 우리 폭죽을 만들자.*

슈타지 라이트로 빚어진 폭죽이 3미터 높이에서 사방으로 빛을 뿜어냈다. 처음에는 폭죽이 좌우로 흔들렸지만 다같이 집단 의식을 동원해 단단히 틀어잡았다. 폭죽이 전화기의 거대한 수화기를 쳐서 떨어뜨렸다. 아령 모양의 수화기가 정글짐 위로 삐딱하게 얹혔다. 송화구를 통해 쏟아져 나오는 각기 다른 언어가 똑같은 걸 물었다. *여보세요, 내 말 들려? 여보세요, 내 말 듣고 있어?*

응. 시설의 아이들은 한 목소리로 대답했다.

응, 잘 들려! 지금이야!

스페인의 시에라네바다 국립공원에서 동그랗게 서 있던 아이들이 들었다. 디나르알프스 산맥에 갇혀서 동그랗게 서 있던 보스니아 아이들이 들었다. 암스테르담의 항구 입구를 지키는 팜푸스 섬에서 동그랗게 서 있던 네덜란드 아이들이 들었다. 바이에른의 산림에서 동그랗게 서 있던 독일 아이들이 들었다.

이탈리아의 피에트라페르토사에서도.

한국의 남원에서도.

시베리아에서 10킬로미터 거리에 있는 체르스키라는 유령 도시에서도.

아이들은 들었고 대답했고 하나가 되었다.

24

칼리샤와 다른 아이들은 그들과 앞 건물을 가로막는 잠긴 문 앞에 다다랐다. 누가 플러그를 뽑기라도 한 듯 웅웅거리는 소리가 갑작스럽게 멈췄기 때문에 밖에서 나는 총성이 또렷하게 들렸다.

아, 그래도 웅웅거림이 끊긴 건 아니야. 칼리샤는 생각했다. 이제는 우리를 위한 소리가 아닐 뿐.

인간의 신음과 비슷하게 낑낑대는 소리는 벽에서부터 시작됐고 잠시 후 터널과 앞 건물의 F층을 막는 철문이 밖으로 튕겨 나가면서 그 앞을 지키고 있던 로절린드 도슨을 강타해 그 자리에서 숨통을 끊었다. 문은 묵직한 경첩이 달렸던 자리가 완전히 찌그러진 채 엘리베이터 저편으로 떨어졌다. 천장 형광등을 덮은 철망이 그 위에서 출렁이며 물속인 듯 정신없는 그림자를 만들어냈다.

낑낑대는 소리가 점점 더 커졌고 온 사방에서 들렸다. 건물이 자기 스스로 분해되려는 듯했다. 서버번에서는 팀이 「우리에게 내일은 없다」를 떠올렸다. 칼리샤는 어셔 가를 다룬 에드거 앨런 포의 작품을 떠올렸다.

가자. 그녀는 생각으로 다른 아이들에게 말했다. *얼른!*

아이들은 뜯긴 문 밖으로 나왔고 갈기갈기 뜯긴 몸으로 점점 번져가는 피 웅덩이 속에 누워 있는 여자를 지났다.

조지: *엘리베이터를 타면 어때? 바로 저 앞에 있잖아!*

니키: *미쳤냐? 이게 무슨 일인지 모르겠지만 빌어먹을 엘리베이터는 절대 타면 안 되지.*

헬렌: *이거 지진이야?*

"아니."

칼리샤가 말했다.

정신적인 진동이야. 걔네들이 무슨 수로…….

"……무슨 수로 이걸 일으켰는지 모르겠지만 아무튼……."

그녀는 숨을 들이마셨다가 톡 쏘는 뭔가를 느꼈다. 그것 때문에 기침이 났다.

"아무튼 그거야."

헬렌: *공기가 이상해.*

니키가 말했다.

"독가스가 섞인 것 같아."

저 새끼들은 포기하는 법이 없다니까.

칼리샤가 **계단**이라고 적힌 문을 밀쳐서 열었고 그들은 콜록거려가며 계단을 올라갔다. D층과 C층 사이에서 계단이 흔들리기 시작했다. 벽에 지그재그로 금이 갔다. 형광등이 꺼지고 비상등이 켜져 누르스름한 불빛을 드리웠다. 칼리샤는 걸음을 멈추고 허리를 숙여 헛구역질을 하고 다시 계단을 올라가기 시작했다.

조지: *에이버리하고 저 아래에 남아 있는 다른 아이들은 어떻게 해? 숨 막혀 죽을 텐데!*

니키: *그리고 루크는? 여기 왔을까? 아직 살아 있을까?*

칼리샤로서는 알 수 없었다. 숨 막혀 죽기 전에, 시설이 자체적으로 분해되고 있는 게 맞는다면 압사당하기 전에 여기서 빠져나가야 한다는 것만 알 수 있을 따름이었다.

어마어마한 진동이 건물을 관통했고 계단이 오른쪽으로 기울었다. 그녀는 엘리베이터를 탔다면 지금쯤 어떻게 됐을까 상상하다가 저 멀리 떨쳐 버렸다.

B층. 칼리샤는 계속 숨을 헐떡였지만 여기는 공기가 좀 더 맑아서 아까보다 빠르게 달릴 수 있었다. 자판기에서 파는 담배에 중독되지 않은 게 그나마 다행이라는 생각이 들었다. 벽에서 들리던 낑낑대는 소리가 나지막한 비명으로 바뀌었다. 그녀는 속이 빈 금속

이 우그러지는 소리를 듣고 배관과 전선관이 부서지고 있나 보다고 짐작했다.

모든 게 부서지고 있었다. 그녀는 너무 끔찍해서 시선을 뗄 수가 없었던 유튜브 동영상을 떠올렸다. 치과의사가 겸자로 발치하는 동영상이었다. 피가 그 주변에서 스며 나오는 가운데 치아는 잇몸에 붙어 있으려고 발버둥 쳤지만 결국에는 뿌리를 대롱거리며 뽑혀 나왔다. 이게 그것과 비슷했다.

1층 문 앞에 다다랐지만 문이 술에 취한 듯 비현실적으로 기우뚱했다. 떠밀어도 열리지 않았다. 니키가 같이 들러붙어 힘을 합쳤다. 소용없었다. 바닥이 위로 솟구쳤다가 쿵쿵거리며 다시 꺼졌다. 떨어진 천장 조각 하나가 계단을 때리고 바스러지며 저쪽으로 미끄러졌다.

"빠져나가지 못하면 이 건물에 깔려서 죽을 거야!"

칼리샤는 외쳤다.

니키: *조지. 헬렌.*

그가 손을 내밀었다. 계단통이 좁았지만 그들 넷은 엉덩이와 어깨를 서로 맞대고 어찌어찌 문 앞에 몸을 욱여넣었다. 조지의 머리카락이 칼리샤의 눈을 찔렀다. 두려움에 절어 고약한 냄새를 풍기는 헬렌의 입김이 그녀의 얼굴에 닿았다. 그들은 더듬더듬 손을 잡았다. 점들이 보였고 문이 끼이익 하면서 열리자 머리 위의 문설주 일부가 함께 떨어져 나왔다. 저 너머로 이어지는 주거동 복도 역시 술에 취한 듯 한쪽으로 기우뚱했다. 칼리샤는 샴페인 병에서 튕겨져 나온 코르크 마개처럼 삐딱한 출입문을 탈출했다. 무릎으로 넘어지는 바람에 위에서 떨어져 온 사방에 유리와 금속조각을 흩뿌려놓은 조명에 한쪽 손을 베었다. 한쪽 벽에는 풀밭을 달리는 세 명의 아이와 함께 천국에서 보내는 또 하루라고 선포하는 포스터가 삐딱하게나마 아직까지 걸려 있었다.

칼리샤는 허둥지둥 일어나 주위를 두리번거리다 다른 세 명도 똑같이 하고 있는 것을 보았다. 그들은 납치당한 아이들이 두 번 다시 머물 일 없는 방들을 지나 휴게실을 향해 같이 달렸다. 방문들이 활짝 열렸다가 탁 하고 닫히자 정신병자들이 박수치는 소리가 연상됐다. 매점에서는 자판기 몇 대가 쓰러져 간식거리를 토해 놓았다. 깨진 술병에서 풍기는 톡 쏘는 알코올 냄새가 허공을 가득 메웠다. 놀이터로 나가는 문이 찌그러져서 꽉 맞물려 있었지만 유리창이 전부 날아가 늦여름 산들바람을 타고 상쾌한 공기가 들어왔다. 칼리샤는 문 앞에 다다랐을 때 그대로 얼어붙었다. 순간 온 사방에서 저 스스로 붕괴되고 있는 듯이 느껴지는 건물의 모든 것을 까맣게 잊었다.

맨 처음에 든 생각은 터널의 다른 쪽 문을 통해 다른 아이들도 모두 빠져나왔나 보다 하는 거였다. 에이버리, 아이리스, 핼, 렌, 지미, 다나 그리고 A동의 나머지 아이들이 모두 거기에 있었다. 그러다 그들의 실제 모습이 아니라는 것을 깨달았다. 투사된 이미지였다. 아바타였다. 그들이 에워싸고 있는 거대한 전화기도 마찬가지였다. 그것 때문에 트램펄린과 배드민턴 네트가 우그러졌어야 하는데 멀쩡했고 그 전화기를 *관통해서* 뒤편의 철책이 보였다.

잠시 후에 아이들과 전화기가 사라졌다. 바닥이 다시 올라오는 것이 느껴졌지만 이번에는 다시 내려가지 않았다. 휴게실과 놀이터 사이의 빈틈이 서서히 점점 넓어지고 있었다. 아직까지는 20센티미터 정도밖에 안 됐지만 점점 커지고 있었다. 계단 두 번째 칸에서 뛰어내리듯 살짝 점프해야 밖으로 나갈 수 있었다.

"나와!"

그녀는 다른 친구들에게 외쳤다.

"얼른! 그 안에 갇히기 전에!"

25

스택하우스가 행정동 지붕에서 나는 비명을 들었을 때 거기에서 총성이 멈췄다. 고개를 돌려보니 믿기지 않는 광경이 그를 맞이했다. 앞 건물이 솟아오르고 있었다. 옥상에서 달을 등지고 서서 넘어지지 않으려고 두 팔을 벌린 채 휘청거리는 형체가 보였다. 글래디스일 수밖에 없었다.

이건 있을 수 없는 일이야. 그는 생각했다.

하지만 그런 일이 벌어지고 있었다. 앞 건물이 으스러지고 부러지는 소리와 함께 지면과 결별하며 점점 솟구치고 있었다. 달을 가렸다가 거대하고 어설픈 헬리콥터 기수처럼 아래로 곤두박질쳤다. 글래디스가 하늘로 날아올랐다. 스택하우스는 그녀가 그림자 속으로 사라지는 순간 지른 비명을 들었다. 행정동에서는 지크와 리처드슨 박사가 총을 떨어뜨린 채 난간을 붙잡고 꿈에나 나옴직한 광경을 올려다보았다. 건물이 유리조각과 콘크리트블록 덩어리를 떨어뜨리며 천천히 하늘로 올라가는 광경이었다. 놀이터의 철책이 거의 대부분 건물에 매달려 있었다. 복잡하게 얽힌 아랫면의 부러진 배관에서 물이 쏟아졌다.

박살 난 서관 휴게실 문 사이로 담배 자판기가 놀이터를 향해 떨어졌다. 니키가 홱 잡아당기지 않았더라면 하늘로 솟아오르는 앞 건물의 아랫면을 멍하니 쳐다보고 있었던 조지 아일스는 거기 깔려서 으스러졌을 것이다.

주방장 더그와 관리인 채드가 목을 길게 빼고 입을 떡 벌린 채 총을 늘어뜨리고 숨어 있던 숲 속에서 걸어나왔다. 총탄으로 구멍이 숭숭 뚫린 서버번 안에 타고 있었던 사람은 누가 됐든 죽었을 거라고 생각한 걸까. 어쩌면 믿기지 않는 광경에 놀란 나머지 그 모든 것을 까맣게 잊었을 가능성이 더 컸다.

이제 앞 건물의 아랫면이 행정동 옥상 위에 있었다. 산들바람을 맞으며 항해 중인 18세기 영국 해군의 군함처럼 위풍당당하고 묵직하게 우아했다. 잘리지 않은 탯줄처럼 대롱대롱 매달려 있는 절연선과 전선에서 아직까지 불똥이 튀었다. 삐죽 튀어나온 파이프 조각이 환풍구 덮개를 긁고 지나갔다. 그리스에서 온 지크와 펠리샤 리처드슨 박사는 다가오는 건물을 보고, 좀 전에 위로 문을 열고 올라온 출입구를 향해 달렸다. 지크는 성공했다. 리처드슨 박사는 성공하지 못하고 본능적으로 두 팔을 들어 머리를 감쌌지만 가련한 시도였다.

바로 그때 양쪽 건물을 연결하는 터널이 무너져(오랜 세월 동안 관리를 소홀히 한 데다 앞 건물이 지축을 뒤흔들며 공중 부양한 때문이었다.) 이미 염소 가스와 정신적인 과부하로 죽어가고 있었던 아이들을 으스러뜨렸다. 그들은 끝까지 원을 유지했고 천장이 내려앉는 순간 에이버리 딕슨은 또렷하고 차분하게 마지막 생각을 했다. 친구들이 있어서 좋았어.

26

팀은 서버번에서 내린 기억이 없었다. 눈앞에서 펼쳐지는 광경을 이해하려고 애를 쓰는 데 온 정신이 팔렸다. 거대한 건물이 허공으로 떠올라 자기보다 작은 건물을 덮으며 그 위로 이동했다. 그 작은 건물의 옥상에서 누군가가 두 손으로 머리를 감싸는 것이 보였다. 데이비드 카퍼필드 급의 이 엄청난 마술극 뒤편 어딘가에서 조그맣게 으드득하는 소리가 들리면서 거대한 먼지구름이 일었고…… 둥둥 떠다니던 건물이 바위처럼 위에서 떨어졌다.

쿵 하는 굉음이 지축을 뒤흔들자 팀은 휘청거렸다. 그 작은 건물이(짐작컨대 사무동인 듯했다.) 하중을 견딜 도리가 없었다. 사방으로 폭발하며 나무와 콘크리트와 유리를 뿜어냈다. 먼지구름이 다시 자욱하게 피어올라 달을 가렸다. 버스에서 *우우웅 우우웅 우우웅* 하는 경보가 울렸다.(그런 경보 장치가 있을 줄 누가 알았을까.) 옥상 위에 있었던 사람은 당연히 죽었고 그 건물 안에 있었던 사람들도 이제는 곤죽이 되었다.

"팀 아저씨!"

루크가 그의 팔을 잡았다.

"팀 아저씨!"

루크는 숲에서 나온 두 사람을 가리켰다. 한 명은 계속 폐허를 응시하고 있었지만 다른 한 명은 큼지막한 권총을 들어 올리고 있었다. 꿈속의 한 장면인 듯 아주 천천히 들었다.

팀이 그보다 훨씬 빠르게 자기 총을 들었다.

"그러지 말고 무기 내려놔요."

그들은 멍한 눈빛으로 그를 쳐다보며 그가 시키는 대로 했다.

"이제 깃대 앞으로 걸어가요."

"끝났나요? 제발 끝난 거라고 얘기해 줘요."

둘 중 한 명이 물었다.

"그런 것 같아요. 제 친구가 하라는 대로 해요."

루크가 말했다.

그들은 자욱한 먼지를 뚫고 깃대와 버스 쪽으로 터벅터벅 걸음을 옮겼다. 루크는 그들의 총을 주워서 서버번에 챙길까 했다가 총탄으로 구멍이 숭숭 뚫리고 핏방울이 튀긴 그 차로는 어디든 갈 일이 없겠다는 것을 깨달았다. 자동권총 하나는 챙겼다. 나머지 하나는 숲속으로 던졌다.

27

스택하우스는 자기를 향해 다가오는 채드와 더그 주방장을 잠깐 보다가 고개를 돌려 그의 삶의 잔재를 마주했다.

하지만 어느 누가 상상이나 했을까? 그는 생각했다. 아이들이 건물을 하늘로 띄울 만한 능력을 발휘할 수 있게 될 줄 어느 누가 상상이나 했을까? 식스비 부인도 에번스도 헤클과 제클도 지금 어디 있는지 모를 동키 콩도 그리고 나도 전혀 몰랐지. 우리는 고압 전류를 다루고 있는 줄 알았는데 사실은 미세 전류나 써먹고 있었어. 한 방 먹었네.

누군가가 그의 어깨를 두드렸다. 스택하우스는 고개를 돌려 엉뚱한 착각에 사로잡힌 영웅을 마주 보았다. 상대방은 (진정한 영웅답게) 어깨가 넓었지만 안경을 쓰고 있어서 정형화된 이미지와 맞아떨어지지 않았다.

물론 클라크 켄트도 있긴 하지만. 스택하우스는 생각했다.

"무기 있나요?"

팀이라는 남자가 물었다.

스택하우스는 고개를 젓고 한 손으로 힘없이 가리켰다.

"저 친구들이 알아서 처리하기로 했거든요."

"남은 사람이 당신 셋뿐이에요?"

"모르겠어요."

스택하우스는 평생 이렇게 피곤했던 적이 없었다. 충격 때문인 듯했다. 그것과, 건물이 밤하늘로 솟아올라 달을 가린 광경 때문이었다.

"뒤 건물의 직원 몇 명이 아직 살아 있을지 몰라요. 그리고 거기를 담당하는 핼러스와 제임스 의사도. 하지만 앞 건물에 있던 아이들은…… *저기서* 목숨을 부지할 사람이 있을까 싶네요."

그는 납덩이처럼 느껴지는 팔로 폐허를 가리켰다.

"다른 아이들은요? 아이들이 다른 건물에 있지 않았나요?"

팀이 물었다.

"터널에 있었어요. *저 사람*이 독가스로 죽이려고 했지만 터널이 먼저 무너졌어요. 앞 건물이 솟아올랐을 때."

루크가 말했다.

스택하우스는 딱 잡아뗄까 고민했지만 엘리스라는 아이가 생각을 읽을 줄 알면 무슨 소용일까 싶었다. 게다가 너무 피곤했다. 그야말로 기진맥진했다.

"네 친구들도?"

팀의 질문에 루크는 잘 모르겠지만 아마 그랬을 거라고 대답하려고 입을 벌렸다. 그러다 누가 그를 부르기라도 한 것처럼 홱 고개를 돌렸다. 만약 누가 불렀더라도 그 소리가 머릿속에서 들렸는지, 팀은 그 목소리를 몇 초 뒤에서야 들었다.

"루크!"

어떤 여자아이가 빛 무리처럼 밖으로 폭발한 돌무더기를 빙 둘러서 초토화된 잔디밭을 달려오고 있었다. 뒤따라 다른 세 명이 달려왔다. 두 명은 남자아이였고 한 명은 여자아이였다.

"루키!"

루크는 앞장서서 달려온 여자아이를 마중 나가 두 팔로 끌어안았다. 다른 세 명도 합류했고 그들이 다 같이 서로 끌어안자 다시 웅웅거리는 소리가 팀의 귀에 들렸지만 전보다 조용했다. 돌무더기가 살짝 움직였고 나무와 돌조각들이 허공으로 솟구쳤다가 다시 떨어졌다. 그리고 한데 뒤엉킨 그들의 속삭임이 머릿속에서 들리는 것도 같았다. 그의 착각일지 모르지만…….

"계속 전류를 흘려보내고 있네. 소리가 들려. 당신도 들리죠? 조심해요. 부작용이 누적되니까. 헬러스와 제임스가 헤클과 제클이 된 것도 그 때문이에요."

스택하우스가 말했다. 인사를 건네는 사람처럼 말투가 심드렁했다. 그는 짖듯이 한 번 폭소를 터뜨렸다.

"비싼 의대 졸업증이 있는 만화 속 수다쟁이 커플."

팀은 이 말을 못 들은 체하고 아이들이 재회의 기쁨을 누릴 수 있도록 허락했다. 그 아이들보다 더 그럴 자격이 있는 사람은 이 세상에 없었다. 목숨을 부지한 세 명의 남자를 계속 주시하기는 했지만 그들이 말썽을 일으킬 것 같아 보이지는 않았다.

"꼴도 보기 싫은 댁들을 어떻게 하면 좋을까?"

팀이 물었다. 생존자들에게 묻는 게 아니라 그냥 혼잣말이었다.

"죽이지는 말아 줘요. 내가 저 아이들한테 밥을 해서 먹였어요. 저 아이들이 내 덕분에 목숨을 연명했다고요."

더그가 그렇게 말하며 아직까지도 한데 얼싸안고 있는 아이들을 가리켰다.

"나라면 죽고 싶지 않은 이상 여기서 저지른 짓을 변명하려고 들지 않겠는데. 어쩌면 입을 다물고 있는 게 가장 현명한 선택일지 모르죠."

그렇게 말한 팀은 다시 스택하우스에게로 시선을 돌렸다.

"버스가 필요 없게 된 것 같네요. 당신이 대부분의 아이들을 죽여 버렸으니……."

"*우리는*……."

"귀 먹었어요? 입 다물고 있으라니까."

스택하우스는 그의 표정을 읽었다. 엉뚱한 착각에 사로잡힌 영웅의 표정이 아니었다. 살의를 느끼는 사람의 표정이었다. 그는 입을 다물었다.

"여기서 타고 나갈 차편이 필요한데. 당신들 같은 불굴의 전사를 데리고 루크가 얘기한 그 마을까지 숲속을 행군하고 싶지는 않단 말이죠. 안 그래도 길고 피곤한 하루를 보낸 뒤라. 뭐 좋은 방법 없겠어요?"

스택하우스는 팀의 말을 듣지 못한 눈치였다. 앞 건물의 잔재와 그 아래에 깔린 행정동의 잔재를 쳐다보기만 했다.

"이게 전부 도망친 아이 한 명 때문에 생긴 일이라니."

놀라워하는 스택하우스의 발목을 팀이 살짝 찼다.

"주목해요, 머리에 똥만 든 양반아. 저 아이들을 여기서 데리고 나가려면 어떻게 해야겠느냐고요."

스택하우스는 아무 대꾸가 없었고 아이들을 먹여 살렸다는 남자도 마찬가지였다. 헐렁한 상의를 입은 병원 잡역부처럼 보이는 다른 남자가 입을 열었다.

"내가 좋은 방법을 생각해 내면 풀어 줄래요?"

"이름이 뭐예요?"

"채드요. 채드 그린리."

"채드, 그건 얼마나 좋은 방법인지에 따라 달라져요."

28

시설에서 마지막으로 살아남은 아이들은 끌어안고 끌어안고 또 끌어안았다. 루크는 그들을 두 번 다시 보지 못할 줄 알았기에 그들의 품속을 느끼며 영원히 이렇게 끌어안고 있을 수도 있을 것만 같았다. 그 순간만큼은 난장판이 된 이 잔디밭 위에 이렇게 옹기종기 모여 있는 것만으로 충분했다. 그들 서로만으로 충분했다. 바깥세상과 그 안의 모든 문제들은 꺼져 버리라고 할 수 있었다.

에이버리는?

칼리샤: *죽었어. 다른 아이들과 함께. 무너진 터널에 깔려서.*

니키: *그 편이 차라리 나을지 몰라, 루크. 전과 같을 수 없을 테니까. 원래 모습으로 돌아가지 못할 거 아냐. 그런 일을 했으니, 그 아이들도 그렇고…… 그 여파로 아무것도 남지 않았을 거야, 다른 애들이 그랬듯이.*

앞 건물에 있었던 다른 애들은? 살아 있는 애 없을까? 만약 있다면 우리가…….

칼리샤가 고개를 저으며 말이 아니라 사진을 전송했다. 앨라배

마 주 셀마에서 온, 이제는 고인이 된 해리 크로스. 식당에서 죽은 그 아이였다.

루크는 샤의 두 팔을 잡았다. *전부? 저게 무너지기 전에 전부 심장마비로 죽었다고?* 그는 앞 건물의 잔해를 가리켰다.

니키가 말했다.

"저게 위로 들렸을 때 그랬을 것 같아. 에이버리가 큰 전화기를 받았을 때."

루크가 잘 이해하지 못하는 눈치를 보이자 그는 이렇게 덧붙였다. *다른 아이들이 합류했을 때.*

조지가 거들었다.

"멀리 있는 애들 말이야. 다른 시설에 있는. 앞 건물의 아이들은 너무…… 알맞은 단어를 모르겠네."

"예민하다. 맞지? 그 아이들은 너무 예민했다고. 예전에 맞았던 그 빌어먹을 주사처럼. 맞으면 부작용이 심했던 주사 말이야."

루크의 말에 아이들은 고개를 끄덕였다.

헬렌이 속삭였다.

"그 아이들은 점을 보면서 죽었을 거야. 너무 끔찍하지 않니?"

루크는 어린애처럼 현실을 부정했다. 어른들은 이걸 보면 냉소적으로 미소를 지을 테지만 같은 아이들끼리는 100퍼센트 이해할 수 있는 반응이었다. *이건 너무해! 정말 너무해!*

맞아. 그들은 맞장구쳤다. *너무하지.*

그들은 포옹을 풀었다. 루크는 먼지 덮인 달빛 사이로 그들을 한 명씩 바라보았다. 헬렌, 조지, 니키…… 그리고 칼리샤. 처음 만난

날 그녀가 담배 사탕을 피우는 척했던 기억이 났다.

조지: *이제 어떻게 해, 루키?*

"팀 아저씨가 알 거야."

루크는 말했고 그 말이 맞기만을 바랐다.

29

채드가 무너진 건물들을 이리저리 피해가며 앞장섰다. 스택하우스와 더그 주방장은 고개를 푹 숙이고 그 뒤에서 터덜터덜 걸었다. 팀이 총을 들고 그 뒤를 따라갔다. 루크와 친구들은 팀의 뒤에서 걸었다. 이 일대가 파괴되는 동안 잠잠했던 귀뚜라미들이 다시 노래를 부르기 시작했다.

채드는 대여섯 대의 자동차와 서너 대의 픽업트럭이 꼬리에 꼬리를 물고 주차되어 있는 아스팔트 길 끝에서 걸음을 멈추었다. 그 차들 중에 옆면에 메인 페이퍼 인더스트리스라고 적혀 있는 도요타의 중형 배달용 밴이 있었다. 그가 그 차를 가리켰다.

"저 차 어때요? 저 정도면 되지 않겠어요?"

팀이 보기에도 일단은 그 정도면 되겠지 싶었다.

"열쇠는요?"

"다 같이 쓰는 정비용 밴이라 선바이저 아래에 열쇠를 둬요."

"루크, 네가 확인해 볼래?"

팀의 말에 루크가 확인하러 나섰다. 단 1초라도 떨어져 있기 싫은지, 다른 아이들도 따라갔다. 루크는 운전석 문을 열고 선바이저를 내렸다. 뭔가가 그의 손에 떨어졌다. 그는 열쇠를 들어 보였다.

"좋아. 이제 뒷문 열어라. 그 안에 든 게 있으면 다 꺼내."

팀이 말했다.

닉이라는 큰 아이와 조지라는 그보다 작은 아이가 이 일을 맡아서 갈퀴, 괭이, 공구상자, 비료 몇 부대를 끄집어냈다. 그러는 동안 스택하우스는 무릎 사이로 머리를 숙이고 풀밭에 앉아 있었다. 패배를 상징하는 심오한 제스처였지만 팀은 연민을 느끼지 못했다. 그는 스택하우스의 어깨를 두드렸다.

"우리 이제 갈게요."

스택하우스는 고개를 들지 않았다. 그는 썰렁한 코웃음을 딱 한 번 터뜨렸다.

"어디로요? 저 아이가 디즈니랜드를 운운했던 걸로 아는데."

"그야 당신 알 바 아니고요. 그런데 궁금하네요. *당신*은 어디로 갈 생각이에요?"

스택하우스는 대답하지 않았다.

30

배달용 밴의 뒤칸에는 좌석이 없었기 때문에 아이들은 칼리샤부터 시작해 번갈아 앞자리에 앉았다. 루크는 그녀와 팀 사이의 바닥에 끼어 앉았다. 리키, 조지 그리고 헬렌은 뒷문 앞에 옹기종기 모여앉아 먼지 덮인 두 개의 조그만 차창을 통해 두 번 다시 볼 수 없을 줄 알았던 세상을 내다보았다.

루크: *왜 울어, 칼리샤?*

그녀는 대답하고 팀이 들을 수 있게 큰 소리로 말했다.

"왜냐하면 전부 너무 아름다워서. 어두컴컴한데도 전부 너무 아름다워서. 에이버리가 옆에 없는 게 아쉬울 뿐이야."

31

팀이 77번 고속도로에서 남쪽으로 방향을 틀었을 때 새벽은 아직 동쪽 지평선 위를 떠도는 풍문에 불과했다. 니키라는 아이가 칼리샤 대신 앞자리에 앉았다. 루크는 그녀와 함께 뒤칸으로 넘어갔고 이제는 넷이 한 어미한테서 태어난 강아지처럼 한데 뭉뚱그려져 쿨쿨 잠을 잤다. 니키도 잠이 들었는지 밴이 요철을 넘을 때마다 창문에 머리를 부딪쳤는데…… 요철이 아주 많았다.

팀은 밀리노켓까지 80킬로미터 남았다는 표지판이 등장한 직후에 휴대전화를 보고 안테나가 두 칸이고 배터리 잔량이 9퍼센트인 것을 확인했다. 웬디에게 전화하자 그녀는 신호가 떨어지자마자 받았다. 그녀는 그가 무사한지 궁금해 했다. 그는 무사하다고 대답했다. 그녀는 루크도 무사하냐고 물었다.

"네. 지금 자요. 옆에 애들 네 명이 더 있어요. 다른 애들도 있었는데, 몇 명인지는 모르겠지만 많았는데 죽었어요."

“죽었다고요? 맙소사, 팀, 어쩌다가요?”

“지금은 설명할 수 없어요. 나중에 여건이 허락할 때 얘기하면 당신도 믿어 줄지 모르겠지만 지금 나는 깡촌을 지나고 있고 지갑에 30달러쯤 있을 텐데 감히 신용카드를 쓸 수도 없어요. 거기서 대환장쇼가 벌어졌기 때문에 행적을 남기고 싶지 않거든요. 그리고 죽도록 피곤해요. 이 밴에는 연료가 반쯤 남아 있어서 다행이지만 내 몸의 연료가 바닥이에요. 젠장, 젠장, 젠장.”

“당신…… 뭐…… 전혀…….”

“웬디, 잘 안 들려요. 당신은 내 말 들릴지 모르겠지만 다시 전화할게요. 사랑해요.”

그녀가 맨 마지막 말을 들었을지, 들었다면 어떻게 생각할지 알 수 없었다. 그녀에게 사랑한다고 말한 적은 처음이었다. 그는 전화기를 꺼서 태그 패러데이의 총과 함께 사물함에 넣었다. 듀프레이에서 있었던 일이 까마득하게 오래 전처럼 느껴졌다. 거의 다른 사람에게 벌어진 일 같았다. 지금 중요한 건 이 아이들과, 이 아이들을 어떻게 하면 좋은가였다.

그리고 이 아이들을 추격하러 나설 수도 있는 사람들이었다.

“저기요, 팀.”

그는 고개를 돌려서 니키를 보았다.

“자는 줄 알았더니.”

“아뇨, 그냥 생각하는 중이었어요. 뭐 하나 얘기해도 돼요?”

“그럼. 많이 해라. 내 졸음도 쫓을 겸.”

“고맙다고 인사하고 싶어서요. 아저씨 덕분에 인간의 본성에 대한 믿음이 회복됐다고는 못하겠지만 루키와 함께 그렇게 달려와 주다니…… 진짜 짱이었어요."

"저기, 너 지금 내 생각을 읽고 있니?"

니키는 고개를 저었다.

"지금은 못해요. 심지어 이 고물차 바닥에 떨어져 있는 사탕 포장지 하나 움직이지 못하겠어요, 원래 그게 제 주특기였는데. 저 아이들하고 힘을 합치면…… 달라지긴 할 거예요. 잠깐 동안이나마."

그는 밴 뒤칸에서 잠이 든 아이들을 향해 고개를 기울였다.

"되돌아갈 것 같니? 네 원래 상태로?"

"모르겠어요. 어떻게 되든 별 상관없어요. 예전부터 그랬어요. 저의 관심사는 미식축구랑 스트리트 하키뿐이었어요."

그는 팀을 빤히 쳐다보았다.

"어휴, 다크 서클로 줄넘기를 해도 되겠다."

"잠을 좀 자긴 해야 해."

팀은 시인했다. 그랬다, 한 열두 시간 정도. 그는 TV는 고장 났고 바퀴벌레들이 활개치고 다녔던 노버트 홀리스터의 허름한 모텔을 떠올렸다.

"개인이 운영하는 모텔에서는 현금으로 계산하겠다고 하면 아무것도 묻지 않을 텐데 현금이 없는 게 문제네."

니키가 미소를 짓자 팀은 조물주가 자비를 베푼다면 몇 년 뒤에 그가 얼마나 준수한 청년으로 변모할지 알 수 있었다.

"현금 문제는 저랑 친구들이 도와드릴 수 있을 것 같아요. 100퍼센트 장담은 못하겠지만 아마도요. 기름은 다음 마을까지 갈 수 있을 만큼 남아 있어요?"

"응."

"거기서 차를 세우세요."

니키는 말하고 차창에 머리를 기댔다.

32

그날 9시에 시먼스 트러스트 밀리노켓 지점이 문을 열고 얼마 지나지 않았을 때 샌드라 로비쇼라는 행원이 지점장실에서 지점장을 호출했다.

"문제가 생겼어요. 이걸 좀 보세요."

그녀는 ATM 영상 재생기 앞에 앉았다. 브라이언 스턴스는 그 옆에 앉았다. 이 기기의 카메라는 거래가 이루어질 때만 켜졌으니 밀리노켓이라는 메인 주 북부의 조그만 마을에서는 밤새도록 꺼져 있다가 6시쯤에 첫 고객이 등장하면 그제야 비로소 켜진다는 뜻이었다. 그들이 보고 있는 화면에 찍힌 시간 기록은 5:18AM이었다. 스턴스가 지켜보는 가운데 다섯 명이 ATM 앞으로 다가갔다. 네 명은 그 옛날 서부의 노상강도들이 쓰던 복면처럼 티셔츠를 올려서 입과 코를 덮었다. 다섯 번째 인물은 회사 이름이 새겨진 모자를 눈 위로 푹 눌러썼다. 스턴은 전면에 **메인 페이퍼 인더스트리스**라고 적힌 것을 볼 수 있었다.

"어린애들처럼 보이는데!"

샌드라는 고개를 끄덕였다.

"난쟁이들이라면 모를까. 그런데 그럴 가능성은 거의 없어 보여요. 이걸 보세요, 지점장님."

아이들이 손을 잡고 동그랗게 섰다. 잠깐 전기 간섭이라도 생긴 듯 화면에 줄이 몇 개 떴다. 잠시 후 ATM의 구멍에서 돈이 쏟아져 나왔다. 꼭 잭팟이 터진 카지노 슬롯머신 같았다.

"저게 도대체 무슨 일이지?"

샌드라는 고개를 저었다.

"무슨 일인지는 *모르겠지만* 저 사람들이 2000달러도 넘게 들고 갔어요. 이 기계의 인출 한도가 800달러로 설정이 되어 있는데 말이죠. 수사를 의뢰해야 할 것 같은데 어디로 의뢰해야 할지도 모르겠어요."

스턴스는 아무 대꾸도 하지 않았다. 돈을 집어가는 꼬맹이 강도들을(기껏해야 중학생 정도로 보였다.) 넋 놓고 쳐다보기만 했다.

잠시 후에 그들은 사라졌다.

혀 짧은 소리를 내는 남자

1

3개월 정도 지난 뒤, 10월의 어느 시원한 아침에 팀 제이미슨은 카토바 힐 농장이라고 불리는 곳을 나서 사우스캐롤라이나 12-A 주 도로까지 진입로를 걸어갔다. 도착하기까지 시간이 좀 걸렸다. 진입로가 거의 800미터였다. 그가 웬디에게 농담처럼 얘기하듯 조금만 더 길었다면 사우스캐롤라이나 12-B 주 도로라고 해도 됐을 뻔했다. 그는 물 빠진 청바지에 지저분한 조지아 자이언트 작업화를 신고 허벅지를 덮을 정도로 큼지막한 스웨트셔츠를 입었다. 루크가 인터넷으로 주문한 선물이었다. 앞면에 금색으로 한 단어가 적혀 있었다. **에이버스터.** 팀은 에이버리 딕슨을 만난 적 없었지만 기꺼이 그 스웨트셔츠를 입었다. 그의 얼굴은 새까맣게 탔다. 카토바 농장은 문을 닫은 지 10년이 지났지만 헛간 뒤편으로 아직 넓은 텃밭이 있었고 지금은 추수철이었다.

그는 우편함을 열고 평소처럼 홍보 우편물을 끄집어내다(요즘은 진정한 우편물은 사라진 듯했다.) 그대로 얼어붙었다. 여기까지 걸어 내려올 때만 해도 아무 문제없었던 위장이 오그라드는 느낌이었다. 자동차 한 대가 천천히 다가와 멈추어 섰다. 특별할 건 없는 차였다. 그냥 불그스름한 흙이 묻었고 라디에이터 그릴에 벌레들이 날아와서 죽어 있는 쉐보레 말리부였다. 이 동네 주민의 차는 아니었지만(그는 동네 주민들이 무슨 차를 타고 다니는지 다 알았다.) 외판원 아니면 길을 잃어서 물어보려는 사람일 수도 있었다. 하지만 아니었다. 팀은 운전석에 어떤 사람이 앉아 있는지 알 수 없었지만 그가 그 사람을 기다리고 있었다는 건 알았다. 이제 그 사람이 이렇게 등장했다.

팀은 우편함을 닫고 허리띠를 잡아당기려는 듯 한 손을 뒤로 가져갔다. 허리띠는 잘 있었고 태거트 패러데이라는 이름의 빨간 머리 부관이 썼던 글록도 잘 있었다.

남자가 시동을 끄고 내렸다. 팀보다 훨씬 멀끔한 청바지를 입었고(아직까지 새옷 특유의 주름이 남아 있었다.) 흰색 셔츠 단추를 목까지 채웠다. 얼굴은 잘생긴 동시에 별 특징이 없어서 이런 남자를 직접 만나기 전에는 불가능하게 여겨질 법한 조합이었다. 눈은 파란색이었고 머리칼은 거의 하얀색에 가까울 정도의 북유럽 금발이었다. 사실 지금은 고인이 된 줄리아 식스비가 상상한 모습과 많이 닮았다. 그가 팀에게 좋은 아침이라고 인사를 건네자 팀은 손을 뒤로 돌린 채 똑같이 인사했다.

"팀 제이미슨 맞죠?"

남자가 손을 내밀었다. 팀은 그 손을 쳐다보기만 할 뿐 악수에 응하지는 않았다.

"맞습니다만. 누구시죠?"

금발의 남자는 미소를 지었다.

"윌리엄 스미스라고 합시다. 운전면허증에 그렇게 적혀 있어요. 빌이라고 불러요."

*스미스*는 괜찮았고 *합시다*도 마찬가지였지만 *있어요*가 아니라 *있써요*였다. 혀가 짧긴 했지만 조금이었다.

"무슨 일로 오셨나요, 스미스 씨?"

자칭 빌 스미스라는 남자는 실눈을 뜨고 이른 아침 햇살을 올려다보며 살짝 미소를 지었다. 이 질문에 할 수 있는 대답이 여러 가지이고 전부 듣기 좋은 말이라, 그중에서 뭘 고를지 고민이라도 하는 듯한 표정이었다. 잠시 후에 그가 다시 팀을 돌아보았다. 입가에는 웃음기가 남아 있었지만 눈빛은 그렇지 않았다.

"빙빙 돌려가며 얘기할 수도 있겠지만 바쁜 하루를 앞두고 있을 테니 필요 이상으로 시간을 뺏지 않겠어요. 먼저 짚고 넘어가자면 문제를 일으키려고 온 거 아니니까 뒤가 가려운 게 아니라 거기 총이 있는 거면 꺼낼 필요 없어요. 이 일대에서 총격전은 올 한 해 동안 지금까지 벌어진 것으로 충분하다는 데 우리 둘 다 동의할 테니까요."

팀은 스미스 씨에게 자기를 어떻게 찾았느냐고 물어볼까 하다가 굳이 그럴 것 없다는 결론을 내렸다. 어렵지도 않았을 것이다. 카토바 농장은 현재 플로리다에서 거주하는 해리와 리타 걸릭슨의 소유지였다. 그들의 딸이 지난 3년 동안 이 집을 지키고 있었다. 부보안관만큼 그 일에 제격인 사람이 있을까?

그녀는 부보안관이 *맞았고* 현재로서는 카운티에서 월급을 받고 있었지만 요즘은 소관이 어딘지 불분명했다. 식스비 부인의 일당이 습격했던 날 밤에 자리를 비웠던 로니 깁슨이 페어리 카운티 보안관 대행을 맡고 있었지만 언제까지 그럴지 아무도 모를 일이었다. 보안관서를 옆 마을 더닝으로 옮긴다는 얘기도 있었다. 그리고 웬디는 애초부터 발로 뛰는 경찰일에 소질이 없었다.

스미스가 물었다.

"웬디 경관은 어디 있나요? 집에 있나 보죠?"

팀은 맞받아쳤다.

"스택하우스는 어디 있나요? 식스비라는 여자는 죽었으니 웬디 얘기를 그에게서 들은 모양인데."

스미스는 어깨를 으쓱하고 새로 사서 입은 청바지 뒷주머니에 손을 꽂고 발뒤꿈치에 체중을 싣고 좌우를 두리번거렸다.

"와, 여기 살기 좋겠어요."

*살기*가 *쌀기*로 들렸지만 혀 짧은 소리가 거의 없다고 해도 될 정도로 미미했다.

팀은 스택하우스에 대해 집요하게 파고들지 않기로 했다. 아무 성과가 없을 것이 분명한 데다 스택하우스는 흘러간 옛이야기였다. 그는 브라질에 있을 수도 있었다. 아르헨티나 아니면 오스트레일리아에 있을 수도 있었다. 죽었을 수도 있었다. 그가 어디에 있건 팀에게는 아무 상관없었다. 그리고 혀 짧은 소리를 내는 남자의 말이 맞았다. 빙빙 돌려가며 얘기할 이유가 없었다.

"걸릭슨 부관은 지난여름에 벌어진 총격전과 관련해서 비공개 공판 참석차 컬럼비아에 갔어요."

"그 위원회 소속 위원들을 설득할 수 있을 만한 시나리오를 준비해 놓았겠죠?"

팀은 그렇다고 시인할 생각이 없었다.

"그리고 여기 이 페어리 카운티의 치안 본부의 미래를 의논하는 회의에도 참석할 거예요. 당신이 보낸 깡패들이 그걸 거의 뿌리째 뽑아 버렸거든요."

스미스는 손바닥을 펼쳐 보였다.

"나와 내 조직은 그 일과 아무 상관 없어요. 식스비 부인이 독단적으로 감행한 거예요."

팀은 이렇게 얘기할 수도 있었다. *그 말이 맞을지 모르지만 백 퍼센트 진실은 아니죠. 부인이 당신과 당신 조직에 대한 공포 때문에 저지른 짓이었으니.*

"조지 아일스와 헬렌 심스는 떠났다면서요? 아일스 군은 캘리포니아에 사는 삼촌의 집으로, 심스 양은 델라웨어에 사는 조부모의 집으로."

스미스 씨가 말했다. *심스*가 아니라 *심쓰*였다.

팀으로서는 혀 짧은 소리를 내는 남자가 어디에서 정보를 얻는지 알 길이 없었지만(노버트 홀리스터는 예전에 사라졌고 듀프레이 모텔은 **매물** 팻말을 내건 채 문을 닫았는데 앞으로도 한참 동안 그 상태를 유지할 것이었다.) 훌륭했다. 팀은 그들 모르게 지낼 수 있을지 모른다는 순진한 생각은 한 적 없었지만 스미스 씨가 아이들에 대해서까지 그렇게 심층적으로 알고 있는 건 마음에 들지 않았다.

"그렇다면 니콜러스 윌홀름과 칼리샤 벤슨은 아직 여기 있다는 뜻이 되죠. 그리고 물론 루크 엘리스도. 그 모든 참담한 사태의 주모자."

전보다 엷은 미소가 다시 등장했다.

"원하는 게 뭐예요, 스미스 씨?"

"사실 거의 없어요. 좀 있다 얘기할게요. 그나저나 대단하시네요. 그날 밤에 거의 혼자서 용감하게 시설로 쳐들어간 것도 그렇지만 이후에 당신과 웬디 경관이 기울인 관심 말이에요. 아이들을 한 명씩 내보내고 있죠? 사우스캐롤라이나로 돌아오고 한 달쯤 지났을 때 먼저 아일스부터. 그로부터 2주 뒤에 심스라는 여자아이를. 둘 다 뭔지 모를 이유로 납치돼서 어딘지 모를 곳에 며칠인지 모를 기간 동안 붙잡혀 있다가…… 뭔지 모를 이유로 풀려났다는 증언과 함께. 당신도 조사를 받고 있을 텐데 웬디 경관과 함께 어찌어찌 해냈단 말이죠."

"그걸 다 무슨 수로 알아냈어요?"

이번에는 혀 짧은 소리를 내는 남자가 대답을 거부할 차례였지만 상관없었다. 팀이 짐작하건대 그의 정보 가운데 일부는 신문과 인터넷에서 직접 알아냈을 것이다. 납치당했다가 돌아온 아이는 언제나 화젯거리였다.

"윌홀름과 벤슨은 언제 떠나죠?"

팀은 고민하다가 사실대로 알려 주기로 마음먹었다.

“니키는 이번 주 금요일에 떠나요. 네바다에 사는 삼촌 집으로. 남동생이 이미 가 있어요. 신나 하지는 않지만 여기서 지낼 수는 없다는 걸 알아요. 칼리샤는 일이 주 더 있다가 떠날 거예요. 열두 살 많은 언니가 휴스턴에서 살거든요. 언니와 다시 만날 날을 손꼽아 기다리고 있어요.”

그건 사실이기도 하고 아니기도 했다. 다른 아이들처럼 칼리샤도 외상 후 스트레스 장애를 겪고 있었다.

“그 아이들의 증언도 경찰 조사를 무사히 통과하겠죠?”

“네. 간단하기 짝이 없는 증언인 데다 두말하면 잔소리지만 사실대로 얘기하면 무슨 일이 벌어질지 다들 두려워하고 있으니까요.”

팀은 잠깐 하던 얘기를 멈추었다.

“경찰이 믿어 줄 리도 없고요.”

“엘리스 군은요? 그 아이는 어떻게 됩니까?”

“루크는 나하고 같이 살 겁니다. 가까운 친척도 없고 달리 갈 데도 없어서요. 이미 공부를 다시 시작했어요. 공부를 하면 진정이 된답니다. 그 아이는 슬퍼하고 있어요, 스미스 씨. 부모님과 친구들을 생각하며.”

그는 잠깐 하던 얘기를 멈추고 금발의 남자를 노려보았다.

“당신들에게 빼앗긴 어린 시절을 생각하며 슬퍼하고 있는 것 같기도 해요.”

팀은 스미스의 대꾸를 기다렸다. 스미스가 아무 말도 하지 않자 그는 하던 얘기를 계속했다.

“상당히 빈틈없는 시나리오를 생각해 내면 그 아이는 예전에 계획했던 일을 다시 시작할 수 있겠죠. 에머슨과 MIT 동시 입학. 아주 똑똑한 아이거든요."

그는 당신들도 알다시피, 라고 덧붙일 필요가 없었다.

"스미스 씨는…… 관심이나 있을지 모르겠습니다만."

"별로 없습니다. 담배 피우시나요?"

스미스는 말했다. 그는 가슴 주머니에서 아메리칸 스피리츠 담뱃갑을 꺼냈다.

팀은 고개를 저었다.

"나도 거의 피우지 않아요. 하지만 혀 짧은 소리를 내는 것 때문에 언어 치료를 받고 있는데 특히 지금처럼 길고 다소 격한 대화를 나눌 때 잘 참으면 포상 차원에서 담배 한 대를 내 자신에게 허락하죠. 내가 혀 짧은 소리를 낸다는 걸 눈치 챘나요?"

"거의 티가 나지 않던데요."

스미스 씨는 기뻐하는 듯한 표정으로 고개를 끄덕이며 담배에 불을 붙였다. 시원한 아침 공기를 타고 전해지는 담배 냄새가 달콤하고 향긋했다. 요즘도 담배의 나라라고 불리는 이 나라를 위해 구비된 냄새 같았다. 카토바 농장은 1980년대부터 해당사항이 없었지만.

"아이들 입단속을 잘해 주길 바라요. 한 명이라도 발설하면 다섯 명 모두가 대가를 치르게 될 테니. 당신이 주장하는 대로 그 플래시 드라이브를 가지고 있다 한들 상관없어요. 우리 쪽…… 사람들 가운데 일부는…… 그런 게 있다는 걸 믿지도 않거든요."

팀은 이를 보이지 않고 미소를 지었다.

"당신 쪽…… 사람들이…… 그걸 테스트하려고 시도하는 건 현명하지 못한 선택이 될 겁니다."

"알겠습니다. 그래도 그 아이들이 메인 숲속에서 벌어진 모험에 대해 떠벌이는 것은 아주 나쁜 선택이 될 겁니다. 아일스 군과 심스 양과 연락이 된다면 그 아이들에게도 전해 줘요. 윌홀름, 벤슨 그리고 엘리스가 다른 통로로 그 아이들과 연락할 수도 있겠네요."

"텔레파시 말인가요? 나라면 거기에 기대를 걸지 않겠어요. 당신들에게 끌려가기 이전 상태로 돌아갔거든요. 염력도 마찬가지고."

그는 아이들에게 들은 얘기를 고스란히 전하는 중이었지만 그 얘기를 믿는가 하면 자신할 수 없었다. 확실히 아는 한 가지가 있다면 그 끔찍했던 웅웅거림이 다시는 들린 적 없다는 것뿐이었다.

"그걸 무슨 수로 덮었나요, 스미스 씨? 궁금한데."

금발의 남자가 말했다.

"계속 궁금한 채로 지내세요. 하지만 이거 *하나만* 알려드리자면 우리에게 뒤치다꺼리가 맡겨진 곳이 메인의 시설 한 군데만은 아니었어요. 전 세계적으로 시설이 스무 군데 더 있었는데 남은 곳이 하나도 없어요. 거의 태어나는 순간부터 아이들에게 복종을 반복 주입하는 나라에 있었던 두 군데는 이후에도 한 6주 정도 버텼지만 집단 자살이 벌어졌어요."

*자살*이 아니라 *자쌀*이었다.

집단 자살이었을까 집단 학살이었을까? 팀은 궁금했지만 그걸 짚고 넘어갈 생각은 없었다. 이 남자하고는 일찍 헤어질수록 좋았다.

"이 엘리스라는 아이가 당신의 도움 아래, 당신의 많은 도움 아래 우리를 파멸로 몰고 갔어요. 과대포장처럼 들릴지 모르겠지만 사실이에요."

팀은 물었다.

"내가 상관이나 할 것 같아요? 당신들은 아이들을 죽였어요. 지옥이 있다면 당신들을 기다리고 있을 겁니다."

"반면에 천국이라는 데가 있다면 당신은 거기에 갈 거라고 확신하는군요. 혹시 모르죠, 당신 생각이 맞을지도. 힘없는 어린아이들을 구하러 달려간 사람을 하느님이 외면할 이유가 없으니까요. 예수님이 십자가에서 하신 말씀을 커닝하자면 당신은 용서를 받을 겁니다, 자기가 무슨 일을 했는지 알지 못하니."

그는 담배를 옆으로 던졌다.

"하지만 한마디만 할게요. 내가 동료들의 동의 아래 여기까지 찾아온 이유도 그 때문이니. 당신과 엘리스 덕분에 전 세계가 현재 자살 감시 대상자가 됐어요."

이번에는 혀 짧은 소리가 전혀 나지 않았다.

팀은 아무 말도 하지 않고 그저 기다렸다.

"첫 번째 시설은, 다른 이름으로 불리긴 했지만, 나치 독일 치하에서 만들어졌죠."

"그게 놀랍게 들리지 않는 이유가 뭘까요?"

팀은 물었다.

"당신은 그렇게 편견으로 가득한 이유가 뭘까요? 나치는 미국보다 먼저 핵분열 현상을 발견했어요. 오늘날까지 쓰이는 항생제를 개발했고요. 현대 로켓공학도 그들이 창시한 거나 다름없어요. 독일의 몇몇 과학자들은 히틀러의 열정적인 후원 아래 ESP 실험을 진행하다가 재능이 있는 아이들을 동원하면 눈엣가시, 그러니까 진보에 걸림돌이 되는 사람들을 제거할 수 있다는 사실을 거의 우연히 발견했어요. 하지만 이 아이들은 1944년에 고갈됐죠. 시설에서 쓰이는 별명에 따르면 그들이 머저리가 된 이후에 후임을 확실하게 발굴할 과학적인 방법이 없었기 때문에. 잠재되어 있는 초능력을 알아내는 가장 효과적인 검사 방법은 나중에 개발이 됐어요. 그게 뭔지 압니까?"

"BDNF. 뇌유래 신경인자. 그게 지표라고 루크한테 들었어요."

"그래요, 확실히 똑똑한 아이로군요. 아주 똑똑해요. 모든 관계 당사자들이 그 아이를 건드리지 말 걸 그랬다고 후회하고 있어요. BDNF가 그렇게 높지도 않았는데."

"루크도 자기를 왜 건드렸는지 원망스러울 겁니다. 자기 부모님도 그렇고. 이제 하고 싶은 얘기가 있으면 얼른 하시죠."

"그러죠. 제2차 세계대전이 끝나기 전후에 여러 차례 회담이 열렸어요. 20세기 세계사를 기억하고 있다면 당신도 일부 회의에 대해서는 알고 있을 텐데요."

"얄타 회담은 알아요. 루스벨트, 처칠, 스탈린이 모여서 세계를 나누어 가졌죠."

"맞아요, 그 회담도 유명하지만 가장 유명한 회의는 리우데자네이루에서 열렸고 여기에 개입한 정부는 없었어요……. 거기서 만난 일군의 사람들과 이후 수십 년 동안 이어진 그들의 후임을 그림자 정부로 간주하면 모를까. 그들, 그러니까 *우리*는 독일의 아이들에 대해 듣고 좀 더 알아보기로 했죠. 1950년에 BDNF의 효용성을 파악하고 외딴 곳에 하나씩 시설을 설립했어요. 기술을 개선했고요. 시설은 70년 동안 운영되며 우리 기록에 따르면 500번이 넘게 핵무기에 의한 대량학살로부터 인류를 구했어요."

팀은 쉰 목소리로 말했다.

"말도 안 돼. 웃자고 하는 얘기죠?"

"아니에요. 내가 예를 하나 들어줄게요. 메인의 시설에서 폭동이(전 세계 모든 시설로 바이러스처럼 번진 폭동 말이죠.) 벌어졌을 때 아이들은 폴 웨스틴이라는 전도사의 자살을 유도하려고 작업 중이었어요. 루크 엘리스 덕분에 그 남자는 아직 살아 있어요. 10년 뒤에 그는 미국 국방부 장관직에 오르는 기독교인의 절친한 고문이 될 거예요. 전쟁이 임박했다고 웨스틴이 장관을 설득하고 장관이 대통령을 설득해 핵무기 선제 공격이 감행될 테고요. 미사일 한 방에 불과하지만 그걸로 모든 도미노가 무너질 수 있어요. 그 부분은 우리가 예상할 수 있는 범주를 넘어서지만."

"그런 걸 어떻게 미리 알 수 있나요?"

"우리가 어떤 식으로 타깃을 선정했다고 생각해요, 제이미슨 씨? 모자에 명단을 넣고 뽑았을까요?"

"텔레파시로 뽑겠죠."

스미스 씨는 짜증을 꾹 참고 느린 학생을 가르치는 선생님 같은 표정을 지었다.

"TK는 물건을 움직이고 TP는 남의 생각을 읽지만 둘 다 미래를 예측할 수는 없어요. 정말 안 피워도 되겠어요?"

그는 담배를 한 대 더 꺼냈다.

팀은 고개를 끄덕였다.

스미스는 담배에 불을 붙였다.

"루크 엘리스나 칼리샤 벤슨 같은 아이들이 귀하기는 하지만 그보다 더 귀한 사람들도 있어요. 가장 값진 보석보다 더 값진 존재. 그들의 가장 좋은 점은 뭔지 알아요? 나이가 들어도 재능이 녹슬지 않고 정신상태가 망가지지도 않는다는 거예요."

팀은 곁눈으로 어떤 움직임을 포착하고 고개를 돌렸다. 루크가 진입로를 내려오고 있었다. 언덕 저 위에서는 애니 르두가 가운데를 벌린 산탄총을 어깨에 얹고 서 있었다. 그녀의 양옆을 칼리샤와 니키가 지켰다. 스미스는 아직 그들을 보지 못했다. 흐릿한 허공 너머로 저 멀리 듀프레이라는 조그만 마을과, 반짝이며 그 마을을 관통하는 철길 쪽을 물끄러미 바라보는 중이었다.

애니는 이제 대부분의 시간을 카토바 힐에서 보냈다. 아이들에게 홀딱 반했고 아이들도 그녀와 지내는 것을 좋아하는 눈치였다. 팀은 그녀를 가리킨 다음 손으로 허공을 토닥였다. 거기 가만히 있으라는 뜻이었다. 그녀는 고개를 끄덕이고 그 자리에 서서 지켜보았다. 스미스는 여전히 풍경을 감상하는 중이었다. 사실 풍경이 아주 근사하기는 했다.

"다른 시설이 하나 있다고 칩시다. 아주 작고 모든 게 특급이고 최첨단인 아주 특별한 시설이. 거기에는 구닥다리 컴퓨터나 무너져 가는 기반시설은 없어요. 완벽하게 안전한 곳에 자리를 잡고 있고요. 다른 시설들은 적지 같은 형태로 존재했지만 여긴 아니에요. 여기에는 테이저 건도 주사도 처벌도 없어요. 수조와 같은 임사 체험을 통해 입소자들의 능력을 더욱 끌어올릴 필요도 없고요.

이런 시설이 스위스에 있다고 칩시다. 다른 데 있을 수도 있지만 일단은요. 중립적인 지역이 있긴 해요, 그 시설의 유지와 원활하고 지속적인 운영에 관심을 보이는 나라가 많거든요. 아주 많죠. 현재 이곳에는 여섯 명의 아주 특별한 손님이 머물고 있어요. 그들은 이제 미성년자도 아니에요. 여러 시설의 TP나 TK들과는 다르게 10대 후반이나 20대 초반이 되어도 그 능력이 점점 희미하게 사라지지 않거든요. 그중 두 명은 사실 나이가 아주 많아요. BDNF 수치가 그들의 아주 특별한 능력과 맥을 같이하지도 않고요. 그들은 그런 점에서 특별하고 발굴하기가 아주 어렵죠. 우리는 후임을 계속 찾고 있었는데 수색이 중단됐어요. 찾을 이유가 없어졌기 때문에."

"그 사람들이 누군데요?"

"예지자요."

루크가 말했다.

스미스는 놀라서 몸을 홱 돌렸다.

"이게 누구야, 안녕, 루크."

그는 미소를 지었지만 그와 동시에 뒤로 한 걸음 물러났다. 겁을 먹은 걸까? 팀이 보기에는 그런 듯했다.

"예지자, 그렇지."

"예지자라니?"

팀이 물었다.

"미래를 볼 줄 아는 사람들 말이에요."

루크가 말했다.

"웃자고 하는 얘기지?"

"나도 그렇고 이 아이도 그렇고 웃자고 하는 얘기 아니에요. 그 여섯 명은 우리의 DEW라고 할 수 있어요. 냉전시대에나 쓰이던 약칭이지만 원격 조기 경보 말이에요. 좀 더 현대식으로 표현하자면 미래로 날려 보내 큰불이 시작될 지점을 감별하게 하는 일벌이라고 할까요. 우리는 큰불을 막는 데에만 집중해요. 인류가 지금까지 멸망하지 않은 것도 우리 쪽에서 예방 조치를 취했기 때문이에요. 그 과정에서 수천 명의 아이들이 목숨을 잃었지만 *수십 억* 명의 아이들이 목숨을 건졌어요."

스미스가 말했다. 그는 루크를 돌아보며 미소를 지었다.

"물론 너는 알고 있었겠지. 아주 간단한 추론이니까. 너는 수학의 천재이기도 하니 비용과 이익의 비율이 어떻게 되는지도 알 거라고 본다. 못마땅하게 받아들일 수는 있겠지만 알기는 하겠지."

애니와 다른 두 아이가 다시 언덕을 내려오기 시작했지만 팀은 이번에는 뒤로 가 있으라고 손짓을 하지 않았다. 이 얘기를 듣고 충격을 받았기 때문이었다.

"텔레파시는 믿겠고 염력도 믿겠지만 예지력이라니요? 그건 과학이 아니라 동네 축제에서나 봄직한 사기극이잖아요!"

"아니에요. 우리 예지자들이 타깃을 찾으면 TK와 TP들이 한데 힘을 합쳐서 능력을 끌어올려 그들을 제거했어요."

스미스의 말에 루크가 조용히 말했다.

"예지력은 존재해요, 아저씨. 저는 시설에서 탈출하기 전부터 그런 방식일 수밖에 없다는 걸 알았어요. 에이버리도 알았을 거예요. 그래야 말이 됐으니까요. 여기로 건너온 이후에 뭐든 눈에 보이는 대로 자료를 읽고 있어요. 통계상으로 반론의 여지가 없더라고요."

칼리샤와 니키가 루크의 옆으로 합류했다. 자칭 빌 스미스라는 금발의 남자를 호기심 어린 눈빛으로 쳐다보았지만 둘 다 아무 말도 하지는 않았다. 애니가 그들 뒤로 섰다. 따뜻한 날씨에도 세라피를 입고 있어서 멕시코 출신의 청부 살인업자 같은 분위기를 물씬 풍겼다. 눈빛이 초롱초롱하게 반짝였다. 아이들이 그녀를 바꾸어 놓았다. 팀이 보기에 아이들의 초능력 덕분은 아닌 듯했다. 장기적인 관점에서 초능력은 역효과를 낳았다. 함께한다는 그 자체 아니면 아이들은 그녀를 있는 그대로 받아들이기 때문이지 않을까 싶었다. 이유가 뭐가 됐건 반가운 일이었다.

스미스가 말했다.

"봐요. 여기 상주하는 천재가 그렇다고 하잖아요. 여섯 명의 우리 예지자들은(한때는 여덟 명이었고 70년대에는 네 명밖에 안 돼서 공포의 시기를 보냈죠.) 우리가 *경첩*이라고 지칭하는 인간을 끊임없이 찾아요. 인류의 멸종 쪽으로 문이 움직이도록 중심축 역할을 하는 사람 말이에요. 경첩은 파멸의 직접적인 원인은 아니지만 파멸의 *매개체*죠. 웨스틴이 그런 경첩이었어요. 경첩을 발견하면 우리는 조사하고 파악하고 감시하고 동영상을 촬영해요. 그런 다음 다양한 시설의 아이들에게 넘겨서 어떤 식으로든 제거하죠."

팀은 고개를 저었다.

"못 믿겠어요."

"루크도 얘기했다시피 통계자료를 보면……."

"통계자료는 얼마든지 갖다 붙일 수 있죠. 미래를 볼 수 있는 사람은 없어요. 당신과 당신 동료들이 진심으로 그렇다고 믿는다면 당신들은 어떤 조직이 아니라 사이비 종교 단체예요."

그때 애니가 불쑥 말했다.

"우리 이모 중에 한 명이 미래를 볼 줄 알았어. 어느 날 저녁에 아들들이 어떤 술집에 가겠다는 걸 못 가게 붙잡았는데 그 가게에서 프로판 가스가 폭발했지. 스무 명이 통구이 신세가 됐는데 그 집 아들들은 집에 있어서 무사했어."

그녀는 말을 멈추었다가 뒤늦게 생각이 난 듯 덧붙였다.

"이모는 트루먼이 대통령으로 당선된다는 것도 알았어. 아무도 그 헛소리를 안 믿었지만."

"트럼프에 대해서도 아셨어요?"

칼리샤가 물었다.

"아, 그 골빈당이 등장하기 한참 전에 돌아가셨어."

애니는 말하고, 칼리샤가 한쪽 손바닥을 펼쳐서 들어보이자 힘차게 하이파이브를 했다.

스미스는 그녀가 끼어들어서 한 말을 못 들은 체했다.

"세상은 여전히 멀쩡하게 굴러가고 있잖아요, 팀. 그건 통계자료가 아니라 사실이에요. 히로시마와 나가사키가 핵폭탄으로 말살당한 이후로 70년이 지났지만 이 세상은 여기 이렇게 존재하고 있어요. 수많은 나라가 핵무기를 보유했음에도 불구하고, 인간의 원초적인 본능이 이성적인 판단을 뒤흔들고 종교로 위장한 미신이 여전히 정치의 향방을 좌우함에도 불구하고. 이유가 뭘까요? 우리가 보호했기 때문이에요. 그런데 이제 그 보호막이 사라졌어요. 루크 엘리스 덕분에, 당신이 거기에 가담한 덕분에."

팀은 루크를 쳐다보았다.

"너는 이 얘기를 믿니?"

루크는 말했다.

"아뇨. 그리고 저 사람도 안 믿어요, 100퍼센트는요."

팀은 몰랐지만 루크는 그에게 애런의 객실 요금을 계산하는 SAT 수학 문제에 대해 물었던 여학생을 생각하고 있었다. 그녀는 식을 잘못 계산했는데, 좀 더 규모가 클 뿐 이 문제도 같은 맥락이었다. 잘못된 방정식에서 엉뚱한 답을 도출한 거였다.

스미스가 말했다.

"너는 그렇게 믿고 싶겠지."

루크는 말했다.

"애니 아주머니 말이 맞아요. 섬광처럼 미래를 볼 수 있는 사람들이 있고 아주머니의 이모가 그중 한 명이었을지 몰라요. 이 사람은 뭐라고 얘기하고 어떻게 믿고 있건 간에 그런 사람들이 심지어 그렇게 잘 없지도 않아요. 팀 아저씨도 한두 번 미래를 봤을지 몰라요. 그걸 예지라고 하지 않고 직감이나 뭐 그런 다른 단어로 지칭했을 뿐."

니키가 말했다.

"아니면 예감. TV 프로그램을 보면 경찰들이 항상 예감을 느낀다고 하잖아요."

"TV 프로그램은 현실과 다르지."

팀은 이렇게 얘기했지만 과거의 한순간을 떠올리고 있었다. 아무 이유도 없이 갑자기 비행기에서 내려 차를 얻어타 가며 북쪽으로 이동하자고 결단을 내린 순간을 말이다.

칼리샤는 말했다.

"그래서 안타깝지 뭐예요. 「리버데일」 재밌게 봤는데."

루크가 말했다.

"이런 현상을 설명할 때는 *섬광*이라는 단어가 자주 쓰이거든요. 번갯불에 맞는 것과 비슷하게 느껴지는 현상이라. 저는 그런 현상도 있을 수 있고 그걸 활용하는 사람도 있을 수 있다고 생각해요."

스미스는 바로 그거라는 뜻에서 두 손을 들었다.

"맞았어, 내 말이 그 말이야."

다만 *맞았어*가 아니라 *맞았써*였다. 혀 짧은 소리가 다시 돌아왔다. 팀이 보기에는 흥미로운 현상이었다.

루크가 말했다.

"다만 저 사람이 아저씨한테 하지 않은 얘기가 하나 있어요. 아마 자기 입으로 얘기하기 싫어서 그랬을 거예요. 저 사람들 모두 그래요. 베트남 전쟁 때 누가 봐도 이길 방법이 없을 정도가 된 이후에도 장군들은 자기들 입으로 시인하기 싫어했던 것처럼."

"그게 무슨 소린지 전혀 모르겠구나."

스미스가 말했다.

"알잖아요."

칼리샤가 말했다.

"알면서 저래요."

니키가 말했다.

"털어놓으시지, 선생. 이 아이들이 당신 생각을 읽고 있잖아. 간질간질하지, 엉?"

고아 애니가 말했다.

루크는 팀을 돌아보았다.

"배후에 예지자가 있는 게 분명하다는 결론을 내리고 진짜 컴퓨터에 접속할 수 있게 됐을 때……."

"토큰 없이 쓸 수 있는 컴퓨터를 말하는 거예요."

칼리샤가 끼어들자 루크가 그녀를 찔렀다.

"잠깐만 입 다물고 있어 줄래?"

니키가 씩 웃었다.

"조심해, 샤. 루키 열 받았다."

그녀는 폭소를 터뜨렸다. 스미스는 웃지 않았다. 루크와 그 친구들이 등장한 순간부터 대화의 주도권이 넘어갔는데, 입술을 굳게 다물고 눈썹을 한데 모은 표정으로 보건대 그로서는 익숙지 않은 상황이었던 것이다.

루크가 하던 얘기를 계속했다.

"진짜 컴퓨터에 접속할 수 있게 됐을 때, 베르누이 분포를 계산했거든요. 그게 뭔지 알아요, 스미스 씨?"

금발의 남자는 고개를 저었다.

"그런데 사실은 그게 뭔지 알아."

칼리샤가 말했다. 재밌어하는 눈빛이었다.

"맞아. 그리고 그걸 싫어해. 어쩌고저쩌고 분포는 저 사람의 편이 아니거든."

니키도 맞장구쳤다.

루크가 말했다.

"베르누이 분포는 확률을 정확하게 계산하는 식이에요. 동전 던지기나 미식축구에서 이기는 팀을 예측하는 것처럼 어떤 실증적인 사건에서 도출될 수 있는 결과가 두 가지일 때. 거기서 p는 긍정적인 결과, n은 부정적인 결과예요. 장황한 설명은 생략하겠지만 최종적으로는 무작위적인 사건과 비무작위적인 사건의 확연한 차이를 보여 주는 불값이 결론으로 도출되죠."

니키가 말했다.

"그래, 우리도 다 아는 이론을 지루하게 설명할 필요 없어. 그냥 본론만 얘기해."

"동전 던지기는 무작위적인 사건이에요. 미식축구 점수도 표본이 적을 때는 무작위적인 것처럼 보이지만 표본을 넓히면 그렇지 않다는 게 분명해져요. 다른 요인들이 영향을 미치거든요. 그래서 확률의 싸움이 되는데 A의 확률이 B보다 크면 대개의 경우 A가 발생하게 되죠. 스포츠 경기를 두고 내기를 해 봤으면 아저씨도 알 테지만요."

"그렇지. 승률과 예상 점수 차가 날마다 신문에 실리잖니."

팀의 말에 루크는 고개를 끄덕였다.

"사실 상당히 단순해요. 베르누이 분포를 예지력 관련 통계에 적용하면 흥미로운 현상이 나타나요. 애니, 이모님이 아들을 직감적으로 집에 붙잡아 놓고 얼마나 지났을 때 불이 났어요?"

"바로 그날 저녁에."

애니의 대답에 루크는 신난 표정을 지었다.

"완벽한 사례네요. 제가 베르누이 분포를 계산해 보니 섬광처럼 찾아오는 예지력은(선견지명이라고 하고 싶으면 그래도 돼요.) 몇 시간 뒤에 벌어지는 사건을 예측할 때 가장 정확한 것 같거든요. 예언과 예언한 사건이 발생하는 시간적인 간격이 길어질수록 적중률이 떨어져요. 몇 주가 되면 뚝 떨어져서 아예 p가 n이 되고요."

그는 금발의 남자에게로 주의를 돌렸다.

"당신은 이걸 알죠. 함께 일하는 사람들도 마찬가지고요. 오래 전부터 알고 있었어요. 사실 수십 년 전부터. 그럴 수밖에 없죠. 컴퓨터를 쓸 줄 아는 수학 천재라면 누구나 베르누이 분포를 계산할 수 있으니까. 40년대 후반이나 50년대 초반에 맨처음 이 프로젝트를 시작했을 때는 잘 몰랐을 수 있지만 80년대부터는 알았을 거예요. 아니면 60년대부터."

스미스는 고개를 저었다.

"루크, 너는 아주 똑똑하지만 아직 어린애고 어린애들은 현실과 소망을 잘 구분하지 못하지. 자기가 원하는 그림이 될 때까지 현실을 왜곡하고. 우리 쪽에서 설마 그들의 예지력을 입증하는 시험도 없이 그걸 믿겠니?"

그의 혀 짧은 소리가 조금씩 점점 심해지고 있었다.

"우리는 새로운 예지자가 추가될 때마다 새로운 시험을 실시한다. 비행기의 연착과 같은 무작위적인 사건…… 톰 페티의 사망처럼 뉴스에서 다루어질 만한 사건…… 브렉시트 투표 결과…… 심지어 특정 교차로를 지나가는 차량에 이르기까지 일련의 결과를 예측하는 시험을. 성공의 전적이, 기록으로 남겨진 성공 사례가 70년 치가 넘어!"

썽공 싸례.

"하지만 항상 *조만간* 벌어질 사건을 두고 시험을 치르잖아요. 아니라고 할 생각은 마세요. 당신 머릿속에서 네온사인처럼 반짝이고 있으니까. 그리고 그게 논리적으로도 맞잖아요? 5년이나 10년 뒤에서야 채점할 수 있으면 시험이 무슨 소용 있겠어요?"

칼리샤는 그렇게 말한 뒤 니키의 손을 잡았다. 루크가 그들 쪽으로 뒷걸음질 쳐서 칼리샤의 손을 잡았다. 이제 팀의 귀에 그 웅웅거리는 소리가 다시 들렸다. 나지막하지만 분명하게 들렸다.

스미스가 말했다.

"버코위츠 하원의원은 죽던 날, 우리 예지자들이 예언한 장소에 있었어. 꼬박 1년 전에 나온 예언이었는데."

루크는 말했다.

"좋아요. 하지만 예를 들어 폴 웨스틴 같은 사람은 앞으로 10년, 20년, 심지어 25년 뒤에 벌어질 일을 근거로 표적으로 삼았잖아요. 예언의 신빙성이 떨어진다는 걸 알면서도, 받지 못한 전화와 같은 사소한 일로 사람들과 그 사람들이 엮인 사건의 향방이 달라질 수 있다는 걸 알면서도 강행했잖아요."

스미스는 말했다.

"네 말에도 일리가 있다고 치자. 하지만 생각해 봐, 만사불여튼튼이라는 말도 있잖니?*(쌩각. 만싸.)* 예언이 맞는 걸로 밝혀졌는데 수수방관하고 있었다면 어떤 일이 벌어지겠니!"

애니가 다시 결정타를 한 방, 어쩌면 두 방 날렸다.

"당사자를 죽여 버리면 그 예언이 맞는지, 안 맞는지 무슨 수로 확인할 수가 있나? 이해가 안 되는구만."

루크가 말했다.

"저 사람도 이해 못해요. 하지만 지금까지 아무 이유 없이 그 많은 사람들을 죽였다고 생각하면 감당할 수가 없는 거예요. 저들 모두요."

팀이 말했다.

"그 마을을 구하기 위해 그곳을 파괴하는 수밖에 없었다. 베트남 전쟁 때 누가 남긴 명언 아닌가요?"

"우리 예지자들이 없는 일을 꾸며가며 우리를 속여 온 거라고 얘기하려는 거라면……."

그러자 루크가 반박했다.

"아니라고 장담할 수 있어요? 의도적으로 그런 건 아닐지 몰라도…… 거기서 지금까지 편안하게 지냈다면서요. 안락하게. 시설에 갇혔던 우리하고는 다르게. 그리고 만들어지는 그 시점에는 그들의 예언이 진짜일지 몰라도 무작위적인 요소를 감안하지 않는 건 마찬가지예요."

"조물주의 섭리도."

칼리샤가 불쑥 말했다.

조물주만 알 수 있을 만큼 오랜 세월 동안 조물주 행세를 했던 스미스는 이 말에 냉소적인 미소를 지었다.

루크가 말했다.

"내가 무슨 말을 하려는지 알잖아요. 안다는 거 다 알아요. *변수가 너무 많다고요.*"

스미스는 잠깐 동안 아무 말 없이 풍경을 감상하다가 말문을 열었다.

"그래, 우리 조직에는 수학 전문가가 있고 그래, 보고서와 토론 중에 베르누이 분포가 등장하기도 했어. 사실 오래 전부터. 그러니까 네 말이 맞는다고 치자. 네트워크로 이루어진 우리 시설이 핵전쟁의 위기로부터 인류를 500번 구원한 게 아니라고 치자. 그냥 50번이라면? 5번이라면? 그래도 그럴 만한 가치가 있지 않을까?"

아주 조용히 팀이 말했다.

"아니죠."

스미스는 미친 사람 대하듯 그를 빤히 쳐다보았다.

"아니라고? 지금 아니라고 했어요?"

"제정신이 박힌 사람이라면 확률의 제단에 아이들을 제물로 바치지 않아요. 그건 과학이 아니라 미신이죠. 이제 그만 가 줬으면 하는데요."

스미스가 말했다.

"우리는 다시 시작할 거예요. 올바로 인도하는 손길이 없으니 전 세계가 어린아이의 고물 자동차처럼 내리막길을 치닫는 와중에 그럴 만한 시간이 있을지 모르겠지만. 나는 그 얘기를 전하는 동시에 경고를 하려고 왔어요. 인터뷰는 하지 말 것. 글로 쓰지도 말 것. 페이스북이나 트위터에 포스팅도 하지 말 것. 이 내막을 공개한다 한들 대부분의 사람들은 웃어넘길 테지만 우리는 아주 심각하게 간주할 거예요. 목숨을 부지하고 싶으면 *입을 닫고 지내요.*"

웅웅거리는 소리가 점점 커졌고 셔츠 주머니에서 아메리칸 스피리츠를 꺼냈을 때 스미스는 손을 떨었다. 아무 특징 없는 쉐보레 자동차에서 내렸을 때만 해도 그는 자신만만하고 위풍당당했다. 지시를 내리고 그걸 당장 시행하도록 하는 데 이골이 난 사람이었다. 지금 여기 서서 심하게 혀 짧은 소리를 내며 셔츠 겨드랑이를 땀자국으로 물들이고 있는 이 남자는 좀 전의 그 사람이 아니었다.

"이봐, 이제 그만 가는 게 좋겠어."

애니가 아주 조심스럽게 충고했다. 어쩌면 심지어 다정하달 수도 있는 말투였다.

스미스의 손에서 담뱃갑이 떨어졌다. 그가 주우려고 허리를 숙이자 바람 한 점 없는데도 담뱃갑이 저쪽으로 주르륵 움직였다.

루크가 말했다.

"담배는 건강에 해로워요. 담배를 끊지 않으면 어떻게 되는지는 예지자가 없어도 알 수 있죠."

말리부의 앞 유리창에 달린 와이퍼가 움직이기 시작했다. 불이 들어왔다.

팀이 말했다.

"나라면 이제 그만 가겠어요. 아직 기회가 있을 때. 일이 그렇게 돼서 열받았다는 건 알겠지만 이 아이들은 얼마나 열받았는지 당신은 짐작도 하지 못할 거예요. 이 아이들은 제로 지점에 있었잖아요."

스미스는 자기 차로 가서 문을 열었다. 그러고는 루크를 손가락으로 가리켰다.

"너는 지금 믿고 싶은 대로 믿고 있어. 인간은 누구나 그렇지, 엘리스 군. 때가 되면 너도 그걸 알게 될 거다. 그리고 비통함을 느끼겠지."

그가 차를 타고 멀어지자 뒷바퀴가 일으킨 먼지구름이 팀과 다른 사람들 쪽으로 불어왔지만…… 아무도 느끼지 못한 바람에 날리기라도 한 듯 방향을 바꾸었다.

루크는 조지의 솜씨가 나무랄 데 없었다는 생각을 하며 미소를 지었다.

애니가 사무적인 투로 말했다.

"어쩌면 저자를 해치우는 게 나았을지 모르겠네. 텃밭 저쪽 끝에 시신을 묻을 자리도 많은데."

루크는 한숨을 쉬고 고개를 저었다.

"한두 명이 아니라서요. 그 사람은 척후병에 불과해요."

칼리샤도 말했다.

"게다가 그럼 우리가 저들과 같은 인간이 되잖아요."

"그래도."

니키가 꿈을 꾸는 듯한 목소리로 말했다. 그걸로 끝이었지만 팀은 독심술사가 아니라도 그가 무슨 생각을 하는지 알 수 있었다. *해치웠다면 좋았을 텐데.*

2

팀은 웬디가 저녁 먹는 시간에 맞춰 컬럼비아에서 돌아올 줄 알았지만 그녀는 전화를 걸어 거기서 하룻밤 자고 와야겠다고 했다. 페어리 카운티의 치안 본부의 미래를 고민하는 또 한 건의 회의가 다음 날 아침에 잡혀 있다고 했다.

"나 원 참, 회의가 끝날 날이 오는지 모르겠네요?"

팀은 물었다.

"이번이 마지막일 거예요. 당신도 알다시피 상황이 복잡한데 관료주의 때문에 모든 게 더 엉망진창이 되고 있어요. 거기는 아무 일 없죠?"

"전혀 아무 일 없어요."

팀은 대답하고 그게 사실이길 바랐다.

그는 저녁으로 스파게티를 잔뜩 삶았다. 루크가 볼로네제 소스를 넣고 섞었다. 칼리샤와 니키는 같이 샐러드를 만들었다. 애니는 종종 그렇듯 어디론가 사라졌다.

그들은 배불리 먹었다. 열띤 대화를 나누었고 웃음꽃도 제법 피웠다. 잠시 후에 팀은 냉장고에서 꺼낸 페퍼리지 팜 케이크를 코믹 오페라의 웨이터처럼 높이 들고 가다가 칼리샤가 울고 있는 것을 보았다. 니키와 루크가 양쪽에서 팔로 감싸 안았지만 말로 달래지는 않았다.(적어도 팀의 귀에 들리지는 않았다.) 두 아이는 뭔가를 생각하며 자기 안으로 침잠한 분위기였다. 그녀와 함께 있긴 하지만 온전히 함께 있지는 않았다. 어쩌면 그들만의 걱정에 잠겼는지도 모를 일이었다.

팀은 케이크를 내려놓았다.

"왜 그러니, K? 저 아이들은 이유를 알겠지만 나는 모르겠네. 이 아저씨도 좀 가르쳐 주라."

"그 사람 말이 맞으면 어떻게 해요? 그 사람 말이 맞고 루크의 생각이 틀렸으면요? 우리가 거기서 지키지 않는 바람에 세상이 3년…… 아니면 *3개월* 만에 멸망하면요?"

"난 틀리지 않았어. 저들 조직에도 수학자가 있다지만 내 실력이 더 나아. 진짜니까 잘난 척한다고 뭐라 하지 마. 그리고 그 사람이 나더러 뭐랬지? 현실과 소망을 잘 구분하지 못한다고? 그건 저들도 마찬가지야. 자기들이 틀렸다는 생각 자체를 감당하지 못하거든."

루크의 말에 그녀는 울부짖었다.

"너도 확실하지 않잖아! 네가 무슨 생각하는지 다 들려, 루키, *너도 아직 확실하지 않잖아!*"

루크는 이 말에 반박하지 않고 자기 접시만 빤히 내려다보았다.

칼리샤는 팀을 올려다보았다.

"*이번 한 번만큼은* 저들의 말이 맞으면 어떻게 해요? 그럼 그게 전부 우리 탓이잖아요!"

팀은 망설였다. 이제 그가 하는 말이 이 아이의 남은 인생에 지대한 영향을 미칠지 모른다는 생각은 하고 싶지 않았지만, 그렇게 엄청난 책임은 짊어지고 싶지 않았지만 어쩔 수 없는 듯했다. 다른 두 아이도 귀를 기울이고 있었다. 귀를 기울이며 기다리고 있었다. 그에게 초능력은 없었지만 다른 능력은 있었다. 그는 성인이었다. 어른이었다. 그들은 그가 침대 아래에 괴물 같은 건 없다고 얘기해 주길 바라고 있었다.

"너희 탓이 *아니야*. 너희 어느 누구의 탓도 아니야. 그 남자가 오늘 찾아온 이유는 너희들한테 조용히 지내라고 경고하기 위해서가 아니라 너희 삶을 오염시키기 위해서였어. 그 남자의 수법에 넘어가지 마라, 칼리샤. 너희들 모두 그러면 안 돼. 우리 인간은 다른 어떤 것보다 한 가지를 우선시하도록 되어 있는데, 너희들은 그 본능을 따랐을 뿐이야."

그는 두 손을 뻗어 칼리샤의 뺨에 묻은 눈물을 닦아주었다.

"너희는 살아남았어. 사랑과 기지를 동원했고 살아남았어. 이제 케이크 먹자."

3

금요일이 찾아왔고 이제 니키가 떠날 차례였다.

팀과 웬디는 루크와 함께 서서 서로 감싸 안고 진입로를 걸어 내려가는 니키와 칼리샤를 지켜보았다. 웬디가 브런즈윅의 버스 정거장까지 태워다 주기로 했지만 그들 셋은 그 둘이 먼저 잠깐 둘만의 시간을 보내야 한다는 것을, 그리고 그런 시간을 누릴 자격이 있다는 것을 알았다. 작별 인사를 나눌 시간이 필요했다.

"다시 한 번 복습하자."

한 시간 전에 팀은 점심을 먹고 나서 이렇게 말했다. 니키도 칼리샤도 점심을 별로 먹지 않았다. 팀과 니키는 루크와 칼리샤가 몇 개 안 되는 그릇을 설거지하는 동안 뒤 현관으로 나온 참이었다.

"그럴 필요 없어요. 다 외웠으니까. 진짜예요."

니키가 말했다.

"그래도. 중요한 일이잖니. 브런즈윅에서 시카고까지다, 알지?"

"알아요. 버스 출발시각은 오늘 저녁 7시 15분."

"버스에서는 누구하고 얘기하면 되지?"

"아무하고도 얘기하면 안 돼요. 조용히 있어야 해요."

"그리고 시카고에 도착하면?"

"네이비 피어에서 프레드 삼촌한테 전화해요. 납치범들이 거기에 나를 내려 주고 갔으니까. 조지와 헬렌과 같은 곳에."

"하지만 너는 그런 줄 모르지."

"맞아요, 몰라요."

"너는 조지하고 헬렌을 아니?"

"이름도 들어 본 적 없어요."

"너를 데려간 사람들은 누구지?"

"몰라요."

"그들이 널 데려간 이유는 뭐고?"

"몰라요. 그게 수수께끼에요. 나를 추행하지도 않았고 뭘 물어보지도 않았고 다른 아이들 목소리도 들은 적 없고 아무것도 모르겠어요. 경찰한테 심문받을 때 더 보태지 말고 딱 이렇게만 얘기해요."

“그렇지.”

“그럼 결국 경찰이 포기하고 저는 네바다로 가서 숙모와 삼촌과 바비와 행복하게 잘 살아요.”

바비는 닉이 납치된 날 밤에 친구네 집에서 파자마 파티를 하고 있었던 남동생이었다.

“그리고 부모님이 돌아가셨다는 걸 알게 됐을 때는?”

“금시초문이에요. 그리고 걱정 말아요, 울 테니까. 별로 어렵지 않을 거예요. 연극도 아닐 테고. 믿어도 돼요. 이제 끝났어요?”

“거의. 먼저 불끈 쥐었던 주먹을 살짝 풀어. 팔에 달린 주먹도 머릿속의 주먹도. 행복하게 잘 살 수도 있을지 모른다고 믿어 봐.”

“쉽지 않을 거예요. 썅, 쉽지 않을 거예요.”

니키의 눈이 눈물로 반짝였다.

“나도 알아.”

팀은 말하고 용기를 내서 그를 끌어안았다.

니키는 처음에는 소극적으로 몸을 맡기고만 있다가 마주 끌어안았다. 으스러져라 끌어안았다. 팀은 이게 시작이라고, 경찰이 아무리 많은 질문을 던지고 아무리 여러 번 도대체 말이 안 된다고 해도 이 아이는 끄떡없을 거라고 생각했다.

사족 면에서 팀에게 걱정을 안겼던 아이는 조지 아일스였다. 그는 전형적인 수다쟁이였고 천성적으로 뻥튀기기를 좋아했다. 그래도 팀은 그의 *바람*일지 모르지만 결국에는 조지를 이해시키는 데 성공했다고 생각했다. 모르는 게 상책이라고. 뭘 덧붙이면 거기에 걸려서 넘어질 수 있다고.

이제 닉과 칼리샤는 진입로가 시작되는 지점의 우편함 앞에서 서로 끌어안았다. 스미스 씨가 혀 짧은 소리로 비난을 퍼부으며 그저 목숨을 부지하려고 했을 뿐인 아이들에게 죄책감을 심어 주려고 했던 곳이었다.

"닉은 진심으로 칼리샤를 사랑해요."

루크가 말했다.

그래. 팀은 생각했다. 그리고 너도 그렇고.

하지만 사랑의 삼각관계에서 닭 쫓던 개가 된 사람은 루크 이전에도 있었고 앞으로도 있을 것이었다. 게다가 과연 *사랑*이라고 할 수 있을까? 루크는 똑똑하지만 아직 열두 살이었다. 그에게 굳이 알려 줄 필요도 없겠지만 칼리샤에 대한 감정은 열병처럼 지나갈 것이다. 하지만 팀이 열두 살 때 홀딱 반했던 여자아이를(열여섯 살이었으니 그보다 나이가 몇 광년 위였다.) 기억하듯 그도 기억할 것이다. 칼리샤가 잘생긴 투사로 니키를 기억할 게 분명하듯이.

"칼리샤는 너도 사랑해."

웬디가 부드럽게 말하고 햇볕에 탄 루크의 목덜미를 살짝 잡았다.

"그거하고는 다르죠."

루크는 뚱한 목소리로 이렇게 얘기했다가 미소를 지었다.

"뭐 어떡해요, 그냥 그렇게 살아야지."

"이제 그만 차를 타는 게 좋겠어요. 버스 시간에 늦으면 안 되잖아요."

팀이 웬디에게 말했다.

그녀는 차에 탔다. 루크는 우편함까지 가서 칼리샤와 함께 섰다. 그들은 멀어져 가는 차를 향해 손을 흔들었다. 니키도 창밖으로 손을 내밀어서 마주 흔들었다. 잠시 후에 그들은 사라졌다. 니키의 오른쪽 앞주머니에는(소매치기가 작업을 걸기 가장 어려운 주머니였다.) 현금 70달러와 전화카드가 들어 있었다. 신발에는 열쇠가 들어 있었다.

루크와 칼리샤는 같이 진입로를 걸어 올라갔다. 중간쯤 갔을 때 칼리샤가 두 손에 얼굴을 묻고 울음을 터뜨렸다. 팀은 내려가 보려다 관두기로 했다. 그건 루크가 해야 할 일이었다. 과연 루크가 두 팔로 그녀를 감싸안았다. 그녀는 키가 더 컸기 때문에 그의 어깨가 아니라 머리에 자기 머리를 기댔다.

팀의 귀에 웅웅거리는 소리가 들렸다. 이번에는 그저 나지막한 속삭임 수준이었다. 둘이서 얘기를 나누는 중이었고, 그의 귀에는 그들이 뭐라는지 들리지 않았지만 상관없었다. 그가 들을 얘기가 아니었다.

4

2주 뒤에 이번에는 칼리샤가 브런즈윅이 아니라 그린빌의 버스 정거장으로 떠날 차례였다. 그녀는 다음 날 늦게 시카고에 도착해 네이비 피어에서 휴스턴에 사는 언니에게 연락할 것이다. 웬디는 그녀에게 조그만 구슬 핸드백을 선물했다. 그 안에 70달러와 전화카드가 들어 있었다. 운동화 안에는 니키의 것과 똑같이 생긴 열쇠가 있었다. 돈과 전화카드는 도난당해도 상관없었지만 열쇠는 절대 그러면 안 됐다.

그녀는 팀을 으스러져라 끌어안았다.

"감사하다는 말로는 부족하지만 그것 말고는 드릴 게 없네요."

"그거면 충분해."

팀은 말했다.

"우리 때문에 세상이 끝장나는 일은 없었으면 좋겠어요."

"마지막으로 얘기할게, 샤. 빨간색의 큼지막한 정지 버튼을 누르는 사람이 있을지 몰라도 그게 너는 아닐 거야."

그녀는 힘없이 미소를 지었다.

"우리가 막판에 같이 있었을 때 모든 빨간색 버튼을 끝장내는 빨간색 버튼이 우리 손에 쥐어졌거든요. 그걸 눌렀을 때 기분이 좋았어요. 그때 기억이 자꾸 떠올라서 괴로워요. 얼마나 기분이 좋았는지가."

"하지만 이제 다 끝났잖니."

"맞아요. 전부 사라질 테고 그래서 기뻐요. 어느 누구도 그런 능력은 손에 쥐면 안 되는 거예요, 어린애들은 특히."

팀은 그 빨간색 버튼을 누를 수 있는 사람들 중에 손이 아니라 염력을 쓰면 되는 어린애도 *있다*는 생각이 들었지만 그 생각을 입 밖으로 내지는 않았다. 그녀는 미지의 불확실한 미래를 앞두고 있었고 그것만으로도 충분히 겁이 날 것이었다.

칼리샤는 루크를 돌아보며 새로 선물 받은 핸드백 안으로 손을 넣었다.

"너한테 줄 게 있어. 시설에서 나왔을 때 주머니에 들어 있었는데 그런 줄 몰랐지 뭐야. 네가 가지고 있어 줬으면 좋겠어."

그녀가 그에게 건넨 것은 쭈글쭈글한 담뱃갑이었다. 앞면에 올가미 밧줄을 돌리는 카우보이가 그려져 있었다. 그 위에 브랜드 이름이 적혀 있었다. **라운드업 담배 사탕.** 카우보이 아래에 적힌 문구는 **아빠처럼 담배를 피워 보자!**였다.

"부스러기 몇 개밖에 안 남았어. 다 부서졌고 어쩌면 퀴퀴한 냄새도 나겠지만……."

루크는 울음을 터뜨렸다. 이번에는 칼리샤가 두 팔로 그를 감싸 안았다.

"울지 마. 울지 마. 제발. 내가 가슴 아파하면 좋겠어?"

5

칼리샤와 웬디가 떠나자 팀은 루크에게 체스 두겠느냐고 물었다. 그는 고개를 저었다.

"그냥 뒷마당으로 나가서 그 큰 나무 아래 잠깐 앉아 있을까 봐요. 안이 텅 빈 것 같아요. 이렇게 허전한 느낌은 처음이에요."

팀은 고개를 끄덕였다.

"다시 채워질 거야. 내 말 믿어."

"그래야겠죠. 아저씨, 우리 중 누가 그 열쇠를 써야 하는 날이 올까요?"

"아니."

그 열쇠는 찰스턴에 있는 어느 은행의 안전 금고 열쇠였다. 모린 앨버슨이 루크에게 넘긴 것이 그 안에 들어 있었다. 카토바 농장을 떠난 아이들이나 루크, 웬디, 팀에게 무슨 일이 생기면 아무라도 찰스턴에 가서 그 금고를 열 것이다. 시설에서 생긴 끈이 남아 있다면 전원이 달려갈 수도 있었다.

"플래시 드라이브에 담긴 영상을 믿어 줄 사람이 있을까요?"

팀은 웃으며 말했다.

"애니는 분명 믿을 거야. 유령, UFO, 악령에 씐 사람, 그런 것들을 믿으니까."

루크는 덩달아 웃지 않았다.

"네. 하지만 애니 아주머니는 뭐랄까, 좀…… 사차원이잖아요. 덴턴 아저씨를 자주 만나면서 좀 나아지기는 했지만."

팀의 눈썹이 위로 솟구쳤다.

"삐딱선? 그게 무슨 소리야, 둘이 *사귄다*고?"

"아마도요. 나이 드신 분들끼리 만나는 것도 사귄다고 표현하는지 모르겠지만."

"애니의 머릿속을 들여다보고서 안 거니?"

루크는 살짝 미소를 지었다.

"아니에요. 저는 피자 팬 움직이고 책장 펄럭이는 수준으로 돌아갔어요. 아주머니한테 직접 들었어요."

루크는 곰곰이 생각했다.

"그리고 아저씨한테 하면 안 되는 얘기도 아니라고 봐요. 애니 아주머니가 비밀 지키겠다고 맹세하라고 하거나 그런 적 없으니까."

"놀랄 노자네. 그리고 플래시 드라이브는…… 풀린 올 한 가닥을 잡아당기면 스웨터 한 벌을 전부 풀 수 있는 거 알지? 플래시 드라이브가 그런 역할을 할 거야. 거기에 찍힌 아이들을 알아보는 사람이 있겠지. 많겠지. 그럼 수사가 시작될 테고 그 혀 짧은 소리를 내던 남자가 속한 조직에서 프로그램을 다시 시작하려던 계획은 물거품이 되겠지."

"어차피 다시 시작하지는 못할 거예요. 그 남자는 그럴 수 있다고 생각할지 몰라도 현실을 무시한 바람, 그 이상이죠. 세상은 1950년대 이후로 많이 달라졌으니까요. 저기, 저는 이만……."

그는 집과 텃밭 쪽을 애매하게 가리켰다.

"그래, 가라."

루크는 고개를 숙이고 터벅터벅 발걸음을 옮겼다.

팀은 그냥 보내려다가 생각을 바꿨다. 루크에게로 다가가 어깨를 붙잡았다. 아이가 몸을 돌리자 끌어안았다. 팀은 니키도 안아 준 적 있었지만 아니, 아이들이 가끔 나쁜 꿈을 꾸고 자다가 깨면 모두 안아 주었지만 이번에는 달랐다. 적어도 팀에게는 그 무엇과도 바꿀 수 없는 순간이었다. 그는 루크에게 너는 용감한 아이라고, 어쩌면 모험소설 속 주인공 말고 현실세계에서 그보다 더 용감한 아이는 없을지 모른다고 얘기해 주고 싶었다. 강인하고 반듯한 아이라고, 부모님이 보았다면 자랑스러워했을 거라고 얘기해 주고 싶었다. 사랑한다고 얘기해 주고 싶었다. 하지만 말로 표현할 방법이 없었고 어쩌면 말이 필요 없을지 몰랐다. 텔레파시도.

가끔은 포옹이 텔레파시 역할을 할 때도 있었다.

6

뒷문으로 나가면 현관과 텃밭 사이에 수령이 오래된 멋진 대왕 참나무가 있었다. 한때는 미네소타 주 미니애폴리스에 살았고, 한때는 허브와 아일린 엘리스 부부의 사랑을 듬뿍 받았으며, 한때는 모린 앨버슨과 칼리샤 벤슨과 닉 윌홀름과 조지 아일스의 친구였던 루크 엘리스는 그 나무 아래에 앉았다. 끌어올린 무릎 위에 두 팔을 얹고 웬디 경관이 롤러코스터 언덕이라고 부르는 곳을 내다보았다.

한때는 에이버리의 친구였기도 하지. 그는 생각했다. 우리 모두를 탈출시킨 에이버리. 영웅이 있었다면 내가 아니야. 에이버스터였지.

루크는 주머니에서 우글쭈글한 담뱃갑을 꺼내 부스러기 한 조각을 끄집어냈다. 이걸 입에 물고 바닥에 앉아 있었던 칼리샤를 맨 처음 만났을 때가 떠올랐다. *하나 먹을래?* 그녀는 이렇게 물었었다. *당분을 조금 섭취하면 정신 차리는 데 도움이 될지 몰라. 나는 그렇더라.*

"어떻게 생각해, 에이버스터? 이걸 먹으면 정신 차리는 데 도움이 될까?"

루크는 사탕 조각을 으드득 씹었다. 도움이 됐지만 이유는 알 수 없었다. 과학적인 근거는 전혀 없었다. 상자 안을 들여다보니 두세 조각이 더 남아 있었다. 지금 다 먹을 수도 있지만 참는 편이 나을지 몰랐다.

나중을 위해 아껴두는 편이 나을지 몰랐다.

2018년 9월 23일

작가의 말

변함없는 독자 여러분에게 러스 도어에 대해 몇 마디 하고 싶은 얘기가 있다.

나는 40여 년 전에, 40년도 한참 전에 메인 주의 브리지턴이라는 마을에서 그를 처음 만났다. 그때 그는 의사가 세 명인 병원의 단 한 명뿐인 진료 보조사였고 장염에서부터 아이들의 귓병에 이르기까지 우리 가족의 사소한 질병을 대부분 도맡아주었다. 열이 나서 가면 장난스럽게 맑은 유동식을 처방했다. “진하고 보드카를 섞어서 마시면 돼요.” 직업이 뭐냐고 묻길래 나는 소설을 쓴다고, 대부분 초자연적인 현상과 흡혈귀와 각종 괴물이 등장하는 공포소설이라고 대답했다.

“죄송해요, 제가 그런 장르는 읽지 않아서요.” 그때만 해도 그가 결국에는 내가 쓴 모든 원고를 초고에서부터 다양한 단계별로 읽게 될 줄은, 클로즈업을 위한 꽃단장을 마치기 이전에 내 작품을 들여다보는 아내 말고 또 다른 한 사람이 그가 될 줄은 우리 둘 다 알지 못했다.

나는 그에게 이런저런 걸 묻기 시작했는데, 맨 처음 시작은 의학적인 질문이었다. 독감의 종류가 해마다 달라지기 때문에 새로운 백신이 번번이 무용지물이 된다고 내게 알려준 사람도 러스였다.(『스탠드』에서 유용하게 쓰였다.) 혼수상태인 환자의 근육이 약해지지 않게 막으려면 어떤 식으로 운동을 시켜야 하는지(이건 『데드존』에서 유용하게 쓰였다.), 동물이 어떤 식으로 광견병에 걸리고 그 병이 어떤 식으로 진행되는지(이건 『쿠조』에서 유용하게 쓰였다.) 차근차근 알려 준 사람도 러스였다.

그의 지분은 조금씩 점점 늘어났고 결국 의료계에서 은퇴했을 때 그는 자료 조사를 전담하게 되었다. 『11/22/63』 작업 때는(그의 도움이 없었다면 이 작품은 세상의 빛을 보지 못했을 것이다.) 텍사스 교과서 보관창고를 같이 방문해 나는 그 공간의 전체적인 형태를 눈에 담으며 유령을 찾는 동안 러스는 사진을 찍고 치수를 쟀다. 리 하비 오스왈드가 체포된 텍사스 극장에 갔을 때 그날 상영된 작품이 뭐였느냐고 물은 사람도 러스였다.(「크라이 오브 배틀」과 「워 이즈 헬」이 동시 상영되고 있었다.)

『언더 더 돔』 때는 그가 발전기의 용량에서부터 식료품의 보존기간에 이르기까지 내가 창조하려던 초소형 생태계의 모든 정보를 수집했지만 그가 가장 자랑스럽게 여긴 순간은 내가 5분 정도 산소공급이 가능한, 스쿠버다이버의 산소탱크 비슷한 도구가 뭐 없겠느냐고 물었을 때 찾아왔다. 이 작품의 클라이맥스에서 필요한 소품에 이르러 나는 난관에 봉착해 있었던 것이다. 러스도 해결책을 찾지 못하다가 어느 날 교통체증으로 발이 묶였을 때 주변의 차량을 찬찬히 들여다보게 되었다.

"타이어." 그가 내게 말했다. "타이어 안에 공기가 들어 있잖아요. 퀴퀴하고 맛도 웩이겠지만 마실 수는 있지 않겠어요?" 친애하는 독자 여러분, 이것이 타이어의 탄생 스토리 되겠습니다.

여러분이 방금 일독한 이 작품에도 신생아들이 받은 BDNF 검사(아주 살짝 각색되긴 했지만 실제로 시행되는 검사다.)에서부터 평범한 가정용품을 가지고 독가스를 만드는 법에 이르기까지 그의 손자국이 곳곳에 남아 있다. 그는 모든 문장과 사실을 체크하며, 불가능하지만 있을 법한 세상 창조라는 나의 영원한 목표를 향해 나아갈 수 있도록 도움을 주었다. 그는 어깨가 넓은 금발의 거구였고 우스갯소리와 맥주와 독립 기념일에 병 로켓 쏘아올리는 것을 좋아했다. 두 딸을 훌륭하게 키워냈고 끈질긴 병마와 싸우던 아내의 마지막을 지켰다. 우리는 함께 일하는 동료였지만 그는 나의 친구이기도 했다. 우리는 죽이 잘 맞았다. 한 번도 서로 언성을 높인 적이 없었다.

그런 러스가 2018년 가을에 신장질환으로 세상을 떠났고 나는 그를 미치도록 그리워하고 있다. 물론 정보가 필요한 때도 그렇지만(최근에는 엘리베이터와 1세대 아이폰 관련 정보가 시급하다.) 그가 곁에 없다는 걸 깜빡하고 '러스한테 전화나 이메일로 어떻게 지내는지 물어봐야겠다.'라는 생각이 들 때 더욱 그렇다. 이 책은 어린아이들이 주인공이기 때문에 손자 녀석들에게 바친다고 썼지만 인쇄소로 넘길 때 떠오르는 사람은 러스다. 오랜 친구들과의 작별은 힘겹기 그지없다.

보고 싶소, 나의 벗이여.

작가의 말을 마치기 전에 고정 멤버들에게 감사의 뜻을 전해야겠다. 에이전트 척 베릴, "내 말 들려"를 여러 나라 말로 뭐라고 하는지 알아봐 준 해외 저작권 담당자 크리스 롯츠, 영화 판권 담당자 랜드 홀스턴(최근 들어 문의가 아주 많다.), 스크리브너 출판사의 홍보 담당자 케이티 모너핸. 그리고 기계 부품이 엄청나게 많고 사건이 동시다발적으로 진행되며 등장인물이 수십 명에 달하는 이 책의 편집을 맡은 낸 그레이엄에게 *넘치*는 감사를. 덕분에 좀 더 근사한 작품이 되었다. 그리고 내가 날마다 원고를 쓰는 데 필요한 시간을 확보할 수 있도록 전화를 받고 약속을 잡아 주는 마샤 디필리포, 줄리 유글리, 바바라 매킨타이어에게도 고맙다는 인사를 전하고 싶다.

마지막으로 세 아이 네이오미, 조, 오언과 아내에게 감사를. 조지 R. R. 마틴의 명언을 빌자면 그녀가 나의 태양이자 별이다.

2019년 2월 17일

옮긴이 | 이은선

연세대학교에서 중어중문학을, 국제학대학원에서 동아시아학을 전공했다. 편집자, 저작권 담당자를 거쳐 전문 번역가로 활동 중이다. 옮긴 책으로는 스티븐 킹의 『잠자는 미녀들』, 『11/22/63』, 『닥터 슬립』, 『리바이벌』, 빌 호지스 3부작 (『미스터 메르세데스』, 『파인더스 키퍼스』, 『엔드 오브 왓치』), 『악몽을 파는 가게』, 『자정 4분 뒤』, 『악몽과 몽상』을 비롯하여 『실크하우스의 비밀』, 『모리어티의 죽음』, 『맥파이 살인 사건』, 『아킬레우스의 노래』, 『그레이스』, 『도둑 신부』, 『할머니가 미안하다고 전해달랬어요』, 『베어타운』, 『초크맨』, 『애니가 돌아왔다』 등이 있다.

인스티튜트 2

1판 1쇄 펴냄 2020년 7월 29일
1판 2쇄 펴냄 2020년 8월 17일

지은이 | 스티븐 킹
옮긴이 | 이은선
발행인 | 박근섭
편집인 | 김준혁
책임편집 | 최고운
펴낸곳 | 황금가지

출판등록 | 2009. 10. 8 (제2009-000273호)
주소 | 06027 서울 강남구 도산대로 1길 62 강남출판문화센터 5층
전화 | **영업부** 515-2000 **편집부** 3446-8774 **팩시밀리** 515-2007
홈페이지 | www.goldenbough.co.kr

도서 파본 등의 이유로 반송이 필요할 경우에는 구매처에서 교환하시고
출판사 교환이 필요할 경우에는 아래 주소로 반송 사유를 적어 도서와 함께 보내주세요.
06027 서울 강남구 도산대로 1길 62 강남출판문화센터 6층 민음인 마케팅부

ISBN 979-11-5888-723-0 04840(2권)
ISBN 979-11-5888-724-7 04840(set)

㈜민음인은 민음사 출판 그룹의 자회사입니다.
황금가지는 ㈜민음인의 픽션 전문 출간 브랜드입니다.